「文芸復興」の系譜学

A Genealogy of "Bungei-Fukko" : from Shiga Naoya to Dazai Osamu

――志賀直哉から太宰治へ

平 浩一

Hira Kouichi

笠間書院

「文芸復興」の系譜学——志賀直哉から太宰治へ

目次

第二部　「純文学」外の要素と「文芸復興」
――ジャーナリズム・大衆文学を中心に

第三部　「モダニズム文学」の命脈と「文芸復興」
――「新興芸術派」の位置

第四部　「文芸復興」からみる太宰治
――新進作家の登場

凡例

- 引用部の漢字や変体仮名は、原則として現行の字体に改め、仮名遣い・送り仮名は底本のままとした。ただし、固有名詞については旧字体や異体字を残したところもある。また、ルビ・圏点・返り点などは、必要に応じて省略した。
- 引用・強調箇所は、原則として「　」で括った。ただし、長めの引用については括らずに前後一行空け、二字下げとした。また、引用と混同しやすい強調箇所、あるいは特に強い強調箇所については〈　〉で示した。
- 引用部の誤記や一般の表記になじまない場合は適宜ママを付した。また、引用部の傍線・傍点は、注記の無い限り引用者による。
- 繰り返し用いた出典については、原則として前出・前掲で示した。ただし、読みやすさへの配慮から、刊行年月等を複数回示した箇所もある。
- 本文中の年次の記載は西暦を採用し、適宜（　）内に元号を補った。ただし、必要に応じて元号を用いる場合は、原則として「　」で表記した。
- 資料の引用に際しては、書名、新聞・雑誌名は『　』で、作品名、新聞・雑誌掲載記事のタイトルは「　」で統一した。

はじめに――捨象された近代

一、文学史における「文芸復興」

一九三五（昭和一〇）年前後は、近代日本文学における大きなターニングポイントであったとされる。平野謙の『文学・昭和十年前後』（一九七二・四、文藝春秋）をはじめ、近代日本の文学史に関する数多くの文献においても、「昭和一〇年前後」という時期は、独立した項が設けられるなど、固有名詞のように扱われている。この時期がそれほどまでに注目されてきた理由は、「昭和一〇年」（一九三五年）を軸とする前後五年、特に一九三三年後半から三七年が「文芸復興」期と称されたように、様々な作家が活躍し、多くの代表作が発表され、重要な文学現象が次々と巻き起こったからである。また、平野が前著で、この時期を「現代文学の根本的な再編成のエポック」であったと述べたように、「文芸復興」期は、戦後文学や現代文学の礎が築かれた重要な時期だとされてきた。[▼1]

ところが、一九六〇年代に磯貝英夫が、「「文芸復興」として、総称された文学状況の実態は、ということになると、かならずしも明白でない」と述べ、七〇年代に野口冨士男が、「どうした理由か、すでに言いならわされたはずの「文芸復興」という見出し語は、私の知るかぎり既往のいかなる文学辞典類にもみいだされない」との疑問を呈したように、[2]「文芸復興」は、時代が下るにつれ、その用語自体は広く流通しながらも、肝心な内実については、解明できない「漠然とし」[3]た現象とみなされていった。そして今日に至っては、もはや正面から論究されることもほとんどなくなった。

本書で中心的に扱う「文芸復興」という現象を把握する前提として、この時期にどのようなことが起こったのか、まずは、その輪郭を振り返っておきたい。

よく知られているように、この時期には異なる世代の文学者——いわゆる大家、中堅作家、新進作家——が、多彩な活躍を見せていった。大家では、第二次活動休止期から創作を再開した志賀直哉や、長い療養を経て再び作家活動を開始した宇野浩二をはじめ、徳田秋声、正宗白鳥、幸田露伴、室生犀星等、沈黙をしていた作家が続々と復活した。中堅作家では、川端康成（「禽獣」「雪国」等）や堀辰雄（「美しい村」「風立ちぬ」等）、井伏鱒二（「集金旅行」「ジョン万次郎漂流記」等）らが、後世に残る代表作を執筆・発表している。[4]新進作家では、石川淳、高見順、太宰治、丹羽文雄、石坂洋次郎、石川達三など、戦後まで長く活躍した文学者が次々と登場した。このように世代毎の文学者の動向を振り返るだけでも、「文芸復興」期には、他に類をみないほどの活発な文学状況が形成されたことが分かる。

その背景には、もちろんメディアの動向も深く関与していた。『文学界』、『行動』、『文藝』等、新たな文芸雑誌が次々と創刊され、『文藝春秋』において芥川龍之介賞・直木三十五賞が創設されたのもこの時期であった。[5]また、様々な同人雑誌の登場も広く知られており、たとえば高見順が後に「転向という一本の木から出た二つの枝」と評した『日本浪曼派』、『人民文庫』もこの時期に創刊され、[6]戦中の問題系に深く関わっていくことになる。

さらに、「もし文芸復興といふべきことがあるものなら、純文学にして通俗小説、このこと以外に、文芸復興は絶対に有り得ない」と冒頭で宣言した横光利一の「純粋小説論」（一九三五年）や、同年の小林秀雄「私小説論」は、「文芸復興」期を代表する評論であり、戦後の「風俗小説」、「中間小説」等の系譜に直接関わる重要な問題を提起した。[7] また、従来の文学史で示されてきたような、もちろん見逃すことができない事柄であり、プロレタリア運動への大弾圧やナルプ解散、それにともなう「転向文学」の発生も、もちろん見逃すことができない事柄であり、それと関連して、「シェストフ的不安」や「行動主義」、「能動精神」といった新しい文学の流れも次々と形成されていった。たとえば『文学界』創刊が「呉越同舟」と称されたように、[8] この時期には様々な文学上の流れが融合しながら（あるいは融合させられながら）、戦中・戦後にまで連なる多くの問題系が一挙に表面化していったのだ。

以上を概観するだけでも、[9] 一九三五年前後の「文芸復興」と呼ばれた時期が、昭和文学や近代日本文学を語る上で、いかに重要な期間であったかが看て取れるだろう。

にもかかわらず、「文芸復興」それ自体については、近年、再考の契機を欠いたまま、関心自体が薄れつつある。その結果、「文芸復興」というものが、よく分からない現象のようにみなされてきているように思われる。本書は、こうした研究の背景をふまえ、近代日本の「文芸復興」研究が過疎化した原因を探り、既存の文学史観から遺漏してきた要素を中心に考察することで、「文芸復興」という現象を捉え直すことを試みるものである。

考察の方法は、実証的なアプローチを基軸としながら、章を追うごとに、時代背景から作品へと徐々に視点を絞っていく形で論を運ぶ。ただし、対象とするテーマや作品ごとに、より適切な方法を選択し、考察を行う。その検証によって、近代日本文学の「分水嶺」とされながらも、[10]「漠然とし」た現象とみなされてきた「文芸復興」を多角的に考察し、その全体像に迫っていきたい。さらにそこから、「文芸復興」期に飛躍を遂げ、戦後に大きな活躍を見せた太宰治や井伏鱒二をはじめとする、戦後文学・現代文学の読解の新たな可能性を導き出したい。

次節では、本書全体の〈見取り図〉を示すにあたり、最初に「文芸復興」という現象の名付け親の問題に注目する。以下、それを端緒としながら、「文芸復興」という現象を概観し、後述する各部でとりあげるそれぞれの問題系と関連づけていきたい。

二、「文芸復興」の名付け親

近代日本の文学史において、昭和期の「文芸復興」という名称は非常に有名であるが、その名付け親がだれであったかは意外に知られていない。実は戦後の研究史を紐解いても、その人物をはっきりと示しているものは、ほとんどないのである。

「「文芸復興」という呼び声がどこから起ってきたか、どんな形でいわれはじめられたかということ」は「よくわからない」（本多秋五）、「「行動」「文学界」「文芸」などの文芸雑誌が相次いで創刊される前後から、「文芸復興」という合言葉がだれいうともなく唱えられはじめた」（平野謙）、「「文芸復興」という合言葉は、厳密にいって、誰が、いつ、どこでいい出したものかは明らかでない」（橋川文三）、「元来、「文芸復興」とは、当時の文壇用語にほかならないが、その名づけ親がだれであるかということははっきりしていない」（磯貝英夫）等々――[11]。このように、名だたる文学者たちが、その名付け親・主唱者について「はっきりしていない」ことを繰り返し述べてきたのである。

ところが、その名付け親がだれかということについて、従前の研究では、もうひとつの定説ともいうべき見解が存在する。しかも、それは先と同じ面々によって唱えられてきた。すなわち「文芸復興」の提唱者は、林房雄であったという説である。

本多秋五は次のように述べている。「最初の発声者は、その前年（昭和七年）に出獄して長篇「青年」（『中央公論』

同年八月以降）を発表しはじめた、林房雄であつたといわれる。林がどこで、どういう論文で、それを主張したのかは、当時の文献を多少しらべてみてもわからない」。本多は、控えめに林の名を挙げているが、他の論者は、より強い調子で彼を前面に押し出している。

たとえば、平野謙は「日本のルネッサンスはプロレタリア・ルネッサンスであり、文学のルネッサンスはプロレタリア文学に課されてある、というような熱烈な作家の覚悟を、林房雄は声高く叫んだ」ことに「文芸復興」の源泉を求めている。また、橋川文三は、「「文芸復興」の陽気なラッパ手として、林房雄が終始つとめた役割というものは、決し《ママ》過小に見つもることはできない」として、やはり、その名付け親を林房雄の動向に関連づけている。磯貝英夫は、この橋川文三の論を受ける形で、「やがてかれ（林房雄――引用者注）が、プロレタリアという冠詞をはぶいた、「文芸復興」の主唱者・ラッパ卒になることは、よく知られている。その発想源はここ（「作家として」――引用者注）にあるのであり、ひいては、この文壇用語の淵源もこのあたりに認めてよい」という形で、実証的な裏付けもなく、「文芸復興」の名前の由来を林房雄に帰していった。▼12

こうした考察の根拠となったのが、林が出獄した後、立て続けに発表した「作家のために」（『東京朝日新聞』一九三二・五・一九〜二一）、「文学のために」（『改造』一九三二・七）、「作家として」（『新潮』一九三二・九）の存在であり、特に、「作家として」の結語がその根拠とされてきた。

> ぼくたちはがんばらねばならぬ。日本のルネツサンスはプロレタリア・ルネツサンスであり、文学のルネツサンスはプロレタリア文学に課題されてゐる。
>
> これはぼくの夢である。しかし、ぼくはまた知つてゐる。努力はしばしば夢を現実にすることを。

林がここで述べた、「プロレタリア・ルネッサンス」という言葉が「プロレタリア」を除外した上で日本語訳されて流通し、「文芸復興」という名になっていった、というのである。確かに、林は同論で、「ぼくはいまプロレタリア・ルネッサンスといふことを考へてゐる」、「日本のブルジョアジイは、つひに人と社会とを底の底からまきかへす真のルネッサンスをもつことなく、文化の促進者としての役割をはつた」、「どの流れが日本のルネッサンスを完成するであらうか?」などと、「ルネッサンス」という言葉を繰り返している。ただし、一切、「文芸復興」という言葉は用いておらず、これだけで彼を提唱者と断言するのは、やや早計にすぎよう。

ところがその一方で、先の林房雄の評論が発表された直後に、同時代において、すでに「文芸復興」と林を結びつけた評もあった。

> 急激に動き初めた或る運動が文芸方面にも見られる事は事実であらう。
>
> 曰く、バルザック乃至スタンダールの再吟味。曰く、新しいロマンへの要望。——ひとくちに云へば、一種の文芸復興運動に違ひないのであつて、最近、朝日新聞に掲載された、林房雄といふ人の「作家のために」といふ弁も、多分、かうした運動への一つの現れと見る事が出来るのではないだらうか。さうして、少くとも左翼作家と目されてゐた彼の口からあゝ云つた言葉の出る様になつたのが、僕には頗る愉快で耐らないのである。
>
> （濱野修「漫談的な文芸時評（一）」『国民新聞』一九三二・五・二七）

「一種の文芸復興運動に違ひない」や、「多分……見る事が出来るのではないだらうか」などの保留つきながらも、

「文芸復興」が勃興する前年（一九三二年）の段階で、すでに林房雄と「文芸復興」という言葉が結びつけられていた。そう考えると、やはり林房雄を「文芸復興」の実質上の名付け親だとするこれまでの多くの指摘にも、ある程度首肯することができる。

しかし、ここで見逃してはならないのは、川端康成の存在である。

三、前景化された提唱者

「文芸復興」という現象が、近代日本において起こったのは、一九三三（昭和八）年後半からであったが、実際の現象に対して、はじめて公にその名を用いた人物は、川端康成であったとされる。たとえば、『日本近代文学大事典 第四巻』（一九七七・一一、講談社）の「文芸復興」の項目において、保昌正夫は次のように解説している。

日本の近代文学にあって文芸復興の声がしきりと挙げられたのは昭和一〇年前後、プロレタリア文学が後退し、昭和の「文学界」が創刊（昭八・一〇）された時期あたりからである。「文学界」創刊号の編集後記（川端康成）には、「時あたかも、文学復興の萌あり」の文字がみえる。「文学界」とほぼ同時に「行動」「文芸」があいついで発刊されたことも文芸復興の気運をあおった。

そこで、あらためて『文学界』創刊号の「編輯後記」における、川端の言葉を確認しておこう。

本誌発刊の計画は、とん〳〵拍子に捗つた。同人も忽ち志を同じうして集つた。経営者田中直樹氏の献身的な努力も約束された。時あたかも、文学復興の萌あり、文学雑誌叢出の観あり、尚のこと本誌は注視の的となつたが、私達はこの時流を喜び、それを本誌によつて正しく発展させようとすると同時に、また時流とは別個の私達の立場も守らうとする。本誌に就て種々の関心をお示し下さつた方は、しばらく本誌の文学活動を静観願ひたい。

このように、「文芸復興」勃興の象徴とされる『文学界』創刊号（一九三三・一〇）において、川端康成は、文学状況の活発化について、いちはやく「文学復興」という言葉を用いていた。そして、その翌月には『文藝春秋』誌上において、「文芸復興座談会」という企画が組まれた。そこに及んで、「文芸復興」の名は広く流布していくこととなったのである。[▼13] にもかかわらず、これまで多くの論者によって、林房雄の名ばかりが提唱者としてクローズ・アップされてきた。これは一体どういうことなのだろうか。竹盛天雄の言葉を引いてみたい。

> 林房雄に『文学は復興する』（原題『十一月の作品評』昭八）というタイトルの一文がある。彼はそこで、「潮はすでにみなぎりはじめてゐる。――『改造』一冊をとつてみても、復活する文学の息吹きが感ぜられる」と言っている。『文芸』、『文学界』、『行動』等の文芸雑誌がつぎつぎに創刊されて文壇に活気を注入した季節を背景にした発言にほかならない。当時いわれた「文芸復興」というよびごえには、けわしい政治主義の道をつき進んだプロレタリア文学運動の敗退・挫折にともなう新しい転換を予知させるものがあった。（「明治・大正文学の命脈」『昭和の文学』一九七二・四、有斐閣）

竹盛も、断言こそしていないものの、林房雄の評論「文学は復興する」と「文芸復興」とを結び付け、そこにこの現象の端緒を見出している。ところが、竹盛自身がすでに述べていたように、「文学は復興する」という題そのものは、後年、林によって改題されたものであり、原題は「十一月作品評」（『文学界』一九三三・一二）であった（竹盛は「十一月の作品評」としているが、本題は「十一月作品評」）。しかも、この林の評論が発表されたのは、川端が「文学復興の萌あり」と断言した二ヵ月後のことであり、さらに、『文藝春秋』誌上で「文芸復興座談会」の特集が組まれた翌月のことであった。

こうした事実を見ていくと、なぜ林房雄が、「「文芸復興」の主唱者・ラッパ卒」という言葉とともに、提唱者としてこれほどまでに前景化されてきたのかということが、やはり疑問として残る。その大きな手がかりとなるのが、翌年一月の川端康成の評論、その名も「文芸復興とは」（『報知新聞』一九三四・一・一、三～五）である。

> 私達の同人雑誌『文学界』を、はじめ林房雄氏は『文学建設』または『文芸復興』と名づけたがつてゐた。『文学建設』は甚だ青くさく、雑誌の名として落ちつきがない。『文芸復興』の方は『復興』と『復』といふ字に種々の疑問が出るだらう。そこで『建設』とか『復興』とか、意味がはつきりと強過ぎる言葉を避けて、四十年近く前の透谷氏や藤村氏の同人雑誌をそのまま拝借して、ただ漠然と『文学界』といふことになつたのであつた。
>
> しかし『青年』の作者の林房雄氏は『維新』といふ言葉と『文芸復興』といふ言葉とを、一方ならず愛してゐるらしい。その言葉のうちに、彼自身の若い明るい胸の響を聞くらしい。ところでこの『文芸復興』といふ言葉はいふまでもなく『ルネツサンス』といふ言葉の訳語である。つまり林氏は『ルネツサンス』といふ言葉

を愛したのである。『文芸復興』といふ字面の感じからは、われわれ日本人は、西洋のルネッサンスの精神を、一応の説明なしには受け取れない。『維新』と訳した方が気持がよく出るのだがなどとまで、林氏はいつてゐた。『ルネッサンス』のもつとよい訳語があれば、私達はそれを同人雑誌の題名としたかもしれない。

その前後から、林房雄氏その他は『文芸復興』といふことを盛んに唱へ、この言葉は寄つてたかつて胴揚げされたり、袋たゝきにされたりしたが、腹のなかまでたち割つて、ルネッサンスといふ血筋を見る人はなかつた。

たったこれだけの短い文章の中で、川端は「文芸復興」の由来について、林房雄という固有名を実に五回も挙げている。「復興」という「意味がはつきりと強過ぎ」て、川端らが「同人雑誌」に採用しなかった「文芸復興」という名称を、林がいかに「名づけたがつて」おり、「愛し」「盛んに唱へ」ていたかを繰り返したのだ。つまり、川端は、自ら「文学復興の萌あり」と述べた三ヶ月後、すぐに、その主唱者は林房雄であったのだと、彼を強く前面に押し出していったのである。

この川端の指摘を受ける形で、名付け親についての説が形作られていったと言ってよいだろう。すなわち、「その名づけ親がだれであるかということははっきりしていない」ながらも、その用語をだれよりも熱心に「唱へ」たのは林房雄であるから、「文芸復興」という「文壇用語の淵源もこのあたりに認めてよい」という説である。

実際に、同時代においても、川端の発言の直後から、「知られてゐるとほり、この文芸復興といふ声は、最初、林房雄などを中心として広い意味でのプロレタリア文学の領域に属する一部の作家達の間から起つた呼び声であつた」（中條百合子、一九三四・一二）、「かつてはプロレタリア文学運動の主唱者の一人であつた林房雄氏等から旺に文芸復興の叫びがあげられた」（同、一九三七・四）、「林氏は衆知のごとく、最も積極的に、熱心に文芸復興を唱導した代表的人物であつた」（窪川鶴次郎、一九三九・一〇）という認識が、徐々に広まっていった。[14] その流れは、戦後も着実に継承され、提唱者は「誰であるか、はっきりとしていない」としながらも、結局は林房雄に還元していく論調が、時代を下るにつれて強まっていったのである。

以上、「文芸復興」の名付け親をめぐる問題を、林房雄と川端康成との関係に見たが、それには理由がある。「作家のために」、「文学のために」、「作家として」を中心に、林房雄が「文芸復興」という現象の気運を高めたことは確かであろう。また、『文学界』の誌名を「文芸復興」としようとしていたという川端の証言も、林が特に反論していないことからも、決して間違いではないと推察される。

しかし、ここで問題となってくるのが、名付け親、提唱者として、戦後まで林房雄の名があまりにも前景化されてきたため、戦後の「文芸復興」研究において、ある認識の硬直が生じていったことである。

四、戦後研究の検証の必要性

一九三三年後半、「文芸復興」が勃興した際、川端康成は、いちはやくその現象を「文学復興」と呼んだ。前節では、その川端が、林房雄の名と「文芸復興」を結びつける発言を繰り返すことによって、文壇内において「文芸復興」の主唱者・名付け親は林であるという認識が定着していった過程を明らかにした。この認識は、その延長線上に構築された文学史にも影響を及ぼしていくことになる。

たとえば、有斐閣選書「近代文学史シリーズ3」の『昭和の文学』（紅野敏郎・三好行雄・竹盛天雄・平岡敏夫編、一九七二・四、有斐閣）では、「文芸復興」の成立について、次のような説明がなされている。

左翼弾圧と満州事変を相乗した時代状況は、また、円本ブームに根ざした知的読者層の拡大と、雑誌『キング』を中心とする大衆社会的状況とを進展させていた。(中略)そこへ、林房雄の陽気な命題が飛び出す。「ぼくたちはがんばらねばならぬ。日本のルネツサンスはプロレタリア・ルネツサンスであり、文学のルネツサンスはプロレタリア文学に課題されてゐる」(『作家として』昭七)。二年間の獄中生活から出所した林の、ナルプの政治主義的偏向批判を基底に、文学の自律・昂揚を謳歌する〝ルネッサンス〟ヴィジョンは、自然主義でも白樺派でもなく、またあわれな「文学変種」たる純文学でも、まして「俗悪な進出」をとげた大衆文学でもないプロレタリア文学を! という雑駁な主張だった。しかしその林が非プロレタリア的と面罵されて〈純文学〉の軸に乗り移る時期は、金科玉条とされた唯物弁証法的創作方法からの転換が叫ばれ、転向・離脱が続出した時期と重なる。そこに醞醸された文壇一般の、一抹の安堵感や解放感を誘導すべく、〝文芸復興〟は格好のキャッチ・フレーズになったのであった。(小笠原克「昭和文学の形成」『昭和の文学』前出)

このように、「プロレタリア・ルネツサンス」という言葉は、時代を下るにつれ、より強く「文芸復興」という言葉に結びつけられるようになり、名付け親、提唱者は林房雄であることも暗黙の了解のようになっていく。しかし、名付け親の問題以上に、ここで注目したいのは、次のことだ。すなわち、文学史の定番のひとつであった『昭和の文学』において、「文芸復興」を、プロレタリア文学や転向文学の流れの中で捕捉する見方が、自明のこととして行われていることである。

本多秋五は、「「文芸復興」なるものと、転向文学の出現とは、ひとつの質の両面であつた」と指摘したが(「「文芸復興」と転向文学」前出)、その流れは、転向した提唱者林房雄自身の問題と重ね合わせられることでいっそう強化され、「文芸復興」観を規定してきたのである。

こうした見方に対して、中島国彦は「現在の視点から見た文学史的整理として明快だが、プロレタリア文学の衰退→転向文学の進展→「文芸復興」の提唱、というように安易に考えてしまってはならない」(「〈文芸復興〉の実際——矢崎弾の初期評論を視座として」『國文學 解釈と教材の研究』一九八七・八)という警鐘を鳴らした。それでもこの傾向に歯止めはかからず、「文芸復興」への視座自体が硬直化していった。

その背景には、本多秋五と同じ『近代文学』同人であり、誰よりも昭和文学史の形成に尽力し、「昭和一〇年前後」という時期にこだわった平野謙の存在があったことを見逃すことはできない。彼は、「人民戦線」「統一戦線」を強く意識し、「ナルプ解散」を中心に据え、「三派鼎立」「二派抗争」という「公式」から「文芸復興」という現象を捕捉していった。そうした多くの前提のもとで、平野は「文学史の上にゆめを託して」、時には「ささやかな芽を拡大して、そこに可能性をゆめ見」ながら[15]、次々と文学史書を刊行していく。

こうして、「文芸復興」の提唱者の問題は、転向文学との絡みの中で、「ナルプ解散」を中心とする平野の文学史観へと連なってゆく。その認識が基底にあるため、「文芸復興」という現象は、プロレタリア文学や転向文学の流れの中で捕捉されることが前提となっていき、その他の多くの要素が捨象されてしまったのだ。

「文芸復興」観が半ば硬直化し、それどころか、考察が敬遠されつつある現状の発端を、ここに求めることができよう。そのため、もう一度、平野謙ら『近代文学』同人が、戦後どのような形で「文芸復興」観を築いていったのか、さらに、そこからどのような要素が捨象されていったのかを詳細に分析することが、「文芸復興」の検証を行う際の第一の課題になるのである。

五、ジャーナリズムの検証の必要性

「文芸復興」という言葉をいちはやく用い、さらに、その提唱者を林房雄だと述べた川端康成は、ある意味では林以上に、この現象に大きく寄与した文学者であった。川端は、先に引用した評論「文芸復興とは」において、やはり林房雄の名前を「発言者」として押し出しながら、次のように述べている。

西洋の昔のことなどにかかはりなく、ただ単に純文学の勃興、または勃興の機運と、流行語の『文芸復興』を解していいわけであるけれども、その発言者の林房雄氏の気持には、ルネツサンス精神へつながるあこがれがあつたのである。

この評論が発表された一九三四年一月は、まだ「文芸復興」の声があがりはじめたばかりの時期であった。この時期に、川端はわざわざ「流行語の『文芸復興』」と記しているのだ。そこには、「文芸復興」という言葉や現象を「流行」させようとする川端の意志が働いていたと看て取ることは容易であろう。もちろん、「流行」を起こすためには、ジャーナリズムの存在が欠かせない。川端は、そこにも周到に意識を向けており、同論では次のようにも述べている。

文芸復興の声のために、どんな作家も多少ともジヤアナリズムの上で仕事がしやすくなり、またしがひがあるやうになつたのは、確かな事実であつて、それに感謝こそすれ、けちをつけるいはれはあるべきでない。ただこの機運を自分のために生かすか生かさないかは、作家個々の勝手である。

この後、一九三五年を頂点として、実際に「文芸復興」が、大きな「流行」を迎えていく。そう考えると、川端が「文芸復興」の立て役者のひとりであったことは間違いない。しかし、ここで注目したいのは、川端康成個人の動向ではなく、彼が注目したジャーナリズムの存在である。

「文芸復興」の気運が高まっていった背景には、第一節でも触れたように、『文学界』、『行動』、『文藝』等、文芸雑誌の相次ぐ創刊があったことはよく知られている。[▼16] 改造社から刊行された『文藝』創刊号（一九三三・一一）の「創刊の辞」において、山本実彦は次のように述べている。

> 我社は文学復興の声我全文壇に漲るが故に、一時の出来心から本誌を創刊したのではない。我社の文学に関心するは既に久しいものだ。殊に彼の「日本文学全集」を集大成して怒涛の如き我大衆の喝采、画期的事功を挙げたことは歴史的事実として昭明である。
>
> 然るに我国の文学が最近萎微として振はず、文芸の貧困をかこつもの多きは何に起因する。我々は我文学の徒が社会の飛躍に心到せず、依然狭隘の文壇意識、社会意識に支配せられて広く世界の新しき主潮を取入れるのを怠つてゐたのだと断ずるに躊躇しない。（中略）その希求するところは我全大衆へ偉大なる文学を贈るにある。（中略）我大衆の熱烈なる、そして親愛なる支持を期待してやまざるものである。

「創刊の辞」において「彼の「日本文学全集」を集大成して怒涛の如き我大衆の喝采、画期的事項を挙げた」、

「全大衆へ偉大なる文学を贈る」、「大衆の熱烈なる、そして親愛なる支持を期待」と述べているように、改造社は『現代日本文学全集』、つまり「円本」のシステムとその「流行」を強く意識しながら、『文藝』を創刊していたことが分かる。実際に、同社は翌一九三四年より、『現代日本文学全集』の手法を踏襲した『文藝復興叢書』なる企画本を刊行する。川端康成は一九三四年の「今日の作家」(『改造』一九三四・七)において、ここでまたもや林房雄の名を出しながら、『文藝復興叢書』に対して、次のように述べている。

山本実彦氏や林房雄氏も、復興の証拠となる作品を見せよと詰め寄られると、今は準備期であり、萌芽期であるから、五年十年の歳月を借せと、力んだのか、逃げたのか分らない。理想や抱負は高遠なほどよい。さりながら、私は例へばこの「文藝復興叢書」の二十冊でも、その証拠品として提出するに、いささかも恥づるところはないと信ずる。この叢書は主として年少作家の短篇を集めたに過ぎず、現代作家を網羅したわけではないが数年前円本として流布した明治大正の作品に、これらの作品が遠く及ばぬとは、私は夢にも考へられない。

このように、改造社社長・山本実彦のみならず、文学者の側からも、「文芸復興」という現象を考察する際、「円本」を強く意識していたことが、この川端の発言からも分かる。また、先の「創刊の辞」で、山本は「我国の文学が最近萎微として振はず、文芸の貧困をかこつもの多き」と述べているが、これは「円本ブーム」の反動という側面も大きかった。▼17

そのように考えると、一九三二年頃の「純文学飢餓」と呼ばれた時代から、急激に「文芸復興」へと向かっていったその背景には、「円本ブーム」やジャーナリズムの動向が、深く関係していたことが、あらためて浮かびあがってくるだろう。

こうした要素は、これまで文学外の動向として、平野謙を中心に、既存の「文芸復興」観から概ね排除されてきた。そこで、文学外の要素や、「文芸復興」以前の要素にも目を向けながら、「円本ブーム」やジャーナリズムの影響を検証することが、第二の課題となる。

六、「大衆文学」の検証の必要性

「文芸復興」という現象は、一九三五年を軸とする前後五年間に巻き起こった。一九三五年四月の横光利一「純粋小説論」(『改造』)は、まさに「文芸復興」の気運が頂点に達した際に発表された評論であった。この論が、大きな反響を呼んだことはよく知られており、今日に至るまで、様々な角度から研究がなされてきた。

曾根博義は、「〈文芸復興〉という夢」(『講座昭和文学史 第二巻』一九八八・八、有精堂出版)において、「文芸復興」の特色を「大衆文学と大衆文学優先のジャーナリズムに対する防衛と挑戦のための純文学者の大同団結という性格をもっていた」という形で説明している。

「文芸復興」の気運を決定づけた、一九三三年一一月『文藝春秋』における「文芸復興座談会」も、菊池寛、直木三十五、宇野浩二、徳田秋声、佐藤春夫、広津和郎、横光利一、川端康成、深田久弥、小林秀雄、杉山平助という、「純文学/大衆文学」の垣根を越えた、多岐にわたる面々で行われた企画であった。この有名な座談会において、次のような会話が交わされている。

直木 一体純文学復活の兆と云ふのがあるのか。プロレタリア文学の勢力が少くなつたから、外の文学がなくなつて、已むを得ず純文学になつて来たのか、それとも積極的に純文芸が働きかけて来たのかい。

（中略）

徳田　先つきのお話のプロレタリア文学と純文学の対立して居ると云ふよりは、寧ろ純文学と大衆文学と対立して居るんぢやないかと思ひます。

記者　純文学と大衆文学ですか。どう云ふ点で…

徳田　大衆文学が余り氾濫をして来たから、其反動が来たんぢやないかと思ひます。

（中略）

菊池　斯ういふ世の中になつて僅か一万や二万の雑誌は非常に苦しくなつて居る。僕も文学雑誌をやるつもりで出してやつて居るけれども、原稿料を出すと成り立たぬ。二万を刷つて原稿料を出すと月々千や千五百円は損です。どうしたつて十万近い部数になるとどうしても大衆に訴へる必要が出て来る。大衆に訴へるのが今の純文学小説では其の力が乏しいことになると、純文学小説の現れる領域が非常に少なくなります。さういふ点で純文学でも大衆に訴たへる力を養つて行くといふことが、大衆小説に対抗する一つの道ぢやないかと思ふんですね。

徳田　社会が一体にチヤチに出来上つて居るから…

菊池　文学雑誌になつて原稿料を二円出しますと二万刷つてすつかり売れなければ出せません。

（中略）

菊池　ヂヤーナリズムが、雑誌の方で純文学作品に高値を払つて、紙面をそれだけ割いていゝんだね。

広津　それがさつき菊池君の言つたやうにね、雑誌の経営の方から言つてね、原稿料を払ひながら大衆を獲得して行くことが出来ないと云ふ点から、両方の理由があるけれどもね、さう云ふ点を押切ると云ふ訳に……それにはだから両方だがね。

菊池　文学作品が大衆的に段々にアッピールするやうなものが出来ないものかね、出来ればね、自然にまあ……

「文芸復興座談会」における、こうした「純文学」と「大衆文学」をめぐる議論をふまえると、「純粋小説論」における横光の、「もし文芸復興といふべきことがあるものなら、純文学にして通俗小説、このこと以外に、文芸復興は絶対に有り得ない」という主張は、まさにこの座談会で提起された話題を受ける形でなされていることに気づくはずである。その意味でも、「純粋小説論」は、「文芸復興」という現象自体を象徴する評論であったといえるだろう。ところが、これまでの「文芸復興」に関する研究も、「純粋小説論」に対する研究も、基盤にあったはずの「大衆文学」側からの考察は、ほぼ等閑に付されてきた。

その背景には、「文芸復興」にしても「純粋小説論」にしても、いわゆる「純文学」の側面だけが研究対象になるという傾向が存していた。たとえば、平野謙は『昭和文学史』▼18の「不安の文学と文芸復興の意味」という節のなかで、次のように語っている。

菊池、久米、加藤らは純文学出身にもかかわらず、純文学の封鎖的な狭隘性に慊らぬせいもあってか、昭和期にはいるとすっかり通俗小説畑に移籍してしまって、もはや現代文学の大勢や動向とは無関係のような存在となる。

このように、「純文学出身にもかかわらず」、「通俗小説」や「大衆文学」に「移籍してしま」った作家は、「現代文学の大勢や動向とは無関係」と断言するような視座から、既存の「文芸復興」観や文学史観が構築されてきたのだ。しかし、「文芸復興座談会」における広津和郎の「大衆を獲得していく」という発言や、前節で見た『文藝』の山本実彦「創刊の辞」における「その希求するところは我全大衆へ偉大なる文学を贈るにある」、「我大衆の熱烈なる、そして親愛なる支持を期待してやまざるものである」という言明に出会うとき、「大衆」や「大衆文学」、「通俗小説」の問題を抜きにして、「文芸復興」という現象を語ることは不可能であろう。

この時期に活躍した「大衆文学作家」は数多くいるが、そのなかでも、誰よりも強く「純文学」に反発し続け、「文芸復興」の直前に、広津和郎と「純文学飢餓論争」を行い、「文芸復興座談会」にも参加していた直木三十五の存在は、特に見逃すことができない。「文芸復興」期に入った直後の一九三四年二月に死去し、翌三五年一月に「直木三十五賞」が設定されて以来、現代に至るまで、彼の名は「大衆文学」や「通俗小説」を表す記号のように流通している。この直木三十五の存在を中心に、「大衆文学」が「文芸復興」に及ぼした影響を具体的に考察することが、第三の課題になるのである。

七、「新興芸術派」の検証の必要性

平野謙が「昭和初年代の文学界の最大の特徴」を「二派抗争の歴史ではな」く「三つ巴の三派鼎立の歴史にほかならなかった」と規定したことはよく知られている。▼19 代表的な著書『昭和文学史』等において、「自然主義文学から私小説へとつづく既成リアリズム文学」、「新感覚派文学から新心理主義文学へと移りゆくモダニズム文学」、「初期の労働文学から共産主義文学の確立をめざすマルクス主義文学」の鼎立が「恒常化」したところに「昭和文学独得の運命」を見出したのが、平野の有名な「三派鼎立」の「公式」である。さらにこの「公式」は、「文芸復興」期に「ようやく新旧二派抗争の歴史に切りかえられることによって、昭和の新文学が自立しようとした」という形で進展していく。

こうした史観があったからこそ、平野は「文芸復興」を「文学史上のエポック」として最重要視したのであった。特に、彼は小林秀雄にその可能性を強く見出し、「自意識の文学と社会意識の文学とにひきさかれた昭和の新文学は、ここでより高次なものにアウフヘーベンされる可能性もまんざらなかったわけではない」と指摘している。[20]

また、平野は『昭和文学史』において、「文芸復興」期の「三派鼎立」の変容を分類し、「まず第一に、既成リアリズム反対を標榜した」という「モダニズム文学の変貌」、「第二に、自然主義的方法を媒介とすることによってマルクス主義文学の変質を企てた」という「反モダニズム的傾向」、最後に「生粋のモダニズム文学に出発しながら私小説的方法を媒介とすることによって、マルクス主義文学反対を表明した」流派に分けている。このように、それぞれが「他の二派に反対し、あるいは媒介することによって、みずから変貌しようと試みた点」こそが、「文芸復興」の「文学史上の意味」があると平野は結論づけた。

しかし、「三派鼎立」自体はともかくとして、平野の「文芸復興」期の文学状況の分類は、特に「モダニズム文学」という語の用い方が、非常に曖昧である。もともと、「モダニズム」という用語自体が規定しにくい側面を持つが、[21]それをさらに、「モダニズム文学」、「反モダニズム的傾向」、「生粋のモダニズム文学」という形で、特に注釈もなく分類し、「文芸復興」を規定しようとするのは、さすがに牽強附会と言わざるを得ないだろう。

さらに、「モダニズム文学」の代表者として、横光利一、小林秀雄、舟橋聖一、石川淳、井伏鱒二、堀辰雄、阿部知二、牧野信一、「反モダニズム的傾向」の代表者として、徳永直、高見順、太宰治、「生粋のモダニズム文学」から「出発」したものとして、伊藤整の名を挙げるなど、各文学者の分類も非常に恣意的である。

その要因は、平野が「三派鼎立」の「公式」を先に組み立てていたからだと考えられる。そのため、肝心のそれぞれの流派の定義付け、特に「モダニズム文学」の定義づけが、追いついていないのだ。

この恣意的な分類の中で、特に大きな問題をもつのは、「新興芸術派」の存在が、ほとんど顧みられていないという事実である。元来、文学史上において、はじめて明確に「モダニズム文学」と称されたのは「新興芸術派」の面々であった。ところが、平野は「モダニズム文学」を「新感覚派文学から新心理主義文学へと移りゆくモダニズム文学」という形で捕捉し、「新興芸術派」を「文壇的騒音」という形で、前節で確認した「大衆文学」と同じく、自らの文学史上から排除してしまった。

「新興芸術派」が作り上げた「エロ・グロ・ナンセンス」の流れは、「当時において、一定の意味では、むしろ時代のファッショ傾向に対する抵抗」を持っていたとされる。また、同時代を知る窪川鶴次郎は「新興芸術派」に対して、「これがあってはじめて文芸復興の窮極の意義を明らかにすることができる」と明言している。[▼22] 実際に、「文芸復興」の気運のなかで大きく活躍していった井伏鱒二は、もとは「新興芸術派」に属し、そのなかで「ナンセンス作家」の一員として活動をしていた。また、井伏に師事した太宰治も、「ナンセンス小説」から強い影響を受けていた。ところが、その太宰についても、平野の分類によると「反モダニズム的傾向」を持つとされているのだ。

こうした平野の「文芸復興」観からこぼれ落ちた重要な存在、すなわち「新興芸術派」の系譜を明らかにすることが、第四の課題として挙げられるのである。

八、新進作家の登場と戦後文学への潮流

戦後において「昭和一〇年前後」を「現代文学の根本的なエポック」とした平野の指摘は、今日でも強い影響力を持つ「芥川龍之介賞・直木三十五賞」の創設や、戦後、大活躍していった多くの作家の登場をふまえると、首肯すべき要素も多く含んでいる。そこで、最後の課題として、「文芸復興」再検証の後に、この時期の新進作家の詳細な作品分析を行うことで、その新たな側面を照らしていくことが挙げられる。

第一節で見たように、「文芸復興」期は、石川淳、高見順、石川達三、島木健作、石坂洋次郎、丹羽文雄ら非常に多くの新人が輩出され、「現代文学」に大きな影響を与えていった。その中でも、「文芸復興」の中で礎を築き、戦後に非常に大きな飛躍を遂げ、現在に至るまで根強い人気を博してきた作家として、太宰治の名が挙げられる。彼は、まさに「文芸復興」が勃興した一九三三年にデビューし、またその現象自体を強く意識しながら作家活動を行っていった。たとえば、小説「猿面冠者」(『鷭』一九三四・七)には、次のような一節も見られる。

いま日本では、文芸復興とかいふ訳のわからぬ言葉が声高く叫ばれてゐて、いちまい五十銭の稿料でもつて新作家を捜してゐるさうである。この男もまた、この機を逃さず、とばかりに原稿用紙に向つた。とたんに彼は書けなくなつてゐたといふ。ああ、もう三日、早かつたならば。或ひは彼も、あふれる情熱にわななきつつ十枚二十枚を夢のうちに書き飛ばしたかも知れぬ。毎夜、毎夜、傑作の幻影が彼のうすつぺらな胸を騒がせては呉れるのであつたが、書かうとすれば、みんなはかなく消えうせた。だまつて居れば名を呼ぶし、近寄つて行けば逃げ去るのだ。メリメは猫と女のほかに、もうひとつの名詞を忘れてゐる。傑作の幻影といふ重大な名

詞を！

太宰治は「文芸復興」を強く意識しながら「書けな」くなり、強い焦燥にかられる新進作家を描いていたのである。加えて、「第一回芥川龍之介賞」との深いかかわりや、戦後から現在に至るまで根強い人気を博してきたという点も考えあわせると、「文芸復興」期に多く登場していった新人の中でも、太宰治は特に、その象徴的な存在であったといえるだろう。

さらに、前節まで「文芸復興」研究の課題として挙げてきた、（A）戦後の「文芸復興」研究の再検証、（B）ジャーナリズムの影響の問題、（C）「大衆文学」の影響の問題、（D）「新興芸術派」の影響の問題、という四つの要素すべてに、太宰治は深く関わっていることも注意すべきである。

まず、彼は学生時代にマルクス主義運動を志しつつ、「新興芸術派」に属した井伏鱒二からも強い影響を受け、さらにその後、「私小説」と分類される多くの小説を残していった。その意味で、平野の「三派鼎立」の「三派」のいずれにも関与しており、（A）戦後の「文芸復興」研究、（D）「新興芸術派」の検証という課題と、深いつながりが見出される。

また、彼は「芥川龍之介賞」に非常に強くこだわり、落選した際には「川端康成」を「刺す」とまで語るなど、[23]スキャンダラスな行動を起こし、それがかえって「芥川賞」が「巨大な商業的再生産装置」[24]となっていくのに大きく寄与することとなった。同時に、彼は生活のために書いた「大衆文学」である「断崖の錯覚」（『文化公論』一九三四・四）を、死ぬまで秘匿し続けるなど、強く「純文学／大衆文学」のジャンル区分にこだわり続けた。その点で、（B）ジャーナリズム、（C）「大衆文学」の再検証という課題とも、深いかかわりが見出される。

そのように考えると、この四つの要素の再検証を中心に、「文芸復興」を捉え直したとき、この時期の太宰治の作品も、また違った形で捉えられるはずである。

「文芸復興」期に書かれた彼の初期作品のなかでも、「第一回芥川龍之介賞」の候補になり[25]、「川端康成へ」（前出）でスキャンダルを起こす原因となった「道化の華」（『日本浪曼派』一九三五・五）は、この時期の太宰において、特に注目すべき小説であろう。実際にこの作品は、多くの研究がなされている太宰の作品のなかにおいても、圧倒的な先行研究の量を誇る。また、戦後に大流行した「人間失格」（『展望』一九四八・六〜八）と同じ「大庭葉蔵」という登場人物が出てくる点でも、戦後の彼の活躍との関連性も頻繁に指摘されている。

以上のような根拠に基づいて、本書の締めくくりとして、「文芸復興」という現象が新進作家に与えた影響を考察する狙いのもと、太宰治の初期作品、特に「道化の華」を詳細に分析することで、戦後文学や現代文学へと、視野を広げていきたい。「文芸復興」の再検証を、具体的な作品へと反映させることは、文学史観・社会背景・文学状況だけでなく、小説分析に接続させるという点で、文学研究上の意義もあると考えられるからである。

これまで見たように、平野謙を中心とする既存の「文芸復興」観には、再検証すべき点が多くある。ただし、それだけで平野の文学史自体を全否定することはできまい。強固な「平野史観」「平野文学史」の「公式」から漏れ出した要素を検討することで、近代日本の文学史自体の相対化や見直しにもつながっていくと思われる。さらに、そこに見える戦後文学・現代文学の可能性を導き出すことに向けて、以下、論考を進めていきたい。

第一部では、既存の「文芸復興」観の問題点をより深く抉り出すことを狙いとして、戦後の「昭和文学史」形成の点検から行っていく。その後、第二部以降より、「文芸復興」の個別の分析に入っていきたい。

第一部　文学史の形成と「文芸復興」

——平野謙の文学史観を中心とする戦後研究の検証

第一章　戦後批評と「文芸復興」
——一九五〇年代

一、「文芸復興」と戦後の研究

「はじめに」では、本書全体の見取り図を提示するとともに、「文芸復興」に対する認識の硬直化をもたらした一因として、その名付け親の問題に着目した。特に、川端康成の評との関連において考察を進めることによって、林房雄の転向問題とも絡む形で、「プロレタリア・ルネッサンス」が「文芸復興」に結びつけられるようになっていった経緯を紐解いた。さらに、その俎上に形成された、戦後の平野謙を中心とした「文芸復興」観を確認したことにより、「文芸復興」研究の課題が明らかになった。

続く第一部では、今日の「文芸復興」理解を決定づけた戦後の文学史観を、さらに掘り下げていきたい。

本章では、まず、一九五〇年代に作られた『近代文学』同人たちの「文芸復興」観に注目する。なぜならば、戦後、一九三五（昭和一〇）年前後の「文芸復興」という文学状況にいちはやく注目したのは、平野謙ら『近代文学』同人であり、その強固な「文芸復興」観は、今日の半ば硬直化した研究状況に、少なからず影響を及ぼしていると考えられるからだ。そうした観点から、現在の「文芸復興」観が形成された経緯を、より明確な形で浮かびあがらせたい。

二、「文芸復興」の時期と「昭和九年」をめぐる問題

『文学・昭和十年前後』（一九七二・四、文藝春秋）で「昭和十年前後という時期」を「文学史上のエポック」と明言した平野謙の文学史観は、一般的に『現代日本文学入門』（一九五三）、『昭和文学入門』（一九五六）、『昭和文学史』（一九六三）[26]等によって「精密化」され、「三派鼎立、二派抗争の平野公式として完成された」[27]とされる。『昭和文学史』の底本が『現代日本文学全集　別巻1　現代日本文学史』（一九五九・四、筑摩書房）であることもふまえると、彼の「昭和一〇年前後」を中心とする昭和文学史観は、主に一九五〇年代に形成されていったといえるだろう。

もう少し整理をすると、『現代日本文学入門』で独自の昭和文学史観を体系化し、『昭和文学入門』に再収録した平野は、『現代日本文学全集　別巻1　現代日本文学史』（＊以下、『現代日本文学史』と表記する）でそれをさらに「精密化」させ、今度は『昭和文学史』に再収録することによって、自らの史観を広く流通させていったということになる（＊本章の引用は、それぞれ『現代日本文学入門』、『現代日本文学史』に拠る）。

ここで、『現代日本文学入門』（『昭和文学入門』）や『現代日本文学史』（『昭和文学史』）等、五〇年代における平野の「文芸復興」に対する叙述を見ると、ひとつの傾向が浮かびあがる。それは、「昭和九年から昭和十二年ころまでにいたる「文芸復興」期」、「文芸復興の合言葉のもとに、異様な活気を呈しはじめた昭和九年前後の日本文学」、「昭和九年以後、中日戦争勃発までの現代文学を、ひとつのエポックとしていかに評価するか」、「昭和九年から十一年にいたる現代文学は、実作的にも文学理論的にもまれにみる多彩な年度であった」と繰り返していることだ[28]。平野はこのように、「昭和九年」を「文芸復興」の始点として見据えていたのである（＊本節では叙述の混乱を防ぐため、平野の文章に即する形で、戦前期のみ元号で表記する）。

川端康成が、昭和八（一九三三）年一〇月の『文学界』創刊号「編輯後記」で「時あたかも、文学復興の萌あり」と明言したこと、あるいは、同年一一月の『文藝春秋』で「文芸復興座談会」という特集が設けられていたことは、「はじめに」においてすでに見た通りである。また、その年に、志賀直哉、宇野浩二、徳田秋声らが次々と復活し、「枯木のある風景」、「町の踊り場」、「春琴抄」、「萬暦赤絵」[29]等の小説も続々と発表されるなど、既成作家を中心に、多くの作家が前年（昭和七年）の「純文学飢餓」[30]とは打って変わり、大きな活躍を見せていた。加えて、『文学界』、『行動』、『文藝』の創刊や、『経済往来』の「三十三人集」刊行もまた昭和八（一九三三）年のことであった。そのように考えると、昭和八年の時点で、すでに「文芸」の「復興」は起こっていた。

もちろん、当時の文学状況に精通していた平野が、こうした事情を知らなかったはずはない。実際に彼は『現代日本文学入門』で、昭和八（一九三三）年の作家の動向や多くの作品の完成、雑誌の創刊について精確に叙述している。それでも彼は「文芸復興」に注目する際、繰り返し「昭和九年」という時期をその始点に据えた。たとえば、『現代日本文学入門』の「文芸復興」に注目した章（「昭和文学の一帰結」）が、もともと「昭和九年以後」というタイトルで『昭和文学十二講』[31]に収められていたことなどからも、その姿勢は明らかであろう。では、こうした平野の姿勢は、一体何を意味するのであろうか。

そのひとつの手がかりになるのが、『現代日本文学史』の叙述である。同著の「第二章　昭和十年前後」には、「不安の文学と文芸復興期の意味」という節が設けられているが（第三節）、それと切り離す形で「既成文学の復活」という節が、別個に設けられている（第二節）。さらに同節中では、「昭和初年代から昭和十年代への文学的推移の途上にうかんだ「既成作家の復活」という現象」、「明治・大正・昭和と生きぬいてきた文学者が、たまたま日華戦争から太平洋戦争へという大破局に突入する直前に、心魂を傾けて書きあげた記念碑的な作品群」などと、「既成作家の復活」を偶発的な事柄として、「文芸復興」と切り離す形で説明している。

すなわち、彼は「文芸復興」という現象と、昭和八（一九三三）年の「既成作家の復活」とを別個の現象として捕捉する意図のもとで、「文芸復興」の始点を「昭和九年」に見据えていったのだ。こうした姿勢の背景には、単なる文学史上の年代整理に収斂できない、平野のある意図が透いて見える。

平野が「昭和初年代の文学界の最大の特徴」を「二派抗争の歴史ではなく「三つ巴の三派鼎立の歴史にほかならなかった」（『現代日本文学入門』）と規定したことはよく知られている。「既成リアリズム」、「モダニズム文学」、「マルクス主義文学」を、それぞれ「封建的な生活感情」、「資本主義的な生活様式」、「社会主義的な生活志向」が併存するという近代日本社会になぞらえ、それが「恒常化」したところに「昭和文学独得の運命」を見出したのが、平野の有名な「三派鼎立」の「公式」であった。さらにこの「公式」は、「ほぼ昭和九年から昭和十二年にいたる」「文芸復興」期に、「ようやく新旧二派抗争の歴史に切りかえられることによって、昭和の新文学が自立しようとした」という形で進展していく。

こうした見方は、『現代日本文学史』において、いっそう強化されている。同著で平野は「昭和の新文学の大きな弱点」は「既成文学を圧伏しさることができなかつたところ」にあったと明言する。その上で、昭和一〇（一九三五）年前後に「三派鼎立」から「新旧二派抗争」への移行を見出し、そこにこそ「文芸復興期の一種の文学的豊饒」があったのだと指摘する。その上で、「しかし、それら変貌の試みは、自己を成熟させる前に、戦争とファシズムの動乱にまきこまれ、中断されなければならなかつた」という形で、「文芸復興」の可能性を終わらせている。

このように平野は、「三派鼎立」から「新旧二派抗争」への進展による「昭和の新文学の自立」という、先行する「公式」に「文芸復興」を当てはめることで、彼にとって理想的な文学形態の可能性をそこに見出したのであった。すなわち、その「公式」を成立させるために、「新旧二派抗争」が成立したという「文芸復興」の前段階として、「三派鼎立」の成立要件である「既成作家の復活」を、あえて位置づけなければならなかったのである。[32]「既成作家」が次々と復活した昭和八（一九三三）年という時期は、この「公式」により、「文芸復興」と別個のものとして措定されていった。

さらに平野は、「昭和八年」を「文芸復興」から巧妙に遠ざけると同時に、ある展望のもとで、今度は「昭和九年」という時期を前面に押し出していく。

三、ナルプ解散と「文芸復興」

「昭和九年から昭和十二年ころまでにいたる「文芸復興」期」、「文芸復興の合言葉のもとに、異様な活気を呈しはじめた昭和九年前後の日本文学」という形で、「昭和九年」を「文芸復興」の始点とした平野であるが、そこには、「既成作家の復活」を遠ざけるとともに、ある明確な展望が見据えられていた。それは、平野が「文芸復興」に注目した『現代日本文学入門』の「昭和文学の一帰結」という章に示されている。[33]

平野はそこで「昭和九年以後の文壇全体におよぼし」た「ナルプ解散の大きな文学的影響」を「みきわめ」ることを、前提としてはっきり打ち出している。その上で、「昭和九年から十一年にいたる現代文学は、実作的にも文学理論的にもまれにみる多彩な年度であった」という評価のもと、「ナルプ解散という歴史的事件に直接間接裏づけられて、昭和文学の一帰結を思わせる実りを結ぼうとした」という一文をもって、「文芸復興」を解説したこの章を閉じている。

「ナルプ」の「「政治の優位性」というゆるがぬ理念」がもたらした「堅牢な規矩」に注目していた平野は、[34] 理想的な文学状況の可能性を仮託した「文芸復興」期を、「社会意識的な文学運動」が「政治の優位性」から解放された時期として捕捉しようとした。つまり、平野にとって「昭和九年」とは、「ナルプ」（日本プロレタリア作家同盟）解散と「文芸復興」の勃興とを、直接的に結びつけ得る、非常に重要な年であったのだ。

「文芸復興」の様々な要素を「ナルプ解散」に還元していく平野の文学史観に対しては、当時から多くの反論が起こっていた。平野自身、一九五七年の段階で「ナルプ解散という非文学的（！）な事件にひきつけて、歴史的な文学現象を解明しようとする私どもの態度を、ひそかに嘲けるような風潮が一般的なようだ」として、多くの批判があることを述べている（「解説」『現代日本文学論争史（下）』一九五七・一〇、未来社）。

しかし、それでも平野は、自らの「文芸復興」観を変更することはなかった。むしろ「昭和九年から昭和一二年ころまでにいたる「文芸復興」期」に注目する理由を、「ナルプ解散を中心とする前後数年間の歴史は、今日も新しく再検討するに価いするダイダスティックなエポックにほかならない」からだと述べる。さらに、「行動主義文学論争はナルプ解散の直接的影響から、シェストフ論争はそれの間接的影響から生れた」、「横光の『紋章』がナルプ敗退という地盤のうえに構築されたのはあきらかである」などと、あらゆる「文芸復興」期の文学的事象について、「ナルプ解散」に還元する姿勢をいっそう強めていった。

同時に、平野は「三派鼎立」から「新旧二派抗争」への進展を見据えながら、「文芸復興」期に「モダニズム文学」と「マルクス主義文学」との「統一戦線」をみる姿勢を、より前面に押し出していく。特に、その可能性を小林秀雄に託して、「横光利一とマルクス主義文学とを止揚するものとして、小林秀雄はジッドにまなんだ「社会化された自我」をこの日本にうちたてようと目論んだ」[35]、「小林秀雄はジッドとおなじくコムミュニズムに転換していたかもしれぬ」などと述べていったことは、よく知られている通りである（『現代日本文学入門』）。こうした小林秀雄に対する評価や、それに対する佐々木基一らの強い反論等は次章で触れるとして、ここでは平野の「文芸復興」に対する視座をさらに掘り下げていきたい。
平野は『現代日本文学史』において、「正統的なマルクス主義者からみれば」「許しがたい妥協であり、逸脱」であった「統一戦線」「人民戦線」が、「文芸復興」期、「ナルプ」の解散をきっかけに「萌芽」したことをあらためて強調し、そこに大きな意義を見出していく。

青野季吉や窪川鶴次郎は舟橋聖一らの能動精神に積極的に同調する姿勢をとることによって、ファシズム反対という共同の目標に文学戦線を結集しようと努めたが、やはりそこには正統マルクス主義の路線からの逸脱という一種の心理的うしろめたさがかくされていたようである。

行動的ヒューマニズムとか知識階級の能動性というような新しい問題提起は、『文学界』の創刊とは別個の事情によるものとはいえ、やはりそこには人民戦線的底流に触発された共通の機運をよみとることができる。

人民戦線戦術の転換を必要とした運動の底流は、日本にもまた存在していたはずである。

このナルプ解散という次元の上に、行動主義文学論や次節にのべる「不安の文学」が花咲いたのである。もしも鹿地亘が文学運動のありかたを通じて革命運動のありかたにまで批判の萌芽をのばすことができていたら、いわゆる「文芸復興」期は全体としてもっとちがった様相を呈しただろう。（中略）そこに反ファシズムを最低綱領とする人民戦線的結成への手がかりが求められたかもしれない。もし彼ら（中野重治・宮本百合子――引用者注）がそのつもりになれば、もっと早く小林秀雄とも握手することができたはずである。

こうして「文芸復興」は、もともと「反リアリズムの技法による既成文学の打倒という点で」、「一種の異母兄弟」であった「プロレタリア文学」と「モダニズム文学」とが、「統一戦線」「人民戦線」に向かっていった「画期的な時期」と規定されていった。そのために、平野は「文芸復興」について述べる際、「ナルプ解散から中日戦争勃発までの時期が、昭和文学史上独立の一エポックとして、とらえられるにあたいする」などと繰り返し述べたのであった（『現代日本文学入門』）。

ここに「三派鼎立」から「新旧二派抗争」への進展という平野謙の「公式」が完成していく。だからこそ、彼の文学史観のなかで「文芸復興」は、「ナルプ解散」に「裏づけられ」ねばならなかったのだ。こうした姿勢のもとで、平野謙は「文芸復興」に注目する際、「昭和九年」という始点にこだわり続けたのである。

四、一九四〇年代末に作られた「公式」

一九五〇年代に「文芸復興」観を広く展開していった平野であるが、彼は四九年一二月の「昭和初年代の文学」（『概説現代日本文学史』塙書房）において、「文芸復興」期に至るまでの文学状況の整理を行っている。そこで彼は、「われわれの課題は昭和初年の文学を二派抗争の歴史としてではなく、三派鼎立の歴史として改めて辿ることからはじめねばならぬ」と、すでに「三派鼎立」の「公式」への意図を明確に提示していた。同論で彼が行ったのは、「昭和一〇年前後」を中心とする昭和文学史形成の下準備ともいうべきものであった。

もう少し詳しく見てみよう。まず、平野は芥川龍之介の死を境目に「昭和文学」が生成したことを前提とし、その上で「新感覚派文学もプロレタリア文学もともに自然主義から私小説・心境小説へとつゞく既成リアリズム文学の打倒をめざし」ていたのだと、重ねて指摘していく。「プロレタリア文学も新感覚派文学もひとしく既成文学の打倒を目標として出発した」、「出発当初の新感覚派とプロレタリア文学とのあいだに、明瞭な敵対関係なぞなかった」、「当初は敵対関係になく、むしろ一種の共同戦線を敷こうとしていた」と幾度も述べることで、彼は両派の「根」が同じであることを強調した。そうした志向が、「文芸復興」期の両派に「統一戦線」の可能性をみるという、五〇年代の平野の文学史観につながっていくことは、もはや論を俟たないであろう。

彼はさらに「明瞭な敵対関係なぞなかった」はずの両派が対立しはじめたのは、「もっとも露骨にアンチ・マルクス主義を表明し」た「新興芸術派」の存在が強く作用したのだと指摘する。その「敵対関係」の行方については、次のようにまとめられている。

新感覚派文学もプロレタリア文学もともに自然主義から私小説・心境小説へとつゞく既成リアリズム文学の打倒をめざしながら、畢竟それ〴〵その反措定《アンチ・テーゼ》におわったということ、そこには明瞭な新旧主流の交替がみられなかったということ、新たなるそれ自体の文芸思潮をついに成熟させる遑のなかったということ、そこに昭和初年代の新文学全体の特徴がみられるのである。

こうして平野は、「新たなるそれ自体の文芸思潮をついに成熟させ」なかったために生成したという「三派鼎立」の図式を打ち立て、「昭和初年代の新文学全体の特徴」を総括していった。この文学史観を下敷きにして、一九五〇年代に、「明瞭な新旧交代」の可能性を「文芸復興」期に見出そうとしていくのである。

しかし、その「文芸復興」観自体も、実は、同論ですでに素描されていた。昭和初年代の「プロレタリア文学」と「新感覚派」には、本来「敵対関係なぞなかつた」ことを強調した平野は、論中、「いよ〳〵昭和初年代の大結ともいうべき日本プロレタリア作家同盟（略称「ナルプ」）の解散を中心として、その前後数年間の文学史を概観する段階にいたつた」と述べる。しかし「紙幅の数倍を必要とする」ため「やむなく以下箇条書きにその輪廓を素描して、他日の改訂を期すしかない」とし、以下のような内容を箇条書きにしている。

・ナルプ解散は単にプロレタリア文学者のみならず、昭和文学全体にはげしい影響をもたらした。シェストフの移入は転向文学の氾濫と相俟つて、不安の文学・主体的リアリズムの提唱などを結果した。

・同時に、ナルプ解散は一方では文芸復興・浪漫主義再興・ヒューマニズム再建・行動主義文学の勃興などをもたらした。知識階級論などを一契機として、平行線的状態にあつたプロレタリア文学派と芸術派とはこゝにふたゝび相交錯して、新感覚派勃興当時のような一種の共同戦線がファシズムに対して敷かれようとした。

・「社会化された自我」を中心に、自意識の文学と社会意識の文学とにひきさかれた昭和初年の新文学は、一つの統合をみいだしたかのごとくだつた。正宗・小林の論争を契機として、昭和文学の根ぶかい三派鼎立の歴史はようやく簡明な二派対立の歴史として書きかえられんとしたのである。

このように、あらゆる「文芸復興」の現象を「ナルプ解散」に還元し、そこに「三派鼎立」から「二派対立」への進展を見るという構想を、一九四〇年代末に平野はすでに提示していた。この構想が、彼の一九五〇年代の文学史観にそのまま接続されていったのだ。たとえば同論を素地とした『日本の文学』(一九五一)[36]では、右の「箇条書き」の部分が、次のような形で詳述されている。

「ナルプ」解散を結論とするマルクス主義文学の敗北は、単にプロレタリア文学者のみならず、当時の文壇全体に激しい衝動を与えた。それは、間接には昭和六、七年以後のいわゆる「大家の復活」という文学現象をまず結果し、それがまた昭和八、九年のいわゆる「文芸復興」の機運のさきがけともなったのだが、直接には転向文学の氾濫がシェストフの『悲劇の哲学』などの移植となりあわさって、いわゆる「不安の文学」「主体的リアリズム」の提唱など、人間存在の根源にかかわる虚無的・実存的傾向を、昭和の新文学全体にもたらした。[37]

マルクス主義文学の敗退は、それのもつ堅牢な規矩の消滅をも意味していたので、そこから「敵」「味方」のわくを切りはらった新しい文学現象——文芸復興・浪漫主義再興・ヒューマニズム再建・行動主義文学の興起などを結果した。

昭和九年の新機運にひきつづき、中日事変の勃発した昭和十二年度こそ昭和文学のいわば最後の夕映えをかがやかした年であった。

これらの文章は、ほぼそのままの形で、『現代日本文学入門』、『昭和文学入門』にも収録されていく。すなわち、（A）「ナルプ解散」に多くの文学現象を次々と還元し、（B）そこから「既成作家の復活」を切りはなし、（C）さらにその始点を「昭和九年」に見据えていく平野の「文芸復興」観は、「文芸復興」に至るまでを整理した一九四〇年代末の段階で、すでにそのほとんどの要素が素描されていたのだ。こうした視座が、『現代日本文学入門』、『昭和文学入門』、『現代日本文学史』、『昭和文学史』等の著書で演繹的に展開され、「精密化」された文学史観として、広く流通していったのである。

五、「エポック」の問題　――捨象された要素（1）

「昭和一〇年前後」に注目し、独自の昭和文学史観を築いた平野謙の姿勢は、次章以降で詳しくみるように、その後、多くの批判にさらされていった。すでに一九五〇年代においても、平野謙（を中心とする『近代文学』同人）は、「昭和十年代に言はれていたこと以上大して出なかつた」、「結局において同じことを企図した」、「昭和十年ごろに、昭和二十年にもう一度循環してくるその一点に立っていた」、「一点に立って、その一点から全然動かなかった。昭和二十年まで持ち越して、ずっと立っていて、同じ思想状況を繰り返し反芻していた」▼38などと、実に多くの批判がなされている。

こうした批判のスタンスは、近年でも、「平野謙らにとって、昭和二十年代、三十年代は、昭和初年代、十年代の反復にすぎなかった」というような形で引き継がれている。[39]「昭和十年前後を現代文学再編成のエポックとする見解」には「多くの異論がある」という形で、平野の文学史観は常に槍玉にあげられてきたのだ。

しかし、平野謙が「昭和十年前後」を「エポック」としたことに多くの問題があるのも確かだろうが、平野の「エポック」を批判することで、「はじめに」の冒頭で見たように、「文芸復興」という現象の考察自体を遠ざけていってしまう風潮が生成してしまったことが、今日におけるより大きな問題だとは言えないだろうか。――近代日本文学における数々の代表的作品が完成し、「芥川賞／直木賞」が設定され、戦後に活躍した多くの作家が登場し、「大衆」の出現やマス・メディアの発展により、戦後の大衆消費社会の地盤が築かれた一九三五年前後の「文芸復興」期を、近代文学の「エポック」と考えること自体については、それほどまでに批判や否定、あるいは遺棄されるべきものではないだろう。

すなわち、平野が提示した「エポック」それ自体ではなく、「三派鼎立」「新旧二派抗争」という図式を四〇年代末に構想し、そこに「文芸復興」という現象を還元していった五〇年代の平野の姿勢の方が、現在、もう一度問い返されるべき課題なのだ。事実、平野の演繹的な展望により、その「公式」に当てはまらない多くの要素が、現在まで捨象され続けてきた。本章で見た「既成作家の復活」や「一九三三（昭和八）年」という要素も、既存の「文芸復興」観から漏れ出してきた事柄であったことは間違いない。たとえば、志賀直哉の「一九三三（昭和八）年」における「第二次活動休止期」からの「復活」ですら、従前の研究でほとんど顧みられてこなかったという事実などが、[40]現在の「文芸復興」研究の大きな問題を表出しているのだ。

「昭和一〇年前後」という時期を「エポック」とした平野の姿勢それ自体に「異論」を唱え続けるだけでは、「文芸復興」という現象は、永久に「漠然とし」[41]た現象のままであるだろう。彼の演繹的な文学史観から捨象された要素を検討していくことが、今日の近代日本文学研究における、重要な課題のひとつである。だとするならば、平野の「公式」から捨象された要素とは、具体的にどのような事例が挙げられるのか。

それは、本章で提示した「一九三三（昭和八）年」という時期や「既成作家の復活」以外にも、多くの要素がある。しかし、佐々木基一、本多秋五、橋川文三、窪川鶴次郎、高見順等、平野謙以外の五〇年代の批評や、「純文学論争」等の六〇年代以降の動向、あるいは近年の文学史観や平野謙研究等にも焦点を当てていかなければ、明確に浮かびあがってこない事柄である。それを次章以降の検討事項としながら、まずは、平野謙の文学史観の礎石をあらためて確認することで、「漠然」としたまま放置されてきた「文芸復興」の再検討という課題の端緒を提示したうえで、本章を終えておきたい。

第二章　純文学論争への道程
――一九六〇年代

一、「文芸復興」と「純文学論争」

近代日本の文学史形成について、磯貝英夫は、主に一九五〇～六〇年代の動向に注目しながら、「昭和文学史といえば平野文学史のこととなるまでにいたった」と述べている。[▼42] その平野謙が、昭和文学や近代日本文学における「文学史上のエポック」として「文芸復興」に強く注目し、同時に幾つかの問題点を抱え込んでいったことは、これまで見てきたとおりである。本章では、その考察をさらに深く掘り下げる形で、既存の「文芸復興」観から、「大衆文学」と「ジャーナリズム」という重要な側面が、捨象されるにいたった背景を素描する。

そのためには、まずは「昭和文学史」＝「平野文学史」という図式が組み立てられつつあった只中に巻き起こった、一九六〇年代の「純文学論争」に着目しなければなるまい。なぜならば「純文学論争」とは、戦後と戦前の文学状況を照らし合わせ、当時の「純文学」あるいは「私小説」の存立意義を問うた論争であると同時に、その照らし合わされた先が、一九三五（昭和一〇）年前後の「文芸復興」期であったという点で、今日の「文芸復興」観を決定づけた論争であると目されるからである。

二、「純文学論争」とその評価

一九六一年から六二年にかけて展開された、いわゆる「純文学論争」は、戦後最大の論争で、「日本近代文学あるいは昭和文学の意味や変遷を問うといった側面をもってい」た。しかし、最終的には「各論者の対立と分裂の状況を露呈したまま」、「実りの乏しい」ものとして、[43]様々な課題を残して終わっていったとされる。

論争のそもそもの発端は、「文芸雑誌の役割「群像」十五周年によせて」（『朝日新聞』一九六一・九・一三）ならびに「「群像」15年の足跡」（『週刊読書人』一九六一・九・一八）で、平野謙が「純文学という概念」を「歴史的なものにすぎない」と主張したことであった。それらの認識に対して、大岡昇平が批判を展開したことにより（「常識的文学論（6）～（10）」『群像』一九六一・六～一〇）、「火を附けた」[44]と見なされている。

その後、この論争には、伊藤整、山本健吉、高見順、瀬沼茂樹、佐伯彰一、十返肇、中村光夫、福田恆存、埴谷雄高、本多秋五、村松剛、野間宏、花田清輝、江藤淳、吉本隆明その他大勢、実に多岐にわたる面々が加わっていった。特に、「純文学」や「私小説」の存在理由という問題は様々な方向に展開し、アクチュアリティの問題などを提起しながら推移していった。[45]いずれにせよ、今日的には、戦後の「現代文学」の状況と戦前（「昭和一〇年前後」）の状況とを重ね合わせて、「純文学」という概念を再定義しようとした平野謙が、「論争の主役」であったと目されている。[46]

この論争については、これまで「視角の裂け目」、「対立と分裂」などの表現によって語られてきたように、「昭和」という時代があまりにも歴「史」と呼ぶには近すぎたことや、論者の「流派意識」が働いたことなどが、頻繁に指摘されてきた。また、そうした「客観化の不足」が原因となり、「文学史」を捉え直す「興味ぶかい論争」でありながら、「その成果については疑問視するむきも多」く、「考察すべき内実を今なおもっている」などの評価が下されている。▼47

そのような評価をふまえながら、本章では、論争それ自体よりも、論争の前提となった直前の平野謙や『近代文学』同人たちによる「文学史」形成に焦点を当てることで、「純文学論争」が、多くの可能性を内包しながらも、なぜ「実りの乏し」いものとして終わっていったのかを浮き彫りにしていきたい。また、それを通して、「純文学論争」自体が内包していた可能性・不可能性の一端も明らかにしたい。

三、『近代文学』同人による批判 ——「純文学論争」前夜

「純文学論争」は、前述の通り「文芸雑誌の役割」ならびに「「群像」15年の足跡」において、「現代文学」を「昭和十年前後」に重ね合わせながら、「純文学」という概念を再定義しようとした平野謙の試みから勃発した。論争の発端となった「文芸雑誌の役割」において、平野は当時の「中間小説的繁栄」を批判的に捉え、その源泉を、横光利一の「純粋小説論」に見出している。

いまにして思えば、昭和十年に横光利一が『純粋小説論』を書いて、大衆文学と純文学とをかねそなえるものを純粋小説と規定したとき、それは戦後の中間小説的繁栄を予兆するものだった（中略）この横光利一の提唱はひとつのエポックとなった。

こうした指摘が「純文学論争」の発端になったことをふまえると、文学のあり得べき形として小林秀雄を高く評

価した、平野謙らの「文芸復興」に対する認識の枠組みが、この論争の根底にあることは明白であろう。

しかし、こうした平野の文学史観、特にその「文芸復興」観については、実は一九五〇年代中頃、『近代文学』同人からも、すでに違和が示されていた。

一九五四年、佐々木基一は「三派鼎立」から「二派抗争」へ移行したという平野の「公式」を視野に置き、「単に文壇現象としてのみそれを眺める傾きが強」く、「ナルプ解散」以外の「社会的根源にまで遡って原因をつきとめる試みは意外に少い」と指摘した。また、五六年には、本多秋五が「プロレタリア文化文学運動に加えられた弾圧」以外の「文学外部の事情」にも注目する必要性を説いている。[48] いずれも直接平野を批判していないが、一九五〇年代中頃、『近代文学』同人内部からも、その「文芸復興」観に対して少しずつ違和が表明されていた。

さらに一九五八年、違和を強めた佐々木基一が、「いわゆる「文芸復興」の気運がうまれ、文学の一時的昂揚がみられたのは何故か?」という疑問をあらためて提示し、平野の「文芸復興」観を相対化するために、ある試みをなした。佐々木は「文芸復興」に対して「今日までのところ、大たい三通りの解釈がなされている」と述べ、次のような整理を行ったのである。


第一は、平野謙によって代表される意見である。平野謙は「文芸復興」を、昭和九年のナルプ解散によってもたらされた文学者（プロレタリア文学者と純文学者を含めての文学者）の解放感と危機感から説明する。（中略）そして転向によって傷ついた旧プロレタリア文学者と、自然主義的私小説に反対して立ち上った小林秀雄との間の統一戦線に将来の可能性の萌芽を眺めている。

> 第二は窪川鶴次郎の意見である。（中略）満州事変を契機とするファシズムの発展は、マルクス主義思想およびプロレタリア文学との対立において圧迫されてきた自由主義思想の発言力を増大させ、市民的批判精神を復活させた。そして学芸自由同盟（昭和八年七月）という漠然たる形で、ともかく知識階級の反ファシズムのたたかいにたいする関心がたかまった。そこに、大正末以来、新感覚派や新興芸術派などモダーニズムの文学と、プロレタリア文学とに挟撃されて、沈黙を余儀なくされてきた老大家たちの既成文学復活の動機がある、と窪川鶴次郎は解釈している。（中略）平野説とは、いくらかずれた観点である。つまり、窪川鶴次郎は、「文芸復興」の気運を主として代表した「文学界」一派の人々の言動のうちによりも、むしろ老大家の復活のうちに、「文芸復興」の重要な意義を認めたい口ぶりである。
>
> 第三は、最近、橋川文三の「日本浪曼派批判序説」によって提起された観点である。（中略）平野謙にしろ、窪川鶴次郎にしろ、その他の文学史家にしろ、満州事変後の急速なファシズム化現象と政治的・社会的危機の反映を「文芸復興」期文学のうちに眺めているが、橋川文三は、今日の大衆社会論の理論を援用しつつ、そこにマス化というもう一つの危機の要因を指摘したわけである。（佐々木基一「文芸復興期の問題」『文学』一九五八・四）

ここで挙げられている窪川の考察は戦前のものであり、▼[49] また、橋川の考察もその中心は『日本浪曼派』の位置や意味を解明しようとした試みであり、▼[50] それらをそのまま平野謙の文学史観と同一の地平に並べるというのは、やや強引な整理であった。しかし、この佐々木の整理は、窪川鶴次郎・橋川文三の意見を並列させることで、平野の

「文芸復興」観を相対化し、間接的に批判していこうとする、いわば苦肉の策であった。
すでに見てきたように、平野謙は、小林秀雄「私小説論」に「プロレタリア文学」と「モダニズム文学」との「アウフヘーベン」の可能性を提示し、そこに「統一戦線」の萌芽を見出していた。佐々木基一は、そうした平野の「文芸復興」観について、「平野自身の文学観と文学的希望とにしたがつて概括されたもの」だと強く批判し、特に「私小説論」について、「小林秀雄は明らかにマルクス主義文学敗退という事実の上に乗つかつて、安心して書いている」、「相手が無力である限りにおいて、相手の意義も認めてやろうというケチくさい考え方にそれは根ざしている」、「過去は問わぬ、間違つてはいなかつたと転向者の頭をなでることで、転向者を膝下にひざまずかせたものにすぎないと、真っ向から対立する意見を提示していた（「「文芸復興」期批評の問題」前出）。こうした「文芸復興」観の相違が根底にあったために、佐々木は「平野文学史」の相対化を試みたのであった。
この試みが功を奏したのか、佐々木の整理の直後、橋川文三は「「文芸復興」と転向の時代」（『昭和文学史』一九五九・三、至文堂）を発表し、「文芸復興」自体に直接言及していく。

要するに、私は、「文芸復興」の意味を、文壇現象としてのみとらえることにあきたりないのである。ナルプ解体の衝激がいかに深刻微妙な解放感をよびおこしたにせよ、それもいわば特殊な文壇的事件にほかなるまい。私は、この時期の文学の問題を、いわば中間層読者層と作家の問題との関連という次元でとらえたいのである。

その場合、私は、満州事変の衝激ということをもっとも重視すべき要因と考える。（中略）それは中間層の実体的基盤を侵蝕して「郷土喪失」の感情を普遍化したばかりでなく、そのメンタリティにおける国家的現実の神秘化という傾向を助長した。いわゆる「自由からの逃避」の心情である。このような眼にみえない自意識内部の構造変化を準備したものが、満州事変にほかならなかった。いわばこの時期から、「政治」的理想の追求は無効ないし不可能となり、正当な意味でのロマンチシズムが知識層のムードを形成することになる。

このように橋川文三も、「文学外部の事情」に注目する必要性を説いた佐々木基一や本多秋五の提言に呼応する形で、「「文芸復興」の意味を、文壇現象としてのみとらえることにあきたりない」と同調し、「ナルプ解散」を「特殊な文壇的事件」と捉え、「満州事変」を中心とした視座をあらためて提示したのである。

ここにようやく、「文学外部の事情」を捨象した平野の「文芸復興」観は、再検証される機会が訪れた――かのように見えた。

しかし、この橋川の考察の軸は、「メンタリティ」「心情」を中心とした「眼にみえない自意識内部の構造変化」の解明であり、平野の構築した文学史の枠組みや問題設定自体を、あらためて「外部」から捉え直すというよりも、平野の文学史観、つまり「ナルプ解体の衝激」の前提として「満州事変の衝激」を見据える形で展開されていった。橋川は、「文芸復興」の「意味」を「ファシズム的な「政治」への抵抗」に見出していくのであるが、それは、平野の史観における「ファシズムに対して敷かれようとし」た「人民戦線」「統一戦線[51]」と折り重なっていく。何よりも、そうした橋川の姿勢については、同論で彼が、平野謙の「文芸復興」観を「正統派的解釈」と明言し、考察の前提に据えていることからも看取されよう[52]。

また、佐々木基一が「第二」の「解釈」として挙げた窪川鶴次郎の考察も「老大家の復活のうちに、「文芸復興」の重要な意義を認めた」という点で、「平野説とは、いくらかずれた観点である」と佐々木自身が説明しているように、平野の「三派鼎立」の枠内で、重点の置き方に違いがある説として捕捉されていった。

――「文学外部の事情」と一口に言っても、非常に様々な要素がある。また、仮にでも「外部」を規定したその瞬間に、「内部」も同時に設定されてしまい、「外部／内部」という規定の再点検を行う契機が失われてしまう。つまり、「文学外部の事情」を捨象した平野謙の「文芸復興」観ならびに文学史観は、佐々木基一の整理によって相対化されるどころか、むしろその整理によって、結果的に補完され強化されていったのだ。

結論から言えば、こうした一九六〇年代直前における「文芸復興」観の整理のなかで、「昭和文学史」＝「平野文学史」という図式が補強され、その「文芸復興」観を地盤としながら勃発した「純文学論争」が、「実りの乏しい終結を迎えていく下地は、すでに出来上がっていたのである。

四、予想された結末 ――「大衆文学」への視座

前節でも触れたように、平野謙は、「三派鼎立の歴史」から「新旧二派抗争」への気運を『文学界』や小林秀雄に見出し、「私小説論」を高く評価していった。他方で、同年に発表された横光利一の「純粋小説論」に対しては、次のように述べている。

現代文学の俗化は単に戦後はじめてあらわれた現象ではなく、横光利一が『純粋小説論』を昭和十年に書いたとき以来の傾向だというのが、私の意見である。（「「群像」15年の足跡」『週刊読書人』一九六一・九・一八）

今日からみて『純粋小説論』がいかに支離滅裂なものであろうと、多年「唯物史観」という怪物に苦しめら

れ、それとの格闘を強いられたと自称する横光利一が、昭和十年という時点に立って、純文学的にして大衆文学的という文学志向を明らかにした事実に、やはり私は注目せずにはいられぬのである。（「再説・純文学変質」『群像』一九六二・三）

日本プロレタリア作家同盟がみずから組織解散を声明するや、横光利一はすっかりプロレタリア文学を黙殺して、通俗的な大衆文学の流れと手を握ろうとしたのである。戦後のいわゆる中間小説の理論的発生は横光利一の「純粋小説論」にまで遡ることができる、とかつて私が書いたのも、そういう意味である。（「もうひとつの三派鼎立」『近代日本の文豪3』一九六八・四、読売新聞社）

先述したように、平野は、「純文学論争」の発端となった「文芸雑誌の役割」において、横光の「純粋小説論」を、文学史上のいわば負の「エポック」と位置づけた。「文芸復興」を文学史の中心に据え、小林秀雄「私小説論」を高く評価した平野が、「もし文芸復興といふべきことがあるものなら、純文学にして通俗小説、このこと以外に、文芸復興は絶対に有り得ない」と提言した「純粋小説論」を否定的に捉えることは、ある意味で必然的な流れであった。▼53

特に平野は、横光が「通俗的な大衆文学の流れと手を握ろうとした」ことに反発を示し、久米正雄の「純文学余技説」（『文藝春秋』一九三五・四）も含め、「両者とも通俗小説、大衆文学というものをクローズアップしている」、「一は純文学と通俗小説を截然と区別し、他はその両者の合一を提唱しながら、この二人の立っている地盤は共通している」として、厳しい指摘を加えていった。

こうした平野の姿勢は、当然ながら「戦後の中間小説的繁栄」を批判的に捉え、「純粋小説論」や「純文学余技説」を、その源泉と位置づけたところに生じたものであった。しかし、ここで見落としてはならないのは、平野の批判そのものではなく、「純粋小説論」や「純文学余技説」を批判する際に持ち出した、「通俗的な大衆文学」、「通俗小説」という概念に対して、平野が明確な定義づけを行わなかったことである。

昭和初年代の「大衆文学」の発展に深く関与したのが直木三十五であったことは、よく知られている（＊本書第二部第三～四章参照）。平野も「代表的人物としての直木三十五の活躍」を中心に、昭和初年代の「大衆文学の質的変化」を見据えていた。[54] しかし、彼の「大衆文学」や直木三十五に対する評価は、「ただ満州事変の勃発とともに、いちはやく大衆文学界にその軍国主義的な風潮に即応する空気が生れ、その代表的人物として直木三十五の名をここに録すればたるのである」という、極めて簡素なものであった。

すなわち、なぜ直木三十五らが「純文学」に強く反発したのかという疑問や、「大衆文学」の具体的な方法や理念、動向を、平野は深めようとはしなかったのだ。そうした考証を放置したまま、「軍国主義的な風潮に即応する空気」のなかで、「「五日会」では、直木三十五は三上於菟吉や吉川英治らとともに積極的に動いた」という前提をもって、「通俗的な大衆文学」への否定的な評価を自明のものとしていったのである。こうした平野の姿勢は終始一貫しており、「芥川龍之介は谷崎潤一郎の小説観の通俗的傾斜を心配したが、谷崎潤一郎はその後直木三十五の歴史小説（実は大衆文学）を支持したりして……」などと、直木三十五の作品が「歴史小説」ではなく「実は大衆文学」であったとわざわざ強調し、その直木を評価したという理由だけで、谷崎潤一郎をも辛辣に批判していった。[55]

こうした平野の見方は、「はじめに」ですでに述べたように、一九六〇年前後に強化された彼の文学史観を基盤にしている。それは、「純文学」から「通俗小説畑に移籍」したというだけで、菊池寛、久米正雄、加藤武雄らを「現代文学の大勢や動向とは無関係」だと断言してしまう視座である。[56] その根底には、「三派鼎立」「二派抗争」の「公式」に当てはまらない「大衆文学」の存在を捨象する姿勢があったことは、もはや言うまでもあるまい。

「純文学論争」に話を戻そう。この論争を通して、「純文学」の再定義を行うという平野の試みは、「私の問題にした純文学概念とは、ほぼ私小説あるいは心境小説と同義語的に用いられているそれにほかならない」[57] という形で、結果的に「純文学」をより狭義に囲い込むことで、いつの間にか終結していくことになる。

平野は、こうした狭い定義を行う一方で、「私の関心は対大衆文学問題について終始曖昧だった」とも告白している。「大衆文学」への「関心」さえもが「曖昧」ななかで、それと対置される概念である「純文学」の再定義を行うことに、はじめから限界があったことは明白であろう。「純文学論争」の行き着いたこの結末は、「大衆文学」を捨象した、平野謙の一九五〇年代における「文芸復興」観の構築と、一九六〇年代直前における補強を見れば、すでに予想されうる結果であったのだ。

五、戦後「特有」とされた問題 ——「ジャーナリズム」への視座

「純文学」の「内部」だけで「純文学」の再編成を試みた結果、論争を通して、平野は「純文学」概念をより狭義に囲い込む形に向かっていった。そこには「大衆文学」の存在をあまりに軽視した姿勢が関係しており、さらにその背後には、一九六〇年代直前に補強された彼の「文芸復興」観が存していた。平野の「三派鼎立」から「二派抗争」という「公式」から捨象された「大衆文学」という要素は、「純文学論争」においても、同じように軽視され、ほとんど顧みられなかったのである。

矢野昌邦は、「純文学論争」の「実りの乏しかった理由」を、次のように整理している。

①論争そのものが大衆文学あるいは中間小説にもかかわっていたが、これらの文学者からの論争への参加がほとんどみられず、またマス・コミと関連した内実があったにもかかわらず、この面での識者の参加がみられず、これらの点も含めて開かれた論争にならなかった点、②論争の論点のある部分がさらに別の論争を呼ぶといった風に論争が多様化複雑化していった点、③各論者の概念――たとえば文学、純文学、中間小説、大衆文学など――に差異があった点などが存しているとみることができる。(「平野謙・純文学論争とその後」『平野謙研究』一九八七・一一、明治書院)

前節までの検証を矢野の整理に据え直すと、この三点のいずれもが、平野の姿勢と深く関係し合っていることは明白である。「大衆文学」や「マス・コミ」といった「純文学」外の要素をまともに取り上げず、「純文学」の「内側」だけで「純文学」の定義を行おうとした結果、「外部」に「開かれた論争にならら」ず①、「大衆文学」をはじめとする基本的な「概念」さえ「曖昧」なままに放置され③、論争はただ「多様化複雑化」して終わっていった②のだ。

では、矢野昌邦が「大衆文学」とともに論争の問題点として挙げた、「マス・コミ」や「ジャーナリズム」という要素に関する平野の姿勢は、どのようなものであったか。

一九六一年九月の「文芸雑誌の役割」で「純文学論争」の口火を切った平野謙であるが、その主張は「戦後の中間小説的繁栄」を根底に見据えたものであった。平野は「純文学」と「大衆文学」との境界線に注目しながら、

「中間小説」について次のように指摘している。

> むかしはこういうことはたえてなかった。純文学と大衆文学とのあいだには厚い壁が存在していて、両者の相互浸透などということは絶対に考えられなかった。（中略）しかし、今日山本周五郎なり海音寺潮五郎なりとならぶのを拒絶する純文学者がいるだろうか。単に純文学と大衆文学との壁がとりはらわれただけではない。中間小説というジャンルの発生とそれを促すマス・コミュニケーションの発達によって、もっと細かな小説ジャンルの区別さえ見失われつつあるのだ。（中略）戦後は戦後で外国軍の占領とマス・コミュニケーションの発達という新状況のなかにさらされ、純文学は折り目すじ目をただして更生策をはかる暇もなく、いわばなしくずしに変質させられてきた、といえよう。（「純文学更生のために」『日本経済新聞』一九六二・一・三）

このように、「純文学」と「大衆文学」の内容的な相違だけでなく、「マス・コミュニケーション」の存在も視野に入れながら、平野は「中間小説」という概念について語っていた。磯田光一も「純文学論争」の「問題の底流」には、「ジャーナリズムにおける中間小説の隆盛」があったと述べるように[▼58]、この平野の着眼点自体は、至極まっとうなものであったと言えるだろう。

しかし、ここで注意せねばならないのは、「文芸復興」と「戦後文学」とを重ね合わせ、「純文学」概念を再考しようとした平野が、こと「メディア」や「ジャーナリズム」という「文学外部」の要素に限っては、戦後の「新状況」として捉えていたことである。右の引用部でも、「マス・コミュニケーションの発達」は「戦後」特有の問題として、「文芸復興」から切り離す形で捕捉されている。その後も彼は、「マス・コミが巨大な発達をとげた戦後」、

「当時（「文芸復興」期――引用者注）はまだマス・コミュニケーションという言葉も、大衆社会的状況という言葉もなかった」などと繰り返していった。

それでは、論争の「問題の底流」のひとつであった「メディア」や「ジャーナリズム」という要素について、その「文芸復興」期における動向を、平野はどのように捉えていたのか。彼は『昭和文学史』で次のように叙述している。

昭和八年十月に宇野浩二、広津和郎、豊島与志雄、川端康成、深田久弥、小林秀雄、林房雄、武田麟太郎ら八人の同人によって雑誌『文学界』が創刊された。（中略）『文学界』と前後して『行動』（昭和八年十月創刊）、『文芸』（同年十一月創刊）なども発刊され、商業的な文芸雑誌としては『新潮』一誌だけのところへ新しく三種の文芸雑誌が加わったことは、いわゆる文芸復興のきざしともうけとられたにちがいない。

このように、実は平野は、『文学界』、『行動』、『文藝』といった多くの文芸雑誌の創刊を「文芸復興のきざし」と指摘し、「昭和一〇年前後」のジャーナリズムの動向にも目を向けていた。

しかし、この引用部の後、彼は「なかでも注目せられたのは、それまで融和しがたい文学流派とみられていた三つのエコールが世代をこえてひとつの雑誌に結集した『文学界』のあり方だった」として、「商業的な文学雑誌」の考証を深めず、同人誌『文学界』の存在ばかりを前景化していった。「文芸復興」期に「三派鼎立」は「二派抗争」に切りかえられたとし、そこに「人民戦線」の可能性を託した平野にとっては、「商業的な文学雑誌」の創刊や発展などよりも、「プロレタリア作家」、「モダニズム作家」、「既成作家」が一堂に会した『文学界』の創刊の方が、はるかに重視すべき文学史上の事件であったのだ。

だが、昭和初年代の文学状況の潮流に、「商業的な文学雑誌」の創刊と発展が及ぼした影響は、決して無視することのできない大きなものであった。なぜなら、「文芸復興」直前の一九三二（昭和七）年頃、文壇では「純文学飢餓」の声が叫ばれており、その要因は、実質『新潮』一誌しか「純文芸」の商業雑誌が存在せず、作家の発表機関が失われたことにあったからだ。実際に、一九三二年前後には、次のように語られていた。

雑誌のいい悪いではないのである。編輯の上手下手ではないのである。（中略）今では、純文芸の高級雑誌としては、「新潮」が唯一のものだと言っても、過言ではないやうな状態になつてしまつた。（中略）その「新潮」も、雑誌それ自身としては、存在の可能性がないのである。経済的に成り立つて行かないのである。（中村武羅夫「文芸雑誌の編輯」『綜合ヂヤーナリズム講座 第五巻』一九三一・二、内外社）

純文学の発表される場所は極めて狭小で、知名の作家だつて、つねに自作の発表に悩んでゐる。書きさへすれば直ぐに雑誌や新聞に採用される作家は極めて稀なので、私自身も、月刊雑誌から寄稿を依頼されることなんか、一年に数度に過ぎないのだ。（正宗白鳥「無名作家へ（既成作家より）」『東京日日新聞』一九三三・六・一六・〜一九）

こうした指摘のすぐ後に、出版好況による商業誌の創刊や発展が相次ぎ、それに支えられる形で、一挙に華やかな「文芸復興」期が訪れたのである。▼59

一九三四（昭和九）年、中村武羅夫は「文芸復興」生成の要因について、次のように指摘している。少々長くなるが、当時の「文芸復興」の気運を示す重要な手がかりとして引いてみたい。

純文学は滅亡するなど丶、叫ばれてゐたのは、つい一年ばかり前のことだつたやうに記憶してゐるのに、それが最近では、純文学の復興といふ叫び声に代つてゐる。（中略）現在では、何が純文学の復興であるのか？（中略）先づ第一に、純文学作品の発表舞台が、多くなつて来たことを、挙げなければならないだらう。（中略）一時は、あらゆる文学雑誌が没落して、文学雑誌としては、わずかに「新潮」と、「三田文学」とが、存続をつゞけてゐるだけであり、綜合雑誌などでも、純文学を甚だしく閑却して、そのために純文学作品の発表舞台は、極度に狭められてゐた。

それが、一九三三年の春頃より、文学雑誌創刊の声が、ぼつ〳〵聞えるやうになり、「文学界」を魁にして、「行動」や、「文藝」など、有力な文学雑誌が、相次いで創刊されたのである。（中略）現在、純文学の発表舞台としては、約十種の雑誌を数へることが出来るだらう。「改造」「中央公論」「文藝春秋」「経済往来」、それから「新潮」「文藝」「文学界」「行動」「三田文学」「作品」等である。

この中、「三田文学」や、「作品」や、「文学界」などは、同人雑誌であるから、当然、或る集団なり、または同人たちのための機関雑誌であるが、その他は、すべて営業を主眼として、ヂャーナリズム線上に躍つてゐる雑誌である。（中村武羅夫「果して文学復興か――新春の文芸界を見て」『行動』一九三四・二）

平野が打ち立てた「三派鼎立」から「二派抗争」という流れのなかで構築された「文芸復興」観が掬えなかった、

重要な手がかりがここにある。それは、『行動』、『文藝』をはじめとする多くの商業誌の創刊と、『改造』、『中央公論』、『文藝春秋』、『経済往来』等の綜合雑誌の発展という「営業を主眼とし」たジャーナリズムの存在こそが、「文芸復興」の一翼を担っていたという事実である。

さらに「文芸復興」期の商業雑誌の発展は、発表機関の問題にとどまらず、文学思潮にも直接大きな影響を及ぼしていた。たとえば、高見順が述懐しているように、「文芸復興」期の代表的な文学思潮「行動主義」(「能動精神」)にも、『能動精神パンフレット』をはじめとする『行動』の一連の販売戦略が強く関係していたのである。[60]

「純文学」概念の再編成を提唱した平野謙も、論争を皮切りに、昭和初年代の雑誌媒体を丹念に調査していった。特に、一九三二年七月『新潮』の特集「純文学は何処へ行くか」を中心とした、「純文学」概念の生成と変質の検証は、非常に綿密なものであった。[61]

ところが、そうした「純文学」に関する綿密な作業の一方で、彼は「大衆文学」だけでなく、「ジャーナリズム」について、明確な概念規定や「文芸復興」との関連づけを行わなかった。このような「大衆文学」や「ジャーナリズム」に対する「曖昧」な姿勢が、「純文学論争」において「純文学」をより狭義のものへと囲い込み、「実りの乏しし」い形で終焉させる結果を招いたのである。その背後には、「外部」を捨象したまま構築された平野の「文芸復興」観があったことを、あらためて述べておきたい。

六、「内部」に設定された「外部」——捨象された要素(2)

「文芸復興」期に、「プロレタリア文学、モダニズム文学、既成文学」の「三派鼎立」が「新旧二派抗争」に切りかえられ、「人民戦線」の可能性が見られたとする平野謙の文学史観は、一九四〇年代末に構想されたものであった。その「公式」は、一九五〇年代に演繹的に展開され、多くの著書に収録されることによって、広く流通し定着していった。しかし、彼の「文芸復興」観には多くの遺漏が見られた。

平野謙は後に、「純文学論争」について、自ら「純文学の運命をいままでのように内部の問題として問うだけでなく、いわば外部からもう一度問いなおそうとした」と意味づけた。[62] しかし、ここで語られている「外部」とは、先に見たように、一九六〇年代直前、すでに「外部」を失った彼の文学史観の「内部」に設定された「外部」であったのだ。

「純文学論争」の行く末を見たとき、「戦後の中間小説的繁栄」に対応し切れなくなった「自分の文学史の再点検をこころみ」るために、[63]「外部」を捨象したまま「純文学」という概念を捕捉し直そうとした平野の試みは、頓挫したと言わざるを得ない。だからこそ、自らが打ち立てた「プロレタリア文学、モダニズム文学、既成文学」という「三派鼎立」を、平野はその後、「人生派」「芸術派」「社会派」という「一種の三派鼎立」、あるいは「大衆文学と私小説とモダニズム文学」という「もうひとつの三派鼎立」などという形で、様々な「三派鼎立」を次々と提示し続けねばならなくなったのである。[64]

三浦雅士は、平野謙と中村光夫とを比較して、次のように指摘している。

> 中村光夫は、いわば、「文学をあまり始めから文学として扱いすぎ」ないように細心の注意を払ったのである。（中略）平野謙がありうべき昭和文学にこだわったとすれば、中村光夫はありうべき近代文学にこだわったというべきかもしれない。両者の差は相対的なものにすぎないようだが、そうではない。前者にとって文学は自明なものだが、後者にとってはそうではない。（「戦後批評ノート」『季刊思潮』一九九〇・一）

この指摘は、「文学」という言葉を「純文学」と置き換えてみたとき、「純文学論争」をめぐる平野の姿勢にそのまま当てはまる。「純文学外部の事情」を捨象し文学史を構築したうえで、「純文学」概念の検証を行おうとした平野の姿勢は、「純文学をあまり始めから純文学として扱いすぎ」ていた。▼65

「純文学論争」は、現在、「「私小説を中心とする純文学」対「大衆文学」という図式を打ち固める結果に終わり、「以降その図式は、それらの概念の変遷や昭和戦前期のジャンル・ミックス状況を覆い隠し、あたかも明治以来あったかのような顔をしてふるまい、かれこれ半世紀にわたって有効な図式であるかのような幻想を振り撒いてきた」と評価されている（鈴木貞美『日本の「文学」を考える』一九九四・一一、角川選書）。

「純文学論争」が今日に残した課題は、確かに鈴木の言うように、様々な状況を「覆い隠し」たこと、その上で、「「純文学」対「大衆文学」」の構図が「あたかも明治以来あったかのよう」に、自明の文学「史」的「図式」の「幻想を振り撒いてきた」ことにあるだろう。ならば、なおさらのこと、「かれこれ半世紀にわたって」近代文学史、「文芸復興」観の主要な「図式」に加えられることのなかった要素――「一九三三（昭和八）年」、「既成作家の復活」、「大衆文学」、「ジャーナリズム」――のそれぞれを再考し、それらの系を綜合することが、必要なのではあるまいか。それこそが、「文芸復興」の輪郭をかたどる際に不可欠な視点であることを、再度強調して本章を終えたい。

第三章　「神話」化された「文芸復興」
――一九七〇年代以降

一、「ノーマル」な文学史観

前章まで、一九四〇～六〇年代において、平野謙の「文芸復興」観が、どのように構築されてきたかに注目してきた。本章では、彼の文学史観が一九七〇年代以降どのように流通し、一九七八年に死去した後、どのように受容されていったかを検証する。

「昭和十年前後」を「文学史上のエポック」だと繰り返し述べ、「文芸復興」を中心とする昭和文学史を提示した平野謙であるが、これまで見てきたように、彼は、一九四〇年代末、すでに「三派鼎立」「新旧二派抗争」という図式を組み立て、[66]そこに「文芸復興」という現象を当てはめていった。その「平野公式」[67]が前提となり、そこに還元できない「一九三三（昭和八）年」、「既成作家の復活」、「大衆文学」、「ジャーナリズム」という主たる四つの要素が排除され、「文芸復興」観ならびに昭和文学史観が構築されていったことは、すでに述べてきた通りである。

この平野の演繹的な文学史観は、一九五〇年～六〇年代の『現代日本文学入門』（一九五三）、『昭和文学入門』（一九五六）、『現代日本文学全集　別巻1　現代日本文学史』（一九五九）、『昭和文学史』（一九六三）[68]などにより、広く流通していった。その状況について、伊藤整は次のように概観している。

> 近代日本文学の変化して行く様相のパターンを推定したものとして平野謙の有名な三派鼎立論といふのがある。これは特に明治四十年頃の自然主義の成立以後の文壇事情を分析するのに役立つものだが、たしかそれは、私小説派、プロレタリヤ文学派、モダニズム派といふ三つの傾向が、その内容をさまざまに変へながら、対立して今日まで続いてゐるといふ立論であつたと思ふ。（中略）自然主義までの文学については伝統と革新といふ対立したイデーで整理し、それ以後は三派鼎立論で整理するといふのが、現在の文学史のノーマルな形となつてゐる。勿論、自己の独自の判断規準を持つてゐる現役の文芸評論家たちは、必ずしもこの定型に従つてゐないやうであるが、文学史家たちの多くは、この二種の定式をつないで、その筋にそうて彼等の実証的研究を組み立ててゐるのが、およその実状である。即ち、文学史家は文学の理念においては弱く、文壇批評家の後を追つてゐるのである。（伊藤整「求道者と認識者——文壇と文学（九）」『新潮』一九六〇・九）

このように、平野の文学史観は、徐々に「ノーマル」＝「正常」なものとされ、他の「文学史家」によっても「その筋にそう」形で「実証的研究」が「組み立て」られていった。[69] 同時に、一九六〇年前後の「純文学論争」を経由することによって、平野の文学史観はより強化され、そこから遺漏した事項は、いわば「アブノーマル」な要素として排除され、外部を失った「物語」は完成していった。

こうした一九六〇年代までの状況をふまえた上で、本章では、「文芸復興」研究に関する課題をいっそう明らかにする狙いのもと、第一部の考察の総括として、一九七〇年代から今日に至る研究状況を概観し、その問題点を包括的に捉えていきたい。それによって、近代日本文学におけるメルクマールでありながら、研究が放擲されつつある今日の「文芸復興」研究の具体的な課題点が、より明確な形で浮き彫りになっていくであろう。

二、生前全集刊行と没後の平野謙

一九七〇年代、平野は『文学・昭和十年前後』（一九七二・四、文藝春秋）と『昭和文学私論』（一九七七・三、毎日新聞社）を刊行している。前者では、「一口にいうと、昭和十年前後という時期を、私は現代文学の根本的な再編成のエポックと考え、その具体相を私なりに明らめたい、と思っている」、「昭和十年前後の文学潮流のなかで、いわゆる人民戦線的な底流というものを重視したいという考えを、私はいまもなおすてかねている」という形で、「昭和十年前後」を近代文学史の中心に据え、そこに「人民戦線」の可能性を見出すという、一九六〇年代までに組み立てた自らの演繹的な史観を、さらに補強する著書であった。また、後者は、「なるべく前の本と重複する話題を避けたい」、「格別に現代文学史などに関心のない一般読者にもできるだけ読んでもらいたい」という形で、比較的平易な文壇話を中心に組み立てられた著書であった。

ただし、これらの著書は、一九六〇年代から雑誌・新聞に連載していた文章をまとめたものであり[▼70]、一九七〇年代以降の平野の文学史をめぐる最も大きな仕事は、やはり一九七四年から新潮社より刊行された、生前全集であったといえるだろう。

新潮社の『平野謙全集』[▼71]は、一九七四年一一月に配本が開始された。その第一回配本にあたる『平野謙全集　第六巻』巻末で、自らの全集について、平野は次のように述べている。

この全集は私の全著作集を収録する建て前である。私は私の生前に全集と名のつく著作集の刊行されることを予想していなかった。しかし、私はいつ死んでも不思議ではない年齢に達したので、数年前からできるだけ自分の書いたものを本にすることを心がけた。（中略）ところが、近年は自分の書くものなぞどれも大差ないという一種の諦念みたいなものが芽ばえてきたのと、自分のたどってきた足跡をそのまま残しておきたいと希うようになったのと相俟って、できるだけ書いたものを本にまとめることを心がけるようになったのである。（中略）そこへ思いがけなく私の全集を刊行してやろうという話が、新潮社からあった。いろいろ思案したすえに、私の全著作集をあつめたら、必ずしも全集の名にそむくものではなかろうという結論に到達したのである。

一九四〇年代末に「公式」を構想し、そこに還元していく形で描かれた平野の文学史は、一九六〇年代の「純文学論争」を通して、外部を喪失し閉じられた「物語」のようになっていた。自らの築いた文学史が、そのような傾向を持っていたことは、右の文章で「近年は自分の書くものなぞどれも大差ないという一種の諦念みたいなものが芽ばえてきた」と述べていることからも、この時期の平野自身、薄々感づいていたのかもしれない。しかし、それでも「自分のたどってきた足跡をそのまま残しておきたい」という「希」いと、「全集の名にそむくものではなかろうという結論」の元で刊行された生前全集によって、彼の文学史観は体系的な書物として、再度、広く流通していった。

こうした流れをふまえると、「ノーマル」＝「正常」なものとされ、他の研究者も「その筋にそう」形で「実証的研究を組み立」て、さらに生前全集という形で再度流通し、幾度となく補強され続けていった彼の文学史観が、一九七八年に平野が死去した後、その反動で、一挙に多くの批判にさらされたことは、ある意味、必然的であったのかもしれない。

「昭和一〇年前後」に注目し、独自の昭和文学史観を築いた平野謙の姿勢は、生前より「昭和十年代に言はれていたこと以上大して出なかつた」、「結局において同じことを企図した」、「一点に立って、その一点から全然動かなかった。昭和二十年まで持ち越して、ずっと立っていて、同じ思想状況を繰り返し反芻していた」という批判を受けていた。▼72 そうした批判は、彼の死後において、より広く流通していく。

彼（平野謙――引用者注）が、文学史の上にゆめを託しているのが、プロレタリア文学が崩壊して、一時、芸術派と社会派との合体の気運が生まれたかに見える昭和十年前後である。それは、また、ちょうど平野謙の青春期にも当たっている。（中略）ささやかな芽を拡大して、そこに可能性をゆめ見るのだが、そのゆめを助けているものは、戦争によってすべてがたちまち圧伏されてしまった歴史的現実である。外からの妨害という前提の上で、ゆめの拡大が許されているという一面があることは、見のがせない。（磯貝英夫「争点・昭和文学史の構想」『現代文学史論』一九八〇・三、明治書院）

われわれは、平野謙という批評家から何も学ぶことがない。どのようなレヴェルにおいても、われわれは平野謙の批評の姿勢を受け入れることはないと断言しうる。（中略）平野謙という、今はもはや存在していない批評家が書き残した夥しい言葉は、確かに一見きわめて魅力的であるかに見える。（中略）確かに、『平野謙全集』と『全集』未収録の幾冊かの本を読むことは、「昭和」と何の理由もなく呼び慣らされた一時期を、身をもって生きた（しかし、それはどういうことか）文学的インテリゲンツィアの生々しいイメージを追体験することを要請するかもしれない。しかし、残念ながら、われわれはインテリゲンツィアなる存在を知らないのである。（絓秀実「平野謙の背理」『海燕』一九八二・三）

日本の戦後批評が「近代文学」にはじまり「新日本文学」にはじまったとはいまや定説といっていいだろう。だが、それらの夥しい批評はいまでは読むに耐えない。時代が違うからでも、文章がまずいからでもない。文学とは何か、批評とは何かという問いが、そこには欠落しているからである。そこでは、あたかも文学が自明のものであるかのように信じられているからだ。（中略）戦後を受け持つことになった「近代文学」が、結果的に、ありうべき戦前を描いてしまったのはむしろ当然というべきかもしれない。たとえば「近代文学」の代表格ともいうべき平野謙は、ただひたすら昭和文学史を書き続けたのである。（三浦雅士「戦後批評ノート」『季刊思潮』一九九〇・一）

このように、「われわれは、平野謙という批評家から何も学ぶことがない」（絓）、「夥しい批評はいまでは読むに耐えない」（三浦）などという形で、平野謙が構築した文学史観は、その死後、強い否定の言に晒されていった。▼73
しかし、注意せねばならないのは、そうした批判を通して、「文芸復興」という現象の考察自体を「否定」してしまう風潮が生成したことだ。

三、恣意的な「文芸復興」の把握

平野謙は、「昭和十年前後」が「文学史上のエポック」だと繰り返し述べたのであるが、彼が死去した一九七八年以降も、「文芸復興」期が重要な期間であったことは、多くの批評家・研究者によって、幾度となく指摘されている。

昭和十年前後、つまり左翼の崩壊した八年から日支事変の勃発した十二年にかけての数年間は、「文芸復興期」と呼ばれている。これは、左翼の「政治」から解放されるとともに、まだ帝国主義の「政治」に支配されるにいたらない一時期である。経済的には、軍需産業の拡大にともなう一時的な安定期であった。この時期が一つの分水嶺になることは事実である。また、この後敗戦に至るまで八年しかないのであってみれば、この時期に昭和期の主要な仕事が集中しているのも無理はない。（柄谷行人「近代日本の批評・昭和前期Ⅱ」『季刊思潮』一九八九・一〇）

昭和一〇年代は、文学が戦争とファシズムによってかつてない荒廃を強いられた時期であった。一方、昭和八（1933）年後半から日中戦争（昭12）にかけて出現したいわゆる「文芸復興」期は、ともかくも昭和文学が豊饒な開花と、成熟を示した収穫期ともいえる。そこには、戦後文学にまでもちこされる文学上の諸問題の芽がほとんど出揃っている。（東郷克美「文芸復興期の模索」『時代別日本文学史事典 現代編』一九九七・五、東京堂出版）

このように、一九三五（昭和一〇）年前後の「文芸復興」期は、「この時期が一つの分水嶺になる」、「戦後文学にまでもちこされる文学上の諸問題の芽がほとんど出揃っている」として、近年でも重要な期間であったことが指摘され続けている。にもかかわらず、平野が死去した後、「文芸復興」に関する直接的な研究はなかなか進展せず、よく分からない現象であったという見解が、時代を下るにつれて強まっていった。

そして、今日に至っては、「文芸復興」という現象は、もはや正面から顧みられなくなり、恣意的な規定がなされるようにもなった。たとえば、二〇〇三年より刊行され、最新の昭和文学史観のひとつを提示した『座談会 昭和文学史』（二〇〇三・九～二〇〇四・二、集英社）▼74では、全六巻中、脚注で四度も「文芸復興」という言葉が解説されている。

（1）「小林多喜二の虐殺、プロレタリア文学の弾圧、転向文学の氾濫等のなかで、既成文壇文学・純文学の復活が唱えられた昭和八・一九三三年前後の文壇状況を指す。」（第一巻・一〇〇ページ）

（2）「小林多喜二の虐殺、プロレタリア文学の弾圧、転向文学の氾濫等のなかで、既成作家による純文学の復活が唱えられた昭和八・一九三三年前後の文壇状況を指す。」（第四巻・四二ページ）

（3）「小林多喜二の虐殺、プロレタリア文学の弾圧、転向文学の氾濫等のなかで、既成文壇文学・純文学の復活が唱えられた昭和八年前後の文壇状況を指す。」（第五巻・一六九ページ）

（4）「小林多喜二の虐殺、プロレタリア文学の弾圧、転向文学の氾濫等のなかで、既成文壇文学・純文学の復活が唱えられた昭和十・一九三五年前後の文壇状況を指す。」（第五巻・三七六ページ）

この脚注で、注目すべき事項が二点ある。まず、これだけ「文芸復興」という用語が繰り返し解説されなければならないほど（第五巻では、一冊で二度も脚注が付されている）、「文芸復興」という言葉の定義が曖昧になっているという点である。さらに、傍線部を見れば分かるように、この四通りの脚注において、「文芸復興」の時期がずれているという点も、見逃すことはできまい。（1）、（2）、（3）では、「文芸復興」は「昭和八・一九三三年前後の文壇状況」、「昭和八年前後の文壇状況」となっているのに対して、（4）では「昭和十・一九三五年前後の文壇状況」となっている。このように、最新の『昭和文学史』の脚注から見えてくるのは、「文芸復興」という現象が、正面から顧みられなくなって久しいという事実と、さらに、恣意的な解釈もなされつつあるという事実である。

平野の文学史観は、「ノーマル」＝「正常」なものとして、その生前に繰り返し「補強」されていった。しかし、彼の死後は、「われわれは、平野謙という批評家から何も学ぶことがない」、「夥しい批評はいまでは読むに耐えない」などという形で強く「否定」されていく。とはいえ、「昭和文学史といえば平野文学史のこと」▼75とされてきたように、文学史を語る上で、「平野史観」は欠かすことができず、「補強」と「否定」の狭間で、「文芸復興」の直接的な研究は進展しないまま、文学史が形成されていった。▼76だからこそ、この『座談会 昭和文学史』の脚注に象徴されるように、一九三五前後の文学状況を指す「文芸復興」という言葉は、恣意的な定義になりながら、それでも用語自体は多く用いられていくという事態が生じていったのだ。

平野の死後も「文芸復興」という現象は、「この時期が一つの分水嶺になる」（柄谷）、「戦後文学にまでもちこされる文学上の諸問題の芽がほとんど出揃っている」（東郷）と指摘され続けた。しかし同時に、「平野謙らにとって、昭和二十年代、三十年代は、昭和初年代、十年代の反復にすぎなかった」（「戦後批評ノート」前出）といった強い批判を通して、「文芸復興」を中心とする文学史観までもが「否定」されていった。この両者のスタンスの狭間で、「文芸復興」は重要な時期と指摘されながらも、「「文芸復興」として、総称された文学状況の実態は、ということになると、かならずしも明白でない」、「「文芸復興」という見出し語は、私の知るかぎり既往のいかなる文学辞典類にもみいだされない」[77]などと指摘される、ねじれた研究状況が生成していったのである。

ここで見逃すことができないのは、平野の文学史観に対して、「補強」でも「否定」でもない、別のアプローチの方法が、一九七〇年代～八〇年代に提示されていたことである。

四、「文芸復興」再検証の気運

平野が死去する前年の一九七七年に出版された『近代文学6　昭和文学の実質』（一九七七・一二、有斐閣）のなかに、「「文芸復興」の意味」という項がある。高橋春雄が執筆したこの項では、平野の図式に対して、単純に「補強」や「否定」を行わず、なるべく相対化し再検証していこうという試みがなされている。

高橋は、窪川鶴次郎や青野季吉、広津和郎らの論を引いて「文芸復興」という現象が、同時代において、すでに、懐疑的に捉えられていた事実を指摘する。しかし、それだけで「文芸復興」の重要性を「否定」することなく、「昭和文学史上の問題点の最も集約された一時期であった」とも述べる。こうした見方によって、「文芸復興」という現象自体が、元から非常に複雑な要素を孕み、その後の混乱した研究状況を生み出した経緯が明らかにされる。

さらに高橋は、戦後の「文芸復興」研究を追っていく。本多秋五の「いわゆる「文芸復興」なるものと、転向文学の出現とは、ひとつの質の両面であつた」（「「文芸復興」と転向文学」）という言葉に注目し、「戦後に書かれた文学史的叙述の多く」が、「「文芸復興」と「転向」とを表裏の関係でとらえたタイトルを用い」ている傾向を見出す。その上で、戦後の「文芸復興」の捉え方の根底には、「昭和十年前後の文学潮流のなかで、いわゆる人民戦線的な底流というものを重視したい」（『文学・昭和十年前後』、傍点＝高橋）という、願望を交えた平野の文学史観があったことを明示する。そこから導き出される結論は、「「文芸復興」がなお概念として固定しきれない虚像の部分を多分に持ち合わせている」というものであった。

こうして、高橋は平野の図式を「補強」も「否定」もせず、なるべく相対化していった。その上で、「文芸復興」という現象や「昭和十年前後」が「問題点の最も集約された一時期」でありつつも、「虚像の部分を多分に持ち合わせている」現状を詳らかにし、研究の進展を促したのである。

高橋の論は、平野の図式を単純に「補強」や「否定」するのではなく、再検証を促していくという、第三の道筋を示唆したものであった。しかし同論自体は、結局、平野らの「文芸復興」観が「なお新たな文学史像への解答の試みをも可能にしている」などと、非常に曖昧な形で閉じられ、自身の新たな視座はほとんど提示されていない。ここで注目すべきなのは、その約一〇年後に発表された中島国彦の「〈文芸復興〉の実際――矢崎弾の初期評論を視座として」（『國文學 解釈と教材の研究』一九八七・八）である。比較的短い文章であるが、この論によって、第三の方法がひとつの実を結んだからだ。

同論で中島は、高橋の指摘を「明快」だとしながらも、単なる「整理」で終わっていることをふまえ、「文芸復興」の再検証をより発展させていく。まず、副題にもある通り、中島は、矢崎弾が「文芸復興といふ一大興行」と述べ、その現象を懐疑的に捉えていた事実に注目する。このアプローチ自体は、同時代の否定的な視座を見出していくという点で、高橋の指摘と類似している。しかし、矢崎が同論で、位相の異なる現象を列挙するなど、混乱した形式のまま「文芸復興」を積極的に評価していた事実にも注目したのが、新しい指摘であった。それを通して、中島は、同時代の文学者による「「文芸復興」という現象」への評価自体が、すでに錯綜していたものであったことを論証し、当初から「スフィンクス的性格」を孕んでいたことを浮き彫りにしたのである。[78]

さらに重要なのは、中島が、同時代の言説だけでなく、戦後の研究にも目を向けて、既存の「文芸復興」観が単線的であることを指摘したことだ。中島は、平野謙らが築き上げてきた既存の「文芸復興」観に対して、「現在の視点から見た文学史的整理として明快だが、プロレタリア文学の衰退→転向文学の進展→「文芸復興」の提唱、というように安易に考えてしまってはならない」という警鐘を鳴らした。ここに、「人民戦線」を基軸としながら、「三派鼎立」を先に組み立て、その「公式」に還元する形で「文芸復興」観や文学史観を構築した平野の昭和文学史に対して、安易に「補強」や「否定」をせず、ましてやその両方を同時に行うこともしない、第三の方法が明示されたのである。

こうして、一九七〇年〜八〇年代に提示された高橋・中島の論により、「プロレタリア文学の衰退→転向文学の進展→「文芸復興」の提唱」という単線的な流れで捉えるような「安易に考え」るパターンに陥ることなく、いまだ「虚像の部分を多分に持ち合わせてい」る「文芸復興」に対して、元来「スフィンクス的性格」を持っていたことをふまえ、多角的な視座から再検証するという、研究の新たな道筋が提示された。それこそが、「文芸復興」研究を進展させる手がかりとなるはずであった。

五、比喩で語られる「文芸復興」

本章第三節等で見たように、近年、「文芸復興」という現象は、正面から顧みられなくなった。そこには、平野謙の演繹的な文学史観と、「補強」か「否定」かを行う（あるいはその両者を同時に行う）受容のあり方が関係していた。それに対して、前節で見たように、「文芸復興」ならびに平野の史観を相対化し、再検証するという第三の方法も、一九七〇～八〇年代に提示されていた。

しかし、この第三の方法は、二〇年以上も前の指摘であるにもかかわらず、開拓の余地をいまだ多く残している。それを傍証するのが、「文芸復興」を語る際に生成した、奇妙な一致である。

中島国彦は一九八七年に、「「文芸復興」という現象」が「スフィンクス的性格」を孕んでいたと指摘し、多角的な視座から、「文芸復興」を再検証することの必要性を唱えた。しかし、それから一五年以上経過した二〇〇四年において、副田賢二は「文学史用語「文芸復興」の規定不能性からもわかるように、その言説空間はキメラ的な多元性を抱えており……」という指摘を行っている。[79] つまり、八七年に「スフィンクス的」という言葉を用いて第三の方法が提示されたにもかかわらず、二一世紀に入っても、いまだ「文芸復興」という現象は、「キメラ的」という比喩によって語られたままであるのだ。今日に至るまで、二〇年以上も比喩で語り続けられているという事実、あるいは「規定不能性」ということが、あたかも「文芸復興」を語る上での前提であるかのように捉えられている事実は、「文芸復興」という現象が、現在でも、再検証を行う余地を多分に残していることの証左となる。

また、「スフィンクス」、「キメラ」という両者は、ともに、いくつかの動物を組み合わせた「神話上の生物」であるという一致点も興味深い。「この時期が一つの分水嶺になる」、「戦後文学にまでもちこされる文学上の諸問題の芽がほとんど出揃っている」とされた「文芸復興」という重要な文学現象が、長い間「神話上の生物」を比喩として語られ続けてきた事実は、大きな問題を浮かびあがらせる。それは、「文芸復興」という現象が、研究の放置によって、シニフィアンばかりが先行する形で多用され、「神話」化している現状を示しているのだ。本章第三節で見た『座談会 昭和文学史』の脚注などは、まさにその典型であろう。

「神話」化された、あるいは否定神学のような形に陥った近年の研究の流れをふまえると、平野謙の提示した文学史観を、そのまま「補強」するのではなく、また、完全に「否定」して「文芸復興」の考察自体を遺棄してしまうのでもなく、ましてや、「否定」と「補強」の両方を同時に行うといういびつな方法に陥ることなく、彼の史観をもう一度包括的に捉えて相対化し、そこから捨象された事項を再検討することの必要性が、ここにあらためて浮かびあがってくるだろう。特に、第一章・第二章で検証したように、平野の図式から漏れ出した「一九三三（昭和八）年」、「既成作家の復活」、「大衆文学」、「ジャーナリズム」という要素に注目することで、「文芸復興」という現象を比喩でない形で語ることが、ようやく可能となっていくのである。

もちろん、「文学史」とは、常に異論が唱えられ続けられるものであり、基本的に「完全な形」に収まることはない。しかし、まずは昭和文学や近代日本文学のメルクマールでありながら、「架空の生物」を比喩として語られ続け、いつの間にか「神話」化している「文芸復興」研究の現状を打破することは、近代文学研究における大きな課題のひとつであろう。▼80

以上、一九七〇年代以降、平野謙が生前全集を刊行し、死去してからの研究状況を追うことによって、今日に至るまで「漠然とし」た形▼81のまま放置されてきた「文芸復興」研究の現状を浮き彫りにした。こうした問題点をふまえたうえで、第二部より、いよいよ「文芸復興」期にさかのぼって、個別の分析を行っていきたい。

第二部

「純文学」外の要素と「文芸復興」

――ジャーナリズム・大衆文学を中心に

第一章　企図された「文芸復興」
――志賀直哉「萬暦赤絵」にみる既成作家の復活

一、「文芸復興」生成の要因をめぐって

　第一部で詳述した通り、「文芸復興」という現象は、すでに一九五〇年代から「漠然としていて、はなはだ捕捉しにくい」、「きわめて複雑な現象であつて、実相をつかむことは容易でない」[82]と指摘されていたが、その傾向は、時代を下るにつれてより強まっていった。六〇年代には「「文芸復興」として、総称された文学状況の実態は、ということになると、かならずしも明白でない」などと述べられ、七〇年代には「どうした理由か、すでに言いならわされたはずの「文芸復興」という見出し語は、私の知るかぎり既往のいかなる文学辞典類にもみいだされない」[83]等の疑問が呈されたように、「文芸復興」はこれまで、解明できない漠然とした現象として遠ざけられてきた。そのためか、近年では「文芸復興」が直接論究されることもほとんどなくなった。[84]その流れについては、すでに本書第一部で見た通りである。

　しかし、なぜか「文芸復興」生成の要因だけは、プロレタリア文学が衰退を余儀なくされたということが、共通の認識になっている。肝心な現象自体は漠然としたままであるのに、要因ははっきりしているというのは、本末転

倒ともいえよう。

プロレタリア文学の退潮が、「文芸復興」生成の契機となったのは明白な事実である。[85]しかし、要因をそれだけに帰してしまうと、最終的に、既成文学、プロレタリア文学という「文学」内部だけの問題として、「文芸復興」を捉えてしまうことになりかねない。また、そこに回収されない他の様々な要素を、軽視してしまうことにもなりかねない。何より、そうした傾向こそが、「文芸復興」を分かりにくいものにしてしまったといえるのではないだろうか。

そこで本章では、発表媒体の側面から文学・作家・作品を顧みることによって、「文学」外の要素に「文芸復興」の発端を探りたい。具体的には、なぜかこれまでほとんど論じられることがなかった、一九三三（昭和八）年の志賀直哉の復活作「萬暦赤絵」（『中央公論』一九三三・九）と、[86]それをめぐる「異常な」現象に注目する。周知の通り、志賀直哉が沈黙を破ったことと、一九三七（昭和一二）年に「暗夜行路」を完成させたことは、「文芸復興」のひとつの象徴とされている。そのため、彼の復活作に注目することが、「文芸復興」生成の要因を探る、大きな手がかりになると考えられるからだ。

その考察を通して、第一部で「文芸復興」研究の課題として挙げた四点のうち、「既成作家の復活」、「一九三三（昭和八）年」、「ジャーナリズム」という三つの要素に迫っていきたい。

二、「萬暦赤絵」争奪戦と既成作家復活の謎

一九三三（昭和八）年九月、志賀直哉は「豊年蟲」以来およそ五年間の「第二次活動休止期間」の沈黙を破り、「萬暦赤絵」を発表した。この復活作は、当時、大きな注目を浴びる。川端康成が「志賀直哉氏はこの数年、神聖

な沈黙を守つて来た。「萬暦赤絵」の一作を得るためにも、恐らく各雑誌社が狂奔したことであらうと想像される」（「文芸時評」『東京朝日新聞』一九三三・八・二七〜三〇）と述べたように、各出版社はこの小説をめぐって、激しい争奪戦を繰り広げた。獲得に成功した『中央公論』は、「鬼の首でも取つたやうな気持だらうし、読者側にとつても近来にない掘出物である。誰しもまつさきに飛びついたらうと思ふ」（大森三郎「九月創作総評」『新潮』一九三三・一〇）と、思惑通りの大きな反響を呼んだ。

しかし、志賀直哉の復活作をめぐるこうした「狂奔」は謎を残す。一体、なぜここまで激しい争奪戦が繰り広げられたのか、その要因がはっきりしないのである。「小説の神様」の「神聖な沈黙」を破る五年ぶりの復活作であり、それが話題になって争奪戦・「狂奔」が繰り広げられたのは、一見、ごく自然なことのように思える。当時も尾崎士郎は、以下のように評していた。

志賀直哉氏の「萬暦赤絵」はとりたてゝ論ずべき作品ではないが、呼び声が高く、ヂヤーナリズムが久し振りの作品だといふことを売物にしようとしたことが現象的な意味での反発をよびおこしたやうである。しかし、さういふ外部的条件をとりのぞいても志賀直哉の出現が今年の創作壇にはいさゝかも働きかけなかつたことだけは事実である。（「創作壇の印象——現象的に見る」『行動』一九三三・一二）

この評を見れば、「とりたてゝ論ずべき作品ではない」にもかかわらず、やはり志賀の「久し振りの作品」であることに「売物」としての価値が生じ、争奪戦が起きたことが確認できる。しかし、ことはこれで片付かない。この評で注目すべきなのは、「現象的な意味での反発をよびおこした」という指摘である。「神聖な沈黙」と述べた先の川端の評も、「私も一昔前志賀氏を「小説の神様」として耽読した一人であるが、近頃読み返さうとすると、その神経の「我」がむか〳〵して堪へられなかつた」と続いており、その「反発」の一端がうかがえる。また、同じく先に見た大森三郎の評は以下のように続く。

これが、新聞にあんなにでかでかと、まるで鳴物入りのやうにして広告された小説の実体かと、怪しまざるを得ないやうな代物ではないか。詐偽にかかつたやうなものである。誇大広告は警視庁で取締るとかきいてゐるが、物のためしにこんなのを持込んで、おかげで買はずともの雑誌を買はせられたと訴へたらどうだらう。

「萬暦赤絵」の争奪戦が、志賀の復活作をめぐって行われていたことは確かであろう。しかし、その割にこうした「反発」が起きたということは、「久し振り」の作品という「外部的条件」が、その実質と不釣り合いなまでに「売物」にされた、ということにほかならない。

その証拠に、復活作として発表されたこの小説は、散々に酷評された。「「小説の神様」なら、もつと神様らしい小説を書いてもらひたいものだ」（林房雄）、「志賀直哉が「萬暦赤絵」を発表したが、一般の評判はよくなかつた」（杉山平助）、「あんなものは、積極的の血が磨り切つたもので――枯れ切つちやつた――乾いてしまつたもの」（高田保）などと続く評を見ていくと、▼87 激しい「反発」を受けたことは一目瞭然である。

するとここであらためて、ひとつの疑問が浮かびあがる。争奪戦の原因となった「久し振り」という要素は「外部的条件」であり、当然、作品ではなく作家に付与された価値である。それでは出版社にとって、この時期の作家・志賀直哉のどこに、「反発」が起きる程「売物」にする価値があったのだろうか。

昭和初年代は、周知の通り、明治・大正期に活躍した既成作家が危機的状況におかれ、「純文学飢餓説」まで生まれた。伊藤整は、戦後にこう振り返っている。

昭和初年は、近代日本の文学の大きな切れ目となつた。明治以来の大作家なる徳田秋声ですら昭和七八年頃殆んど埋もれて去つて、作品を書かず、発表の機会がなくなつてゐた。彼が昭和八年『町の踊り場』を発表した時、『新潮』編輯者の楢崎勤が言つた。「徳田さんもキッカケを作つてあげなければ仕事をしなくなつてしまひさうですからね」と。私はやつと売文をはじめた頃であつたが、怖ろしいことを聞くやうにそれを聞いた。（「昭和文学の死滅したものと生きてゐるもの」『文学』一九五三・六）

また、正宗白鳥は一九三三年六月、「無名作家へ（既成作家より）」のタイトルで、以下のように告白している。

純文学の発表される場所は極めて狭小で、知名の作家だつて、つねに自作の発表に悩んでゐる。書きさへすれば直ぐに雑誌や新聞に採用される作家は極めて稀なので、私自身も、月刊雑誌から寄稿を依頼されることなんか、一年に数度に過ぎないのだ。（『東京日日新聞』一九三三・六・一六〜一九）

「町の踊り場」発表から半年もたたず、正宗白鳥が「発表される場所は極めて狭小」だと告白したたった三ヶ月後に、志賀の復活作をめぐる「狂奔」が繰り広げられたのだ。知名度のある既成作家が発表媒体に苦しむ中で、いくら「小説の神様」の久々の作だからといって、激しい争奪戦が起き、「反発」が起きる程「売物」にされたというのは腑に落ちない。

もちろん、志賀直哉を、徳田秋声や正宗白鳥とまったく同列に並べることはできないだろう。しかし、志賀直哉自身も一九二九年、ある出版社社長[88]によって、「例へば志賀直哉氏の作品の如き、如何にすぐれたる芸術であつても、単行本として出せば、大衆的でないから沢山は売れない。発行部数が少いから勢ひ定価は高くなる。益々売れなくなるといふ次第である」と指摘されていたように、その例外ではなかった。

こうして見ていくと、「萬暦赤絵」をめぐる「狂奔」には、どうしても謎が残る。

もちろん、その要因のひとつとして、先に触れたように、政府の左翼活動への大弾圧も見逃せない。満州事変をきっかけに「非常時」が叫ばれ、一九三三年頃から、出版社がプロレタリア文学作品を掲載しにくくなると、徐々に既成作家が復活を果たしていった。ここに、後の「文芸復興」の地盤ができたのであり、それが志賀の復活作の激しい争奪戦に、影響を及ぼしたことも確かであろう。

しかし、この要因を加えても「狂奔」は割り切れない。一九三三年の段階では、既成作家の作品は、あくまで政府側の弾圧を危惧したジャーナリズム側が「どういふ方向をとつてい丶か迷つてる」なか、「安全な策」として「差し当り」に「拾はれて来た」だけなのである。[89]確かに、この時期から既成作家の発表媒体は徐々に増えたものの、決してその地位までが向上した訳ではなかった。実際に、この時期に「拾はれて来た」彼らの復活作には、「以前と何等変りのない」、「旧態依然」、「失望させた」、「あきれかへつた」などと批判が集中した。[90]そして何より、その顕著な例こそが「萬暦赤絵」であった。

既成作家の復活などといふことも言はれて、里見弴氏とか、宇野浩二氏とか、古い作家が二三篇の作品を発表し、長い間沈黙を守つてゐた志賀直哉氏まで、「萬暦赤絵」を世に問ふたけれども、それ等の作品は、特殊の情実で結びついた人々の批評以外には、悉く不評判で、折角の既成作家の復活も、来年になつて見たら、どうなることだか分らない。（XYZ「スポット・ライト」『新潮』一九三三・一〇）

こうした評価を見る限り、政府側の弾圧を避けるため、プロレタリア文学に代わる「危な気ないもの」、「安全な策」として「拾はれて来た」小説のひとつである「萬暦赤絵」に、それほどまでに激しい争奪戦が繰り広げられたというのも、また考えにくいのだ。

「萬暦赤絵」をめぐる「狂奔」は、このようにどうしても割り切れない。当時の批評家も、志賀をはじめとする既成作家の急激な重用に対して、「問題ほしやに干上がつてゐた批評界のお歴々、それ来たとばかりわれ勝ちにこの「不思議な現象」診断に取りついて、小刻み、大刻みに分析のメスを振りまわした」とある（KKK「文運復興第一線」『文藝春秋』一九三三・一二）。しかし、それでも答えは出ず、ついに「文壇は、多数の既成作家を過重してゐる。それは今日の文壇としては、明らかに変態現象であつて……」、「殊に、一部の人々は、変態的現象の如く見てゐるやうであるが、長い間沈黙してゐた既成作家が、前記の文学雑誌の創刊と前後して、力作を発表し初めた▼91」などと、その「過重」を、「変態現象」「変態的現象」という、異様さを殊更に強調した名前で囲い込むまでに至る。

それでは、一体、志賀の復活作に関するこの「不思議な現象」、「変態現象」、「変態的現象」の背景に、何があったというのか。まずは時代をさかのぼり、志賀が「第二次活動休止期間」を迎えていた頃の出版界の状況に、一旦目を向けてみよう。

三、雑誌媒体と文学作品の変遷

「萬暦赤絵」は、激しい争奪戦を巻き起こしつつ、『中央公論』一九三三年九月号に掲載された。それでは逆に、志賀が沈黙していた時期、つまり「純文学の発表される場所は極めて狭小」（正宗白鳥）で「純文学飢餓説」が叫ばれていた時期には、『中央公論』をはじめとする雑誌媒体は、文学作品に対してどのような動きを見せていたのか。

十重田裕一は一九二七年の『改造』に、「『現代日本文学全集』に倣いながら、思い切ったコストダウンをはかり、廉価で大量な情報を流通させることを主眼とする誌面改革」を見出した（「出版メディアと作家の新時代」『文学』二〇〇三・三）。十重田は具体的にその改革を四点挙げている。なかでも注目したいのは、「編集上の改革」と「読者数増加と読者層の拡大」の二点である。十重田も同論で触れているように、こうした傾向は『改造』に限ったものではなかった。一九三〇年、「中央公論の回顧と展望」（『綜合ヂャーナリズム講座 第一巻』一九三〇・一〇、内外社）において、石濱知行は次のように述べている。

> 今の時代は、時代そのものが末期的現象を示して、種々雑多なものが雑然として何等の統一もなさゝうに存在してゐる。（中略）中央公論は、それらの事象を巧みに取り入れてゐる。その点では、ヂャーナリスティックに成功したと言つてよい。
>
> 中央公論が、かくのごとき変化をしたのは、むしろ今のヂャズ的文化の結果であらう。かゝる方針となつた中央公論が、一時の凋落をとり返して、売行を増しつゝあるのは、それを物語つてゐる。

「種々雑多なもの」を取り入れた編集方法により、『中央公論』は「読者の範囲といふものがすこぶる広」くなったと石濱は指摘する。さらに話は綜合雑誌全般に移る。

僕のせまい知識をもつてすれば、日本で今日一般に行はれてゐるやうな雑誌は、外の国では全く見られないと言つてよからう。日本の今日の一般的の雑誌は、言葉通りの全くの雑誌である。論文、中間物、物語類、創作、戯曲、時評、解説、新刊紹介等すべてのものが一冊の雑誌の中に包含せられてゐる。（中略）それら多種多様のものが、それこそ雑然として一冊の中に織りこまれて雑誌を形成してゐる。

このように、一九三〇年前後の出版社は、とにかく様々なものを織り込み、「多種多様のもの」で雑誌を形成することによって、より広い読者層に販売を拡大しようと試みた。[92] こうした編集方法は苛烈を極め、ついには「レビウ」、「百貨店」、「ジャズ」、「ネオン、サイン」、「光波の雑音」などと揶揄されるまでに至った。しかし、逆に言えば、そうせねば広い読者層を獲得できなくなってしまう出版状況があったのだ。「少しでもこの百貨店式な編輯術から離れたら最後すぐ他の競争者に蹴落されるといった末梢神経的な焦燥は、毎月の雑誌の読者にも明らかに反応して行く。さう云つた感触は、ことにこの二三年、さらに強烈になつて来たやうに見える」（千葉亀雄「現代雑誌界の趨勢と雑誌記事の推移」『綜合ヂャーナリズム講座 第一二巻』一九三一・一一、内外社）。

こうした中で、文学作品を専門とした文芸雑誌は、「他の競争者に蹴落される」形で、非常に厳しい立場に立たされた。一九三一年に『新潮』編集の中村武羅夫は、綜合雑誌と文芸雑誌とを比較し、「文学雑誌の場合は、初めから大量製産を目標に置くことが出来ない。文学雑誌として、どんなにすぐれた雑誌を作っても、また、どんなに勢力を張るとしても、凡その読者の数は決つてゐる」と述べた。さらに自らの体験から、文芸雑誌の惨状を次のように嘆く。

雑誌のいい悪いではないのである。編輯の上手下手ではないのである。（中略）今では、純文芸の高級雑誌としては、「新潮」が唯一のものだと言つても、過言ではないやうな状態になつてしまつた。（中略）その「新潮」も、雑誌それ自身としては、存在の可能性がないのである。経済的に成り立つて行かないのである。毎月、千円以上二千円くらゐまでの欠損をつゞけてゐる。どんな月でも、一ぱい〳〵に行つたことはないのである。それだけの欠損を、新潮社が負担してくれてゐるので「新潮」の発行は、つゞけられてゐるのである。若し、一ヶ年間に二万円内外の欠損を、新潮社が負担してくれなくなつたら、「新潮」の発行はつゞけられないのである。（「文芸雑誌の編輯」『綜合ヂャーナリズム講座　第五巻』一九三一・二、内外社）

このような状況の中、新たな雑誌編集における文学作品は、単体で存在することが不可能な事態へと追い込まれていった。しかし、受難はそれだけに終わらず、綜合雑誌の中ですら、文学作品は存在が困難になっていく。加藤武雄は、綜合雑誌での「純芸術作品」の立場を、次のように指摘した。

最近二三年来、この創作といふものの、雑誌の上に持つた勢力が、だん〳〵衰へて来つゝある。今でも、前記の諸雑誌（『中央公論』『改造』――引用者注）では、この種の諸作品をのせてゐる事はのせてゐるが、従前ほどには、これを重んじなくなつた。この現象は云ひかへれば、ヂャーナリズムに於ける純文芸の地位が、その重要性を失ひつゝあるといふことに外ならない。(「ヂャーナリズムと『創作』」『綜合ヂャーナリズム講座 第一〇巻』一九三一・七、内外社)

「多種多様」な記事のひとつとして眺められるようになり、重要性を失った文学作品が、綜合雑誌の中で、徐々にその割合が減らされていくのは当然であった。「高級インテリを対象とする『改造』『中央公論』『文藝春秋』等において、文学的パーセンテージが激減した」(大宅壮一「「純」文芸小児病」『文藝』一九三四・三)のである。

こうした中、「純文学の発表される場所は極めて狭小」で、「月刊雑誌から寄稿を依頼されることなんか、一年に数度に過ぎない」(正宗白鳥)状況が訪れた。つまり「純文学飢餓」には、従来から言われてきたような、その作風や文壇内の動向だけではなく、雑誌媒体の編集法の変遷という「文学」外の問題にも、深い関係があったのだ。

しかし、「純文学」にとってさらに大きな問題は、こうした状況で生じた、文学作品の新たな位置づけであった。「多種多様」な編集法に押し出される形で「甚だしく減殺された」文学作品であったが、同時に、新たな利用価値もそこに見出された。千葉亀雄は「高級な社会、経済、思想雑誌の中で、ことに市場価値を狙はうとするそれらの編輯術が、この五六年、いちじるしい変化を見てゐることが見遁せない」と注目する。その変化とは「文学的制作の呼び物を欠き得ないやうな編輯術」を取り入れ、「市場価値を高めるための呼びものとして、文学的制作を登載する」ようになったことだと言う(「現代雑誌界の趨勢と雑誌記事の推移」前出)。すなわち、文学作品は雑誌形態の変遷によって、それ単体の価値だけでは存在することが困難になったものの、「市場価値を高めるための呼びもの」という新たな役割が、そこに与えられていったのだ。実際に、この役割を担って、『経済往来』などの「高級な政治、社会雑誌」で、文学作品が登用されていく。▼93 こうした状況を千葉は、同論で「高級雑誌の内容は、批判、中間読み物、小説戯曲の三位一体から成り立つのであり、そのどれを欠いても、読者層を十分に把握することが出来ない」と説明している。苦しい立場に立たされていた文学作品であったが、広い読者層に対する市場価値・商品価値さえそこに加われば、「呼びもの」として登用される地盤はできていたのである。▼94

ただし、「純文学」は当初、この新たな役割を果たせなかった。岡田三郎は一九三二年、「純文学」を、「売れても売れないでも構はない、自分は自分で自分の思ふままのことを書けば宜しいと云ふ文学」、「商売にはならない文学」と定義した（「純文学は滅亡するか？」『新潮』一九三二・七）。この定義が正しいかどうかは別として、自己目的化した作品は、広い読者層に対する目立った市場価値・商品価値を持たなかった。つまり、文学作品に新たに与えられた「市場価値を高めるための呼びもの」としての役割に、応えることができなかったのである。しかし、それは裏を返せば、市場価値・商品価値さえ手に入れることができたならば、発表媒体は回復できるということを意味していた。

四、「萬暦赤絵」争奪戦の背景と仕組み

ここで再び志賀直哉「萬暦赤絵」に注目してみよう。

「狂奔」と称されるほどの争奪戦が繰り広げられた、この作品をめぐる現象は、多くの謎を残すものであった。先述したように、同時代の志賀に対する言説や評価を見ても、プロレタリア文学の退潮という原因から見ても、この現象は割り切ることができず、作家や批評家からの「反発」ばかりが目に付いた。

一方、争奪戦を起こした雑誌側の動向として、広い読者層を獲得するために誌面改革を行った結果、文学作品の割合の低下を招いたものの、同時に「市場価値を高めるための呼びもの」としての役割がそこに求められていたこ

とが分かった。それでは、志賀直哉は「広い読者層」という市場に対して、その価値が高まるような行動をとっていたのか――。しかし、あるのは「沈黙」という事実だけで、目立った行動はしていない。ここで注目すべきなのは、志賀直哉本人の動向ではない。本人とはまったく関係のない所での、彼の変化、正確には「志賀直哉」という〈名〉の変化である。

「豊年蟲」以降、「第二次活動休止期間」に入っていた志賀であったが、実はこの時期、つまり一九二八年頃から三三年の間にこそ、その〈名〉が広い読者層に流通していったのだ。

永嶺重敏は、「円本が、これまで書物とは無縁であった人々の間に新しく読者層を開拓した」とした上で、「円本の真価は、むしろブーム終了後に発揮され始めた」という指摘を行った。ブームの最中には「消費的なメディア」に過ぎなかった円本も、その後、不況からゾッキ本として叩き売られたブーム後にこそ「新しい読者層の成長を育む知的苗床の役割をはたし」た（「円本ブームと読者」『大衆文化とマスメディア』一九九九・一一、岩波書店）。その円本には、多くの既成作家の作品が「古今東西の古典的名作からなる一大体系」（永嶺）の中に並べられていた。つまり、円本はブーム後にこそ、綜合雑誌の読者に既成作家の名を広く知らしめ、その価値を高める、という役割を果たしたのだ。

志賀も当然、『現代日本文学全集』、『明治大正文学全集』等の円本に、数多くの作品が掲載されていた。さらに、岩波文庫から一九二七年に『和解　或る男、其姉の死』、二八年に『小僧の神様』が出版され、『現代小説全集』（一九二六年、新潮社）、『夜の光』（一九二九年、新潮文庫）など比較的安価な本に、過去の作品が次々と収録されていった。またそれについで、一九三一年に改造社から『大判「志賀直哉全集」』、『日本文学大全集「志賀直哉集」』と、全集が二種類も刊行され、好評を博したことも見逃せない。

こうした過程を経ることで、大正期に名付けられていた「小説の神様」という名称が、ようやく大衆にも流通し始める。すなわち、竹盛天雄が指摘したように、「小説の神様というような呼びかたが、かえってこの時期（第二次活動休止期――引用者注）に呈上され」たのである（「明治・大正文学の命脈」『昭和の文学』一九七二・四、傍点＝原文）。「豊年蟲」以降、「第二次活動休止期間」に入っていた志賀であったが、実は彼の〈名〉は、この沈黙期にこそ広い読者層に浸透し、そしてその中でこそ、大衆に「小説の神様」として受容されていったのだ。文壇内では、大家としてすでに確固たる地位を築いていた志賀直哉だが、このように、一般読者の間にその〈名〉がはっきりと認められたのは、「第二次活動休止期間」であった。しかも同時に、「小説の神様」という呼び名まで付随して流通した。

五年ぶりの小説「萬暦赤絵」が発表されたのは、こうした時期を経た上でのことだった。

綜合雑誌は広い読者層を獲得するために、「多種多様」な編集へと変遷した。その中で、目立った商品価値を持たない文学作品は、発表媒体を失っていった。志賀もその期間、五年もの沈黙を続けていたが、この時期にこそ〈名〉が広く流通していた。広い読者層に浸透した志賀直哉の〈名〉。そこに呈された「小説の神様」という呼び方。そしてその「神様」の五年ぶりの「小説」。いずれも、綜合雑誌にとって、大きな商品価値であった。しかも一九三三年は、軍需インフレ景気が訪れ、綜合雑誌も大きく販売数を拡大し、乱立状態となる中で、市場における生存競争を勝ち抜くために、より多くの「呼びもの」が必要とされていた。▼95 こうして「萬暦赤絵」の「狂奔」が起こったのである。

作家や批評家など、「文学者」の側からすれば、この現象は、自らが主体となって起きたものではなかった。よって彼らの大部分が、「むか〳〵として堪へられなかつた」（川端）、「詐偽」、「訴へたらどうだらう」（大森）というように、非常に不条理なものとして受け取り、「反発」したのも当然であった。しかし、その獲得に「狂奔」し、

「誇大広告」と言われるほどこの作品を「売物」にしたのは、実は出版社の側からすれば、ごく自然な流れであった。

板垣直子は、こうした流れを次のように分析している。

ジャーナリズムは、文学といふ商品を売りつける為に、「スター・システム」を採用して、その広告的価値を第一に譲らうとする。その結果、常に「大家」を欲するのである。既成作家は、この重要な条件に適つてゐるのみならず、先にのべた如く、過去の地位が確立してゐる関係から、もし拙劣な作品を選択した場合にも、ジャーナリズム側の責任とならない。ジャーナリズムは、既成作家に関する限り、安心してゐられるといふ利益がある。（「既成作家過重について」『新潮』一九三三・一〇）

この指摘は「萬暦赤絵」の翌月で、本章第二節の冒頭に見た大森三郎の評が掲載されたのと同じ『新潮』一〇月号であることからも、「萬暦赤絵」の「狂奔」への意識が、色濃く反映していることは明白であろう。ここからも、出版社にとっての「萬暦赤絵」の価値はあくまで、綜合雑誌の消費者層に対する、志賀の「小説の神様」という看板の大きさと、五年ぶりの「小説」という「広告的価値」であったことを示す。しかも、その内容に関しても、「もし拙劣な作品を選択した場合にも、ジャーナリズム側の責任とならない」。

板垣直子も指摘しているが、こうした形での復活は志賀だけにとどまらず、他の既成作家にも訪れていた。円本によって浸透した〈名〉や、久々の作であることなど、▼96 作品外の要素に付加価値が与えられて、徐々にその市場価値・商品価値が高められ、ようやく彼らの作品は、「市場価値を高めるための呼びもの」として利用可能な商品になった。しかし、そこには彼らの作風や文壇内の動向ではなく、出版社側の事情が深く絡んでいた。つまり、本人やその作品の内容とは何の関わり合いもない所で、その「外部的条件」が高められ、発表媒体を回復したのである。だからこそ、肝心なその作品に対しては、「以前と何等変りのない」、「旧態依然」、「失望させた」、「あきれかへつた」という批判が集まったのだ。

作家や批評家の側からすれば、彼らの手の届かない事情によって引き起こされた「萬暦赤絵」争奪戦が、「狂奔」や「不思議な現象」、「変態現象」であったのは、至極当然であった。しかし、出版社の側からすれば、それははっきりとした根拠のある、非常に合理的な奔走であった。

五、「神話」に席巻された文学と「文芸復興」

本人の沈黙している間に、勝手にその〈名〉が流通し、本人の関係のない所で、勝手に「呼びもの」としての利用方法が作品に生じ、そして、作品の出来とはまったく関係のない所で、勝手に市場価値が高められていく――。周知のように、大野亮司は、一九一六～一七（大正五～六）年に志賀直哉の「神話」化を見るという示唆に富む指摘を行った（「神話の生成――志賀直哉・大正五年前後」『日本近代文学』一九九五・五）。一九三三年の「萬暦赤絵」をめぐる現象も、沈黙期における「小説の神様」という名の、実質を伴わない流通という意味で、まさしく志賀直哉の新たな「神」話化であったと言えよう。しかしここで重要なのは、昭和期は、大正期のように〈文壇内〉による志賀一人の「神話」化にとどまらなかったことだ。

前節で触れた通り、他の既成作家も批判に晒されながら、大家としての〈名〉や作品が「久々」であることに市場価値が生じ、次々と登用され復活を果たしていった。つまり、昭和期は志賀だけでなく、既成作家全般が「神」

格化＝商品化されていったのだ。そして、この「神話」は、「文芸復興」と称される華やかな時代に完成される。

「文芸復興」が始まったのは、一般的に一九三三年とされている。しかし、三三年の一月から九月の間、「文芸復興」という言葉は概ね用いられておらず、実際は、この時期の既成作家の復活に対して、「純文学の更生」という言葉が用いられていた。▼97「ルネッサンス」の日本語訳である「文芸復興」と「更生」という名では、随分語感も違う。当初は「文学といふ商品を売りつける為」（板垣）の「更生」品として、既成作家が利用されていた。それがいつの間にか、「文芸復興」という華やかな名にすり替えられたのである。すなわち、「文芸復興」期において、いわば文壇そのものが「神話」化＝商品化されたのだ。

ここにこそ、大野の指摘した大正期の「神話」作用との決定的な差異があった。昭和期の「神話」は、大正期のように、志賀一個人やその人格の「神話」という次元ではもはや割り切れない。それは、志賀直哉「萬暦赤絵」争奪戦にとどまらず、既成作家の「更生」、そして「文芸復興」という形で、徐々に裾野を広げながら形づくられていったのだ。

平林初之輔は、一九三〇年と三一年に次のような指摘を行っている。

資本主義社会では凡てのものが商品としてあらはれる。そこで凡てのものゝ価値が商品価値としてはかられる。商品価値がそのまゝ社会的価値をあらはすことになる。従つて、凡ての文学作品の社会的価値も、よく売れるもの程大きいといふことになる。（「大衆文学の概念」『祖国』一九三〇・二）

今日では、ジャーナリズムの（文学に対する――引用者注）勝利は決定的になり、ジャーナリズムのコントロールは完全になつてしまつた。（中略）ジャーナリズムがその支配下にすつかり文学を包みつくしてしまつた今日では、もはやそれに反抗するわけにはゆかない。文学者として生活すること自体が、すでに、ジャーナリズムへの降伏を意味するからだ。（「ジャーナリズムの勝利」『新潮』一九三一・一）

大野の指摘したように、大正期は「人格主義的コード」の中、志賀直哉という名が「神話」化されていった。それに対して、昭和期の「萬暦赤絵」をめぐる現象は、「凡ての文学作品の社会的価値も、よく売れるもの程大きい」という資本主義社会・消費社会の「神話」の中に、むしろ志賀直哉の方が巻き込まれ、記号化され、そして売り物とされ、争奪戦の「狂奔」に引きずり出されていったのだ。「反発」が起きる程の「誇大広告」で「売物」にしようとした出版社の編集術は、消費社会という「神話」の中に志賀直哉を巻き込み、利用したものであった。だからこそ、この「神話」作用は、志賀直哉だけにとどまらず、他の既成作家や文壇全体までをも巻き込んでいったのである。そして、文学がこの「神話」に席巻された状態が、「文芸復興」であった。▼98

このように一九三三年頃から、「凡てのものゝ価値が商品価値としてはかられる」という資本主義社会・消費社会の「神話」が、作品・作家・文壇を席巻し「その支配下にすつかり文学を包みつくして」いった。そのひとつの発露が、「萬暦赤絵」をめぐる「不思議な」「変態現象」であった。——つまり、「不思議な現象」、「変態現象」とは、本来「萬暦赤絵」や既成作家の「過重」を指すべき言葉ではなく、「商品価値がそのまゝ社会的価値をあらはす」ような社会を指すべき言葉であったのだ。

六、「文芸復興」への転倒した認識

「萬暦赤絵」をはじめとして、既成作家が復活していく中で、大部分の作家・批評家は、出版界の事情に自らが左右されていることを意識せず、それを不条理な現象としか捉えられなかった。その後「更生」期を経て「文芸復興」という華やかな時代が訪れると、彼らが手放しで文学の発展だと讃えたのは、何とも皮肉なものである。

広津和郎は「『再び嘘を吐く必要のない文学が認められて来た』――これは何といふ喜ばしい事だらう。そして又何といふ住心地の好い事だらう」（「嘘をつかないでいい文学」『新潮』一九三四・二）と喜ぶ。「文芸復興」といふ言葉の創始者とされた林房雄も▼[99]「俗化したジャーナリズムの方向は、大出版資本の意志であつて、文学の発展とは無関係なものである」（「六号雑記」『文学界』一九三三・一〇）と断言した。それにとどまらず、徳田秋声は「文芸復興といふ目下の問題は、これも亦時代的なもので、抽象的なものでも絶対的のものでもない。即ち低落したヂャアナリズムの氾濫に対する我々の敬虔な反省であり、緊縮であり、希望である」（「二三の抗議」『新潮』一九三四・三）、「文学の本質からそれたプロレタリア文学、大衆文学に繋つて、悪いジャアナリズムが蔓こつちやつたね。そいつに対する反動だと思ふ」（「座談会・文芸界の諸問題を批判する」『新潮』一九三四・七）と述べた。

つまり、「文芸復興」とは、多くの作家を沈黙や苦境に追い込んだ「悪いジャアナリズム」に対して、文学が起こした反発・反動だという、転倒した認識さえもがここに生じたのだ。「文芸復興」の真っ只中にでも、大宅壮一・矢崎弾・井汲清治らのように、常にその裏側で働く出版界の力を意識し続けた批評家もいたが、それも一部の人間に限られており、作家側ではほぼ「ジャアナリズムは気にしたつてはじまらない。それが文学の上に猛威を逞しくしてゐるやうに考へるのは、浅墓である。今日確固たる存在を示してゐる作家は、誰一人として、ジャアナリズムに追随も迎合もしてゐない。ジャアナリズムの方で、彼等に追随し、迎合してゐるのである」（川端康成「なぜ既成作家に反抗せぬ」『読売新聞』一九三三・四・三〇）という転倒した認識で一致していた。

本章冒頭で見た通り、「文芸復興」はこれまで、解明できない漠然とした現象として遠ざけられ、近年では、直接論究されることもほとんどなくなった。当然である。今に至るまで、只中にいた作家・批評家と同じように、あくまで「文学」主体の問題として、「文芸復興」を捉えてきたのだから。「文芸復興」とは、急激な「文学の発展」や「ヂヤアナリズムの氾濫に対する」「純文学」の「敬虔な反省」によって生じたものではない。あるいは大正期の志賀のように、「人格主義的コード」のような自律した文壇内の事情によって「神話」化され、形成されたものでもない。そして、プロレタリア文学と既成文学という問題だけに帰することもできない。あくまで、資本主義社会・消費社会の「商品価値がそのまゝ社会的価値をあらはす」という「神話」の中に、作品・作家・文壇の方が巻き込まれ、利用された現象が「文芸復興」であった。ゆえに「文芸復興」という現象について、「文学」や「文壇」内の動向だけを実体としていくら掘り下げても、それ単体に価値や意味を見出すのは不可能であったのだ。

第二章　「円本ブーム」後のジャーナリズム戦略

――『綜合ヂヤーナリズム講座』を手がかりに

一、「文芸復興」前夜と『綜合ヂヤーナリズム講座』

一九二六（大正一五）年の改造社『現代日本文学全集』刊行を皮切りに、出版界に未曾有の好況をもたらした「円本ブーム」であったが、一九三〇（昭和五）年頃から、それも徐々に頭打ちとなっていく。予約出版の数値も、一九二八年に一二六種、一九二九年に一四七種とピークを迎え、一九三〇年には一二一種と一気に減少している。▼100 そこへ、一九二九年の世界恐慌、三〇年の濱口内閣による金解禁が重なり、一九三〇〜三一年頃から、一転して、出版界にも急激な不況の風が入り込んだ。広津和郎は、一九三〇年七月、「出版資本主義は実際僅な間に成長した。そして成長すると共に、不景気風にあふられて、成長しただけそれだけ今や苦境に陥つてゐる」と述べている（「文士の生活を嗤ふ」『改造』）。

ちょうどその頃、内外社から『綜合ヂヤーナリズム講座』という企画本が出版されている。一九三〇年一〇月から三一年一二月にかけて、全一二巻・別冊二巻で刊行されたこの企画本▼101は、様々な角度からジャーナリズムに分析を加えていく内容であった。同本別冊▼102の「序」には、その概要が次のように記されている。

一九三〇年の秋、『綜合ヂヤーナリズム講座』の刊行に着手し、現代日本の新聞、雑誌、出版、思想、文壇界の代表的精鋭二百数十氏を講師とし、総論篇、新聞篇、雑誌篇、出版篇並に読物篇の篇別のもとに、一ヶ年に亘つて全十二巻を編輯し、今日に至つて遂にその完成を見たのである。

「代表的精鋭二百数十氏」の主だったところを並べると、出版社社長として平凡社・下中弥三郎、改造社・山本実彦、プロレタリア文芸陣からは青野季吉、平林初之輔、貴司山治、山田清三郎、江口渙、大衆文芸陣からは横溝正史、森下雨村、長谷川伸、既成文壇からは広津和郎、また中村武羅夫、千葉亀雄、新居格、大宅壮一、宮武外骨、長谷川如是閑などの批評家のほかに、経済学者、現場の雑誌新聞記者、印刷工場経営者等を加えた、実に多岐に渡る面々が執筆しており、まさにジャーナリズム各界の「代表的精鋭」が揃っている。一九三〇〜三一年という、「円本ブーム」が下火になり、出版界が転換を迫られていた時期に出版されたこの企画本は、時期的にも、執筆陣の多様性という点でも、当時のジャーナリズムの動向と文学状況を概観する上で、至当な文献だといえよう。

本章では、前章で明らかにした、ジャーナリズムによる「文芸復興」企図からさかのぼること数年、一九三〇年前後のジャーナリズムの動向を、『綜合ヂヤーナリズム講座』を手がかりに素描していく。また、「文芸復興」前夜の出版状況下で翻弄されていった「純文学」陣営の言説についても検討する。それを通して、前章に続き、ジャーナリズムの側面から、「文芸復興」の基盤の形成過程をより明確にすることで、次章からの「大衆文学」の問題へと橋渡しをしていきたい。

二、「円本ブーム」後の悪循環

『綜合ヂャーナリズム講座』（＊本章では、以下『講座』と表記する）のなかで、圧倒的に多い記事は、やはり出版界不況の陳述であった。平凡社社長・下中弥三郎は「日本出版界の現勢」（『講座第一巻』）という論において「出版受難時代来る」という節を設け、「円本流行の反動」という小見出しのもと、以下のように述べている。

円本流行、全集出版全盛の反動期に入つて、何れの出版社も経済的に四苦八苦の中にあるところ、濱口緊縮内閣の「物買ふな」「金使ふな」宣伝がひどく利いて、本の売れないこと夥しい。何れの年でも夏期は返品が多いのだが、ことに本年夏期の返品は夥しい。（中略）出版界は今おしなべて非常な不況に沈淪して居る。

他の執筆者からも、以下のような訴えが続く。

改造社の山本実彦氏が驚くべき円本創意によつて、出版界を革命してしまつてから、一時他の方面の不景気をよそに、出版界ばかりは不思議に活気づいたが、その後を受けて、今や非常な不況が来てゐる。（広津和郎「中小出版者の悩み」『講座第二巻』）

不景気である。同社（中央公論社――引用者注）が出版を開始した当時のほがらかな状勢とうつて変つて一九三〇年は憂鬱な年であつたし、今年も今の所は、さして景気が直るやうにも見えない。（甘露寺八郎「出版書肆鳥瞰論」『講座第五巻』)

ほかにも、「社会的状勢は益々経済恐慌を深めて行く。購買力がへる、本も売れないことになる、しかも読者は所謂全集ずれがしてゐる。かう落目になると嫌なことが益々つゞくものだ」(甘露寺八郎「出版書肆鳥瞰論(三)」『講座第八巻』)、「図書、雑誌ともに、近来では特に著しく集金が不良である。これは経済界不況の為であらうが、取次店対小売店の帳尻は益々嵩む一方である」(赤坂長助「図書雑誌の販売と小売に就て」『講座第八巻』)等、出版不況を嘆く声がいたる所からあがっていた。

こうした出版界不況のきっかけは「世界恐慌」と「金解禁」にあったのだが、下中弥三郎が述べているように、「円本流行の反動」という側面も大きかった。ここで、「円本ブーム」について簡潔にまとめた言をひとつ引いてみよう。

> 昭和初年代の〝円本ブーム〟は、今振り返ってみるとき、出版文化という面からも企業としての出版という面からも、つまりは「出版」そのものにおいて画期的な意味を持っていたと、つくづく思われる。それを一口に言ってみるなら、現代の大衆社会状況に対応しうる出版の骨格が、これを機に一気に革新・整備されたというようなことになろうか。円本ブームの現象的な特徴は、〝大量生産《マス・プロ》、大量宣伝《マス・アド》、大量販売《マス・セール》〟と言えるが、そうした企業活動を支える産業上の地盤・体制が、ここで出来上り、その効果は出版物全体に及んだということである。(角田旅人「昭和初期の出版文化——円本ブームを中心に」『言語生活』一九八六・一)

「円本ブーム」最大の特徴と成功の要因である「大量生産《マス・プロ》、大量宣伝《マス・アド》、大量販売《マス・セール》」の方式は、広く知られるように、『キング』をその「元祖」とする。▼103『講座』においても、『キング』以降の出版状況について、「部数さへ多くなれば」、原稿料・印刷製本代・広告料・雑費のすべてにおいて「一部当りの負担は僅少なものにな」るため、原稿料を上げて「良記事を得る」ことができ、雑誌・書籍を「いよ〳〵良い物にすることも出来」るようになったと、その好循環が指摘されている（赤石喜平「雑誌経営に就て」『講座第三巻』）。さらに、円本は『キング』の大量生産の好循環に「予約制」を取り入れて、より強固なシステムを築き上げていった。以下、下中弥三郎の証言を中心に追ってみよう。

一体、円本が流行したのは、それが予約出版であるから返本を見込む必要のないこと。従つて原価を売価にウンと接近させても損をせぬこと。それ故にウンと安く供給の出来ること。安く供給するから多く売れること。かういふ風の関係に出発したのであつた。（「日本出版界の現勢」前出）

『キング』式の好循環を踏襲し、それをより強固なものにしたからこそ、円本は成功したのであった。▼104ところが、ブームが頭打ちとなり、さらに恐慌の影響で、出版界にも不況の風が入り始めると、この好循環の歯車が、徐々に鈍くなっていく。そもそも、好循環を狙った大量出版は、悪循環と表裏一体のものであり、一度狂い出した歯車は、出版社の倒産という事態を次々と引き起こしていった。それが一九三〇年頃のことであった。

だが、それに先だって、たとえ「円本ブーム」の只中にあっても、「大量出版」の危うさを地で行く出版社もあった。たとえば、一九二七年七月に勃発した「アルス」と「興文社」との『日本児童文庫』・『小学生全集』をめぐる騒動、その後の両社の没落は、この「表裏一体」の典型であった。両出版社は、互いに大量販売《マス・セール》を見込んで大量宣伝《マス・アド》合戦を行い、裁判沙汰にまでなったものの、結局、思ったほどの読者を獲得できず、両社ともに姿を消してしまう。円本の「大量販売《マス・セール》」戦略は、ブーム絶頂期でも、ひとつの歯車が狂うと、一挙に大きな損害をもたらすものであった。▼105

こうした状況が、一九三〇年頃から、出版界全体に広がっていった。円本自体の頭打ちに重なって起こった世界恐慌、金解禁に端を発した緊縮財政による出版物の消費の落ち込みは、円本に打撃を与えたことはもちろん、大量生産の歯車を、急速に悪循環へと転換させていった。下中弥三郎は、「円本全盛時代、ことにその初期の上昇時代」には、「廿万円」程の大々的な広告を打てば、「十万」から「二十万」「三十万」の予約が期待できたが、今日では「どう広告しても」「二万三万が関の山、どうかすると三千五千もむづかしい全集」があると、「円本ブーム」後の出版状況の停滞を嘆いている。すると、必然的に次のような事態が発生する。

> 五割かける調整費を四割に又は三割五分にし、二割見る広告費を一割五分につめて収支を釣合さうとするから円本より粗末な本が円半本となり、六段の広告が三段になる。読者からは習慣的にこの本は高いとなる。広告が小さければ大衆を打たないから数多く売れないといふことになる。数多く売れないとなると、円本時代には無視して顧みなかつた組版代といふものが調整費の中に重大な地位を持つやうになり、六段を三段にして数が三分の一になれば二割以下にしようと思つた広告費が三割以上につくといふやうなわけで、益々経営上の困難が加重する。（「日本出版界の現勢」前出）

消費が見込めないことによって、調整費が削減されて「粗末な本」しかできない。広告料も削減され、よりいっそう出版物は「数多く売れな」くなる。すると、採算を合わせるために、出版物は「月々高くな」っていく。「世間の物価は下つたに《ママ》、出版物は逆に月々高くなつて行く已むなき事情がそこにある、つまり円本時代は一般物価の極めて高い時代に大量製産で特に安価に本が出来たことの裏が今廻りあはせた」という状況が、出版界を覆ったのである。円本時代とは、まことに対照的な状況である。

出版界の不況は、これだけにとどまらなかった。同論では、さらなる悪循環の生成が指摘されている。消費が落ち込んだ一九三〇年頃には、「実物を早く店頭に出す事の競争が初ま」ったことにより、「予約出版が単行本扱ひを受くる」ようになった。そのため、予約出版の意味がなくなったうえに、キャンセルも相次ぎ、返本の数が膨れ上がった。返本が増えると、今度は「夜店の店頭などに残本の顔を見せ」はじめ、新刊本はまったく売れなくなっていく。

こうした歯止めのかからない悪循環は、下中に限らず、他の執筆陣からも多く指摘されていた。

或る出版業者は、其の厖大広告に釣り込まれ殆ど営業費を広告料に投資して苦況に陥つて居る。それでは何のために広告を利用して居るのか疑ひたくなる。（湯沢清「ヂヤーナリズムから見た広告の効果」『講座第一一巻』）

筆者が先月末大阪心斎橋筋の夜店を漫歩した際ゆくりなくも眼に止まつたのが――東京一流出版社新本大投売――のポスターである。成程新しい本が堆高く積重ねられて、宛でバナナの叩売のやうに五十銭、三十銭の安値で売られてゐる。これはよくある夜店の風景であるが、よもやと思つた。「日本評論社」「春秋社」「先進社」発行の書籍が数点顔をみせてゐる。一概には云へないが、出版界では所謂ぞつき物をだせば、その社の屋台骨の何処かにひゞが這入つたと見做している。（「出版書肆鳥瞰論」前出、傍点＝原文）

前者の引用にある「或る出版業者」は恐らく「先進社」のことを指しているのであろうが、「厖大広告」をめぐる悪循環は、「円本ブーム」の際に起こった、「アルス」と「興文社」の没落過程とそっくりである。また、後者の引用では、販売低下が招いた「ぞつき物」が、さらに新刊本を売れなくさせているという指摘がなされている。[106]

このように、一九三〇年頃から、出版界には不況の風が入り込み、終わりの見えない悪循環にまで進んでいった。それでは、各出版社は、こうした状況にどう対処したのであろうか。多くの出版社は、その打開策として、消費者層（＝読者層）を拡大し、より広く浅く出版物を売ることに腐心していく。それが最も顕著に表れたのは、第一章でも注目した、雑誌媒体の編集方針であった。

三、文学作品の商品化

前節で見たように、「円本ブーム」後の出版界の悪循環は、円本の頭打ち・世界恐慌・金解禁等によって、出版物の消費が落ち込み、大量販売がままならなくなったことが発端となって生じたものであった。本節では、前章「企図された「文芸復興」」第三節で見た、雑誌媒体の出版戦略を、再度、「円本ブーム」後の流れに据え直して、より詳しく見ていきたい。

『講座』において、一九三〇年頃の雑誌[107]の特色は、次のように述べられている。

日本の今日の一般的の雑誌は、言葉通りの全くの雑誌である。論文、中間物、物語類、創作、戯曲、時評、解説、新刊紹介等すべてのものが一冊の雑誌の中に包含せられてゐる。婦人雑誌には、さらに加ふるに、料理、育児、裁縫、刺繡、流行、婦人医学、各部相談等の欄乃至部門がある。それら多種多様のものが、それこそ雑然として一冊の中に織りこまれて雑誌を形成してゐる。（石濱知行「中央公論の回顧と展望」『講座第一巻』）

とにかく様々なものを織り込み、「多種多様のもの」で形成することによって、その雑誌は「読者の範囲といふものがすこぶる広」くなる。「多種多様」というのはこの頃の雑誌の大きな特色となり、他の論者も様々な形容を用いて指摘している。

雑誌ヂヤーナリズムが大量生産的になるためにはそれに呼応した編輯法と宣伝の行き渡りとが必要になつた。（中略）文学なら文学、経済なら経済と云つた風に雑誌がキチンと分かれてゐると結構なんだがと思ふのだが、今よく売れる雑誌は百貨店の如くに何でもがある。レビウのやうに賑やかである。さうした派手さをもつた雑誌が、賑々しい広告によつて読者にアツピールしつゝある。（新居格「ヂヤーナリズム随筆」『講座第九巻』）

今日いふところの高級な政治、経済、社会、思想的雑誌は、少数の取除けがある外、批判と興味と芸術感のジヤズであり、社会と時代表層のネオン、サイン的な照明であり、めまぐるしい狂燥とあわたゞしい光波の雑音である。（千葉亀雄「現代雑誌界の趨勢と雑誌記事の推移」『講座第一二巻』）

呉服屋では今人絹物全盛である。結城のやうな渋い反物は需要するものがなくなつて、ぴかぴかした人絹が市場で一番幅をきかしてゐる。大劇場は不入りつづきで、レヴュウが大入りである、風月の菓子よりも、森永や、明治製菓の大量生産の取り合せ物などが、デパートで一番売れる。文壇にもそれと同じ現象が起つて来てゐる。(平林初之輔「ジャーナリズムの勝利」『新潮』一九三一・一)

「少数の取除けがある外」は、一九三〇頃から、雑誌は「百貨店の如く」、「レビウのやうに」、「ジャズ」、「ネオン、サイン的な照明」、「光波の雑音」などと形容される誌面構成になっていった。このように、「円本ブーム」後の出版不況に対して、出版社はより広く浅く消費者層(=読者層)を獲得することを目的とし、雑誌の編集法を変えていった。

しかし、この打開策は、徐々に、この形式に従わなければ、雑誌が生き残れなくなるという状況を生んでゆく。「たゞより多く売り、より多く利益をあげるといふことのみによつて、その活動が支配され」、「そこでは競争が無制限に行はれる」(平林初之輔「ヂヤーナリズムと文学」『講座第三巻』)という背景のなか、「少しでもこの百貨店式な編輯術から離れたら最後」、「すぐ他の競争者に蹴落されるといつた末梢神経的な焦燥」や「編輯術の神経過敏性」が、「さらに強烈になつて」いった(千葉亀夫「現代雑誌界の趨勢と雑誌記事の推移」前出)。

雑誌が「末梢神経的な焦燥」のもと、急激に「百貨店」化して行くなかで、とりわけ大きな役割を与えられたのが、文学者であった。次の二つの引用を見てみよう。

読者たる大衆が、雑誌とはそういふもの、及ち一方には固い論文があり、他方には軟い創作があり、中間物としては、大衆文学的な物語やナンセンス物や猟奇的な記事があるものだと思ひ込んでゐるので、編輯者も亦、その方針はよくないとは思ひつつも、つひそれに引きずられて、同じ型の雑誌としてしまふ。（「中央公論の回顧と展望」『講座第一巻』）

いふところの中間読み物が、近ごろの高級雑誌にすらも、欠き得ない重要素となつて来た。それから小説、戯曲である。高級な政治、社会雑誌に、文学的制作の呼び物を欠き得ないやうな編輯術は、どこから学んで来たものか知れないが、こんな雑誌の記事は、おそらく世界にも少ない方であらう。（中略）かくして、一派の高級雑誌の内容は、批判、中間読み物、小説戯曲の三位一体から成り立つのであり、そのどれを欠いても、読者層を十分に把握することが出来ない。（「現代雑誌界の趨勢と雑誌記事の推移」『講座第一二巻』）

雑誌が多様化するなかで、文学者は「固い論文」、「軟い創作」、「中間物として」の「大衆文学的な物語やナンセンス物」、いずれの執筆にも関わることができた。つまり、作家は「批判、中間読み物、小説戯曲の三位一体」を成立させるために欠かすことのできない存在となった。このような状況は、一見、文学者にとって、非常に恵まれた時代が到来したとみなすこともできよう。しかし、ことはそう単純ではなかった。

なぜならば、様々な雑誌から文学者が必要とされた反面、第一章でも見たように、文芸を専門とする雑誌が立ちゆかなくなっていったからである。『新潮』編集の中村武羅夫は、雑誌媒体について、「大量製産に據らなければ維持出来ないし、大量製産のためには、どうしても莫大な資本を要することになる」ため、「初めから大量製産を目標に置くことが出来な」い「純文芸雑誌」の行き場は、失われてしまったと述べている。また、前章でも引用したとおり、唯一の「純文芸雑誌」であった『新潮』でさえも、「一ヶ年間に二万円内外の欠損」が続いており、会社が「負担してくれなくなつたら」、「発行はつゞけられない」状態だと言う。もはや「文芸雑誌など、特殊雑誌中の特殊雑誌としなければならな」くなったのだ（「文芸雑誌の編輯」『講座第五巻』）。

一九三二年七月には、ついに『新潮』で「純文学は何処へ行くか」という巻頭特集が組まれるに至る。この特集内で、中村は「現在は、純文学のために、最も悪い時代情勢であ」り、「純文学と死生を共にする読者層」など「皆無と言つた方がいいかも知れない」と嘆いている。同特集に「純文学は滅亡するか？」という評論を寄稿した岡田三郎も、「純文学に対して解放されたる舞台」は「実に寥寥たるもの」で、「まさに純文学は、没落の機運に遭遇しつつあるかの感なき能はざる現状」だと述べる。さらに、この「特集」自体について、「わが国唯一の純文学雑誌たる「新潮」が、純文学没落か否かの問題を、即ち延いては「新潮」そのものの安危にかかはる問題を、みづから提起せざるを得ない悲壮な状況に立至つた」と指摘している。

さらに『新潮』誌上では、一〇月に「座談会・純文学の危機に就いて語る」が組まれる。七月の特集では「何処へ」とし、テーマを広く設定して様々な立場から見解を募っていたが、その僅か三ヶ月後には打って変わり、テーマ自体が「危機」に限定されていることが、当時の「純文学」の置かれた立場を反映している。[108] もちろん、こうした「純文学雑誌」の「悲壮な状況」は、『新潮』だけに限ったことではなく、翌年には、菊池寛も「僕も文学雑誌をやるつもりで出してやつて居るけれども、原稿料を出すと成り立たぬ。二万を刷つて原稿料を出すと月々千や千五百円は損です」と、その実情を吐露している。[109]

雑誌の内容が多種多様なものでなければ売れなくなるにつれ、文学者は様々な場面で必要とされるようになった。その反面、文学作品それ自体を専門とした文芸雑誌は、完全に行き詰まっていく。言い方を変えるならば、文学作品は、自己目的として存在することが困難になり、多種多様な内容を持つ雑誌の一記事として――新居格や千葉亀雄の言葉を用いれば、「百貨店」の一商品のような形で、眺められるようになっていったのである。

四、文学者によるジャーナリズム批判とその限界

前節では、出版不況下における雑誌の変遷を見た。本節では、そのような状況のなかで「百貨店」の一商品として、「ヂヤーナリズムに於」ける、「地位」や「重要性」を「失ひつゝあ」った「純文学[110]」について、当の「純文学」作家たちは、どのような反応を示したかを見てみたい。

当時、「純文学」陣営からは、ジャーナリズムへの批判が声高に叫ばれていた[111]。なかでも、最も強い調子でジャーナリズム批判を行ったのが広津和郎であった。

広津は一九二九年、「純芸術作品」が苦境に立たされた原因を、「『キング』式」の「講談雑誌風」を偏重する「ジヤアナリズム」に求めた。

> 今までの文芸雑誌が次第に立行かなくなり、講談雑誌風の雑誌の傾向が、ジヤアナリズムを支配して行くだらうと云ふ予想は、不幸にして益々はつきりして来た。文芸雑誌の多くが収支償はなくなり、無理と痩せ我慢とで発行を続けて行く時に、『キング』式の雑誌のみが益々発展して行くといふ事は、今や誰の眼にも明かだ。（中略）『かくかくの材料をかくかくの形式で、何枚位に書いて下さい』それがそれ等の雑誌から文士達が受ける注文となりつつある。そしてその傾向は今後益々濃厚になつて行くだらう。（「文芸時評序論」『改造』一九二九・一）

広津のジャーナリズム批判は、その後、さらに苛烈になっていく。同年末には、「今年の文壇を振返つて、私に最も顕著に思はれる現象は、日本の作家達が、文筆的労働者に終になり下つたことだ」と述べ、作家たちが「出版資本主義、雑誌資本主義の前に、たうとう頭が上らなくなつたこと」、「完全にその支配下に屈服した事」を強い調子で訴えている（「今年の文壇」『読売新聞』一九二九・一二・五）。翌年には、小説「昭和初年のインテリ作家」（『改造』一九三〇・四）で、「出版資本主義」に立ち向かっていく作家の姿を描き、三ヶ月後の「文士の生活を嗤ふ」（『改造』一九三〇・七）においても、同様の主張を繰り返していった。

広津にとって、「『キング』式の出版方式」による「講談雑誌風の雑誌の傾向」が加速することは、「芸術」家としての文士たちが、「注文」通りに制作する「文筆的労働者」となることを意味しており、ジャーナリズムの存在は、そのような「芸術」作品や「芸術」家としての自己のアイデンティティをゆるがす脅威として、予兆されていたのであった。▼[112]

こうしたジャーナリズム観は、当然、広津にだけ見られるものではない。たとえば、大宅壮一は、作家のおかれた状況について、広津よりも強い表現を用いている。

> ヂヤーナリズムが成長するに従つて新聞雑誌の編輯が機械化して来た。「資本」といふ不可抗的な、盲目的な、非人格的な力によつて動いてゐる一つの機械に過ぎなくなつて来た。従来作家といふ人格と編輯者といふ人格との間の取引であつた原稿売買が、今日では単に「資本」と「原料」との取引になつて来た。
> この取引に於て絶対的主権を握つてゐるものは、いふまでもなく「資本」である。「原料」は「資本」の完

全なる奴隷である。（「文壇に対する資本の攻勢」『読売新聞』一九二八・九・一五〜一九）

一九三〇年前後、出版ジャーナリズムの強大化に伴い、「作品」が作家の「人格」的売買ではなくなり、「文筆的労働者」どころか、「一つの機械」、あるいは「「資本」の完全なる奴隷」と形容されるまでに至ったのである。しかし、文学はジャーナリズムを介して発展してきた側面を視野に入れるならば、これらの批判は、根本の部分において無力であらざるを得なかった。たとえば、加藤武雄は次のように述べている。

云ふまでも無く、ヂヤーナリズムといふものは、本来の立前から大衆的のものであり、大衆に依存してなりたつものである。さういふヂヤーナリズムが、本来大衆的ならざる純文芸的作品を軽視して来るといふのは、必然の結果といはなければならない。純文芸を愛護するものが此の点で、ヂヤーナリズムを非難するならば、それは非難する方が無理である。純文芸的作品にとつては、ヂヤーナリズムは良き温床ではあり得無いのである。あり得ないところにヂヤーナリズム本来の面目があるのである。従来、ヂヤーナリズムが、純文芸的作品の支持者であり得たのは、ヂヤーナリズムの発達がまだ幼稚であつたからであると云へる。（「ヂヤーナリズムと『創作』」『講座第一〇巻』）

また、平林初之輔は一九三一年、「私たち、作家と評論家とに拘らず、ジヤーナリズムによつて生活してゐる者は、今日、すべて、ジヤーナリズムの支配の下にあるので、その支配から脱却しようと思へば生活方法をかへるより外に道はない」と指摘している（「ジャーナリズムの勝利」前出）。さらに、経済学者であり歌人でもあった大熊信行は、一九三六年、文学者によるジャーナリズム批判を総合的に振り返って、次のように分析している。少々長くなるが、当時の文学者の置かれた状況を、明確に示した言説として引用してみたい。


日本文壇の作家たちは次ぎのやうなことを考へてゐる。

現代は文学の正しい発展のために都合のよくない時代であり、作家たちは苦境に堪へなければならず、資本主義とか商業主義とかいふものが文学の正常な発達に重圧をくはへ、『悪ヂヤーナリズム』がはびこつてゐるために、作家も作品も伸びることができないのだと。

文壇人のさうした気もちを、もつとはツきりした言葉にほんやくしてみると、作品の商品化は一つの悪であるといふのである。だが文学の職業化はしからば悪ではないのであらうか？

文学を志すほどの青年のなかで、それをおのれの職業として確立できたらばとねがはないものはおそらく一人もあるまい。だのにかれらは他方では文学の商品化を何かまちがつたことのやうに考へ、文学の職業化と作品の商品化とは同一事実の争ひがたい両面であるといふことに眼を掩ひ、一方を追求し他方を擯斥するやうな心の習性をもつのである。だが、事態をよく認識し、職業として文学を追ふことなく、職業の外に、あるひは職業を超えて、文学をもとめるだけの用意と覚悟をもつか（中略）——さうでないなら、たとへばチエホフのごとく『純然たる衣食のために、完全に商業主義的に文を売ることから出発』するかだ。本来の道は二つしかない。（中略）純文学の作者がこの条件をみたしえないといふことは広汎な読者の一定数を率ゐねばならないところの職業作家たる資格に欠けてゐるといふことであり、もちろんこれは人間として恥ぢるに値することでもなんでもないが、作者生活から転向すべき十分な理由にはなるのである。（「文芸時評（1）〜（5）」『九州日

報』一九三六・九・四～八）▼113

大態はこのように、ジャーナリズム・商業主義・作品の商品化を「悪」とするような「日本文壇の作家」に対して、その「悪」によって作家は「職業」となり、「作家」が「飯を食え」ているという、いわば自明の事実を突き付けていった。もし、作家が「商品」として文を売りたくないならば、「職業作家」をやめれば良いというのである。

このように、一九三〇年前後の雑誌の変遷等により、苦境に立たされた「純文学者」は、ジャーナリズムへの批判を繰り返したものの、それによって、根本的な解決がもたらされることはなかった。

五、「消費物」としての文学作品と「文芸復興」の勃興

雑誌が「多種多様」な内容を持つようになり、「百貨店」化していくなかで、文学作品が、そこに並べられた一商品のように眺められるようになっていく。「ヂャーナリズムと文学」における平林の次の言葉は、そうした一九三〇年前後の流れを、端的に言い表したものである。

ヂャーナリズムといふのは、製紙工業と印刷技術との進歩によつて、可能になつた文字の工業である。新聞や雑誌の、生産方法は、近代の工場における生産方法と何の変りもない。原料としての紙と、原稿とを、買ひ入れて、これを雑誌又は新聞のやうな製品として、大量的に生産し、それを市場、即ち読者に対して販売してゆくところは、メリヤスやマッチの生産と少しも変りはない。即ち、ヂャーナリズムは、一つの企業であつて、

たゞ他の企業と異なるところは、毎日、毎週、或ひは毎月、一定の標準形式をもつてはゐるけれども、内容の違つた製品を、絶えず生産してゆかなければならないといふ点だけである。（「ヂヤーナリズムと文学」前出）

ジャーナリズムは「文字の工業」であり、雑誌や新聞の生産方法は、工場の生産方法と同じだとし、そのなかで、「原稿」を「原料」だと見なしていく。この指摘の背景に、文学作品が単なる一商品として眺められる状況があったことは、言うまでもあるまい。

こうした一九三〇年前後の流れと比較するために、ここで、一九二四（大正一三）年の芥川龍之介の言葉を見てみたい。「侏儒の言葉」の「或資本家の論理」という題の警句である。

「芸術家は芸術を売るのも、わたしの蟹の鑵詰めを売るのも、格別変りのある筈はない。しかし芸術家は芸術と言へば、天下の宝のやうに思つてゐる。あゝ言ふ芸術家の顰みに傚へば、わたしも亦一鑵六十銭の蟹の鑵詰めを自慢しなければならぬ。不肖行年六十一、まだ一度も芸術家のやうに莫迦々々しい己惚れを起したことはない。」（『文藝春秋』一九二四・一一）

もちろんここには、芥川の芸術至上主義観を基盤とした「資本家」に対するアイロニーが込められている。しかし、今まで見てきた一九三〇年頃の状況と照らし合わせると、この警句は、もはやアイロニーとして通用しなくなる。「蟹の鑵詰め」と文学作品という「芸術」は、一九三〇年頃には、「商品価値がそのまゝ社会的価値をあらはす」▼114という点で、等価に計られるものとなった。たった五〜六年の間で、「資本家の論理」は現実のものとなり、文学作品の置かれた位置づけは、劇的に変化したのである。

一九三〇年前後、文学作品は「百貨店」の一商品のように眺められるようになっただけではない。平林の言葉を再び見てみよう。

> 日刊新聞の生命は一日であり、月刊雑誌の生命は一ヶ月である。それが過ぎると、新聞や雑誌は、ほご紙同様になつてしまふ。（中略）読者は、新聞なら一日一日、雑誌なら毎月々々、新らしい刺激を求めてゐる。雑誌小説の生命は、多数の読者にとつては一ヶ月であり、新聞のシイリアルの生命は、普通一日である。作者は一日々々、一と月一と月で、それ〴〵まとまつてゐながら、しかも次の日、次の月への読者の興味をつないで行くやうな風に、小説を書かねばならない。作品全体の結構などは、二の次ぎであつて、一号々々が読者の心を惹くことさへできれば、かうした小説の使命は達せられるのである。（「ヂヤーナリズムと文学」前出）

平林は、新聞の「生命」は一日であり雑誌の「生命」は一ヶ月だとしたうえで、そこに掲載される小説の「生命」も、それぞれ一日、一ヶ月だと指摘する。「大衆文学」に注目する次章で詳しく取り上げるが、ここには、小説を商品と見なすだけではなく、すぐに使い捨てられてしまう物——消費物とする眼差しがある。直木三十五も同様に、小説とは「読み終つて面白かつたとおもへば、それで十分で、直ちに、作も、作者も抛出」されるものだと語っている（「大衆、作家、雑誌」『改造』一九三三・四）。つまり、一九三〇年前後には、文学作品は一商品となるとともに、使い捨ての消費物のようになっていったのだ。千葉亀雄は、次のように語っている。

機械文明は、消費文明を醸し出す。しかして資本主義世紀の娯楽機関は、それによつて、明日の健康な精力の恢復を企てしめるそれよりも、むしろ、頽廃的で、精力を疲労せしめるやうな娯楽に奔らしめる。資財の浪費であり、精力の無意味な消費である。現代の勤労は、何等の酬いられるところのない搾取性労働である。いくら労働しても将来に約束される何等の喜びがない。たゞもうその苦役と絶望を忘れさせるやうな、利那的な娯楽であればそれでも充分だ。（「現代雑誌界の趨勢と雑誌記事の推移」前出）

「資本主義世紀」「消費文明」を背景に、文学作品は「苦役と絶望」を忘れさせる「刹那的な娯楽」としての消費物になっていったという。こうした一九三〇年頃の文学状況の特質を浮かびあがらせるために、ここでもう一度、芥川龍之介の言葉を見ておきたい。「河童」（『改造』一九二七・三）における有名な一節である。

ゲエルは資本家中の資本家です。（中略）そのいろいろの工場の中でも殊に僕に面白かつたのは書籍製造会社の工場です。僕は年の若い河童の技師とこの工場の中へはいり、水力電気を動力にした、大きい機械を眺めた時、今更のやうに河童の国の機械工業の進歩に驚嘆しました。何でもそこでは一年間に七百万部の本を製造するさうです。が、僕を驚かしたのは本の部数ではありません。それだけの本を製造するのに少しも手数のかからないことです。何しろこの国では本を造るのに唯機械の漏斗形の口へ紙とインクと灰色をした粉末とを入れるだけなのですから。それ等の原料は機械の中へはいると、殆ど五分とたたないうちに菊版、四六版、菊半裁版などの無数の本になつて出て来るのです。僕は瀑のやうに流れ落ちるいろいろの本を眺めながら、反り身になつた河童の技師にその灰色の粉末は何と云ふものかと尋ねて見ました。すると技師は黒光りに光つた機械の前に佇んだまま、つまらなさうにから返事をしました。

「これですか？　これは驢馬の脳髄ですよ。ええ、一度乾燥させてから、ざつと粉末にしただけのものです。時価は一噸二三銭ですがね。」


この河童の世界が、たった数年後に、ほぼ現実のものとなった——と断ずるのは、やや過言であろうか。しかし、右の「河童」の一説は、「原料」と「機械」の関係、「文学」と「工場」の関係等において、本節冒頭で見た平林の指摘とも非常に類似しており、一九三〇年前後の文学状況を確認したいま、その比喩としては充分通用するだろう。一九三〇年前後、文学作品も「百貨店」の一商品のように眺められ、大量消費されるようになっていく。また、『キング』や円本がそうであったように、大量消費は必然的に、大量生産の循環を促していく。一九三〇年前後の悪循環が、雑誌の編集方法の打開策や軍需インフレ景気などを背景にして、再度、好循環の方へと入っていったのが、一九三三年後半からであった。▼115 それこそが、前章で見た「文芸復興」と呼称される現象であった。

このように一九三〇年前後の状況を確認していくと、「文芸復興」のジャーナリズムの事情によって企図された側面が、いかに大きいものであったかが、あらためてはっきりと浮かびあがってくる。

広津和郎は、一九三〇（昭和五）年、以下のように述べていた。


今に又何か経済界に余力でも生ずるやうになつて、野心家の既成政治家でも、気紛れ半分、政策半分から幾つも雑誌を出すやうになり、雑誌が出来れば、体裁上と売行上とから、文芸欄がなければならないといふやうな事になつて文芸作品に対する需用がふえでもして来たら、文壇は又飯が食へるやうになつて来て、文士は得意になることだらう。数年前のやうに。――そして又不況が押しよせて来たら、又食へなくなつたと云つて心細がる事だらう。

与へられたものによつて悲観し、与へられたものによつて楽観する――文士といふものは、昔から自分の生活を人まかせである。（「文士の生活を嗤ふ」前出）

この広津の指摘通り、「文芸復興」が勃興した際、多くの文学者が手放しに喜んで、「俗化したジャーナリズムの方向は、大出版資本の意志であつて、文学の発展とは無関係なもの」、「文学の本質からそれたプロレタリア文学、大衆文学に繋つて、悪いジヤアナリズムが蔓こつちやつたね。そいつに対する反動だと思ふ」▼116などと指摘したのは、まさに皮肉としか言いようがない。さらに、そうした「文芸復興」に対する一定の視座が、今日に至るまで継承されてきたことも、決して忘れてはならない事実なのである。

こうした背景をふまえながら、続く第三章より、既存の「文芸復興」観から捨象されたもうひとつの要素、「大衆文学」の方へと、徐々に目を向けていきたい。

第三章　読者意識と「大衆文学」

――純文学飢餓論争にみる「文芸復興」の底流

一、「純粋小説論」をめぐって

その冒頭で、「もし文芸復興といふべきことがあるものなら、純文学にして通俗小説、このこと以外に、文芸復興は絶対に有り得ない」と述べた横光利一「純粋小説論」（『改造』一九三五・四）は、「文芸復興」を象徴する評論であった。[117] この論で、「通俗小説の二大要素である偶然と感傷性」が「読者を喜ばす」等、横光が強い読者意識を持っていたことは広く知られている。

あまりにも有名なこの評論については、これまで、非常に多くの研究がなされてきた。ところが、それらは作家研究の一環、あるいは「純文学」側からの論究がほとんどを占めている。横光自身、「純文学の作家にして、心あるものなら、これを復興させやうと努力することは、何の不思議もないのであるが、それを自身の足場の薄弱さをさへ立て直さうともせずに、大衆文学通俗文学の撲滅を叫んだとて、何事にもなり得ない。そこで最も文芸復興の手段として、私は純粋小説の一端を書いた」と述べているにもかかわらず、今日に至るまで、「大衆文学」の側からの考察は、ほとんどなされていない。

その横光と強い関係のあった「大衆文学作家」が、直木三十五であった。『文藝春秋』創刊号より連載された「路上砂語」で、直木が新感覚派を激しく攻撃したことから二人の長い関係ははじまり、直木が死去した際にも、横光はすぐに「直木三十五」（『改造』一九三四・四）という追悼文を寄せ、「変幻出没の妙」、「静動緩急を連絡させて氏を考へるとき、全く幾層もの断層の中へわれわれは落ち込んで、その理解の鍵を紛失してしまふ」、「氏の絶えず用ひた捨身の戦法の使用法も、再び純粋文学以外にはその用途がなくなつて来たのである」などと、その作風・人柄について、様々な分析を加えている。「純粋小説論」が発表されたのは、ちょうど、その一年後のことであった。

横光利一や「純粋小説論」の存在は、今日でも様々な研究者の考察対象になっているのに対して、作家・直木三十五は、死の直後に設定された「直木賞」の名だけは広く流通しているものの、その実作はほとんど読まれないまま、「大衆文学」や「通俗小説」を表す記号のような存在になっている。しかし、次章で詳しく論じるように、彼は晩年の「私　眞木二十八の話」（『文藝』一九三四・二）という「私小説」において、「文壇の衰微と、通俗小説の発達」▼118とを融合させる、彼なりの「純粋小説」を目指していた。

そこで本章では、「文芸復興」や「純粋小説論」に先立つ一九三二（昭和七）年から一九三四（昭和九）年にかけて、直木三十五と広津和郎との間で起こった、いわゆる「純文学飢餓論争」に注目し、第一部で挙げた「文芸復興」研究の課題の残るひとつ「大衆文学」の側から、「文芸復興」期の代表的な評論「純粋小説論」やその読者意識の源泉を探っていきたい。

二、「純文学飢餓論争」とその問題

同時代において、作家・直木三十五を語る際、「反発」、「反抗」という言葉は欠かせないものであった。杉山平助は直木に「不屈の反発心」、「希有の反発力」、「無限の執拗な反発力とか常人離れのした気味のわるい悪口」を見出し、「たゞ一切の動機に於て、反発反発、つねに反発を性格のメイン・スプリングとしてゐるやうにさへ見える」とした。青野季吉も、直木について「本能的に反発しないではをれぬ性質がある」と指摘した上で、「魂のなかにひそんでゐた本能的な反発欲といつたものは、彼の性格や「思想」の秘密を知る上の、一つの大切な鑰だ」と述べた。▼119 直木自身も、「出版をやつたのも、キネマをやつたのも、大衆文学をやつたのも、何うも、この、何か反抗しないではをられぬ性から」（「自分の臓腑は自分でも判らぬ」『読売新聞』一九三三・二・一一）と自らの半生を語っている。

この直木の「反発」の矛先が最も激しく向けられたのは、周知の通り、文壇であり「純文学」であった。前節で見たように、『文藝春秋』創刊号より連載された「路上砂語」では新感覚派を激しく攻撃し続け、はじめての体系的な論「吾が大衆文芸陣」（『大衆文藝』一九二七・三〜五）においても、肝心の「大衆文学」についてほとんど語らずに、「純文学の作家評論家の意見に反駁するという形に終始し」ている程であった。榎本隆司は、直木が「大衆文学」に向かった動機さえもが、「純文学」に対する「反発」「反抗性」にあったと指摘している。▼120

しかし、次章で詳述するように、彼は晩年の「私　眞木二十八の話」という「私小説」において、彼なりの「社会化した「私」」や「純粋小説」を目指していた。その事実をふまえたならば、直木の「純文学」への「反発」という特性も、また新たな形で捉え直されねばならないだろう。そこで、まず本節では、彼の「反発」が最も顕著な形で表れた「純文学飢餓論争」の流れを追ってみたい。

広津和郎は一九三二年一二月の「文芸時評」(『改造』)で、「純文学」の現状を次のように語った。

自分が此処で、特にこの一つだけは云つて置きたいのは、若い人々の間に、ジャーナリズムに対する迎合を断念して、云ひ換へれば、改めて『食へない覚悟』で、純粋に文学的精進をしようと云ふ機運が、萌して来た事だ。(中略)いつそそこまで覚悟を極めてかかるのは好い事だと思ふ。

この広津の発言に対し、直木三十五は「阿呆らしくて、お話にならない」として、次のように反論した。

餓死とか、餓死する覚悟とか、といふ事は、センチメンタルの一種で、表面壮烈さうに見えてゐて、内実の無能力さと、安易さとを現はしてゐるにすぎない言葉である。広津君は、勿論、この言葉を一つの比喩として書いたので、本当に純文芸の為に、作家的素質に乏しい人が、餓死するまで闘つたら、何う批評するかわからないが、純文学の為に闘ふといふ事が、直ちに、生活とのみと闘ふといふ事に重点を置いてゐるなら、大間違ひである。(「新年の感想(一)」『時事新報』一九三三・一・一〇)

ここで直木が「大間違ひ」だと語った対象は、広津のジャーナリズムに対する態度であった。「ジャーナリズム」に「迎合」することで文学は「狭小」なものになるため、「ジャーナリズムと戦う覚悟になつて来たとすれば、こんなに力強い事はない」と述べた広津に対して、直木は「純文学が不当に待遇されてゐるからといふのではなく、傑作が出ない、といふ事」だと反論し、梶井基次郎を例に次のように述べた。

例へば、梶井君の作が、発表された物以外に数篇もあるのに何処の社も対手にしなかつたとか、一枚五円の値打があるのに一円しかくれないとか、さういふ事でもあれば、又、不当を叫べるが、梶井君程度なら、何処でも喜んでのせるし、相当の稿料は支払つてゐるし――もし、梶井君が、それでも貧乏してゐるなら、それは、彼の病のせいと、月に五十枚以上は書けぬせいであつて、ジヤナリズムの罪ではない。（「新年の感想（一）」前出）

このように、直木は広津のジャーナリズムに対する批判を完全に否定した。この応酬をきっかけに、「純文学飢餓」、「純文学餓死」という言葉が一挙に流行し、また両者の間で論争が始まっていくことになる。

しかし、二人はそれ以前から、ジャーナリズムに対して、対照的な態度を見せていた。前章でも触れたように、広津は一九二九年一月の「文芸時評序論」で、「今までの文芸雑誌が次第に立行かなくなり、講談雑誌風の雑誌の傾向が、ジヤアナリズムを支配して行くだらうと云ふ予想は、不幸にして益々はつきりして来た」、「私達既成作家――十年乃至二十年位前から文壇に出てゐる所謂既成作家達から考へると、それは考ふべからざるジヤアナリズムの無法である」と述べ、同年末には「日本の作家達が、文筆的労働者に終になり下つた」、「出版資本主義、雑誌資本主義の前に、たうとう頭が上らなくなつた」、「完全にその支配下に屈服した」と訴えていた。▼121 さらに三〇年には、「昭和初年のインテリ作家」（『改造』一九三〇・四）において「出版資本主義」に立ち向かっていく作家の姿を小説にし、また、その後も、「文士の生活を嗤ふ」（『改造』一九三〇・七）の表題のもと、以下のように嘆じていた。

私は『昭和初年のインテリ作家』を書く二三年前から、度々評論に、感想に、文人及び一般執筆家が出版資本主義に対して暢気である事を指摘し、実際に彼等の生活の問題そのものであるのだから、協力して、出版資本主義の進む方向を、看視すべきであるといふ事を主張して来た。ところが、誰かひとりでもそれに賛成した人があつたか。（中略）何の抗争もせずに、易々と、出版資本主義を完成させてしまつて、それで他事《よそごと》のやうな顔をしてゐるところは、実際好い気なものである。（中略）まことに此位暢気な、とぼけた職業者はないだらう。

このように、再三ジャーナリズム批判を繰り返した姿を顧みると、広津が論争の契機となった「文芸時評」において、「ジャーナリズムと戦う覚悟」を「心強い」としたのは当然であったことが分かる。

その一方で、直木はジャーナリズムについて次のように述べていた。

ヂヤナリズムとは、どんなものか？　それは、恋人のやうに、得体のつかめないものであるが、一人前の作家が、編輯者を感心させる位の作も書けないで、ヂヤナリズム横行を歎じるのは、少しをかしい。（中略）作家自ら、枯渇しながら、ヂヤナリズムに罪をきせるなど、恥かしい事である。（「人の事、自分の事」『東京朝日新聞』一九三二・五・一〜四）

少くとも、文学全集百万、同人雑誌百数十種。それでゐて、大衆文学の流行を、編輯者の罪にしたり、社会の罪にしたりして、悪口をいふのは、反省力が無さすぎる。（中略）純文学が、大衆雑誌の輩出に、自らの無気力さを度外視して、悲鳴を上げるなど、少しおかしい。
評論家が、これを、出版資本主義のせいにするなども、滑稽である。（「俗悪文学退治」『読売新聞』一九三二・八・七）

このように直木は、ジャーナリズムを「得体のつかめないもの」としながらも、「ヂヤナリズムの横行を歎じる」ことを、常に否定し続けた。このほかにも彼は、「お酒でも飲んで、のらくらしながら、ジナ《ママ》リズムの方から頭を下げて来ない、と云つて不平をいふなど——近頃世渡りつて、そんなに甘くはなくなつたんだ」、「自分の作の事を云はないで、ジヤナリズムを非難するなど気の毒なだけである」[▼122]などと繰り返していた。

こうした姿勢を顧みたとき、広津と直木との間に論争が生じたのは、半ば必然であったと言えよう。すなわち、一九三二年の論争は、「純文学」対「大衆文学」という対立図式だけに還元できるものではなく、その背景には、ジャーナリズムをめぐる態度の相違があったということだ。

しかし論争が進むにつれて、その争点はジャーナリズムの問題からも、徐々にずれていくことになる。

三、争点の移行

前節では、「純文学」における「若い人々」の「ジャーナリズムと戦う覚悟」を称揚した広津に対し、直木が「純文学」の衰退は「ジャナリズムの罪ではない」と反論し、論争が始まったことを確認した。

その翌年、直木はさらなる「純文学」批判を繰り広げる。

十年間、少しの進歩もしない作家。そんな作家が、社会には必要であらうか？（中略）書けなくなつた作家に、雑誌を与へて書けと云つても、書けるものではあるまい。僅か四つの雑誌に、三月に一度位、三五十枚の作をかいて、へと〳〵になつてゐる所へ、新雑誌が出るからとて、何うするのだ。（「憐愍を催す」『文藝』一九三三・一〇）

それに対し、広津は「純文学の為に——文芸時評」（『文藝春秋』一九三三・一二）で、次のように応えた。

直木は谷崎潤一郎の『春琴抄』や宇野浩二の『子の来歴』を、たかだか一年に二つやそこらその位の作を描いたつて、と云つてゐるが、直木の『日本の戦慄』のやうなものなら、たとひ一年に百出来たつて、それこそ何の役にも立たないだらう。（中略）それ等の作家達が、年に幾つも物を書かないといふ事で、彼等が疲れてゐるなどといふ事は、云つて貰ひたくない。——宇野などは今年は書き過ぎる。もつと書かない方がいい。

しかし、それでも直木は量産の意義を繰り返し、「五百枚以上」ということを条件に、広津に競作を提案する（「広津に競作を提案する」『文藝』一九三四・一）。

あくまで量にこだわる直木に対して、広津は結局「あの提案は面白い。自分も賛成する」と同調し、「五百枚以上」という提案に対しても、「自分もその位の枚数にはなるかも知れない」と、いわばなし崩し的にその提案を受け入れる（「直木に答へる」『文藝』一九三四・二）。しかし、その直後に直木が急死したことによって、論争は一応の終結を迎えた。

このように、二人の争点は、ジャーナリズムに対する態度から、徐々に執筆量の問題へと移行していった。この争点の推移を、前章で見たような、ジャーナリズムの〈大量生産―大量消費〉の体制に、直接結び付けることは容易い。しかしそこには、直木のある一貫した志向が関係していたことも、見逃すことはできない。

直木は一九二〇年代から、読者の存在を強く意識し続け、読書行為の変遷を詳細に分析していた。

嘗て「精神の糧」であつた、膝を正し、襟を正して読んだ唯一の読書「四書、五経」より平民の読書力の増加による「戯作、小説」の類となり、今や教育普及して「大衆文芸」と、享楽的方法の一つとしか読書を取扱はないやうになつたのは、これ人生の、人間の自然にして、文芸それ自らも、十九世紀末をもつて所謂人生研究の文豪は打止めにしてしまつてゐるのである。（中略）愈々益々多くの人々はたゞ感覚的生活、享楽的生活に焦燥してゐるのみである。探偵小説の流行大衆文芸の隆盛はこの要求の一部分の現れで、享楽生活中の「読書」の一項目に基いてゐるだけのものである。（「大衆文芸分類法」『中央公論』一九二六・七）

「大衆」は、現実を見る事を避けるし、真理を敬遠する。「読書」「キネマ」「演劇」「音楽」「美術」そこに己の生活を吟味しようとはしない。それによつて、現実生活を忘却しようとする。（中略）「大衆的」は「生活」を、もう一度、文学の上に於て見やうとはしない。それを見せてやつても、感じないか、或は感じても、それは、見たり、読んだりしてゐる間だけであつて、本を離すと共に、彼の生活は彼自身のみの生活へ戻つてしまふ。（中略）従つて、読み終つて面白かつたとおもへば、それで十分で、直ちに、作も、作者も抛出してしまふ。（「大衆、作家、雑誌」『改造』一九三三・四）

こうした読者意識に基づいて、直木は「大衆文学」を、「人間生活の中にある慰安を求める心」のなかに生成した「人間の休憩方面へ、寄与せんとする文学」と規定した▼123。宇野浩二は直木の「大衆小説」を「読んだあとに何も残らない」と批判したが、その際にも「純文学」に「反発」し続けた直木にしては珍しく、一切の反論を加えずに、「「文芸の分野には、かういふ物があつてよろしい」の一言につきる」（「吾が大衆文芸陣」前出）と、宇野の批判を受け入れた。直木の読者意識からすれば、自作が「読んだあとに何も残らない」ものであることは、自らの意図に沿ったことであり、宇野に反論する必要さえなかったのだ。

こうした直木の読者意識と創作態度は、前章で見た、平林初之輔による昭和初年代の文学作品の位置づけと一致する。

> 日刊新聞の生命は一日であり、月刊雑誌の生命は一ヶ月である。それが過ぎると、新聞や雑誌は、ほご紙同様になつてしまふ。（中略）読者は、新聞なら一日一日、雑誌なら毎月々々、新らしい刺激を求めてゐる。雑誌小説の生命は、多数の読者にとつては一ヶ月であり、新聞のシイリアルの生命は、普通一日である。（中略）作品全体の結構などは、二の次ぎであつて、一号々々が読者の心を惹くことさへできれば、かうした小説の使命は達せられるのである。（「ヂヤーナリズムと文学」『綜合ヂヤーナリズム講座　第三巻』一九三一・三、内外社）

平林が言うように、「作も、作者も」一ヶ月や一日で、「読者」によって「抛出」されてしまうのであれば、その「生命」を持続させるために、「作者」は絶え間なく書き続けねばならない。それをふまえると、「読み終つて面白かつたとおもへば、それで十分で、直ちに、作も、作者も拋出してしまふ」者として、読者の存在を意識していた直木が、量産にこだわらねばならなかったのは、いわば必然であったといえよう。すなわち、直木の量産への執着には、こうした読者への強い意識がその根底にあったのだ。

広津との論争の直前、直木は「文壇」の読者意識について、激しい批判を行っていた。

> 読者層を無視し、失つてゐる作家達、自分の文学愛好的境地から見た世界しか描かぬ作家、作家と呼ぶには余りに拙劣すぎるプロ作家。自ら省み、勉強することだ。それ以外、復活などあるものか。（中略）文壇と、読書界とは別物だ。文壇の評論にならぬ作の勢力を軽蔑するなかれ。月月、月評にのぼる雑誌の読者数は、十万以下だが、それ以外に、その十倍の十倍《ママ》の読者が、何を要求してゐるかを、はつきり知るといふ事は日本の文学のために必要でない事はない。（「三月号雑誌展望」『東京日日新聞』一九三二・二・二五〜三・三）

こうした経緯を総合すると、広津との論争にも、直木の一貫した読者意識が、その根底に介在していたことが分かる。しかし、肝心な論争において、直木は、読者の問題に一切触れることなく死を迎える。その事実は、彼の読者意識が最終的に行き着いた地点を示す。

四、読者意識の行方と「文芸復興」

広津との論争の只中にあった一九三三年九月、肺結核と脊椎カリエスに冒されながらも、極度な量産を続けた直木は、次のように述べていた。

私の頑張りが、病に勝つか、病が私を殺すか――この原稿でも、発熱しながら、待つてもらつて書いてゐる。無茶だと、わかつてゐるが、人のせん無茶をする事は、一寸、愉快なもので、私が死んだら、嗤つたり、感心したり、話題がふへるだけでもいゝ。（「直木益々貧乏の事」『オール読物』一九三三・九）

強い読者意識を抱き続けた直木は、自らの死でさえも、「嗤つたり、感心したり、話題がふへる」ことを期待し、変わらず量産を続けていった。彼の死後、植村清二は兄の死を次のように語った。

勿論僕自身の肉親としての感情から云へば兄が一切仕事を抛擲して根本的に療養してくれることが、最も望ましいことである。その次には仕事を最少限度に止めて充分に休養してくれることが願はしいことである。しかしそれを正面から勧めたところで、素直に聴き入れるやうな兄ではない。どれだけ熱心に言葉を尽して見ても、要するにすべて無用の諫言立に終るだけである。（中略）だから兄は或意味から云へば一種の自殺をしたものだと云つて好い。（「兄の終焉」『文藝』一九三四・四）

広津との競作も実現しないまま迎えた、過度な量産による、一九三四（昭和九）年二月の直木の急死は、このように「一種の自殺」とまで語られた。またそれは、彼の願い通り大きな「話題」となり、商業ジャーナリズムによって、最大限に利用されていった。

一九三四年四月、『文藝』、『文藝春秋』、『改造』、『中央公論』という名だたる商業雑誌は、いずれも直木の追悼特集を組んでいる。これらの雑誌を見ると、そのすべてに刊行途中の『直木三十五全集』（一九三三・四〜三五・一二、改造社）の広告が、大々的に掲載されている。その謳い文句は、「巨星地に墜つ！　大直木の遺作を仰げ！」、「あゝ、彼こそ日本文学史に輝く巨匠！　優れた剣豪の悲壮な斬死にも似たる直木三十五の死！」、「今や、彼の姿は忽焉消えてしまつたが、全遺作は燦々として地上に残された」、「あゝ文豪直木三十五逝く　直木の前に直木なく直木の後に直木なし！」などと、彼の急死によって全集の価値を高めようとする戦略が、一目瞭然である。[124]

また、直木の主治医は、次のようなエピソードを語っていた。

> 或る新聞記者に対して彼が重態であると云ふと、ものになりましたかといふ問があつた。私には確たる意味は判らなかつたが、人気者なるが故の禍なのだらうと思つた。（柴豪雄「病床誌」『文藝春秋』一九三四・四）

これが、近松秋江をして「こんなに文士の最後が世間を騒がしてゐるのは、自然の死としては、国木田以来だね」[125]と語らしめた、直木の死の実態であった。つまり、彼の強い読者意識は、論争において明確に言及されないまま、量産や「話題」という形に逸れていき、最終的には、その死さえもが、ジャーナリズムに最大限に利用される形で終わっていったのだ。

龍胆寺雄は、一九三〇年代における、作家／ジャーナリズム／読者の関係を、後年、次のように振り返っている。

> 私が思い違いをしていたのは、高慢なジャーナリズムを抜きにして、作者と読者を結びつけることには成功したが、この読者というのは、じつは無口なことだった。読者がジャーナリズムを動かす力があると思ったの

は、私の買い被りだった。読者は無口で、何の力もない。やはり作者を読者に結びつけるのは、ジャーナリズムで、このジャーナリズムを動かすジャーナリストが、その間に介在して、どんな風にでも文学を歪めようと思えば、歪めることが出来る、ということに私は気がつかなかった。（『人生遊戯派』一九七九・一二、昭和書院）

直木は常に「純文学」への強い「反発」を繰り返したが、それは単なる「純文学」対「大衆文学」という対立図式に回収されるものではなく、その根底には、強い読者意識が存在していた。[126] しかし、龍胆寺の指摘に従うならば、一九三〇年代の読者はあくまで「無口」であり、「作者を読者に結びつける」ジャーナリズムの存在が、「動かす」ことのできないものとして、そこに「介在」していた。そのため、直木の読者意識も、いつの間にか、ジャーナリズムに対する、非常に従順な姿勢に帰着していった。すなわち、一九三二年から三四年にかけての広津との論争は、肝心な読者の問題について何も語らず、ジャーナリズムの擁護と、量産の意義ばかりを繰り返したという点において、直木の読者意識の行方を示すものであったのだ。[127]

昭和初年代の文学状況は、前提をジャーナリズムの〈大量生産―大量消費〉の体制をもって語られる。しかし、具体的な直木の言動を注視することによって、彼の「反発」の根源に、強い読者意識があったことが浮き彫りになる。その事実も、「文芸復興」という現象を考える際のひとつの系譜として、見逃すことはできない。

直木は一九三四年に死去したが、その約半年後、横光利一は「小説といふものは、読者と共同製作しなければ、良いものは出来ないとヂィドは云っている。これはまことに至言である。私の頁の読者は私にのみ編纂を任しきりにせられないことを希望したい」と語った（「作者の言葉――『盛装』」『婦人公論』一九三四・一二）。また、小林秀雄は一九三六年に「一般読者にとつては、純文学と通俗文学の区別は存在しない、彼等はいつも文学を求め、文学を読んでゐるに過ぎぬ。それを忘れてゐるのは文壇人だけといふ事なのだ」という文壇批判を行った（「現代小説の諸問題」『中央公論』一九三六・五）。一九三五年前後の「文芸復興」期には、こうした形で「読者」の問題が大きく取り上げられるようになっていったことはよく知られている。そうした基盤の上に、「純粋小説論」や「私小説論」が発表されていった。

しかし、そのはるか前から、直木は強い読者意識をもって創作を実践し、読者の存在を無視し続ける文壇や「純文学」のあり方を、強く批判していた。こうした姿勢に基づいて、直木は「文壇の衰微と、通俗小説の発達」とを融合させ、「激変しつゝある、動揺しつゝある生活に眼を向ける」ことの必要性を、いち早く指摘していた。▼128 そして実際に、次章で詳しく見る「私　眞木二十八の話」という「私小説」によって、直木は横光や小林に先駆け、彼なりの「純粋小説」や「社会化した「私」」の実作化を試みていたのである。

これまで、「純文学にして通俗小説」なる「純粋小説」や、「大衆文学」が隆盛を誇った時代のなかで唱えられた「社会化した「私」」は、概して「純文学」の側から捉えられてきた。しかし、一九三〇年前後の直木三十五の動向を顧みたとき、読者意識の問題を介して、「純文学」という枠だけに囚われない、「文芸復興」期の文学概念の源泉が、見出されていくのである。

それでは、直木は実作において、どのような形で「純粋小説」、「社会化した「私」」を試みていたのか。次章では、「私　眞木二十八の話」の詳細な作品分析を通して、それを明らかにし、「文芸復興」研究の課題のひとつである「大衆文学」について、さらに考察を深めていきたい。

第四章　黙殺される「私小説」

——直木三十五「私　眞木二十八の話」にみる文学ジャンルの問題

一、直木三十五の「純文芸作品」

杉山平助は作家・直木三十五を「つねに反発を性格のメイン・スプリングとしてゐる」と評し、青野季吉は「本能的な反発欲といつたものは、彼の性格や「思想」の秘密を知る上の、一つの大切な鑰だ」と述べたが、[129] 直木のこの「反発」が最も強く向けられたのは、文壇であり文壇小説であった。「自然主義以来、文壇小説でなければ、作品でないやうに考へられてきてゐる伝統位、馬鹿気たものはない」（「人の事、自分の事」『東京朝日新聞』一九三一・五・二）などの発言に見られるように、彼は生涯を通して、執拗なまでに文壇に反発し続けた。それでは、直木にとっての「文壇小説」とは、具体的にどのような内容の小説を指していたのか。

何の感激も与へ無い、陳腐にして、常套的なる物が、余りに多く描かれ、過去の文学は既に感激を失つて了つた。（中略）殊に、日本の文壇小説が自然主義に禍ひされ、誤つた、極限された方向へ突進んでからういふ要素を取除いて了つた（中略）たゞ単に自分の生活を掘り下げて書くことばかりではなく、以外の世界を見た智識をもつて書かなければ、小説は書けなくなる時が来るだらう。（「大衆文芸作法」『文藝創作講座』全一〇巻〔分載〕、一九二八・一二〜一九二九・九、文藝春秋社）

政治、外交、経済、社会、農村軍事等に関して何事をも知らず、己れの身辺、常套事のみに没頭してゐる文学が、もう一度、迎へられる事を欲するなら、時代を、一九三〇年以前へ、逆転さすべきである。一九三〇年以前に現れたる六点級身辺文壇小説の流れを未だに尊重してゐる限り、（文壇が――引用者注）滅びて行くのは、当然すぎる。（「新年の感想（三）」『時事新報』一九三三・一・一二）

このように、直木は「自分の生活を掘り下げて書」いた「己れの身辺、常套事のみに没頭してゐる文学」に対し、反発し続けた。しかし、その彼が死の直前の一九三四（昭和九）年二月、『文藝』誌上に「私　眞木二十八の話」という、作家の日常生活を一人称で描いた小説を発表する。「私」というタイトルや、作者に近い作中作家の名からも、この小説は同時代評において、直木自身の実生活が描かれたものとされた。▼130 また、創刊以来、横光利一、正宗白鳥、佐藤春夫、徳田秋声、志賀直哉などの作品が掲載されてきた『文藝』創作欄に発表されたこともあり、この小説は「純文芸作品」として受容されていく。たとえば同号編集後記でも、「十数年純文芸作品に絶えて筆を染めなかつた直木氏が積年の構想熟し珍しく『私』なるユーモア的な純芸術作品を本誌に寄稿し、満天下の批判に訴ゆるの快挙に接した」と紹介されている。▼131

発表直後に死去したこともあり、直木自身が「私　眞木二十八の話」について直接語った文章は、まったく残っていない。さらに「直木三十五氏の「私」（文藝）については、誰か新聞で華々しく批評するかと思つてゐたら誰もしない。(中略)誰も、この「私」についてだけはうんともすんとも言はないので、はたからあんなに鳴りもの入りだつた直木氏の小説もテモチブサタの姿だ」(「文芸時評」『改造』一九三四・三、傍点＝原文)と林芙美子が述べたように、同時代の評壇からもあまり相手にされなかったようだ。

近年の研究でも、「私　眞木二十八の話」はほとんど注目されてこなかった。直木を正面切って扱った論自体が数える程しかないなかで、「私　眞木二十八の話」に言及しているのは、村松定孝「直木三十五」(『国文学　解釈と鑑賞』一九七九・三)と、榎本隆司「直木三十五の「私」――文芸懇話会始末のうち」(『早稲田大学教育学部学術研究国語・国文学編』一九八九・一二)の二論にほぼ限られる。しかも、前者は論の性質により、直木の人物紹介にそのほとんどを割いており、後者も副題が示す通り、主眼は文芸懇話会をめぐる直木の動向で、「私　眞木二十八の話」については論究の余地を残す。

「文壇小説」に反発し続けた直木が、死の間際に、「純文芸作品」と受容されるような小説を発表した事実は、どのように捉えるべきなのか。同時代の「文芸復興」という文学状況において、この作品はどう位置づければよいのか。実は、「私　眞木二十八の話」という小説は、これまで黙殺されてきた文学(史)上の問題を、数多く孕んでいた。以下、僅かな同時代評と新たな資料を手がかりとして、「私　眞木二十八の話」について考察し、それを通して、一九三五年前後の「文芸復興」と呼ばれる文学状況に、「大衆文学」の側から新たな検討を加えたい。

二、「私小説」を企図する直木

「私　眞木二十八の話」は作者の実生活を描いた「純文芸作品」として受容された。では肝心の直木自身は、どのような意図をもってこの小説を執筆していたのか。前述したように、直後の急死もあって、本人が「私　眞木二十八の話」について述べた文章がまったく残っていないため、それを確定するのは非常に困難である。そのなかで、村松定孝と榎本隆司は前出の論で、それぞれ「文芸復興座談会」（『文藝春秋』一九三三・一二）、「広津に競作を提案する」（『文藝』一九三四・一）における直木の以下の発言に注目し、「私　眞木二十八の話」執筆との関連を指摘した。

自然主義当時はさういふ風な自分の生活とはつきり取り組んで血みどろになつたやうな私小説はかなりあるんだ。（中略）僕はもう一遍あの当時に帰つて、複雑な社会的動揺不安を背景にしてその書けない作家の生活を書いてもらひたいと思つてゐる。僕自身もその意図は持つてゐる。（「文芸復興座談会」）

「生き〳〵」とは、現代社会に広く眼をもつた作家が書けぬなら書けぬままに、その眼で見た社会を、書ける範囲で、情熱的に表現する事だ。謂ひかへると、新らしい私小説であり、新らしい心境小説でも《ママ》ある。（中略）僕は、自分の生活をかく。それが、本当に書けたなら、そこに、現代社会の諸相が、滲み出ると、僕は信じてゐる。（「広津に競作を提案する」）

両氏はこれらの発言をもとに、直木自身がはじめから明確に「私小説」を意図した上で、「私　眞木二十八の話」を執筆していたことを指摘した。この直後に「私　眞木二十八の話」が発表されたことからしても、表題からしても、その指摘に間違いはあるまい。「私　眞木二十八の話」が「純文芸作品」として受容されたのは、偶然ではなく、直木の意図通りのことであった。

しかし、両氏は同時に「私　眞木二十八の話」という作品を、直木の「最後の絶叫の実践」（村松）、「末期の自己燃焼」（榎本）という抽象的な言葉に帰した。その原因は、ともに直木の言う「私小説」の概念を、明確に定義しなかったことにある。直木が「私小説」という名のもとに、具体的にどのような小説を書こうとしていたかは、明確に規定せねばならないだろう。

そこで指針となる作家がいる。直木とほぼ同時期に活躍し、そしてほぼ同時期に死去した、嘉村礒多である。直木は珍しく、「文壇作家」でありながら、嘉村のことは常々高く評価していた。文壇に「反発」する際にも、「少しいゝ作」、「七点級」、「平均点以上」の作家として嘉村の名を頻繁に挙げ、「新進の人として評判のいゝ作家である」として、ゲーテと比較までしている（「文芸時評――進歩なき文壇」『東京朝日新聞』一九三三・三・二七）。実は、こうした嘉村の存在が、「私　眞木二十八の話」執筆にも強い影響を与えていた。「文芸復興座談会」において、直木は「私小説」を書く「意図」を述べたが、同時に「新しい意味のブルジョア小説、嘉村君が書いてるやうなものでなしに、さういふ風な新しい意味の小説が出来ればこゝで何とか転換が出来ると思ふ」と、わざわざ嘉村の名を挙げていた。すると、直木が書こうとしていた「私小説」とは、「嘉村君が書いてるやうなものでな」い「新しい意味の小説」であったと推察される。

しかし、「嘉村君が書いてるやうなものでな」いという点に関して、この座談会では、それ以上詳しくは述べられていない。

一九三四年頃、嘉村礒多の評価軸は、すでに完成されつつあった。宇野浩二が「知られざる傑作」（『新潮』一九二八・九）で、嘉村を「誇大な言葉をつかつて」「激賞し」たことによって▼132、その名が一挙に文壇に広まったのはよく知られているが、「激賞」は同時に、嘉村の評価軸をも決定づけた。宇野は「この作家は倒るゝことはない。倒れる代りに、こんな深刻な芸術を作つたのである」と嘉村を評した。この「深刻な芸術」という評価軸は、小林秀雄や川端康成に受け継がれていき、一九三四年には辻野久憲が、「私小説なるものの極北」と位置づけるとともに、「この業苦に喘ぐ苦悩者の姿は、一つの永遠性を、即ち文学上に於ける普遍性を約束されてゐる」、「文学上に一つのタイプを創造した」と断言するまでに至る（「嘉村礒多氏の場合――私小説の問題に関連して」『文学界』一九三四・二）。言うまでもなくこの「タイプ」は、戦後の伊藤整や平野謙にまで継承されていく。▼133

　こうした「深刻な芸術」、あるいは「私小説なるものの極北」という嘉村の評価軸の形成を、直木自身はどう見ていたのか。またそれは、「嘉村君が書いてるやうなものでな」い「新しい意味の小説」に、どう反映したのか。

　ここで有力な手がかりになるのが、笹本寅の「「日本文芸」のこと」（『文藝』一九三四・四）である。笹本は「クラブに行つた時」に、死の間際にあった直木と会い、そこで直木が話した内容を、詳細に記していた。▼134 これまで指摘されることがなかったこの資料は、直木自身の「私　眞木二十八の話」に対する直接的な発言を、唯一、伝えたものとして注目に値する。それによると、直木は自作に対して次のように語っていた。

> 『文藝』の『私』に対する批評は、みな僕の思つた通りだつたよ。大事なところにくると、主人公は、苦痛から身をそらして、ほかのことになつてしまふ。――といふやうなことを云つてゐた奴がゐるが、これなんか実際どうかしてゐる。嘉村礒多のやうな、深刻なものでなければ小説でないと思つてゐる。僕は、嘉村礒多のやうな小説は、認めない。いつまで十九世紀の『深刻小説』の型を追つてゐるのだ！　どんな苦痛でも、それをたのしむといふ境地だつてある。むしろ、その方があたらしい。

直木は嘉村の小説を「深刻なもの」「深刻小説」と捉えており、宇野らによって形成された「深刻な芸術」という評価軸を、そのまま踏襲していたことが分かる。また直木自身が「私　眞木二十八の話」を嘉村の小説と比較していることから、嘉村を強く意識して「私　眞木二十八の話」が書かれたことは明白であろう。その上で「僕は、嘉村儀多のやうな小説は、認めない。いつまで十九世紀の『深刻小説』の型を追つてゐるのだ！」と発言していることにより、「嘉村君が書いてるやうなものでな」い「新しい意味の小説」とは、嘉村の評価軸である「深刻な芸術」を乗り越えることであったことも判明する。さらには、そこで用いた「あたらしい」手法までもが、「どんな苦痛でも、それをたのしむ」という形で告白されている。

これまで、「私小説」という言葉で曖昧なまま放置されてきた、直木の「私　眞木二十八の話」執筆の意図は、明らかになった。「私小説なるものの極北」である嘉村儀多に寄り添いつつも、「どんな苦痛でも、それをたのしむ」という手法を用いて、「深刻な芸術」を乗り越えようとした小説、それが「私　眞木二十八の話」であった。

三、「あたらしい」手法の検証

直木の語った「どんな苦痛でも、それをたのしむ」という「あたらしい」手法は、編集後記での「ユーモア的な純芸術作品」という紹介からも、「私　眞木二十八の話」に強く反映されていたことが推察される。本節では、非常に抽象的な「たのしむ」、あるいは「ユーモア的」という手法が、小説内でどう実践されていったかを見ていきたい。

「私　眞木二十八の話」の冒頭は、次のような文章で始まる。

眠つてゐた間にたまつてゐた痰が、眠りからほんの少し醒めて、ほんの少し、手を動かしたゞけで、すぐ咽喉を刺激して――恐らく放出さうとするその力は、測量好きな学者に計らせたなら、可成りの馬力をもつてゐるにちがひなからうが、烈しい力をもつた咳の作用で、排出しやうとする。私の病が、この肺結核一つだけであるなら、何んなに、何分の一馬力の咳を、合計二馬力に成るまで咳いたつて、せい〳〵咽喉の粘膜を傷けて、声が枯れ、喉頭結核と疑はれる位のものであるが（いや、現に、さういふ状態である）もう一つ、脊椎の故障に原因してゐる神経痛がある。寝て、十分も経つと神経が硬直してピアノの糸のやうに張り切つてしまふ。十分でその位であるから、その六倍の七八《ママ》倍も経つて、眠りの醒める頃になると、ピアノの糸なら、とつくに切れてしまつてゐる位に、神経はもう神経でなくなつて、鋭い痛みの凝化物のやうになつてゐて、咳込む力が、それへ触れると共に、私は、痛みを少しでも軽くする為、夜具の上へ、躍り起きて、腰を曲げ、片手を下へ突き、片手で、痛む所を揉みながら

（堪忍してくれ）

　と、あやまらなくてはならぬ。咳が、烈しくなると、いろ〳〵その外の物が出てくる。嘔吐、水洟、涙、涎れ。三度もつゞいて咳が出る時には、きつと嘔吐する。そして、嘔吐する時には大抵、水洟が出てゐるし、涙腺を圧迫して、涙を押出してゐるし、苦しくて、口を開けつ放してゐるから、嘔吐の時からつゞいた涎れが、枕の上や、夜具の上へ、ぶら〳〵してゐる。この位、烈しく咳をしても、喀血はしない。結核は喀血する方が、性質がいゝのであるが、私のは、性質が悪い代りに、軽いのであらう。二度、血線が出たつきりで、血を見ない。

今日出海は「私　眞木二十八の話」について、「直木氏が肺にカリエスに神経痛に悶え、水洟をたらし、壁を頼

りに立ち上る様とを見れば、私は凝然としてこの性格が強ひる凄惨な悲劇に眼を閉ぢた」、「惨めな地獄絵巻がある」（「文芸時評」『行動』一九三四・三）と述べた。この冒頭部を見れば、「凄惨な悲劇」「地獄絵巻」という今日出海の形容に首肯できよう。しかし「私　眞木二十八の話」の場合、決して「悲劇」が「悲劇」のまま深刻に語り続けられることがない。「凄惨な」「眞木」の姿が語られた冒頭部も、すぐにペットの梟の話へと移り、次のように続いていく。

そのまゝ私は床の中へ倒れるのであるが、そういふ時には、必ず寝間着が捲くれ上つてしまつて、尻が裸になり、夜具が乱れて、暖まつてゐた床の中が、だん〳〵冷へてくる。だが、その尻をかくしたり、夜具を直したりする力も無くなつて、たゞ一心に痛みを耐らへてゐるのである。私はいかなる所に於ても、いかなる意味に於ても尻を捲くつたりしないやうにしてゐるが、この時だけはそうした嗜みを忘れてしまつてゐる。私の神経痛は右腰から右脚へかけてであるが、その為脚を動かす事が少なく、半歳で右の尻が左方のそれより明かに摑んでみて小さいと感じさせる位に痩せてしまつた。そしていつの間にか皮膚がざら〳〵になつた。私は湯殿の鏡でその痩せたのだけは見たが、己の尻の皮膚を詳細に見る事は神経痛患者で無くとも困難な事であるから触つてみるだけで何うしてそうざら〳〵してゐるか明かにした事はない。人に見せると不快であらうと思つて一人でゐる時にもつゝしんでゐるが咳が出ると、尻でも食らへと云ふやうに——その位痛いものである。

これも内容としては、冒頭部と同じく「眞木」の病に蝕まれている残酷な姿が語られているはずなのだが、一向に「凄惨」な印象は与えない。執拗なまでに「尻」を強調し、駄洒落を用いて、「尻」の滑稽さを過剰に演出することで、闘病生活の「凄惨」さは半減されている。このように「私　眞木二十八の話」では、「眞木」の「凄惨」な姿が戯画化されたり、話が逸らされたりすることで、「悲劇」は「悲劇」のまま深刻に語り続けられない。こうした点が「大事なところにくると、主人公は、苦痛から身をそらして、ほかのことになつてしまふ」という評を生んだと言えよう。しかし、逆にこうした点こそが、「どんな苦痛でも、それをたのしむ」という直木にとっての「あたらし」さであった。嘉村の「私小説」と比較すると、それはより明白になる。

たとえば、宇野浩二が絶賛し、嘉村の「深刻な芸術」という評価軸を決定した「崖の下」(『不同調』一九二八・七)は、冒頭部から「同輩の侮蔑《あざけり》と嘲笑とを感じ」ながらも、「ひたすらに自分を鞭うち」、「生活に血みどろにな」る「圭一郎」の姿が描かれている。その姿もまた「凄惨な悲劇」であろう。しかし「崖の下」が「私　眞木二十八の話」と決定的に異なるのは、決して「苦痛から身をそら」すことなく、「悲劇」は「悲劇」のまま語られていくことだ。冒頭部は以下のように続く。

圭一郎は、世の人々の同情《なさけ》にすがつて手を差伸べて日日の糧を求める乞丐のやうに、毎日々々、あちこちの知名の文士を訪ねて膝を地に折つて談話を哀願した。が智慧の足りなさから執拗に迫つて嫌はれてすげなく拒絶されたり、時には玄関番にうるさがられて石でも投げつけられるやうな脅し文句を浴せられた。(中略)自分はこの世に産れて来たことを、哀しい生存を、狂乱所為多き斯く在ることの、否定にも肯定にも、脱落を防ぐべき楔の打ちこみどころを知らない。圭一郎は又しても、病み疲れた獣のやうな熱い息吹を吐き、鈍い目蓋を開いて光の消えた瞳を据え、今更らのやうに辺を四顧するのであつた。…………

傍線部では、「この世に産れて来たこと」、「哀しい生存」、「狂乱所為多き斯く在ること」を嘆く「圭一郎」に、内的焦点化している。だが「凄惨な悲劇」の描写は、決してこれだけにとどまらない。「圭一郎」の悲嘆にくれる姿は、畳み掛けるように「日日の糧を求める乞丐のやうに」、「石でも投げつけられるやうな」、「病み疲れた獣のやうな」といった比喩表現が重ねられていく。つまり語り手が、「圭一郎」の「凄惨」さを、その外側からさらに強めようと働きかけているのだ。「圭一郎」と語り手は、いわば共犯関係として、最後まで「悲劇」を「悲劇」として築き上げていく。ここに嘉村の「深刻な芸術」が誕生した。

それに対して直木は、あくまで「どんな苦痛でも、それをたのしむ」ような「私小説」を、築き上げようとする。冒頭の後も、死に瀕した状態のなかで、妻子も出て行き、訪れる人間はみんな無心のためという「眞木」は、自らの孤独を次のように語っている。枚挙に遑がないため、分かりやすい部分をごく一部、引用してみよう。

女房と別れる日私は女房を二つ撲つた。二人の子供は母を撲る私を憎むべき悪き父として、女房について行つてしまつた。私は養育費、教育費を月々二百円づゝ送つてゐるが、それでも時々金を無心してくるのである。

「お坊ちやまが御病気ですし、犬が入院なさつてゐますので」

「馬鹿、犬がなさるつて何んだ」

「はい」

女中は何処を叱られたのかわからないらしくそのまゝ不安そうに黙つてしまつた。

「五円貸してもらひたい」

無心に来た男がこう云つた時、距離が二尺であると、一円乃至五円は取られるが、九尺離れると「電車賃を上げやう。僕は君に五円上げる理由が無いやうだ」と、云つてうつむいて瀬戸火鉢へ手を焙つてゐることが出来る。この金銭取引とテーブルとの関係は理論としても実際の問題としても興味の多いものでいろ〳〵の面白い話を私も持つてゐる。だが、有澤夫人と守屋正道氏とをそう待たせてをく訳には行かない。

こうして「眞木」という人物は、自らの惨状を、深刻にならないように、滑稽な話へと逸らしていく。あるいは、その内面を語り始めると、すぐに新たな人物が現れ、急激にその思考が中断される。「私　眞木二十八の話」は、最後までこの繰り返しで構成されている。

「崖の下」は、語り手と「圭一郎」とが共犯関係として「悲劇」を増幅させていく構造を持っていた。しかし「私眞木二十八の話」では、「悲劇」を「悲劇」として語ることが、巧妙に避けられていく。一人称小説でありながら、「凄惨な悲劇」の渦中にある「私」の病苦や孤独を、「私」自身がはぐらかし、むしろそれを「たのしむ」ように語っていく。▼135 つまりこの小説は、「眞木二十八」という同一人物の中で、「語る「眞木二十八」」と「語られる「眞木二十八」」とが、相反する性質《キャラクター》として設定されているのだ。しかも「凄惨な悲劇」が語られたかと思えば、すぐにそれが「たのし」まれ、二つの「眞木」は、目まぐるしく入れ替わっていく。

嘉村礒多は自らの小説について、「自分の心に湧いたこと、映つたことのみを、客観的には兎も角、主観的には之を真実と思つて、頼みよつて行く」（「短い感想」『新潮』一九三二・四）と述べた。「自分の心に湧いたこと、映つたこと」が「真実」という超越的なものになった時、「自分の心」、つまり自己は絶対化され、「語る自己」と「語られる自己」は癒着していく。そこに「自分の心」に映った「苛酷な現実」を「ありのままに書」く、「深刻な芸術」が誕生したのは必然であった。[136]

それに対して直木は、「凄惨な悲劇」の渦中にある「語られる自己」と、それをはぐらかし「たのし」んでいく「語る自己」とを、同一の「眞木二十八」の中に生成させた。すると当然、自己は絶対化されることなく、むしろ二つの相反する性質《キャラクター》によって、「語る自己」が「語られる自己」の「真実」を相対化していく。ここに「凄惨な悲劇」でありながら、それを深刻に伝達しないという「私小説」が成立した。[137]

こうして直木は、「どんな苦痛でも、それをたのしむ」という手法を実践したのだ。

四、小説に表出された「ヂヤアナリズム」

直木が執筆した「私小説」には、嘉村礒多の「深刻な芸術」を乗り越えるという意図が込められていた。しかし、大衆文学作家として大成功を収め、常々「自分の生活を掘り下げて書」いた「文壇小説」に対して、執拗に反発していた直木は、そもそも何のために、嘉村礒多を乗り越える必要があったのか。

本章第二節で確認したように、「文芸復興座談会」、「広津に競作を提案する」で、直木は「私小説」を書く「意図」を述べていたのだが、同時に彼は、「複雑な社会的動揺不安を背景に」して書く、「それが、本当に書けたなら、そこに、現代社会の諸相が、滲み出ると、僕は信じてゐる」とも述べていた。すなわち「私　眞木二十八の話」は、「社会」を描く「私小説」として企図されていた。

ここであらためて注目したいのは、直木が生涯を通して、商業ジャーナリズムに迎合する姿勢を見せていたことだ。たとえば前章で見たように、広津和郎ら「文壇作家」によるジャーナリズム批判に対しても、直木は「恥かしい」、「おかしい」、「滑稽」、「気の毒」などと、それを強く否定し、ジャーナリズムを擁護し続けた。そして、彼自身もジャーナリズムの要請に応え、異常なまでの量産を続ける。その末に迎えた死は、当時多く「自殺」と語られた。[138]

こうした作家・直木三十五の姿を「私　眞木二十八の話」に重ね合わせて読んだ時、ひとつの意味合いが生じる。「眞木二十八」は、「肺結核」や「脊椎の故障」、「神経痛」などに冒され、もはや自分の力で歩くこともできない。そんな状態のなかでも、「今日中に「文学道」の原稿を三十枚書かなくてはなら」ず、「床へ入りたかつたが原稿のことが気になつて入れな」い。そこへさらに、「文芸社」から催促の電話が入り、「娯楽雑誌社」から「十枚程書いて頂けないでせうか」と頼まれる。また「東洋日報」からも、「一日三枚づゝ三日分」の原稿を「書けるでせう」と迫られ、「嘔吐、水洟、涙、涎れ」まみれのまま、女中に身体を支えられ、机に向かう。

大衆文学作家として絶大な人気を誇った直木三十五は、「ヂヤアナリズムに於て、最近、彼のごとき人気をあつめたものは絶無である」（無署名「文藝春秋」『文藝春秋』一九三四・四）と評されていた。一方、「眞木二十八」は、病に冒されながら、ジャーナリズムの無理な催促と、量を書くことに追われ、徐々に死に近づいていく。この二つの像が重ね合わされた時に、表面上は華やかでありながら、実は単に、商業ジャーナリズムや消費社会に、死に至るまで隷属させられているだけの、昭和初年代の一大衆文学作家の陰惨な姿が浮かびあがる。

しかし直木は、大衆文学作家として名を馳せ、常に「文壇小説」を攻撃してきたために、この小説も「私小説」として読まれない恐れがあった。よって、「私」、「眞木二十八」という、作者の姿がそこに反映されていることが、一目瞭然のタイトルを付ける必要があった。[139]「私」「眞木二十八」というタイトルを銘打った所以は、作中作家の姿を、作者・直木三十五の生活と重ね合わせて欲しいというメッセージにほかならない。

「眞木二十八」は、「光藻」に「書きたくないんだよ。光公、僕は、何つかでこうして一人で、隠逃生活をしたいんだよ——出来ないんだ、さしてくれないんだ」と本音を漏らし、次のように自問自答している。

今夜の九時までに三十枚の原稿を書き上げなくてはならぬが、もう午後四時すぎである。しかし私は何うでもいゝやうな気がしてきた（中略）私は自分の為にでなく何んなにヂヤアナリズムと係累の為に働いてきたかそして？　それらが如何に冷酷に私を遇したか？

直木は「眞木二十八」に仮託して、商業ジャーナリズムや消費社会に迎合し続け、知らぬ間にそこに隷属させられていた、「時代の生んだ一種の犠牲者」（杉山平助「直木三十五論」前出）としての自らの姿を「私小説」として描き出したのである。それが直木にとっての、「社会」を描く「私小説」であった。

しかし、あえて直木はこうした自らの姿を、そのまま「悲劇」として描いたり、嘉村のような「深刻な芸術」にすることを避けた。「眞木」が自問自答している右の引用部も、やはりその直後に「三聖直伝霊感療法創始者、曲原齋人」なる人物が登場し、その思考は急に中断させられ、滑稽な話題へと逸らされていく。

一九三三年六月、直木は「社会より遊離したる文学」として「文壇小説」を次のように批判していた。

今日のかゝる激動的社会にゐる文学者が、かくの如く、今日の社会より遊離したる文学を描いてゐて、それでいゝのであらうか？（中略）今日の不安、動揺、絶望と力、建設、革新と一つの社会面に対しての二つの感じ方の、その何の一つも、これら若い人々は感じてゐないのか？　感じてゐても描かないのか？　描けないのか？（中略）宙ぶらりんでもいゝが、それなら、そのまゝで、その宙ぶらりん的生活を、描いてもらへないものだらうか？（中略）文壇小説が、読まれなくなつたのは、余りに当然すぎる事である。この激しい社会に生存しつゝある者にとつて、かゝる種類の小説から、何が与へられるか？（「文芸時評――七月の小説」『東京日日新聞』一九三三・六・二三、二四、二六）

注目すべきなのは、直木がこの文章の結末部で、「これは人の為にいふのではない、私自身の為である。これだけ人にいつてをけば、私自身はぢつとはしてをれない」と述べていたことだ。実際に、ここで述べられたことのほとんどが、半年後に発表された「私　眞木二十八の話」で、試みられている。まず「凄惨な悲劇」の渦中にいる「眞木」と、それを「たのしむ」「眞木」という、相反する方向性を同一人物内に設定することで、「一つの社会面に対しての二つの感じ方」を抱く人物が描き出される。そして、二つの「眞木」が目まぐるしく入れ替わり、また「眞木」の思考を中断する人物が次々と訪れる展開は、自己の「哀しい生存」をじっくりと見つめ、「深刻」に掘り下げる暇さえ与えられない、「激動的社会」「激しい社会」に生きる人物を表出している。さらに、ジャーナリズムに絶望しつつ、それでも量産を続ける「眞木」の姿を通して、「激動的社会」に翻弄される個人の「宙ぶらりん的生活を、描い」ている。このようにして直木は、「私　眞木二十八の話」で「社会より遊離」しない「私小説」を実践したのである。

一九三三年一〇月、直木は珍しく、嘉村礒多を次のように批判した。

芸術であると共に、社会と同じ速度で、又は、一歩前に――他人を、客観を描き得て、構成力をもつ人。さういふ作家が出ぬ以上、純文学は、絶対に復活しない。
宇野浩二、嘉村礒多が、尊敬されてゐる文壇、志賀直哉の「萬暦赤絵」でも稱める人々。私は、それらの、非社会的文学を決して否定はしないが、それ以外に、この激変しつゝある、動揺しつゝある生活に眼を向ける文学もなければならない。（「憐愍を催す」『文藝』一九三三・一〇）

ここでも、「社会と同じ速度で」、「激変しつゝある、動揺しつゝある生活に眼を向ける文学もなければならない」と、目まぐるしく変化する「社会」を描くことが主張されている。しかしこの文章で注目したいのは、「他人を、客観を描き得て」という部分である。嘉村の「深刻な芸術」とは、自己を絶対化させていくものであった。そこでは「他人を、客観を描」くことが、志向されていない。実際に、嘉村自身「自分の心に湧いたこと、映つたことのみを、客観的には兎も角、主観的には之を真実と思つて、頼みよつて行く」（「短い感想」前出）と語っていた。それは直木にとって、乗り越えられるべき「非社会的文学」であった。彼は嘉村の「深刻な芸術」を克服することで、「語る自己」が「語られる自己」を相対化し、いわば「他人」の視点で語っていく小説を書き上げる。こうして直木は、「私　眞木二十八の話」という、「他人を、客観を描」く「私小説」を構築したのである。

さらに、直木の「社会的文学」への試みから、もうひとつの事実を知ることができる。彼は、「文壇小説」を、「社会より遊離し」ているという点で、「読まれなくなつたのは、余りに当然すぎる」と批判していた（「文芸時評」前出）。その上で、「これだけ人にいつてをけば、私自身はぢつとはしてをれない」として「私　眞木二十八の話」を書く。換言するとそれは、直木なりの「読まれ」る「文壇小説」への試みであった。「非社会的文学」ばかりでは、「純文学は、絶対に復活しない」と語っていた直木は、「私　眞木二十八の話」という「社会的文学」を書くことで、「純文学」の新たな形での「復活」さえ目論んでいたのだ。石川達三「蒼氓」（『星座』一九三五・四）への「第一回芥川龍之介賞」授賞に見られるように、「文芸復興」の気運が頂点に達した一九三五（昭和一〇）年頃から、「文学（者）における社会性」[140]が、「純文学」という場において強く要請されていくが、直木の「私　眞木二十八の話」は、その問題意識を「大衆文学」の側から、いわば先取りしていたのである。

五、作成された「大衆文学」概念

華々しい名声を得ながら、知らぬ間に商業ジャーナリズムに隷属させられていた、一大衆文学作家の陰惨な姿を、直木は「私　眞木二十八の話」で描き出した。また同時に、彼はこの小説で「社会的文学」を試み、「純文学」を新たな形で「復活」させようとしていた。さらに小説内で「眞木二十八」は、「冷酷」なジャーナリズムへの反発を述べるとともに、「だん〳〵大衆小説を書く事に興味を失つてゐる」、「大衆作家は嫌になつた」とも語っている。

　こうして見ていくと、晩年の直木は、商業ジャーナリズムへの絶望を理由に、大衆文学作家から「文壇作家」への転身を志向していたようにも受け取られる。「私　眞木二十八の話」という小説は、結局、大衆文学作家・直木三十五の、それまで執拗に反発してきた「文壇小説」に対する、敗北や迎合を示すものであったのか。――いや、決してそうではないのだ。

　直木は、「通俗文学」という言葉を、時に「大衆文学」と同義に用い、時に「新聞小説」を包摂する概念として用いるなど、明確な定義付けはしなかった。[141]いずれの定義に従っても、直木自身は「通俗文学作家」ということになるのだが、その名が「通俗文学」であれ、「大衆文学」であれ、彼がとろうとした姿勢は、常に「文壇小説」の反措定であることだった。直木は本格的な作家活動を始める前から、次のように語っていた。

鹿爪らしい顔をさへしてゐたら、価値があると思つて、面白くない物に専念したのが、日本の自然主義の末輩で、それ以来日本の文芸は、文学好き以外と没交渉になつてゐるのだ。それを一般人の手に取戻す機運の先頭に立つたのが、大衆文芸で、現在はこの僕の考へを裏書してゐる程の作は無いが、文壇の衰微と、通俗小説の発達とは、もう少し日本の文芸を自由なものにしてくれるだらう。その先駆者のやうなのが、大衆作家だ。もし、僕がこのまゝ大衆物のみで進むなら、態度だけはこれをくづすまい。（「吾が大衆文芸陣（一）」『大衆文藝』一九二七・三）

その後、様々な社会的問題が錯綜する昭和初年代において、実際に「文壇小説」は「衰微」していく。他方、「通俗小説」の方は、直木自身の活躍もあって、大きな「発達」を遂げていく。すると直木は、今度は逆に「自分の生活とはつきり取り組んで血みどろになつたやうな私小説」を試みる。「私　眞木二十八の話」発表の直前、彼は次のようにも語っていた。

たゞ、人間は、生活を観ようとするなら、それのみを描かれたる純な物を読まうとし、異常事件の事件《ママ》の発展、次の出現に興味をもつ者は、そこに盛られたる心理、道徳を、余り喜ばないだけである。そして、作家及び批評家がそれに錯覚を起して、芸術小説と、大衆小説との二つに分けてゐるだけである。誰が「吾輩は猫である」を、はつきりと、この何れかへ叩き込みうるか？（「大衆文学の本質」『日本文学講座　第14巻』一九三三・一一、改造社）

直木は、「私　眞木二十八の話」という小説によって、決して「文壇小説」に敗北や迎合をしたのではない。むしろそういったジャンル規定を、「作家及び批評家」の「錯覚」と考えていた。彼にとって重要であったのは、単に「文壇小説」の反措定であり続けることではなく、「文壇の衰微と、通俗小説の発達」によって「日本の文芸を自由なものに」することであった。

直木が「私　眞木二十八の話」という小説を書いた意味は、もはや明らかであろう。嘉村礒多の「深刻な芸術」を乗り越えるために「どんな苦痛でも、それをたのしむ」という手法を引っ提げ、「社会」を描く「私小説」、いわば彼なりの「社会化した「私」」を著して、「純文学」の「復活」を試みる。そして同時に、〈大衆文学作家の実態を描いた「私小説」〉という、「文壇作家」にとって絶対に不可能な「私小説」を築き上げる。こうして直木は、「文壇の衰微と、通俗小説の発達」とを、ここに融合させようとしたのだ。

横光利一は、「文芸復興」只中の一九三五年四月、「純文学は衰滅するより最早やいかんともなし難い」という状況にまで追いつめられたなかで、「文壇全体の眼が、純粋小説に向つて開かれたら、恐らく急流のごとき勢ひで純文学が発展し、真の文芸復興もそのとき初めて、完成されるにちがひない」との期待を込めて、「純粋小説論」を発表した。しかしその一年以上前、直木三十五は、「純文学」というジャンルを「発展」させるためではなく、むしろ「文壇の衰微と、通俗小説の発達」とを融合させ、「日本の文芸を自由なものに」するために、彼なりの「純粋小説」を試みていた。

鈴木貞美は、「「私小説を中心とする純文学」対「大衆文学」という図式」を疑問視し、「既成の文学（史）観」に「代わるべき見解を示す」必要性を述べた（『日本の「文学」を考える』一九九四・一一、角川選書）。これまで、生涯を通して「文壇小説」に反発し続けたとされてきた直木は、実は、「私　眞木二十八の話」という小説、そして「あたらしい」手法によって、すでにこうした対立図式自体を克服しようと画策していたのだ。

しかし彼は、「私　眞木二十八の話」の末尾に「(長篇の第一章)」という言葉を遺したまま急死する。この小説が書き続けられていたならば、その後どのような評を受け、文学史上どのような影響を持ったかは推察しようがない。しかし、これまでの研究や文学(史)観において、ほとんど黙殺されてきた「私　眞木二十八の話」という作品が、その手法に関しても、「大衆文学」から見た「純粋小説」や、ジャーナリズムなどとの関連においても、「文芸復興」を考察するにあたって、見逃すことのできない要素を多く孕んでいたことは、明白な事実なのである。

「私　眞木二十八の話」が発表され、直木が急死した翌年の一九三五年に、「文芸復興」の気運を象徴する「直木三十五賞」が制定される。賞の存在によって、直木の名は、今日、誰もが知るところとなった。しかしそれは、皮肉な結果も生んだ。「私　眞木二十八の話」だけでなく、直木の作品は、現在ほとんど読まれなくなった。にもかかわらず、「直木」という名だけは「直木賞」の名称とともに広く流通する形となり、いまやその名は「大衆文学」のジャンルを示す記号のようになってしまった。だが、実在した直木三十五の数々の発言によって、「私　眞木二十八の話」に込められた意図が裏付けられた今、もはや、その名を単に「大衆文学」の記号と見なすことはできないだろう。

第三部　「モダニズム文学」の命脈と「文芸復興」

――「新興芸術派」の位置

第一章　「文芸復興」期における「新興芸術派」の系譜

――龍胆寺雄から太宰治へ

一、既存の「文芸復興」観の新たな問題点

戦後いちはやく「文芸復興」という現象に注目したのは、平野謙を中心とする『近代文学』同人であった。平野謙は「昭和十年前後という時期」を「現代文学の根本的な再編成のエポック」として『文学・昭和十年前後』を著し、本多秋五は「「文芸復興」と称せられる現象」を「昭和文学史のひとつのヤマ」と捉え、詳細な分析を行った。▼142

しかし、「文芸復興」の研究にはいまだ多くの問題が残されている。『近代文学』同人は、「「文芸復興」の趨勢というものを決定的ならしめたものは、やはりナルプ解散であった、ということに誰が見てもなる」という前提のもと、「ナルプ解散」という文脈に回収できない多くの要素を捨象していった。その結果、「文芸復興」の「肝腎な内容」は「漠然としていて、はなはだ捕捉しにくい」、「きわめて複雑な現象であつて、実相をつかむことは容易でない」と、「文芸復興」そのものを、よく分からない現象と見なしていった。こうした「文芸復興」観は、時代を下るにつれてより一層強まっていき、近年ではもはや直接論究されることもほとんどなくなった。▼143

そのような文脈について、本書第一部では、平野謙ら『近代文学』同人が、「既成作家の復活」、「一九三三（昭

和八）年」、「大衆文学」、「ジャーナリズム」という主に四つの要素を捨象して「文芸復興」観を構築していたこと、それが要因となって、「文芸復興」研究が半ば硬直化した現状が生み出されていったことを明らかにした。その検証をふまえ、続く第二部では、これら四つの要素から、「文芸復興」という現象を捉え直した。

しかし、既存の「文芸復興」観には、本書「はじめに」で検証したように、捨象された側面がいまだ残っている。それは、「新興芸術派」という要素である。「マルキシズム思想からの逃避」として片付けられてきた龍胆寺雄ら「新興芸術派」の作家は、[144]「芸術方法において独自なものをうちだすことができなかった」とされ、今日では、ほとんど顧みられていない。[145]こうした研究状況もまた、平野謙ら『近代文学』同人による「文芸復興」観から生じたものであった。

本章では、龍胆寺雄の「文芸復興」期の代表作「M・子への遺書」（『文藝』一九三四・七）に注目しながら、文学史上はじめて「モダニズム文学」という明確な名称を付与されながらも、現在ではその「亜流」として位置づけられている「新興芸術派」の命脈を明らかにしていく。その検証により、既存の「文芸復興」をめぐる文学史観が新たな形で捉え直されるだろう。また、「文芸復興」期に飛躍した太宰治や井伏鱒二の作品が、あらためて重要な意味を帯びていくのである。

二、「正統」な〈モダニズム文学〉像の形成

「モダニズム文学」という用語は、主に「新感覚派」の後に登場してきた龍胆寺雄・吉行エイスケ・中村正常等、いわゆる「新興芸術派」を指す言葉として、一九二九〜三〇年に一挙に広まった。[146]しかし、近年刊行された文学史書や文学事典類を参照すると、「モダニズム文学」は「新感覚派とそれに続く、新興芸術派と主知主義文学・新心

理主義文学の運動」という一連の流れとして定義され、「新興芸術派」の存在は、そのなかでも「芸術的な思想集団としての性格は薄」く、「ジャーナリスティックな運動にしかすぎなかった」[147]と軽視される向きが強い。

　そうした「モダニズム文学」の捉え方は、実は平野謙の文学史観がひとつの基盤となっている。平野は『昭和文学史』等で、小林秀雄を中心に据えながら、「新興芸術派の文壇的騒音をよそに」、「モダニズム文学の正統的な系譜」が形成された、という文学史観を提示していった。それ以降、「モダニズム文学」を語る際、『文学』、『作品』、『文学界』等に「正統」、「主流」、「正しい」という言葉が頻繁に用いられるようになったのだ。[148]ここに、元来「モダニズム文学」の名が冠されていた「新興芸術派」の存在が、その「亜流」と見なされるという把握がなされていったのである。

　こうした平野謙らによる「正統」な「モダニズム文学」観の形成は、もちろん、「既成リアリズム文学」、「マルクス主義文学」、「モダニズム文学」の「三派鼎立」という「公式」が前提となっていた。平野が、「文芸復興」期の小林秀雄「私小説論」に「モダニズム文学」と「プロレタリア文学」との「アウフヘーベン」の可能性を見出し、そこに「統一戦線」萌芽の「ゆめを託し」ていたことは、[149]本書第一部ですでに触れたとおりである。そのような演繹的な「公式」のもとで、「正統」な「モダニズム文学」が事後的に形成され、その「公式」に当てはまらない「新興芸術派」等の存在は、文学史の周縁に追いやられていったのだ。

　こうした「正統」な文学史観が築かれていく過程においてひとつの契機となったのが、龍胆寺雄の存在とその代表作「M・子への遺書」をめぐる評価のあり方であった。

「モダニズム文学」（＊本章では、以後、『文学』、『作品』、『文学界』等の「芸術派」を指す場合は、〈モダニズム文学〉と表記し、龍胆寺雄を中心とする「新興芸術派」を指す場合は、そのまま「モダニズム文学」と表記する）の中心人物であった龍胆寺雄は、一九二八（昭和三）年に「放浪時代」で第一回『改造』懸賞創作の第一等を受賞し、華々しいデビューを飾った。その後も「アパアトの女たちと僕と」、「魔子」等のいわゆる「魔子もの」をはじめ、「街のナンセンス」、「十九の夏」、「海――の Illusion ――」など、一九二八年からの六年間で実に二七〇本以上という、厖大な数の作品を発表し、「モダニズム作家」として昭和初年代の一世を風靡していた。[151]

だが、龍胆寺は「文芸復興」が声高に叫ばれていた一九三四（昭和九）年の「M・子への遺書」発表以降、文壇の表舞台から徐々に姿を消していった。[152] この小説の「実名小説」等の要素が問題となっていったのである。その事実はかえって、「M・子への遺書」が同時代において大きな反響を呼んでいたことを示唆する。実際に、『改造年鑑』はこの作品の発表を、一九三四年における「文壇内の諸事件」の筆頭に挙げ、田辺茂一は「呪詛と冷嘲を投げて自己解体を急ぐやうな形」を「相当注目しなければならない」と指摘し、『文藝通信』では特集まで組まれるなど、この作品をめぐっては様々な評価がなされていた。[153] つまり「M・子への遺書」は、同時代において、ゴシップとしても小説としても非常に注目された作品であったのだ。

ところが戦後になると、「M・子への遺書」はゴシップとしてはもちろん、[154] 小説としてもまったく注目されなくなっていった。それについては、やはり平野謙の評価にその発端を見出すことができる。平野は「M・子への遺書」について、「実名小説」等の要素を根拠に、「文名を一挙に恢復するための起死回生の企て」、「作者の誇大妄想と被害妄想との混合物」と捉え、繰り返し批判していった。[155] 古俣裕介が指摘するように、[156] それ以降、「M・子への遺書」は研究上の価値を喪失した作品として、注目されることもほとんどなくなった。

さらにその経緯は、作家・龍胆寺雄への評価と軌を一にする。平野は龍胆寺に対して「芸術方法において独自なものをうちだすことができなかった」とし、「上向するマルクス主義文学との対比」という面にのみその価値を見出した。こうした認識は、その後、「プロレタリア文学の衰滅とともに、その存在の意味を失って、ジャーナリズムから姿を消した」という形で、半ば文学史上の「事実」として定着していった。[157] また、龍胆寺雄以外の「新興芸術派」の作家達も同様に、「世界観や人生観を持たず、ただマルクス主義文学の政治性に反発することだけしかできなかった」として、実作もほとんど顧みられないまま、「積極・消極の反マルクス派[158]」という位置づけばかりが前景化され、「文壇的騒音」として「正統」な〈モダニズム〉から除外されていった。

しかし、こうした研究状況の原点となった「M・子への遺書」の存在は、本当に平野謙らの言うように、「誇大妄想」、「被害妄想」という言葉だけで片付けることができるのだろうか。また、龍胆寺雄ら「新興芸術派」の多くの作品群は、単なる「マルキシズム思想からの逃避」であり、「芸術方法において独自なものをうちだすことができなかった」のだろうか。

本章冒頭で見たように、平野謙の文学史観の中心をなす「文芸復興」とは、現在、「漠然とし」た現象とされたまま、研究がほとんど放置された状況にある。その一方で、「正統」な〈モダニズム文学〉という視座は、これまで確実に継承されてきた。次節以降、そうした文学史上の問題をふまえ、「正統」、「主流」、「正しい」という評価の陰に隠れてきた「新興芸術派」を中心とする「モダニズム文学」の命脈について再検討していきたい。

三、「M・子」の造形

一九二八（昭和三）年、「放浪時代」で第一回『改造』懸賞創作の第一等を受賞した際、龍胆寺雄は様々な賞讃の言葉を受けていた。「文壇人として、玄人として通用していゝ人と思つた」（武者小路実篤）、「自分はこの小説にかなりの愛を感じた」（広津和郎）、「作家的手腕は、それ程初心な人のそれではない。相当に文学に志してゐた人のそれである」（同）、「私はこの作を『新』自然主義小説と呼びたい」（前田河広一郎）、「日本文学の今までの主なる人々の中から、それぞれの長所を巧みに按配してとり入れてあります」（佐藤春夫）、「谷崎君も時折青年作家の噂が出ると、龍胆寺を推奨します」（同）――等々。[159] 既成作家からプロレタリア作家の前田河広一郎まで、絶賛している作家の面々、あるいはそのコメントを見ると、少なくとも登場時の龍胆寺雄は、単に「反・プロレタリア作家」として位置づけられていた訳ではなく、その小説自体が広く賞讃されていたことが分かる。

龍胆寺雄は後年、「あらゆる新しいことはすべて一応肯定して取りあげよう」という「モダニズムの根本精神」から「M・子への遺書」（『文藝』一九三四・七）を書いたと明言した。[160] 龍胆寺のいう「モダニズム」の作家とは、いわゆる「エロ・グロ・ナンセンス」と称された「新興芸術派」の面々を指す。[161] 平野謙はこれらの「モダニズム作家」について、「芸術方法において独自なものをうちだすことができなかった」と指摘した。もちろん、何を以てその「独自」性を認定するかという問題は、常に恣意性がつきまとう。しかし、「モダニズムの根本精神」を集約したとされる「M・子への遺書」に注目したとき、平野の否定した「モダニズム文学」における「芸術方法」の系譜が、一時代の様式としてはっきりと看取できるのである。

「M・子への遺書」は、主として四つの要素から構成されている。まず、表題からも分かるように〈①「M・子」への私信〉という形式を持つこと。また、「放浪時代」、「十九の夏」、「珠壺」など実在する龍胆寺の小説や、「横光利一」、「川端康成」、「佐藤春夫」、「島崎藤村」、「菊池寛」、「中村武羅夫」等多くの作家の名が列挙された〈②実名小説〉であること。その中でも、「悪魔じみた恐ろしい冷たい、聡明な政治意識がひそんでゐて」、「この人は悪魔だ。人間ぢやない」などと語られた〈③川端康成批判〉は苛烈であり、さらに「佐藤氏は、何か事をかまえて菊池寛氏と感情的に争つてをられて」などと、文壇の党派性や裏事情を描いた〈④曝露小説〉としての側面も痛烈であ

図1

図2（図1の拡大）

った。

龍胆寺は「M・子への遺書」発表の一年前、『読売新聞』（一九三三・二・七）に「家庭十六ミリ描写　或る日のいさかひ　赤ん坊」という随筆を寄稿している（*図1・図2）。夫婦の諍いを面白おかしく書いた、一見何の変哲もないエッセイに見えるが、実はここには「M・子」という作中人物の表象に関わる重要な示唆が含まれている。

紙面にはエッセイとともに龍胆寺夫妻の写真が大きく掲載されている。背広姿の龍胆寺雄の隣に写っている妻の「安塚まさ」は、断髪に洋装、大玉のネックレスをつけたモガを思わせる西洋風の女性である。ところが、その紹介欄には、「（良人）龍胆寺雄、（妻）同　魔子」と、妻の名だけが作中人物のそれによって紹介されているのだ。

龍胆寺は「魔子」という存在について、後年、次のように語っている。

しかし、ちょっと注意しておきたいのは、作中で、マサコ、マアコ、マコに変化していくあの女性、あれは、こういうのがいたら実にいいんじゃないかという、その考えがこしらえあげた、創作の人間であるということです。私にとっての理想に近い女性です。ところが、それが家内に似ておったもので、他から混同された。

（「龍胆寺雄・聞き書」『芸術至上主義文芸』一九八一・一一）

龍胆寺自身、「魔子」とは「創作の人間」であり、「家内に似ておったもので、他から混同された」と語った。しかし、「家庭十六ミリ描写」というエッセイを見たとき、龍胆寺があえて「魔子」と「妻」のイメージを意識的に「混同」させようとしていたことが分かるのである。▼162

「M・子への遺書」は「俺が今、かうしてお前に遺書を書いたり、それをこんな形式で、活字にして世間に発表したりしたら……」という一節で始まり、「M・子。これが俺の姿だ」という形で閉じられていく〈「M・子」への私信〉という形式が採られている。一連の「魔子もの」に登場する自由奔放でモダンな女性と実際の妻とその写真、それらが「遺書」の宛先である「M・子」の造形の中に織り込まれることによって、ひとつの人物像が立ちあげられてゆく。つまり、「M・子」という作中人物は、「創作」と「現実」の要素を幾重にも縒り合わせていく意図のなかで形成された存在にほかならなかった。こうした「M・子への遺書」にみられる手法を手がかりとしたとき、「モダニズム文学」一連の実作のなかで培われた、ある「芸術方法」の系譜がはっきりと浮かびあがっていくのである。

四、「モダニズム文学」の方法

ここで、「M・子への遺書」につらなる「モダニズム文学」の「方法」をさかのぼって見てみよう。浅原六朗・久野豊彦・龍胆寺雄による共同製作「1930年」（『中央公論』一九三〇・一〇）は、「新興芸術派」の代表的な小説とされる。その中盤で突然、「水原」、「楠見」、「山田」、「杉田屋」等、当時活躍していた大学野球の選手が実名で列挙され、次のような描写が行われている。

> 水原が、ストライキ二つ見送つたあとで、火のでるやうな熱球を三塁《ホツト・コオナ》に打つたんです。すると、三塁手がちよいとハンブルした隙に、楠見はあの駿足でもつて、ホオムへ辷り込んぢまつたらしいんです。（中略）第八回まで両軍ともに、死力を尽しながら、二対二のクロス・ゲエムのまま進行してゐたのが、俄然ラスト・インニングになると、慶應のベンチから秘策がナインに授けられて、……（後略）

このように、現実に行われた試合を忠実に再現しているかのように、架空の「神宮球場に於ける早慶第一回戦」が、「ラディオ」の「アナウンサア」の中継をまねて詳述されていく。また同小説の別の箇所では、作中人物の「鞆子」が覗く「レンズ」を通して、「ユング・フラウ」という実在する競走馬の「目黒の競馬場」におけるレースの模様が事細かに語られている。つまり「1930年」とは、実在する人・競走馬の名前等を借りて、架空の出来事を物語りつつ、同時代の雰囲気を読み手と共有しながら、「一九三〇年の現代を総体的に」▼163描き出そうとした小説であったのだ。

同様の手法を用いた小説として、一九三〇年三月一三日『東京朝日新聞』経済欄（夕刊第四面）の「株価表」が作品内に添付された吉行エイスケ「享楽百貨店」や、「昨年度一月気温日変化表」が掲載された龍胆寺雄「風――に関するEpisode――」、小説欄と同一紙面の記事が取り込まれた井伏鱒二の新聞連載小説「仕事部屋」などが挙げられる。[164] 龍胆寺のいう「あらゆる新しいことはすべて一応肯定して取りあげよう」という「モダニズム文学」の手法は、実際のデータや記事を切り貼りしながら、虚実混淆のうちに小説を描く方向へと向かっていったのである。

このような「モダニズム文学」の「方法」は、都市風俗を対象とするだけにとどまらなかった。それは、作家や文壇を描く「実名小説」という形に発展していったのだ。「M・子への遺書」の直前に発表された、井伏鱒二「喪章のついてゐる心懐」（『行動』一九三四・二）では、「嘉村礒多」、「池谷信三郎」、「徳田秋声」、「中村武羅夫」、「岩野泡鳴」ら、数多くの作家が小説内に実名で登場する。その小説の冒頭では、わざわざ「実在の人物を小説で取扱ふといふ際に、本名をそのまま用ひることは必ずしも堕落ではないと私は信じる」と述べられ、「本名」を用いることが、小説を描くためのひとつの「方法」であるという明確な意識が表明されている。

このような方法意識は、さらに新居格・中村正常・浅原六朗らによって「文壇モデル小説」という形で試みられていった。[165] その中でも、浅原六朗が執筆した第六回（一九三三・四・五）では、「龍胆寺雄」という人物が登場し、紙面の中央には、彼の写真までもが大きく掲載されている（*図3・図4）。

こうした、実在する作家を「モデル」としながら「実名」で小説を描くという志向は、まさに「1930年」等の小説で、都市風俗を対象に試みられていた「方法」を、自身を含めた文壇という場に応用したものであったのだ。それが、やがて「M・子への遺書」の「M・子」の造形へとつながっていったのである。

これまで「モダニズム文学」の特色は、「漢字にカタカナのルビをふった単語」に見られるような、もっぱら

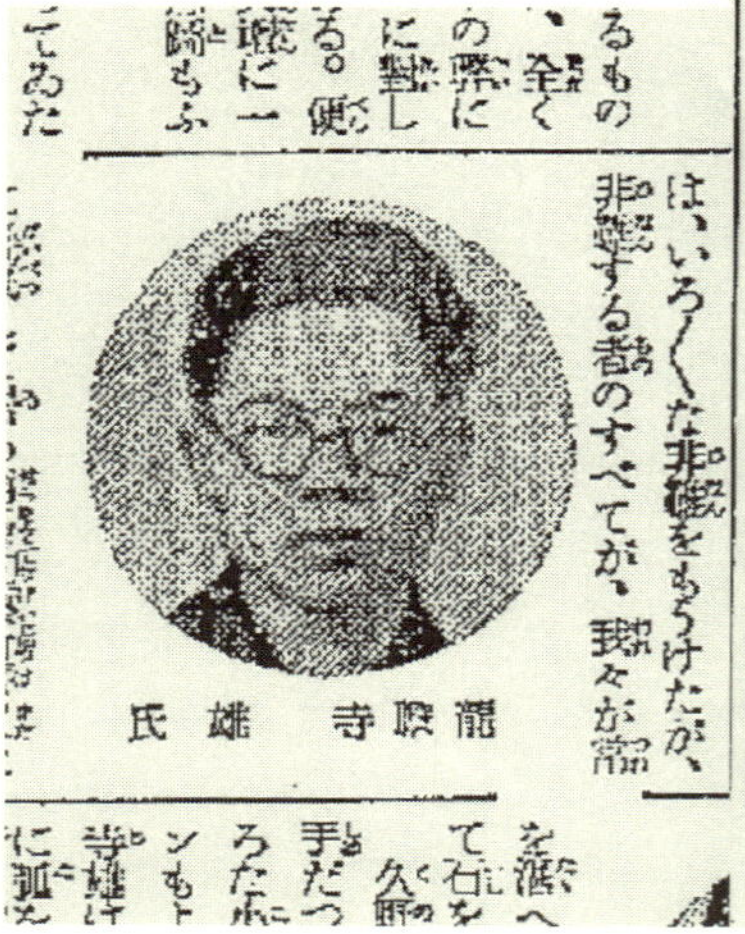

はいろ／＼な非難をもうけたが、非難する者のすべてが、

龍胆寺雄氏

図４（図３の拡大）

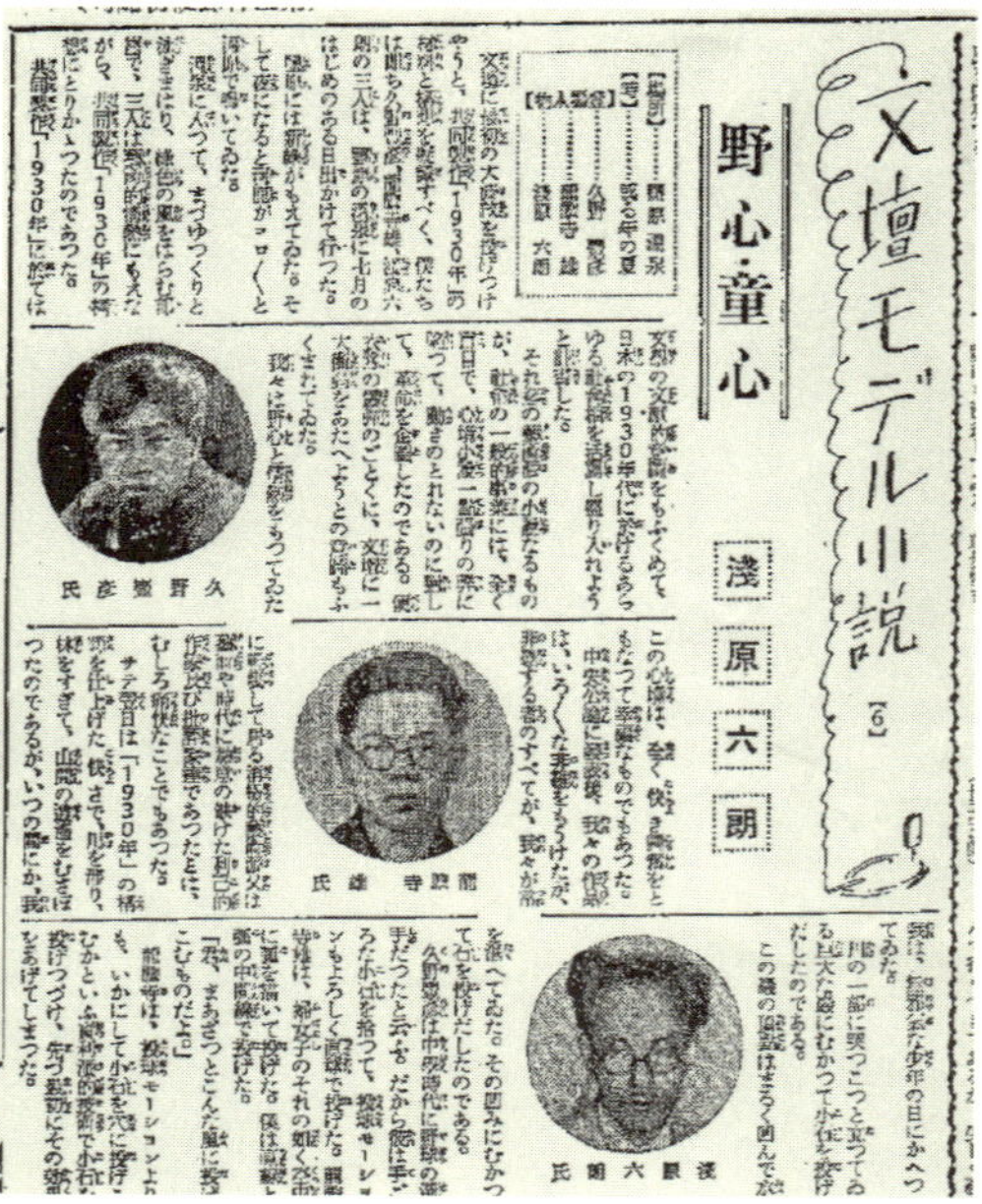

文壇モデル小説 ⑹

野心・童心

浅原六朗

久野豊彦氏

龍胆寺雄氏

浅原六朗氏

図３

「消費都市の表層」を謳ったものとして捕捉され続けてきた。[166]確かにそのような側面を持つことも事実であるが、しかし、そうした点に注目するあまり、「モダニズム文学」における総合的な方法意識については、あまり顧みてこなかったといえないだろうか。

「M・子への遺書」を手がかりとして、「モダニズム作家」の実作にもう一度注目した今、彼らの「芸術方法」に対する鋭敏な志向が浮かびあがってくる。すなわち、「モダニズム文学」の理論的根幹を成した雅川滉「芸術派宣言」が、「何を書くかでなく、いかに書くか」こそが「重要」だと主張していたように、[167]「新興芸術派」は、小説の新しい「方法」への強い問題意識から、都市の風俗や作家の実名という要素を、次々と実作に取り込んでいったのである。それこそが、「モダニズム文学」のなかで着実に醸成されていった、「創作」と「現実」の要素を縒り合わせ、小説／エッセイ／ルポといったジャンルを

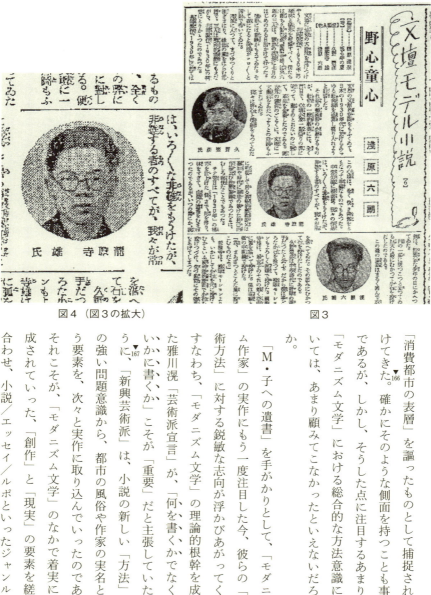

意識的に越境していくという「芸術方法」であったのだ。
「M・子への遺書」は同時代において、次のように評されている。

此の作でほめられていゝ事は龍胆寺のなした、小説の新しい方法の試みである。（中略）小説にありのまゝ（実話）を書いて悪いわけはなく、随筆や弁論の領分を犯すべからずといふ規則もない。「之は小説です」といふいつもの型を破つてもつとのびのびと広い範囲に小説の方法を放さねばならない。（木田滋「「M子《ママ》への遺書」の批評の批評」『文藝』一九三四・九）

ここで評価されている「随筆や弁論の領分を犯」し、「「之は小説です」といふいつもの型を破つて」、「広い範囲に小説の方法を放」すという手法とは、まさに「モダニズム文学」のなかで培われた「芸術方法」にほかならなかった。そうした「方法」を集約する形で、あえて「モダニズム文学」の流行が去り、「文芸復興」の声が高らかに叫ばれ始めた一九三四（昭和九）年に、「M・子への遺書」は執筆され、実際にそれが高く評価されたのだ。
龍胆寺は、後年「M・子への遺書」の手法について、次のように語っている。

モダニズムが終ってから、『M子《ママ》への遺書』を書いた。（中略）先に言ったようにモダニズムは、新しく出るものを全部コピーするという態度があって、それはまだ私にもあったわけですから、やっぱり（「M・子への遺書」も――引用者注）モダニズムには違いないのだが。（「龍胆寺雄・聞き書」前出）

こうした龍胆寺の発言と、実際に「M・子への遺書」で用いられた手法を顧みると、この作品は、平野謙が指摘したような「誇大妄想」のなかで「起死回生」を狙っただけの、単なる思いつきの「実名小説」でなかったことは、もはや明らかであろう。すなわち、「M・子への遺書」とは、既存の文学史上において「芸術方法において独自なものをうちだすことができなかった」とされてきたが、実は「モダニズム文学」における、意識的な「芸術方法」の系譜を確実に踏襲しながら、生み出された小説にほかならなかったのである。こうして、否定的な評価の源泉のひとつである「M・子への遺書」を再検証することによって、「正統」から除外された「モダニズム文学」の潮流が浮かびあがってきた。

さらに、こうした「モダニズム文学」の命脈は、彼らが消え去った「文芸復興」期やそれ以降の文学状況にも着実な影響を及ぼし、そこでひとつの実を結んでいった。

五、継承される「モダニズム文学」

前節では、主に「M・子への遺書」における〈①「M・子」への私信〉という形式、〈②実名小説〉という要素に注目しながら、この作品にいたる「モダニズム文学」の系譜を見た。それをふまえた上で、本節では〈③川端康成批判〉、〈④曝露小説〉という要素にも目を向けつつ、この作品と「文芸復興」期の文学状況とのかかわりを見ていきたい。

ここでもう一度、「M・子への遺書」における〈川端康成批判〉の部分を詳しく見てみよう。

あの魂の底まで冷たく透き徹つて水性に動く瞳は、鬼千匹の小姑のやうに底意地わるく光つて俺を見据ゑてゐる。――俺はこの瞳の光には総毛立つのだ。俺を理解しないで苛める相手なら、俺は迷惑はするけれども怖がりはしない。川端康成は万事承知の上なのだ。俺が不思議になつかしい知己先輩のつもりで、うツかりこの人に慣れ親しんで思ひあがると、冷やりと俺をつき放して、その間へ寒い風を流れさす。――

この人は悪魔だ。人間ぢやない。

非常に苛烈な叙述であるが、実はこの一年後、さらに過激に川端批判を行った作家がいた。それが、太宰治である。彼は第一回芥川賞を逃した際、「川端康成へ」というタイトルで、次のように語っている。

おたがひに下手な嘘はつかないことにしよう。私はあなたの文章を本屋の店頭で読み、たいへん不愉快であつた。（中略）小鳥を飼ひ、舞踏を見るのがそんなに立派な生活なのか。刺す。さうも思つた。大悪党だと思つた。（中略）私は、あなたのあの文章の中に「世間」を感じ、「金銭関係」のせつなさを嗅いだ。私はそれを二三のひたむきな読者に知らせたいだけなのです。それは知らせなければならないことです。（「川端康成へ」『文藝通信』一九三五・一〇）

この川端批判[168]のさらに一年後、太宰治は、独特な形式の小説「虚構の春」（『文学界』一九三六・七）を発表する。それは、次のような文章が連ねられた小説であった。

「拝復。君ガ自重ト自愛トヲ祈ル。（中略）早朝、門ニ立チテオ待チ申シテキマス。太宰治様。佐藤春夫。」

「前略。その後いよいよ御静養のことと思ひ安心してをりましたところ、風のたよりにきけば貴兄このごろ薬品注射によつて束の間の安穏を願つてゐらるる由。（中略）奥さんによろしく。頓首。井伏鱒二。津島修治様。」

「虚構の春」とは、このように実際に太宰のもとへ来た書簡を実名のまま切り貼りし、多少の改変を加えながらつなぎあわせるという、「モダニズム文学」にみられた手法を取り入れた小説であった。同時代の評を見ても、「この小説が載つた次の頁に、「文藝通信」だかの広告が組み込まれてゐたのだが、それが、どうしても小説の続きのやうに見えて仕方がなかつた」として、「現実」と「創作」の要素を織り合わせていく「モダニズム」と同様の手法が、「奇妙な現象」という言葉で注目されている（中島健蔵「七人の小説家」『自由』一九三七・七）。

さらに太宰は同年、佐藤春夫や菊池寛の実名を出しながら、第三回・芥川賞詮衡の裏事情を描いた、一種の曝露小説を書く。

先日、佐藤先生よりハナシガアルからスグコイといふ電報がございましたので、お伺ひ申しますと、お前の「晩年」といふ短篇集をみんなが芥川賞に推してゐて、私は照れくさく小田君など長い辛棒の精進に報いるのも悪くないと思つたので、一応おことわりして置いたが、お前ほしいか、といふお話であつた。（中略）ほかの多数の人からずいぶん強く推されて居るのだから、不自然のこともなからう、との御言葉いただき、帰途、感慨、胸にあふれるものございました。（「創生記」『新潮』一九三六・一〇）

このように〈川端康成批判〉、〈モンタージュ〉、〈実名小説〉、あるいは〈曝露小説〉といういずれの要素においても、「文芸復興」期の太宰治は、「M・子への遺書」や「モダニズム文学」の系譜のなかで醸成された手法を意識的に用いながら、新進作家として華々しく飛躍していったのだ。[169]

もし、平野謙のいうように、「M・子への遺書」を「誇大妄想」、「被害妄想」、「起死回生の企て」という理由だけで否定するならば、この時期の太宰治の活動も、同様の扱いをもって、文学史上で否定されてもおかしくはあるまい。しかし、この時期の太宰治については、習作期のプロレタリア運動への志向や、その挫折体験への言及が注目され、またそれが高く評価されてきたのだ。[170]

ところが、太宰の習作時代について、実は井伏鱒二が次のように述懐していたのである。

> 初対面（一九三〇年――引用者注）の太宰君は、しやれた着物に袴をはいてゐた。ぞろりとした風である。下着は更紗であつた。ふところから自作の原稿を取り出して、これをいますぐ読んでもらひたいと云つた。私は読んだ。今日では、それがどんな内容のものであつたか忘れたが、ただ一つ、全体の印象だけは覚えてゐる。そのころ一時的に流行してゐた、ナンセンス文学といはれてゐた傾向の作品に彷彿《ママ》として、よくない時流の影響が見えた。（「解説」『太宰治集　上巻』一九四九・一〇、新潮社）

それだけではない。「そのころ私は中村正常と合作で「婦人サロン」に「ペソコとユマ吉」といふナンセンス読物を連載してゐて、太宰の作品は意識してそれに似せたやうな笑話であつた」と語るなど、習作期の太宰が「エロ・グロ・ナンセンス」とも称された「モダニズム文学」から、強い影響を受けていたことを、井伏は繰り返し述

べていたのだ。▼171

前節でみたように、「仕事部屋」や「喪章のついてゐる心懐」をはじめ、井伏鱒二は「モダニズム」の手法を用いた小説を数多く発表していた。また、第三章で注目するように、井伏はその後、小説／エッセイ／ルポの枠を越境していく「モダニズム」の手法を、多くの短篇小説や「ジョン万次郎漂流記」、「黒い雨」等で、見事に開花させていった。そして、彼に師事した太宰治もまた、「M・子への遺書」と通底する要素や井伏の述懐を顧みたとき、特に「実験的小説」と称される初期作品を編み出してゆく過程において、「モダニズム文学」の手法を重要な手がかりとしていたことが明らかになっていくのだ。

龍胆寺雄は、「M・子への遺書」発表直後、次のように語っていた。

ほんとうは、いたつて身軽な、若い、むしろ無名作家によつて、この（「M・子への遺書」のような――引用者注）試みがなされることを希望したのである。（中略）基礎の固定して現在のやうに動きのとまつた日本の文学の中へ、未来を築かうといふぐらゐの情熱を持つてゐる若い作家なら、多少の異端や冒険は敢えてするやうでなくては、何も期待出来ないのではないか……（後略）（「心境」『三田文学』一九三四・八）

こうした龍胆寺の願いは、太宰治によって着実に受け継がれていたのだ。このように、後の文学状況のなかへ「M・子への遺書」を据え直してみたとき、黙殺することのできない流れが浮かびあがってくる。すなわち、「芸術方法において独自なものをうちだすことができなかった」とされ、これまでの研究でほとんど「抹殺」されてきた龍胆寺雄を中心とする「モダニズム文学」の系譜は、彼らの消え去った「文芸復興」期やそれ以降にも、その手法と発想の枠組みとが、着実な命脈として受け継がれていたのである。

「モダニズムの根本精神」を踏襲した「M・子への遺書」の存在や「モダニズム文学」の系譜は、ここにあらためて、一作家の私情や一時代の方法にとどまらない、文学史上の問題を浮き彫りにしていく。

六、「文芸復興」と「モダニズム文学」

「新興芸術派倶楽部」が結成されたのは、一九三〇（昭和五）年四月のことであった。これまで頻繁に指摘されてきたように、「新興芸術派」とは「露骨な文壇政治的結集であり」、「プロレタリア文学に対抗する意図のもとに結集された」ことは否定できないだろう。[172] そしてまた「新興芸術派」の旗振り役が龍胆寺雄であり、彼が「反プロレタリア作家」としての活動を行っていたことも、紛れもない事実である。

しかし、そうした「文学史の常識」に、[173] 龍胆寺雄やその他「モダニズム作家」の文学活動のすべてを回収させてしまうには、あるいは彼らの実作をほとんど顧みないまま、「芸術方法において独自なものをうちだすことができなかった」、「ただマルクス主義文学の政治性に反発することだけしかできなかった」として、「新感覚派文学から新心理主義文学へ」という「正統」な〈モダニズム文学〉を自明視してしまうには、「モダニズム文学」はあまりに多くの可能性を持っている。

たとえば、「新心理主義文学」の当事者である伊藤整でさえもが、「文学史などは、どうにでも書けるものらしい」という問題を提起しながら、あくまで「新興芸術派」が「新感覚派」の「表面は穏当な後輩で実質は理論上の改革者であつた」と指摘していた。さらに彼は、「新興芸術派」の作家達について、「作家生活から遠ざかつた理由はそれぞれ別であるとしても、文学史的に見て、かなりの重点をおいて考へなければならない仕事を残してゐる」

と述べている。[174]

龍胆寺雄をはじめとする多くの「モダニズム作家」は、「文芸復興」期に文壇から消え去っていった。[175]しかし、彼らはそれまで確実な系譜を築き上げ、「文芸復興」期以降も、太宰治や井伏鱒二等によってその命脈が継承されていた。こうした流れを明るみにすることは、先に考察した小説技法の問題にとどまらず、既存の文学史観にも一石を投じていくことになる。

本章の冒頭で確認したように、『近代文学』同人は「文芸復興」に注目しながらも、それを「ナルプ解散」に還元しようとした結果、「漠然とし」た現象と見なしていった。その後、本書第一部等で見たように、「文芸復興」がよく分からない現象であったという見解は、時代を下るにつれて一層強まっていき、近年では、「文学史用語「文芸復興」の規定不能性からもわかるように、その言説空間はキメラ的な多元性を抱えており……」と指摘されるように、もはや「規定不能性」自体が、「文芸復興」の性質とされるまでに至った。[176]このような文学史への視座が形成されていく過程において、龍胆寺雄や「モダニズム文学」の作品は、実作もほとんど注目されないまま、「文壇的騒音」とされてきたのだ。それは、まさに既存の「文芸復興」観から捨象された潮流にほかならなかった。

近代日本文学における代表的作品が次々と完成し、「芥川龍之介賞／直木三十五賞」をはじめとする様々な文学賞が設定され、戦後に活躍した多くの新人が続々と登場していった「文芸復興」という現象は、確かに「現代文学の根本的な再編成のエポック」のひとつであっただろう。しかし、その後「漠然とし」たまま放置されてきた平野謙を中心とする『近代文学』同人の「文芸復興」観を、そのまま享受したり、あるいは完全に否定して考察自体を放棄してしまうのではなく、彼らの観点から捨象された要素を浮き彫りにすることによって、「文芸復興」という現象は、また新たな形で捉え直されていく。[177]

たとえば、「新興芸術派」が作り上げた「エロ・グロ・ナンセンス」の流れは、「当時において、一定の意味では、むしろ時代のファッショ傾向に対する抵抗」を持っていたとされ、同時代を知る窪川鶴次郎は「新興芸術派」に対して、「これがあってはじめて文芸復興の窮極の意義を明らかにすることができる」と明言している。▼178 さらに、本章で見た井伏鱒二や太宰治に象徴されるように、そのような「文芸復興」の再検証は、「現代文学」や「プロレタリア文学」の問題など、文学史全般の問題にまで関わってくる。そう考えたとき、龍胆寺雄ら「モダニズム文学」の作家・作品が、「正統」な〈モダニズム文学〉から除外され、その命脈が絶たれてきたという事実に、文学史上の課題が内包されていたことを、決して見逃すことはできないのである。

第二章　「文芸復興」期における文学賞の没落と黎明

――「『改造』懸賞創作」と「芥川龍之介賞」

一、龍胆寺雄と太宰治の行く末

龍胆寺雄と太宰治という一九三〇～四〇年代の近代文学に大きな痕跡を残した二人の作家。既存の文学史上で交点を結ぶことはなかった両者であるが、前章で明らかにしたように、その作風には深いかかわりが見出された。龍胆寺雄を中心とする「新興芸術派」は、文学史上、「文壇的騒音」[179]として軽んじられてきたが、実は、近代日本における「モダニズム文学」の独自の手法を開拓し、それが太宰治や井伏鱒二らに大きな影響を与えていた。この事実は、文学史上に新たな課題を浮かびあがらせる。

その作風に共通点を持っていた龍胆寺雄と太宰治は、近代文学が華々しい発展を遂げたとされる一九三五（昭和一〇）年前後の「文芸復興」期に、作家として対照的な道をあゆんでゆく。龍胆寺は三四年七月の「M・子への遺書」（『文藝』）発表を契機に、徐々に文壇の表舞台から姿を消し、シャボテン研究家へと軸を移していった。それに対して、「虚構の春」、「狂言の神」、「創生記」[180]といった「モダニズム文学」からの影響が見られる作品を、この時期に次々と残した太宰は、龍胆寺が姿を消していった「文芸復興」期にこそ躍進を遂げ、戦後に流行作家となる礎を築いた。

もちろん、この対照的な行く末を、小説家としての〈才能〉や〈個性〉に還元することも可能であろう。しかし、ここで注目したいのは、龍胆寺と太宰が、「モダニズム文学」の命脈という作風以外にも、共通点を持っていたことである。

龍胆寺雄が一九二八（昭和三）年にデビューし、その後、華々しい活躍をしたきっかけは、「第一回『改造』懸賞創作」▼181の第一等を受賞し、その才が認められたことであった。そして、太宰が広く文壇に知られるきっかけとなったは、「第一回芥川龍之介賞」候補になったことと、それをめぐるスキャンダラスな言動であった。つまり、両者はその作風だけでなく、「第一回」の「新人賞」という事柄においても、共通した要素を持っていたのである。しかも、龍胆寺が実際に受賞したのに対して、太宰は候補になっただけで、受賞することもなかった。

こうした共通する背景があるにもかかわらず、「文芸復興」期に龍胆寺雄は徐々に消え去っていき、太宰治は大きな躍進を遂げた。この事実は、一体何を意味するのか。本章は、龍胆寺雄と太宰治、そして『改造』懸賞創作」と「芥川龍之介賞」とを対比させながら、一九三五年前後の「文芸復興」期における文学賞の位置づけについて、検証していくものである。その考察を通して、昭和戦前期に数多く創設された華々しい新人賞の背後で作用していたジャーナリズムの影響力と、それに翻弄された作家の行方を浮き彫りにしていきたい。

二、「『改造』懸賞創作」衰退の背景──「円本ブーム」の行き詰まりと龍胆寺雄

広く知られているように、改造社は大正期末、社長・山本実彦の発案により『現代日本文学全集』を企画し、昭和初頭の「円本ブーム」の火付け役を担った。さらに「円本ブーム」只中にあった一九二八年、主力雑誌『改造』

が創刊一〇周年をむかえ、『改造』創刊十周年記念懸賞創作」を企画する。小説「放浪時代」で、その第一等を受賞したのが龍胆寺雄であり、彼は一九三〇年前後、文壇の寵児として大活躍していった。

この龍胆寺の活躍を受け、改造社はさらに二つの企画を用意した。まず、一九二九年に「懸賞創作」と対になる「懸賞文芸評論」を設け、第一等に宮本顕治、第二等に小林秀雄を選出する。さらに、「創刊十周年記念」として単発で企画した「懸賞創作」を毎年開催していき、多くの新人賞のはしりとなっていくのである。

こうした点において、二八年の『改造』創刊十周年記念懸賞創作」は、近代日本文学のなかで、非常に重要な役割を果たしたといえよう。また、第一等を受賞した龍胆寺についても、デビュー三年目にして、『現代日本文学全集』、いわゆる「円本」に、二作品（「放浪時代」、「アパアトの女たちと僕と」）が収録されたことからも、その評価の高さがうかがえる。

ところが、一九三五年前後の華々しい「文芸復興」期に、龍胆寺は表舞台から消え去っていき、ほぼ時を同じくして、『改造』懸賞創作」も衰退していった。そこにどのような経緯があったのか。

ここで問題となってくるのが、「円本」の存在である。一九三五年前後、近代文学が大きな発展を遂げた「文芸復興」という現象は、本書第二部第一章でみたように、「円本」の流通によって、大衆に名が広まった既成作家の再躍進が契機となって勃興した。ところが、龍胆寺は「円本」に収録されたにもかかわらず、「文芸復興」期に文壇の表舞台から消え去っている。そこには、彼の作品が掲載された『現代日本文学全集　第六一篇』が、「円本」の中でも、特異な位置づけにあったことが関係していた。

龍胆寺雄の作品が掲載された『現代日本文学全集　第六一篇』は、一九三一年四月に刊行された。しかし、「円本」は一九三〇年頃から、すでに大量生産―大量販売方式が悪循環へと陥っており、急激に「ブーム」が終息へと向かっていた。▼182 実際に、『現代日本文学全集』刊行が廃止となったのも、『第六一篇』が刊行された一九三一年であった。さらに、その三一年は、龍胆寺が中心となって活躍していた「新興芸術派」が分裂した年でもあった。このように、龍胆寺は「円本」にその作品が収録されたものの、「円本」も「新興芸術派」も完全に行き詰まっていたという背景があった。

また、時代背景だけでなく、『現代日本文学全集 第六一篇』そのものにも、注目すべき要素がある。同書には龍胆寺のほか、十一谷義三郎、川端康成、池谷信三郎、中河与一の作品が収録されている。その巻末には「附録」として、それぞれの作者による「自筆年譜」が掲載されており、龍胆寺のそれは以下のようなものであった。

> 明治三十四年四月二十七日父の任地である千葉県佐倉町で生れた（原籍地——茨城県霞ヶ浦湖畔）。生後数箇月で一家茨城県下妻町に移転、こゝで幸福な少年時代を過した。父橋詰孝一郎は落合直文の門下で国文学者として教育界に識られ、霞ヶ浦湖畔に千数百年の家系を持つ香取神社の社司の裔。橋詰は一族で部落をつくつて居た土豪。当時茨城県立下妻中学校に教職を勤めた。母りくは越後南蒲原郡の土豪の出。樋口一葉などとともに同じく落合直文の門下であつた。当時にはめづらしい恋愛自由結婚をなした仲である。
>
> 児女五人。うち男女二人欠けた。雄は三男。
>
> 明治四十一年下妻町尋常小学校に入学。
>
> 大正二年県立下妻中学校に入学。
>
> 小学の六年間専任教師を担当した渡辺孝三郎氏からあらゆる寵愛を受け……（後略）

非常に長いため、冒頭のごく一部のみを引用したが、他の作家の「自筆年譜」は、いたって簡素なものであるのに対し、龍胆寺雄のものだけは、「原籍地」や「家系」まで記した、非常に緻密なものである。その異色さについては、保昌正夫も「年譜というより自己紹介の趣のかなりにあらわなもの」、「竜胆寺のそれは他の四人のものにくらべてきわめて特色ある記述」と指摘している（「新興芸術派」の雰囲気――竜胆寺雄を中心に」『國文學 解釈と教材の研究』一九六四・一〇）。こうした「自己紹介」の緻密さに加え、「落合直文」や「樋口一葉」等、高名な文学者の名を半ば強引に挙げていることなどを見ると、龍胆寺は、自身を「円本」の大衆読者に広く認知せしめようと、懸命になっていたことが分かる。

『改造』懸賞創作」の第一等を獲得して文壇の寵児となり、「円本」に登用された龍胆寺であったが、彼は大衆読者に対して、懸命に「自己紹介」をせねばならないほどの危うい知名度であった。さらに、先述したとおり、この年には、「円本」自体がもはや斜陽の時期を迎えており、龍胆寺はかろうじて「円本」に名を連ねたものの、地位・時期の両面において、「ブーム」には乗り損ねていた。

このように龍胆寺は、大衆に広くその名が流通していない状況にあったものの、文壇では、『改造』懸賞創作」で注目を浴びていたため、井伏鱒二のように「新進作家」として再登場することもできなかった。[183] 大衆と文壇の狭間で中途半端な位置に立たされたまま「文芸復興」期を迎えた彼は、『改造』懸賞創作」で第一等を受賞したにもかかわらず――いや、だからこそ――既成作家と新進作家が大衆に流通し始めた「文芸復興」という現象の波に押し出されていく。第一回の受賞者であり、文壇の寵児ともなった龍胆寺雄でさえ苦戦を強いられたのであるから、『改造』懸賞創作」の他の受賞者が「文芸復興」期、大きな力を保ち得なかったことにも自ずと首肯できるだろう。[184]

こうした流れのなかで、華やかな「文芸復興」期に、『改造』懸賞創作」は徐々に影響力を失っていく。ちょうどその折、躍進を遂げたのが「芥川龍之介賞」であった。次節では、現在においても強い影響力を持つ「芥川龍之介賞」の創設・躍進とその背景に注目していきたい。

三、「芥川龍之介賞」と「文芸復興」——既成作家偏重から新進作家発掘へ

「芥川・直木賞宣言」は一九三五年一月、『文藝春秋』誌上で華々しく発表された。その際に掲載された「芥川龍之介賞規定」の第一項では、「一、芥川龍之介賞は個人賞にして広く各新聞雑誌（同人雑誌を含む）に発表されたる無名若しくは新進作家の創作中最も優秀なるものに呈す」と明示されている。しかし、そこにひとつの問題が生じる。授賞対象である「無名」、あるいは「新進作家」とは、非常に恣意的な基準であるため、既成作家や中堅作家との間に、何らかの境界線が必要になったのだ[185]。その線引きの役割を果したのが、原卓史も指摘している[186]「受賞候補推薦カード」というシステムであった。一九三五年三月三日の『読売新聞』には、「芥川賞のカード階級」という小見出しで、次のような記事が掲載されている。

受賞候補推薦カードなるものが先日来各作家批評家に配布された。所が受賞者は大体無名作家に限るといふ規定があるのでカード受領者は当然無資格、反対に有名作家のレッテルを貼られたやうなもので、中にはこのカードによつて有名・無名の区別をハッキリ付けられ悲喜交々到るといふやうなのもあり、改造当選作家の大谷藤子なんぞもカード来らざれば受賞者ならんと人の噂にのぼつたほどであつたが、遂に此名誉カードを獲得するところとなつた……（後略）

「受賞候補推薦カード」が到着したならば、自ずと推薦側にまわらねばならず、その時点で「新進作家」ではないと見なされ、「芥川賞」候補になることの「資格」が剝奪される。ただし、「カード」が到着するということは、「有名作家」として、他の作家の「推薦」を許される「名誉」が与えられた訳でもあり、そこに大きな波風は立ちにくい――そういった巧妙なシステムが「受賞候補推薦カード」であった。

このような手堅いシステムのもとで設定された「第一回芥川龍之介賞」であったが、「規定」第二項に目を移すと、「二、芥川龍之介賞は賞牌（時計）を以てし別に副賞として金五百円也を贈呈す」と明記されている。ちなみに『改造』懸賞創作」の賞金は、第一等が一五〇〇円、第二等が七五〇円であった。第二等でさえ、「芥川龍之介賞」の賞金をはるかに超えていた。それでも、「芥川龍之介賞」の方が、圧倒的な影響力を持っていった。その要因のひとつを、「文芸復興」という時代背景に求めることができる。

一九三五年前後の「文芸復興」は、近代文学の「一つの分水嶺」であり、「昭和文学が豊饒な開花と、成熟を示した収穫期」であったとされる。▼187 実際にこの時期には、「芥川龍之介賞」「直木三十五賞」（一九三五年）だけでなく、「三田文学賞」（一九三五年）、「文芸懇話会賞」（一九三五年）、「文学界賞」（一九三六年）、「池谷信三郎賞」（一九三六年）、「透谷文学賞」（一九三七年）をはじめ、数多くの文学賞が次々と創設されていった。本書第二部で検証したように、「文芸復興」は、ジャーナリズムの企図によって生成した現象であり、これら多くの文学賞の創設からも、雑誌媒体が、独自に作家を発掘・育生・販売しようとしていたことが分かる。

直線的に考えるならば、こうした大きな潮流に乗ったからこそ、「文芸復興」の只中に設定された「芥川龍之介賞」は、その七年前に設定され、「円本ブーム」の衰退の影響を直接的に受け、目新しさも失った『改造』懸賞創作」に比べ、はるかに強い影響力を持っていったという推察が成り立つ。

しかし、ことはそう簡単に片付かない。「文芸復興」という現象は、もともと「純文学の更生」と呼ばれた既成作家の復活を、華々しい「ルネサンス」の訳語へと変えたことから生成したものであった。▼188 実際に、一九三三〜三四年初頭の「文芸復興」生成期の時点では、既成作家の復活ばかりが相次ぎ、それに比べ、新進作家の活躍はほとんど見られず、そこに批判が集中していた。

新進作家の無気力を鼓舞するかのやうに、嘗て喝采を受けたことのある既成作家が、休養した元気をもつて次々とヘビーをかけてきたやうである。僕等が中学の上級生の頃お目にかかつたきりで、その後とんと消息もなかつたやうな作家まで御出場だ。そこで既成作家の復帰といふことが先づ本年度文壇の一つの事象として叫ばれた。新進作家が行づまつてその作品に見るべきものなしとすれば、永年修行をつんできた既成作家の方が幾分でもましな作品が書けると思はれたのであらう。（深田久弥「本年度文壇の回顧」『文藝』一九三三・一〇）

この年（一九三三年――引用者注）の文壇の目ざましい現象としては、純文芸雑誌の続出と云ふ事実があるが、それらの雑誌の内容を見ても、何かこの新らしい純文学の胎動がそこにこもつてゐるとは考へられない。（中略）その内実を見ると、真に新人として現はれて来て、おのれを輝かしたものは殆んど無いと云つていいのである。そして反対に、谷崎、佐藤、秋声、白鳥、宇野、広津などの『旧人』が、それ〴〵の在来の文学的方向において、或は讃美され、或は復活させられてゐるのである。（中略）謂ゆる純文学の気運なるものが未だ新らしい胎盤のなかに力強くうごめいてゐない証拠ではあるまいか？（青野季吉「本年文壇の総括的観察」『行動』一九三三・一二）

新らしい文学運動の提唱もなく、有力な新人も現はれず、文学運動の中心を形造るやうな、文学団体の新らしき結成もなく、それなら何を目して文学の復興と言ふのか？（中略）新しい文学の方向を暗示するやうな萌芽だとか、新境地を打開するやうな意気込みだとか、情熱など、ちつとも感じられない。（中略）新春の文芸界を一瞥しても、量に於いては賑かだとは言へると思ふが――その点では、文学復興かも知れないが、しかし、文学そのものゝ機運なり、新しい運動を期待する人々に取つては、旧態依然たるものといふよりほかはなく、その点で慊りない。（中村武羅夫「果して文学復興か――新春の文芸界を見て」『行動』一九三四・二）

一月も二月も、新人の力作が少し現れただけで、それも新しさがなくその他はつかまへどころもなく、なにが「文芸復興」の春か、作品だけではさつぱり分らない。こんな既成作家のたわいなさをどうすることも出来ない新人も、また驚くべきものだ。（川端康成「文芸時評（4）――濫造の既成作家」『読売新聞』一九三四・二・六）

これらの言説を見渡すと、「文芸復興」期に、「芥川賞」をはじめとする新人賞が次々と創設され、しかもそれらが大きな力を持っていった経緯について、さらなる検証が必要になる。

ここで注目したいのは、「新進作家」不在の問題が、三四年中頃から、急激に解消されていることだ。たとえば、「文芸復興」の時流に乗って創刊された雑誌『行動』の同年二月「編輯後記」を見ると、次のように記されている。

本年は一層馬力をかけ文学のために尽したい心算であり、新文学作家たちの完成や強力な新人の誕生を助けたいものである。今積雪のしたにうづもれてゐる澎湃とした新気運が、春の万象と一緒に押へることの出来ない繁茂への意慾によつて具象化されるのを切に期待してゐる。（無署名「編輯後記」『行動』一九三四・二）

こうした「心算」は、直後に現実のものとなっていき、三四年中頃から、各種メディアで新人の登用が急激に増加しはじめ、今度は以下のような指摘が相次ぐ。ここでは、『新潮』の「スポット・ライト」欄に注目してみよう。

現在の文壇ほど、新人を要求してゐることは、従来にその例を見なかつたところだと思ふし、また、現在の文壇ほど、新人が、その頭角を現はすのに、都合の好い条件を具備してゐる時代は、日本の文壇の歴史に、曾つてなかつたところだと思ふ。（XYZ「スポット・ライト」『新潮』一九三四・五）

同人雑誌の発行は自由だし、ヂヤーナリズムも、批評家も、新人を求めてゐるし、現在くらゐ新人が出現するのに、便利な時代は少ないやうに思へる。創作に志があり、才能がある者なら、いつでも文芸界に台頭することは容易であるやうに思へる。（XYZ「スポット・ライト」『新潮』一九三四・七）

既成作家の無力を非難する人々があるかと思ふと、新人が無制限に、ヂヤーナリズムの舞台に採用されるのを、厳選主義にすべきであると、主張する人々もある。（XYZ「スポット・ライト」『新潮』一九三五・九）

この正反対の状況へと移行する狭間に、何があったというのか。もちろん、ジャーナリズム側も慈善事業ではないため、先に引用した『行動』の「編輯後記」の字義通り、「新人の誕生を助けたい」という一心で、「新進作家」を急に登用し始めたわけでもあるまい。

実は、「新進作家」の急激な登用には、「文芸復興」の華々しい気運のなか、『文藝』、『行動』、『文学界』等、新たな文芸雑誌の創刊が相次ぎ、その結果、既成作家の争奪戦が加熱したため、既成作家の稿料高騰に出版社側が追いつかなくなるという、ジャーナリズム側の経済事情が、深く関係していたのだ。杉山平助は一九三四年の文壇を総括し、次のように分析している。

> 昨年末より「文藝」「文学界」「行動」等の新文芸雑誌の続出を見るに至つたが、これ等の諸雑誌は一せいにその稿料を低減化せるために、すでに当初より既成熟練作家を吸収するに困難な立場にあることが看取されてゐた。
>
> この間隙をみたすべく、新人の登場が活潑となるであらうことは、この機運がもたらした唯一の光明面と認むべきであつた。即ち昭和九年の日本文壇の一切の待望は、新人のみにかけられたと云つても過言でない……（後略）（杉山平助「昭和九年　日本文学摘要」『一九三五年版　中央公論年報』一九三五・一、中央公論社）

一九三三年後半から始まった「文芸復興」という現象は、当初、「新進作家」が登場していないと批判されていた。しかし、「既成熟練作家」の「稿料」高騰によって、三四年半ばから、ジャーナリズムが費用を「低減化せるため」、急激に「新人」の需要が高まるという、新たな季節が到来した。そして、右の杉山平助の指摘がなされた一九三五年一月、「芥川龍之介賞」「直木三十五賞」の創設が正式に発表されたのである。

やや先取りして言うならば、「芥川龍之介賞」は、単に華やかな「文芸復興」の中で創設されたからという単線的な理由ではなく、既成作家の復活から始まった「文芸復興」が、「新人の登場が活潑」になるという、新たな季節に移り変わっていくタイミングで創設されたからこそ、より大きな力を持っていったと見ることができる。太宰治は、一九三三年に筆名を定め、「新進作家」としてデビューした。彼も「文芸復興」の潮流が、一九三四年頃から微妙に変化しつつあることを、いち早く察知していた。

> いま日本では、文芸復興とかいふ訳のわからぬ言葉が声高く叫ばれてゐて、いちまい五十銭の稿料でもつて新作家を捜してゐるさうである。この男もまた、この機を逃さず、とばかりに原稿用紙に向つた、とたんに彼は書けなくなつてゐたといふ。（太宰治「猿面冠者」『鷭』一九三四・七）

三四年に発表されたこの作品は、小説が「書けなくな」ることを「書く」という、この時期の太宰の特性が前面に押し出されたものであるが、時流を敏感に察知して、ジャーナリズムが「いちまい五十銭」という安価な稿料で「新作家」を捜し始めていることが、作品内で明確に描き出されている。実際に、太宰はこの翌年、「第一回芥川賞」の候補にのし上がり、それをきっかけに、「新進作家」として飛躍を遂げていった。

このように、同時代の時流のなかへ文学者を据え直したとき、個々の作家の〈個性〉や〈才能〉だけでは片付けられない、時代の潮流とジャーナリズムの事情によって重層的に形成された文学状況がもたらす作家への影響が、徐々に浮き彫りになっていく。

「芥川龍之介賞」は、「文芸復興」が既成作家復活から新人作家発掘へと方向転換していく只中に設定され、その潮流のなかで強い権威と影響力を持っていった。対して、前節で見たように、『改造』懸賞創作」は、数多くの新人賞の先駆けとなりながらも、「円本ブーム」が終焉を迎え、徐々に「純文学飢餓」の声までもがあがっていく時期に設定され、既成作家ばかりが雑誌媒体に登用される流れのなかで、龍胆寺をはじめとするほとんどの受賞作家は長く活躍できず、高い賞金の割に、さほど強い権威と影響力を保つことができなかった。

ここで再度、龍胆寺雄に注目してみよう。彼は、「文芸復興」期に発表した実名小説「M・子への遺書」で、次のように記している。

ジヤアナリズムを上手に泳いだと、俺を評する奴があるだらうか?（中略）これでジヤアナリズムを泳げたら不思議だ。こんなことは、むろんのこと俺の自慢ぢやない。（中略）皮肉にも、伝統に扳逆して巷に飛びだした俺は、こゝでは反対に、伝統の強圧から押し出されて、孤独な影法師を曳いてわびしくたゝづんでゐる仕末だ。

M・子。これが俺の姿だ。

実際に「ジヤアナリズム」に押し出されるように、龍胆寺雄は「遺書」という名のとおり、この「M・子への遺書」発表をきっかけに、文壇の表舞台から徐々に消え去っていった。『改造』懸賞創作」第一回受賞者の龍胆寺雄は、ジャーナリズムに翻弄されながら、「文芸復興」期において、太宰治とは対照的な末路を辿っていったのである。

ところが、龍胆寺が「遺書」と題したこの作品は、彼の意図しないところで、「芥川龍之介賞」に影響を与えていく。ここに、「芥川龍之介賞」の黎明と『改造』懸賞創作」の衰退との、意外な交点が浮かびあがっていく。

四、「『改造』懸賞創作」と「芥川龍之介賞」との交点

龍胆寺雄が「M・子への遺書」を発表し、文壇の表舞台から徐々に去っていったのは、一九三四年七月のことであった。〈実名小説〉や〈曝露小説〉といったセンセーショナルな要素が問題となったのだが、菊池寛と文藝春秋社への〈党派批判〉も苛烈なものであった。

> 俺は菊池寛氏の文壇系閥をひく文藝春秋社全体の、甚だしい敵意と反感との対象に、だしぬけに立たされてしまつたのだ。（中略）文藝春秋社が、その有するあらゆるジヤアナリズム機関を通して、嘲笑、罵倒、あげ足とり、悪口、と一斉射撃の矢を俺に向けた。（中略）文藝春秋社といふ、文壇を縦断するやうな大きなジヤアナリズムの権威が、菊池寛氏のさういふ個人的感情のもとに、仮りに統率されて、しかも水も漏らさぬ整然たる陣容で、一人の、何ごとにもまだ無心な、生々《うぶうぶ》しい作家を抹殺埋葬しようとするなんて！

実は、「M・子への遺書」が発表された一九三四年七月は、菊池寛や文藝春秋社にとって、「党派」の問題に対し、過敏にならざるを得ない事情があった。三ヶ月前の一九三四年四月、菊池寛は『文藝春秋』で「直木三十五追悼篇」を組むとともに、同号の「話の屑籠」において、以下のように述べていたからである。

> 池谷、佐々木、直木など、親しい連中が、相次いで死んだ。身辺うたゝ荒涼たる思ひである。直木を紀念す

るために、社で直木賞金と云ふやうなものを制定し、大衆文芸の新進作家に贈らうかと思つてゐる。それと同時に芥川賞金と云ふものを制定し、純文芸の新進作家に贈らうかと思つてゐる。これは、その賞金に依つて、亡友を紀念すると云ふ意味よりも、芥川直木を失つた本誌の賑やかしに亡友の名前を使はうと云ふのである。

このように、正式に「芥川・直木賞宣言」が掲載される約一年前、菊池寛はすでに「芥川龍之介賞」、「直木三十五賞」の設定を『文藝春秋』誌上で表明していた。つまり、「M・子への遺書」の文藝春秋社に対する〈党派批判〉は、「芥川賞・直木賞」がまさに形づくられていく最中になされたのである。

文藝春秋社は「芥川賞・直木賞」設定を見越し、▼189 龍胆寺から受けた批判に対して、直ちに確実な対応をなしている。「M・子への遺書」発表の翌月、『文藝春秋』の姉妹誌である文藝春秋社刊行『文藝通信』（一九三四・八）において、すぐさま「文壇の党派に就て」という特集を組み、様々な編集者・作家・批評家から、「文壇党派」に関する意見を集めていったのだ。各種メディアの代表者が回答した内容の一部を、ここで確認しておきたい。

まず『新潮』からは楢崎勤が回答し、「私も時たま耳にしないことはない。ゴシップ記事として見かけたことはある」ものの、「あたかも、政友会、民政党国民同盟と云ふやうな主義主張をもつ政党と連関させてみられることは滑稽事ではないだらうか」として、「龍胆寺君に、「反省」といふ言葉を呈したい。私自身も、龍胆寺君の「M・子への遺書」を読んで、反省すべきところは反省してゐるが」と締めくくっている（「文壇の「公器」」）。『文学界』からは武田麟太郎が回答し、「党派から生じる弊害については、更に何も思ひ浮かばない」と述べ（「遊び仲間」）、『中央公論』からは佐藤観次郎が「今日では殆んどその傾向は見当らないやうに思ふ」としている（「文壇に党派無し」）。『改造』からは水島治男が、「党派によつて文壇に進出し得ると考へるのは、全く誤りである」とし（「文壇よ邁進せよ」）、最後に『文藝春秋』から齋藤龍太郎が「よしんば、さういふ集団なり社会なりが、文壇に存在するにしても、それらは単なる交友的集団、社交的グループである以上には、大した意味をもたないものだと思ひます」と述べている（「無駄な監視」）。こうした各種メディアの代表者の意見に加え、「文壇に党派ありや？」というアンケートを、実に二五名の文学者・編集者から取り寄せ、その回答も一覧表にして掲載している。

すでに活躍している編集者・作家・批評家が、「文壇の党派に就て」という特集において、「党派」による利害関係の存在を全面的に肯定することは、常識的に考えてありえないだろう。右の回答例を見れば一目瞭然であるが、各論者は足並みを揃えて、「利害関係が生じるような党派は無い」としながらも、「文壇にいっそう「公平」さを築くよう努力する」という旨の文章を寄稿していった。

こうして『文藝通信』で地盤を固め、いよいよ一九三五年一月、『文藝春秋』誌上で、正式に「芥川・直木賞宣言」が発表される。そこでも、菊池はわざわざ「審査は絶対公平」という太字の見出しを付け、「社で責任を持って、その人の進展を援助する筈である。審査は絶対に公平にして、二つの賞金に依つて、有為なる作家が、世に出ることを期待してゐる」と記している。

ところが、こうした巧みな対応があったにもかかわらず、「M・子への遺書」における文藝春秋社への〈党派批判〉は、予想以上に騒動が大きくなっていた。「芥川・直木賞宣言」前後も、プロレタリア文学者を中心に、主に変名・匿名を用いて、同社の「公平」性を疑う記事が、次々と発表されたのである。

　文壇に党派があるかないかといふ詮議が、例の龍胆寺の投げた一石から、あちこちにぷすぷすと燻つた。それとこれとは違ふが、川端康成は文壇にも垣がある（朝日時評）と、澄した顔で説いてゐる。これは聞きずてにならぬ言葉だ。（中略）その垣が文学を押し進める場合もあれば、それがまた文学にとつて、おそるべき桎梏となることもある。（金剛登「壁評論　文壇に垣ありや」『読売新聞』一九三四・一〇・一四）

「M子《ママ》への遺書」は所謂文壇の内幕をあばき、私行を攻め、代作横行を暴露し、其々の作家を本名で槍玉にあげたことで、文学的意味ではなく、文壇的意味において、物議をかもしたのであつた。

或作家、編輯者はこの作に対して公に龍胆寺に挑戦をしたり、雑誌の六号記事はどれも其にふれる有様であつたが、この作品は、文壇清掃の初歩的な爆弾的効果をもはたさず、謂はゞ作者一人の損になつてしまつた形で終つた。（中條百合子「本年度におけるブルジョア文学の動向」『文学評論』一九三四・一二、傍点＝原文）

なんと云つても、『文藝』七月号に発表された龍胆寺雄の『M子《ママ》への遺書』が大きな渦を文壇の内部に捲き起した出来事を挙げねばなるまい。（中略）文壇内部の朋党関係、裏面的私行、代作等々が曝露されてゐたからして、問題は起らざるをえなかつた。反響は主として匿名批評の形で現れ、（中略）作者自身も、そのうちに、腰が砕けて問題の真相ははつきりさせられなかつた。（中略）要は描かれた事実が本当の事実であるかどうかにかゝつてゐるのであるが、それは闡明されないままでうやむやに終つた。（無署名「日本文芸」『一九三五年版改造年鑑』一九三五・一、改造社）

文藝春秋社で、大衆文学と純文学とに、直木賞と、芥川賞とを出すことにしたのは、甚だ結構なことである。しかし、受賞者の選定は、いくら公平を期するつもりでも、すべての組織が、文藝春秋社の系統に偏してゐる以上、なかなか「公平」などゝいふことは、期待出来ないし、また、期待すべきでない。（XYZ「スポット・ライト」『新潮』一九三五・二）

このように、「M・子への遺書」を発端としながら、徐々に「芥川賞・直木賞」にまで向けられていく、文藝春秋社への「公平」性に関する強い疑いの眼差しに対して、同社はさらなる対抗策を打ち出した。そのひとつが、本章第三節でも触れた「受賞候補推薦カード」制度であった。

五、「第一回芥川龍之介賞」発表とその後の展開

「芥川龍之介賞」における「受賞候補推薦カード」制度は、二重の意味での「公平」性を担保する役割を担った。まず、このシステム自体によって、実際に多くの第三者の「推薦」を取り入れたこと。さらに、「前後二回にわたりて文壇各方面へ百数十通封書をもつて本年上半期の新進、無名作家の作品の推薦を求む」（無署名「芥川龍之介賞直木三十五賞委員会小記」『文藝春秋』一九三五・九）等々、積極的にこの「カード」システムの存在自体を前面に押し出し、審査が「公平」である旨を、しっかりと対外的に広めていったことである。第一回授賞者発表時にも、「受賞候補推薦カード」を配布した作家を、わざわざ一覧表にまでして掲載している。

こうして、「公平」性は着々と形成・報道され、栄えある第一回授賞者には、実際にほぼ無名であった石川達三が選出される。授賞者を発表した後も、石川の「無名」性は前景化され、『文藝春秋』誌上で、次のような選評が次々と述べられていく。

芥川賞直木賞も、別項発表の通、確定した。芥川賞の石川君は、先づ無難だと思つてゐる。（中略）石川君は審査員は、誰も知らない人である。（中略）芥川賞の選定に対する評判は、可なりいゝ。我々、審査員も満足である。我々委員は、誰も、殊文学に関する限に於ては、皆公平無私であることを信じて頂きたい。（菊池寛「話の屑籠」『文藝春秋』一九三五・九）

委員会の当初では坪田譲治、島木健作、真船豊氏等が問題になつてゐた。しかしこれらの人々は已に一般の観賞の的となる舞台にその作品を発表してゐるのだから、それはそれでいいではないかといふ事になつた。範囲はかくして、ずつと狭められた。（中略）委員の誰一人として石川達三氏に一面識だもなかつた事は、何か浄らかな感じがした。（佐佐木茂索「芥川龍之介賞経緯」『文藝春秋』一九三五・九）

このような選評を受けて、『文藝春秋』以外の各種メディアにおいても、「芥川賞」の「無名」性と「公平」性が記事にされ、徐々にそれが共通理解となっていく。

石川氏は全くの無名の新人であるが、「蒼氓」は同人雑誌「星座」の初号を飾つた百五十枚の力作で神戸のブラジル移民収容所の生活を描いたもので社会小説としての要素も備へてをり、全体としての作家の眼がなか〳〵の透徹した社会意識をもつたものである。（無署名「最初の〝芥川賞〟無名作家へ」『読売新聞』一九三五・八・一二）

芥川賞が石川達三の『蒼氓』に与へられたことは、色々の点で喜ばしい。初め文藝春秋社がこの賞金制度を発表した時、文士仲間はそれが良き企てであることに讃辞を呈しながらも、文壇といふものゝ中に存在する暗黙の党派意識から、受賞者は必ず文藝春秋と脈絡のある者へ行くに違ひないと観念して居つた。『趣旨には賛成する』といふ言葉が処々に見受けられたものである。しかるにふたを開けて見ると、石川達三だ。『星座』による無名の新人であつて、文壇のどこにも党派的な接近を持たぬ男である。（中略）さういふ雑誌から、芥川賞が拾はれたといふことは明朗そのものであつて、これが新人に与へるエフエクトは非常である。審査委員の方針は今後も変りはないといふことだから、新人諸君は当初の浅間しい党派的恐怖を払拭して精進すべきであらう。（飛燕楼「速射砲　芥川賞の感想」『報知新聞』一九三五・八・一二）

衆目の見るところ今度の選は公平で、このことは、芥川賞の将来のためにも祝福すべきことだとおもふ。
（浅見淵「文芸時評」『文藝首都』一九三五・一〇）

このように、「受賞候補推薦カード」制度や「無名」性は前景化され、「公平」に「新人」を発掘するシステムとして、「芥川龍之介賞」の価値と意義はより高められていった。「文芸復興」から八〇年近く経つ現在においても、「文学」として自己を創出するという自己回路的な構造▼190が機能し続ける「芥川賞」の礎は、「M・子への遺書」の波乱を逆に利用するような形で構築されていったのである。

これらの経緯をふまえたとき、「『改造』懸賞創作」と、第一回受賞者である龍胆寺雄が「芥川龍之介賞」に対して果たした役割は、決して小さいものではなかったことが分かる。だが、肝心の「『改造』懸賞創作」は、第二節で見た「円本ブーム」の反動に加え、大谷藤子の例などに見られるように▼191「芥川龍之介賞」に押される形となり、その影響力を下落させた。さらに、龍胆寺雄自身も不安定な位置に立ったまま、「M・子への遺書」発表を契機に、「文芸復興」期、文壇の表舞台から姿を消していった。

前章でも触れたように、「第一回芥川龍之介賞」決定後、落選した太宰治が「川端康成へ」(『文藝通信』一九三五・一〇)において、龍胆寺の「M・子への遺書」に劣らぬ文藝春秋社の〈党派批判〉を行ったことは、よく知られている。「「金銭関係」のせつなさを嗅いだ」、「刺す。さうも思つた。大悪党だと思つた」、「菊池寛氏が、「まあ、それでもよかつた。無難でよかつた。」とにこにこ笑ひながらハンケチで顔の汗を拭つてゐる光景を思ふと私は他意なく微笑む」という、これまた苛烈な文章である。

ただし、龍胆寺雄とは異なり、太宰は文壇の表舞台から消え去るどころか、この時期に飛躍を遂げていった。その要因のひとつとして見逃せないのは、この太宰の文章が掲載されたのが、「M・子への遺書」騒動始末の際にも用いられた『文藝春秋』の姉妹誌『文藝通信』であったことだ。編集者は、龍胆寺の際の教訓をふまえてか、太宰治の批判的な文章をあえて掲載するとともに、すぐさま川端康成にも原稿を依頼して▼192「全く太宰氏の妄想である」、「太宰氏は委員会の模様など知らぬと云ふかもしれない。知らないならば、尚更根も葉もない妄想や邪推はせぬがよい」という反論も掲載したのだ(「太宰治氏へ芥川賞に就て」『文藝通信』一九三五・一一)。このようなやりとりを通して、「芥川賞」の価値は、さらに高まっていく。

芥川賞伝説は、太宰治によって確立されたといってよい。太宰の奇矯な言動が、芥川賞の名誉と賞金を、実際以上に拡大した。単なる新人賞でなく、もっと大きな、かけがえのない文学栄誉賞にふくらませた。太宰は芥川賞を広めた第一の功労者である。（出久根達郎「芥川賞の値段　直木賞作家が選んだ「芥川賞とっておきの話」」『文藝春秋』一九九五・九）

つまり、龍胆寺の〈党派批判〉を通して、「芥川賞」をより強固なシステムにしていった文藝春秋社は、その後、〈党派批判〉自体を吸収し、賞の価値を高める術をも獲得していたのである。こうして太宰は、龍胆寺のように消え去ることもなく、「第一回芥川賞」の最終候補に残った者として、小説を『文藝春秋』に掲載する機会を与えられ[193]、資格がない第三回の「芥川賞」の候補にも、強く推されるなどの扱いを受けている[194]。

このように、龍胆寺雄と太宰治に見られるような新人賞をめぐる対照性を、作家の〈個性〉や〈才能〉だけに還元することなく、出版界の動向を見据えることで、また新たな文学状況の流れが見えてくる。それは、現代まで強い影響力を持ち続ける「芥川龍之介賞」の構築過程の新たな側面であり、一九三五年前後の作家が文学賞に与えた影響と、彼らがジャーナリズムに翻弄された経緯であった。

六、「文芸復興」後の作家の行方

太宰治が戦後に「無頼派」に名を連ね、「斜陽」（『新潮』一九四七・七〜一〇）や「人間失格」（『展望』一九四八・六〜八）等で大きな人気を博し、一九四八年に死去してから、すでに六五年以上経過した。生誕一〇〇年を過ぎた今日でも、彼の作品が、多くの読者を獲得し続けていることは、誰もが知るところであろう。また、龍胆寺雄と同じ「新興芸術派」の一員であり、太宰の師でもあった井伏鱒二も、一九三八年に「第六回直木三十五賞」（一九三七年下半期）を受賞し、文壇における地位を確固たるものとして、一九九三年に死去するまで、息の長い活躍を見せていった。

　他方で、「M・子への遺書」以降、徐々に文壇の表舞台から姿を消した龍胆寺雄も、その後、シャボテン研究を生業としていくが、地道な作家活動も続けていた。一九四四年には、その活動が実を結び、ついに、「第一八回直木三十五賞」（一九四三年下半期）の候補となる。しかし、そこでも落選し、「直木賞選評」（『文藝春秋』一九四四・三）においで、五人の審査委員から、たった一言も作品の存在が触れられていない。今日では、龍胆寺雄が、四四年に「直木賞」候補となっていた事実も、それほど知られてはいないだろう。さらに、太宰治が大流行していった戦後、「不死鳥」（『改造』一九五〇・一）の存在はまだしも、彼が官能小説作家として再飛躍を画策していた事実に至っては、まったく顧みられてもいない。

　こうした、太宰・井伏と、龍胆寺との対照的な末路を、本章冒頭で触れたように、作家としての〈才能〉の違いとして捉えることももちろん可能であろう。だが、作家個人の〈才能〉や〈個性〉を一旦括弧でくくり、その背景に目を向けたとき、多岐にわたる文学状況に、長い期間影響を与え続けてきたジャーナリズムの力が浮き彫りになっていくこともまた、見逃すことのできない事実なのである。

第三章　「ナンセンス」をめぐる戦略
——井伏鱒二「仕事部屋」の秘匿と「山椒魚」の作家の誕生

一、井伏鱒二「仕事部屋」が孕む問題

一九三一（昭和六）年四月から『都新聞』第一面に全五五回にわたって掲載された「仕事部屋」（一九三一・四・一七〜六・一〇）は、井伏鱒二の初の長篇小説であり、初の新聞連載小説であった。同年八月に上梓した単行本にも、代表作「丹下氏邸」や「鯉」が収録されているにもかかわらず、『仕事部屋』（一九三一・八、春陽堂）というタイトルを選択していることからも、当時の井伏の、この小説への思い入れの深さがうかがえる（＊以下、小説は「仕事部屋」、単行本は『仕事部屋』と表記する）。戦前には「「仕事部屋」を出して、現代文学に独特なその地歩を固めた」（酒井森之介「井伏鱒二論」『展望・現代日本文学』一九四一・三、修文館）と評され、近年でも安岡章太郎が「青少年期に最も影響をうけた一冊」に『仕事部屋』を挙げ、「一緒に収められた短編小説がどれも好きになった」、「一時代の井伏氏の作風を示す」、「名作と呼んでもいい」と絶賛している。▼195

ところが井伏は、三一年の『仕事部屋』刊行以降、あらゆる全集、単行本、文庫本から、小説「仕事部屋」はもちろん、『仕事部屋』に収録されたほとんどの作品を削除していった。これについては安岡も「どうしてこれを全

集から落とされたのか、理由がわからない」と、強い困惑をあらわにしている。[196]

こうした特殊な状況に置かれてきた「仕事部屋」(『仕事部屋』)の存在は、これまでの井伏研究において、なぜかほとんど顧みられてこなかった。それどころか、この時期の井伏の動向自体が、後述するとおり、本格的に論究されてこなかった。

本章では、そうした背景をふまえた上で、「仕事部屋」や『仕事部屋』収録作品に注目し、一九三〇年前後における、井伏の「ナンセンス作家」としての位置づけとその意味を明確にしていく。また、それを通して、彼の「文芸復興」期における戦略を浮き彫りにし、近年固定化しつつある井伏文学の読解[197]に、新たな視座を設けていきたい。

二、「不当」な評価という観点

井伏鱒二が「仕事部屋」を連載し、同題の単行本を上梓した一九三一年、彼の評価軸は明確に定まっていた。「中村正常氏、井伏鱒二氏等に、ナンセンス派ともいふ可き一派の擡頭を見た」(加藤武雄)、「井伏君、中村君なんかはそれ〳〵の面白いナンセンス要素を持ち、また情操なり気魄なりも見えてはゐる」(佐藤春夫)、「中村正常氏とか、井伏鱒二氏などは最も代表的なナンセンス文学と云はれてゐる」(川端康成)などの指摘を見れば分かるとおり、[198]井伏は中村正常とともに、「エロ・グロ・ナンセンス」の名で流行した新興芸術派の、「ナンセンス」の部分を担う作家として位置づけられていた。

こうした評価が浮上した経緯は明白である。井伏は二九年一〇月から『婦人サロン』に、「合作なんせんす物語」という副題で、中村正常とともに、「MISS & MR "1930"」のナンセンスな散歩」から始まる、いわゆる「ユマ吉ペソコ」シリーズを連載していた。一九二九年末から突如として井伏が「ナンセンス作家」の名で呼ばれ始めたこと、さらに、常に中村と並び称せられていたことを考え合わせると、このシリーズを契機として、井伏の「ナンセンス作家」という評価が発生したことに、疑う余地はないだろう。

しかし、それはあくまでも契機にすぎない。その後の井伏に、なぜ「ナンセンス作家」という評価が定着したのかという点については、「ユマ吉ペソコ」シリーズの存在だけで説明は付かない。だからこそ、現在でも「どうして、新興芸術派と言われたあの当時に井伏文学が「ナンセンス文学」という評価を受けたのか、その辺が私はうまく把握できない」（小森陽一）、「「エロ・グロ・ナンセンス」という文句が流行したと知っている」が、「なぜそんな文学のレッテルが井伏氏に貼られたのかよく解らない」（秋山駿）という疑問が提示され続けているのだ。▼199 小林真二も九八年に「井伏が《ナンセンス文学》作家との評価を得た理由については、これまであまり明確にされていなかった」と明言し、その究明を促している。▼200

こうした現状は、一九四〇年代に端を発している。四一年に酒井森之介は「井伏氏はその時代（「モダニズム」が流行した頃——引用者注）に作家として出発し」たが、「軽々しく党派に組することもなく時流に阿ねった作品も書いてゐない」と断定した上で、その頃の井伏の作品は「ナンセンスでは勿論な」かったのだと明言している（「井伏鱒二論」前出）。亀井勝一郎も四八年に「大正末期から昭和初頭にかけて風靡したモダニズムの中にあって、井伏さんは微妙にこれを身につけつゝ、根底では峻厳に対した」と指摘している（「解説 井伏鱒二 山椒魚」『山椒魚』一九四八・一、新潮文庫）。

そのような見方が今日まで残存する形で、「どういうわけか当時（一九三〇年前後——引用者注）の井伏文学は総体的にナンセンス文学のレッテルを貼られて蔑視されていた」、「どうしてこの二人（中村正常と井伏鱒二——引用者注）が並び称されたのか不思議に思われるほど格の相異がある」、「井伏を小市民的ナンセンス作家と呼ぶ不当」、「敗戦までの井伏鱒二の歩みは、ナンセンス文学作家という不当な名称で文壇に登場した彼が、その粉飾と仮面をかなぐり捨て真の自己自身になる道程であった」など▼201、近年においても、井伏に対する一九三〇年前後の「ナンセンス作家」という呼称は、「不当」な「レッテル」であったとして、それ以上の論究がほとんどなされてこなかったのである。

こうした状況の中で、それを正面から考察した数少ない論のひとつが、松本鶴雄の「初期、井伏文学のユーモア構造」（『月刊国語教育』一九八六・五）であった。松本は「ユマ吉ペソコ」シリーズを「一種の悪ノリ」だとした上で、このシリーズを契機に「文壇の支配的なイデオロギイである自然主義系の作家たち、あるいは、新興のプロレタリア文学の基準からみて、山椒魚の頭が大きすぎるとか、鯉が夜中のプールを自由自在に泳いでいるとかはまさにナンセンスそのもの」に見られてしまったのだと指摘した。そしてそこに、井伏の「ナンセンス作家」という評価の定着を見出したのである。

この考察は「ユマ吉ペソコ」シリーズに注目したという点で、非常に示唆的である。しかし、実は松本が「ナンセンス作家」の定着を見た「山椒魚」や「鯉」は、同時代に「ナンセンス」と評されたことなどなかったのだ。

三、同時代における「ナンセンス小説」の位置

松本鶴雄は『ランダムハウス辞典』に依拠して、「ナンセンス」の意味を「意味をなさないもの〔こと〕、無意味な言葉、ばかな話、ばかげたもの〔こと、行為、考え〕、くだらなさ、役にたたないもの」と規定し、その字義が当てはまる「山椒魚」や「鯉」に、井伏の「ナンセンス作家」という評価の定着を見た。しかし、現代の「辞典」の定義に依拠して、一九三〇年前後の「ナンセンス小説」を顧みることには無理があるだろう。そこで本節では、同

時代の状況をふまえた上で、当時の「ナンセンス小説」の位置を明確にしていきたい。

新興芸術派による「モダニズム文学」の本格的な流行を前にした一九二七年五月、『新青年』ではいちはやく「なんせんす号」が発行された。その「編輯後記」には、「主に北欧作家の短篇を集めたが中に目に立つのは、何と言つても小酒井不木氏のコントであらう。小酒井氏にしてこんななんせんすがあらうとは愉快ではないか」（傍点＝原文）と記されている。

その小酒井不木「断食の幻想」とは、「文学士環龍観」なる人物が「性慾」から抜け出すために断食を行う日々の中で、「ハムレット」の「オフィリア」の幻覚を見始め、それを追いかけて行くと、急に「黄色の熱したどろ〳〵の液体」に「煮こまれ」てしまう、実は「ハムレットではなくてオムレット」の夢を見ていたのだ――という筋である。たった三頁の「洒落」を利かせただけの短篇であり、「編輯後記」の指摘通り、まさに「コント」というべきものであった。小酒井に限らず、同号の他の作品や、「なんせんす銷夏号」（『新青年』一九二七・八）掲載作は、いずれも「掛け合い」で構成された、明確な「落ち」のあるごく短い「コント」ばかりが並べられていた。

井伏とともに「ナンセンス作家」と評された中村正常も、当初、「三度婦人の別れの日」（『創作月刊』一九二九・二）や「ポンチポンチの皿廻し」（『近代生活』一九二九・一二）、『文学時代』の「ナンセンス・ルーム」欄などで、専らごく短い「掛け合い」を書いていたことはよく知られている。このように、「ナンセンス」は、一九二七年頃から、明確な「落ち」のある「掛け合い」で構成された「コント」を指す言葉として広まっていった。[▼202] そしてその後、鈴木貞美がいうように、「モダニズムはナンセンスから」始まっていく（「昭和モダニズムと『新青年』」『ユリイカ』一九八七・九）。

しかし、新興芸術派による「モダニズム文学」が一挙に流行した一九三〇年から、[▼203]「掛け合い」や「コント」には収まりきらない、「ナンセンス文学」という〈ジャンル〉が出現した。小林真二が「《ナンセンス文学》は、《ナンセンス》にモダニティの装飾を施した文学」（「《ナンセンス文学》の様相」前出）だと規定したように、三〇年頃の言説を見ると、「現代ナンセンス文学は、広告電燈のやうに、花やかであり、ジャズのやうに賑やか」で（千葉亀雄）、「カフエーや、ダンスホールや、スポーツや、マーヂヤン」といった要素が鏤められている（大宅壮一）、「ダンス・ホール、シネマ、テレヴィジョン」、「明るい酒場がある。麻雀が出て来る。背景は銀座であり、浅草であり、新宿である。町は動いてゐ、生きてゐる。モボである」（麻生義）、「コムパクトやネクタイを無意味にちらかした部屋の如きもの」（新居格）、「ジヤズ、ネグロその他のダンス、支那音楽、支那料理、マージヤン、キモノ等」の要素を孕む作品（蔵原惟人）という形で定義されていった。[204] これらの要素は、「多様な都市表現」の「カタログ的」な配置[205]という点で、まさに「モダニズム文学」の特色といえるものであった。

　すなわち、新興芸術派が流行した一九三〇年には、「モダニズム」の要素を備えていることが、「ナンセンス文学」に必要な条件となっていったのだ。[206] 中村正常も三〇年からは、「モボ・モガ」、「百貨店」、「カフエ」、「円タク」などの要素をより多く盛り込んだ「ボア吉の求婚」（『ボア吉の求婚』一九三〇・五、新潮社）や「隕石の寝床」（『作品』一九三〇・六）、「円タク助手の豆手帳」（『文藝春秋』一九三一・六）などの小説を書いていった。

　前節で見たように、松本鶴雄は、三〇年頃から井伏鱒二に「ナンセンス作家」という評価が定着したことについて、「山椒魚」や「鯉」の作風に原因があると指摘した。しかし、同時代において、この二作が「ナンセンス小説」と見なされたことはなかった。

　実は、それは至極当然のことであったのだ。今日の辞書の定義に従うと、「山椒魚」や「鯉」は、確かに「不条理」で「ばかげた」、「ナンセンス小説」といえるかもしれない。しかし、岩屋を舞台とした「山椒魚」や、青木南八との思い出をもとにした「鯉」といった、「モダニズム」の要素をまったく備えていない小説が、一九三〇年頃、「ナンセンス小説」として分類されることなどありえなかったのだ。つまり、同時代の状況と照らし合わせると、「山椒魚」や「鯉」をもって、井伏に対する「ナンセンス作家」という評価の定着を見ることは、そもそも不可能であったことが明らかになるのである。

四、「仕事部屋」という「ナンセンス小説」

前節において、一九三〇年前後における「ナンセンス文学」の位置を確認した。それでは肝心の井伏鱒二自身は、当時、「ナンセンス文学」をどのように捉えていたのだろうか。

そこで参考になるのが、『仕事部屋』にも収録されている、「先生の広告隊」(『中央公論』一九三〇・九)である。この小説は『中央公論』の特集「貧乏ナンセンス物語」欄のために書かれたものであり、井伏自身が明確に「ナンセンス小説」を意識した作品として、注目に値する。

その内容とは、東京に出てきた「神田先生」が「軽便食堂」を開いたものの、客が来ないために、店の名を「カロリイ軒」や「ホオル・アペタイト」、「スウキイト食堂」などに変えることを検討し、その後、「ポスター」、「ビラ」、「ノボリ」、「アンドン」など様々な方法で、宣伝をするために街へ繰り出していく——というものである。明確な筋立てもなく、まさしく「無秩序な配列」で「都市生活の描写」がなされているだけの作品であった(新居格「ナンセンスに対する考察」前出)。この小説を井伏が「貧乏ナンセンス物語」欄のために書いたという事実から、前節で見た同時代の認識と同様に、井伏も「ナンセンス文学」に対して、「多様な都市表現」が「カタログ的」に配置されている「モダニズム文学」の要素を備えた小説として捉えていたことがうかがえる。

そして、その約半年後から連載された「仕事部屋」でも、井伏は毎日の連載において、「麻雀」の役や「カフェ」の広告、「デパートの屋上庭園」の景観、「莨」の銘柄、「デパート」の商品、「女給」の仕草、服装の色合い、「アパート」の構造、「不良青年」、「不良マダム」の所作など、「多様な都市表現」を絶え間なく配置していった。▼207しかし毎回欠かさず、物語世界内にそうした要素を盛り込むには、限界がある。そこで小説が進行するにつれて、次のような手法までもが多用されていった。

「僕の友人相崎は、たとへて言つてみれば彼のごときは、シヤウスウシイのあがりになる筈だつたのにトンホンをつもつて、すて丶しまつたやうなものだよ。」（第四〇回――五月二六日）

「彼女も、謂つてみればシヤウスウシイのあがりになるところかもしれなかつたのに、トンホンをつもつて直ぐに棄ててしまつたやうなものだ。」（第四一回――五月二七日）

「たとへて言えば、あの男はダイサンゲンの手だつたのに、ジユンちやんに、ホンチユンをとめられたやうなものですよ。」（第四六回――六月一日）

それは街路の遊歩客たちが恰もショーウインドの前に立ちどまつて、陳列されてゐるパイプの木目でも観察するときみたいな態度であつた。（第三九回――五月二五日）

このような強引な比喩を宇野浩二は強く批判したが（「井伏鱒二 附 嘉村礒多」『作品』一九三一・九）、「新しい都市風景」を絶え間なく「配列」していくために、それは不可欠な方法であったのだ。

こうして見ると、井伏が「仕事部屋」において、意図的に「モダニズム」の要素を盛り込んでいたことは明白である。さらに、井伏の「モダニズム」に対する強い意識は、「仕事部屋」の構成や連載形式にまで、大きな影響を及ぼしていた。

吉行エイスケ「享楽百貨店」（『モダンTOKIO円舞曲』一九三〇・五、春陽堂）の作中に『東京朝日新聞』の株価統計表が掲載されていることや、龍胆寺雄の「風――に関するEpisode――」（『改造』一九三二・一）に「昨年度一月気温日変化表」が添付されていることは、すでに触れたとおりである。▼208こうした複合的な媒体を利用し、小説を組み立てる手法について、海野弘は、「モダニズム文学」における、「多様な都市表現」の「カタログ的」な配列という傾向が、時代が下るにつれて強まっていき、最終的に「小説なのか、ルポルタージュなのか、都市論なのかわからな」い作品にまで辿り着いたのだと指摘した（『モダン都市東京――日本の一九二〇年代』前出）。実は「仕事部屋」でも、そうした手法がしっかりと盛り込まれていたのだ。

「仕事部屋」連載第一回目（＊図5）は、次のように始まっている。

> さきに私はこの小説の予告に於いて、私の友人たちがこのごろ仕事部屋を持つてゐることや、仕事部屋とはどういふ性質のものであるかといふことや、また仕事部屋を持つことは私たち仲間の流行みたいになつてゐることや、さうして私の友人相崎光三も煙草屋の二階を借りて彼の仕事部屋としてゐることや、さういふことを私は予告に於いて述べておいた。

私の友人相崎光三は自分では小説を書くのだと言つてゐるが殆ど小説なんか書いたことはない。(『都新聞』一九三一・四・一七)

このように、冒頭部で登場人物の「私」がいきなり「予告」について語り出すことで、小説は開始される。その「予告」とは、三日前(四月一四日)に掲載された「新小説予告」(*図6)を指していた。その全文を引用してみたい。

このごろ私の友達仲間では仕事部屋を持つことが流行してゐる。自分のうちの近所に部屋借して、そこを書斎にするのである。家庭争議や借金とりから逃避して勉強するためには、仕事部屋を持つてゐることは非常な便利である。私は私の友人相崎光三の仕事部屋に毎日出かけて行つて、相崎がゐないときにはその部屋を私が使用してゐる。決して無断で使用してゐるのではない。この部屋は、煙草屋の二階の一室であつて、その家には美しくて素直な娘がゐる。けれど彼女は全く愚かなやりかたで滅茶な女になつてしまつた。現実といふものは容赦なく私たちをたゝきつぶす。私は事件の経過を書いてみたい。(「新小説予告」『都新聞』一九三一・四・一四)

これは一見、小説のあらすじを書いた、何の変哲もない「予告」に見える。しかし注目すべきなのは、この文章の小題に、わざわざ「作者の言葉」と附され、井伏鱒二の写真も掲載されていることだ。それにより、この「新小説予告」における「私」とは、「作者」=「井伏鱒二」を指すことになり、それがそのまま「事件の経過を書」く

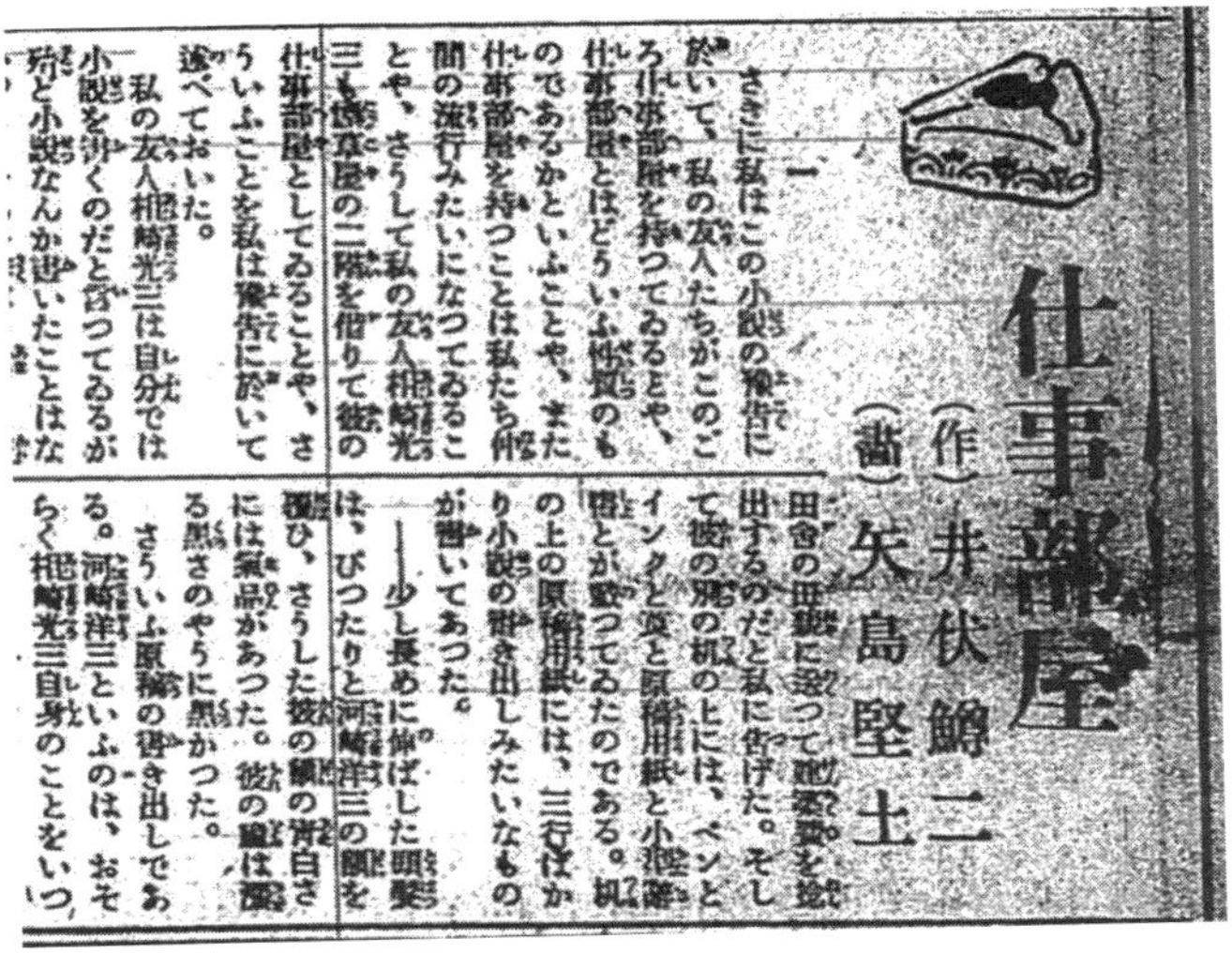

仕事部屋

（作）井伏鱒二
（畫）矢島堅士

一

さきに私はこの小説の豫告に於いて、私の友人たちがこのごろ仕事部屋を持つてゐるとや、仕事部屋とはどういふ性質のものであるかといふことや、また仕事部屋を持つことは私たち仲間の流行みたいになつてゐることや、さうして私の友人相崎光三も煙草屋の二階を借りて彼の仕事部屋としてゐることや、さういふことを私は豫告に於いて述べておいた。

私の友人相崎光三は自分では小説を書くのだと言つてゐるが、殆ど小説なんか書いたことはな

田舎の母親に送つて郵税を節約するのだと私に告げた。そして彼の部屋の机の上には、ペンとインクと硯と原稿用紙と小説雑誌とが載つてゐたのである。机の上の原稿用紙には、三行ばかり小説の書き出しみたいなものが書いてあつた。

――少し長めに伸ばした頭髪は、ぴつたりと河崎洋三の額を覆ひ、さうした彼の額の青白さには氣品があつた。彼の顔は[illegible]る黒さのやうに黒かつた。

さういふ原稿の書き出しである。河崎洋三といふのは、おそらく相崎光三自身のことをいつ

図5

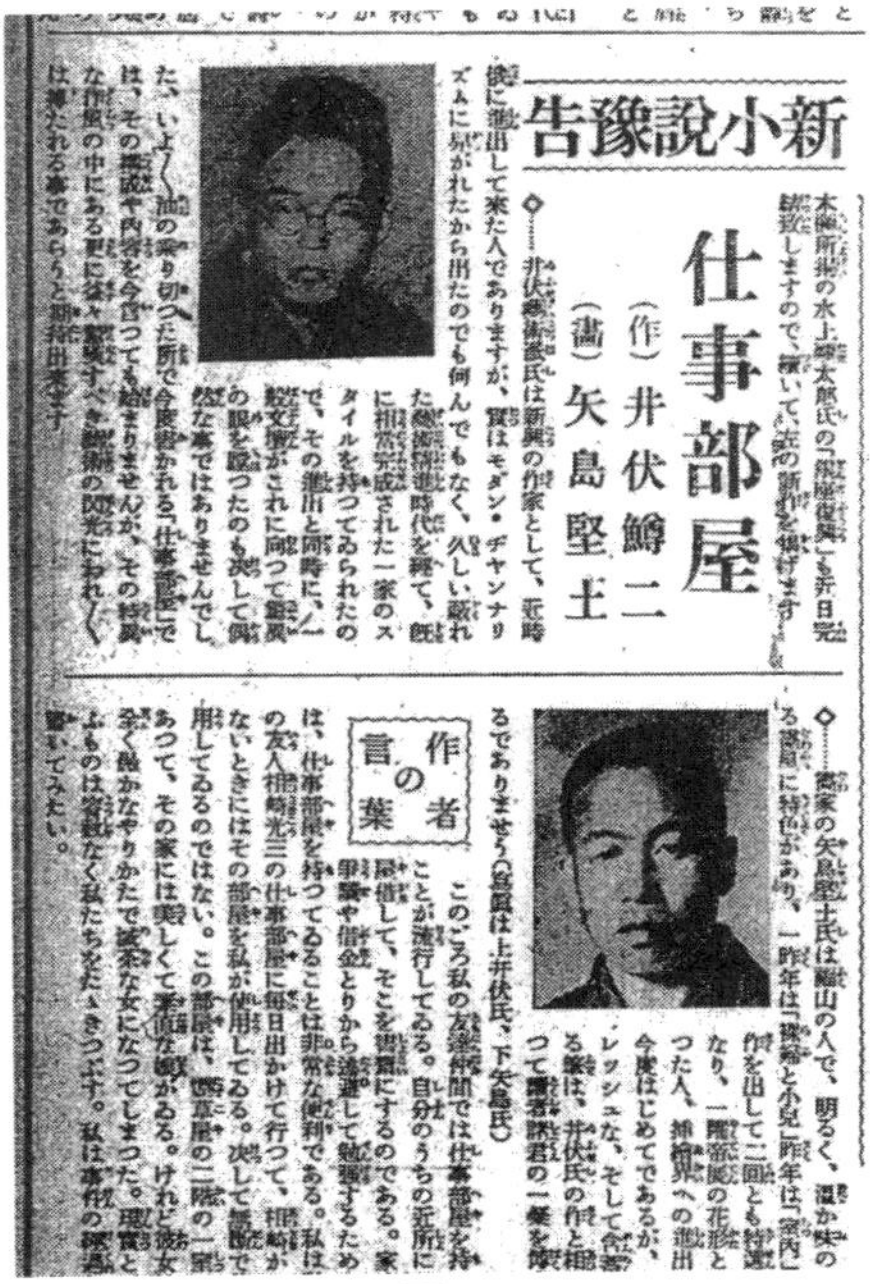

新小説豫告

本欄所載の水上瀧太郎氏の「銀座復興」も昨日完結致しますので、續いて左の新作を掲げます

仕事部屋

（作）井伏鱒二
（畫）矢島堅士

◇……井伏鱒二氏は新興の作家として、近時俄に進出して來た人でありますが、實はモダン・ヂャンナリズムに騒がれたから出たのでも何んでもなく、久しい[illegible]時代を經て、既に相當完成された一家のスタイルを持つてゐられたので、その進出と同時に、一般文壇がこれに向つて驚異の眼を瞠つたのも決して偶然な事ではありませんでした、いよ〳〵油の乗り切つた所で今度書かれる「仕事部屋」では、その構成や内容を今言つても始まりませんが、その特異な作風の中にある更に[illegible]すべき[illegible]の閃光に打たれ〳〵は撃たれる事であらうと期待出來ます

◇……畫家の矢島堅士氏は岡山の人で、明るく、温か味のある畫風に特色があり、一昨年は「微笑と小兒」昨年は「室内」作を出して二回とも特選となり、一躍畫壇の花形となつた人、挿繪界への進出は今度はじめてであるが、フレッシュな、そして含蓄ある筆は、井伏氏の作と相俟つて讀者諸君の一興を[illegible]るでありませう（寫眞は上井伏氏、下矢島氏）

作者の言葉

このごろ私の友達仲間では仕事部屋を持つことが流行してゐる。自分のうちの近所に部屋借りして、そこを書齋にするのである。家庭や借金とりから逃避して勉強するためには、仕事部屋を持つてゐることは非常な便利である。私は私の友人相崎光三の仕事部屋に毎日出かけて行つて、相崎がないときにはその部屋を私が使用してゐる。決して無斷で使用してゐるのではない。この部屋は、煙草屋の二階の一室であつて、その家には美しくて素直な娘がゐる。けれど彼女は全く[illegible]かなやりかたで[illegible]な女になつてしまつた。[illegible]といふものは容赦なく私たちをたゝきつけます。私は事件の[illegible]を書いてみたい。

図6

人物として設定され、いつの間にか登場人物の「私」へとすり替わっていく。その上で、連載第一回目の冒頭でも、登場人物の「私」が、わざわざこの「予告」を引用することにより、物語は開始される。すなわち「仕事部屋」は、「予告」と冒頭部を用いて、登場人物の「私」と「井伏鱒二」との区別を明確にしないように、設定されていたのである。

さらに井伏は、「新小説予告」と「仕事部屋」との間に（四月一五、一六日）、同じ『都新聞』一面に随筆を執筆し、また「仕事部屋」が佳境に差し掛かった五月二九日からの七日間にも（小説＝第四三回〜四九回）、同じ紙面に随筆を連載していた[209]。それらの随筆と並行する形で、「仕事部屋」において、都市的な要素の断片が組み合わされ、配列されていったのだ。すなわち、井伏は小説の内容、形式、そして発表媒体を複合的に用いながら、物語世界と現実との境界を曖昧にし、まさしく「いったいこれは小説なのか。ルポなのか」あるいは「随筆」なのか、明確に区分できないような文章として、「仕事部屋」を構成していたのである[210]。

先に確認したように、同時代の認識と同様、井伏は「ナンセンス文学」を「モダニズム文学」の要素を備えた小説として捉えていた。また、二九年末から、中村正常との「合作なんせんす物語」を発表していた井伏は、この時期、すでに「ナンセンス作家」という評価を受けていた。そうした背景をふまえると、「モダニズム文学」の要素を多く盛り込んだ「仕事部屋」という作品が、発表直後から、既存の井伏の評価に乗っ取って、「ナンセンス小説」だと指摘されたことは[211]、まさしく彼自身の意図に沿うものであったといえよう。

これまで、一九三〇年前後における井伏の「ナンセンス作家」という評価の定着は、「不当」な「レッテル」であったと見なされてきた。しかし、同時代の状況をふまえつつ、彼の初の連載小説であり、初の長篇小説であった「仕事部屋」の内容、形式、連載方法を検討したとき、そうした見方は、完全に否定されるのである。

五、「山椒魚」と「文芸復興」期の戦略

多様な手法を用いて、「仕事部屋」で「ナンセンス小説」を完成させた井伏は、同年八月に上梓した単行本にも、やはり『仕事部屋』という名を選択する。[212] しかし、同書出版直後から「モダニズム文学」、「ナンセンス文学」は急速に衰退していき、一九三三年後半からの「文芸復興」期を迎えると、ほとんどの新興芸術派の作家が、文壇から消え去っていった。

ところがそうした状況の中で、井伏は非常に奇妙な評価を受けている。一九三四年の河上徹太郎「新進花形五作家論」では、深田久弥、那須辰造、石坂洋次郎、林芙美子とともに、井伏の名が挙げられ（『文藝通信』一九三四・二）、同年の金剛登「壁評論」でも、「新進作家」の一人として井伏が紹介されている（『読売新聞』一九三四・三・四）。また、深田久弥の「文芸時評・新進作家群」においても、丹羽文雄、大谷藤子、榊崎勤らとともに、井伏の名が連ねられている（『読売新聞』一九三四・一二・二九）。つまり井伏は、小説を発表し始めてから一〇年以上経った「文芸復興」期に、「新進作家」として再登場しているのだ。

新興芸術派の中心として脚光を浴びたのは、龍胆寺雄や吉行エイスケであり、「ナンセンス作家」としても、中村正常の方が井伏よりも遥かに名が通っていた。よって彼らは、その衰退に直接巻き込まれる形で、文壇から消え去っていかなければならなかった。ところが、彼らほど名が通っていなかった井伏鱒二や榊崎勤は、大正期の「既成作家」が次々と復活した「文芸復興」期において、再び「新進作家」の名が冠せられたのだ。

しかし、一九三四年の段階で、井伏はデビューから一〇年以上経つ三六歳の作家であり、すでに弟子に近い存在として太宰治を抱えていた。そんな彼が、いくら暫定的に「新進作家」と称されたからといって、もちろん、その

後の作家としての地位が保証された訳ではない。実際に、井伏と同じような扱いを受けた楢崎勤も、その後次第に創作活動を断念していった。

ここで注目すべきなのは、この時期の井伏が、発表当初は誰にも相手にされず、自分でもほとんど言及することのなかった「山椒魚」の存在を、急激に前面に押し出し始めたことだ。[213] しかも、「「世紀」といふ同人雑誌（二号で廃刊）に、処女作「山椒魚」を発表したことがある」（「私の文学的生活」『新潮』一九三五・二）、「十年前の処女作「山椒魚」も発表した」（「文藝都市前後」『報知新聞』一九三六・八・三）、「「山椒魚」は大正八年の夏休暇に帰省中、はじめて習作のつもりで書いた私の処女作である」（「後記」『オロシヤ船』一九三九・一〇、金星堂）という形で、常に「処女作」という言葉を冠して、積極的に「山椒魚」の存在を押し出していった（実際の彼の第一作は、「山椒魚」ではなく、一九二三年七月『世紀』発表の「幽閉」であったことは、周知の通りである[214]）。

すなわち、彼は大正期の「既成文学」が次々と復活した「文芸復興」の時流に合わせて、発表当初には「古くさい」と一蹴された「山椒魚」の存在を、自らの原点として再び前景化させたのである。[215] それにより、井伏の作家像は、徐々に転換していく。たとえば、その頃に井伏の作品と出会った亀井勝一郎は、次のような形で井伏文学を評価している。

「山椒魚」は作家の一生を象徴する作品である。基調たるべき美学は決定された。（中略）「山椒魚」はいまもなほ井伏さんの全作品の中で最高位を占むるものと思はれる。（「解説　井伏鱒二　山椒魚」『山椒魚』一九四八・一、新潮文庫）

井伏文学はこの一篇の詩（「なだれ」――引用者注）と、二十一歳の折の処女作「山椒魚」から始つたと云つていゝ。そして私はくりかへし言つたことだが、作家といふものは、処女作に向つて成熟して行くものらしいのである。（「井伏鱒二論」『読売評論』一九五〇・八）

このような形で、発表当初は「古くさい」と黙殺され、井伏自身も執着を示さなかったはずの「山椒魚」の存在が、「文芸復興」期以降、「処女作」という言葉を介して、井伏文学の「象徴」とされていった。さらにその後、井伏は「山椒魚」を次々と改稿し続け、様々な媒体に発表することで、〈「山椒魚」の作家〉として名を馳せていく。つまり「山椒魚」は、井伏の「ナンセンス作家」という評を定着させた作品ではなく、逆に、そうした評価から抜け出すため用いられた作品であったのだ。

こうして作成された新たな作家像により、一九三〇年前後の井伏も「ナンセンスでは勿論な」かった（酒井森之介「井伏鱒二論」前出）、「モダニズムの中にあつて、井伏さんは微妙にこれを身につけつゝ、根底では峻厳に対した」（亀井勝一郎「解説 井伏鱒二 山椒魚」前出）などと、その評価は書き換えられていった。ここに、井伏の「ナンセンス作家」という呼称は、「不当」な「レッテル」であったという見方が発生したのである。それに伴って、「仕事部屋」でさえもが、「ナンセンス」から脱却し「中堅的な「大人」に進んだ頃の作品」（板垣直子「靄のかかつたくすぶり」『書評』一九四七・五）であったと、まったく逆の位置づけがなされていった。

他の「モダニズム作家」、「ナンセンス作家」が次々と消え去った「文芸復興」期に、井伏が唯一人、再出発を成功させた原因について、『井伏鱒二事典』（前出）では、彼の作風が「羽目を外した無茶苦茶な低級な笑いではなかった」からだと説明されている。しかし、井伏の「笑い」が「高級」か「低級」かという恣意的な問題以前に、彼がこの時期、新たな作家像を形成するという戦略によって、再出発を成功させたという事実は、井伏文学の新たな読解の可能性を示すものとして見逃すことができない。

六、「仕事部屋」の意味 ——井伏文学の新たな読解の可能性

安岡章太郎は、単行本『仕事部屋』について、次のように述べていた。

この中で、「丹下氏邸」と「鯉」を除くと、長編短編にかかわりなく、どれも読んでいない人が大半であろう。これまでに出た筑摩版の『全集』にも、新潮社版の『自選全集』にも、これらは「丹下氏邸」と「鯉」の他は一編も採用されていないからだ。（中略）「モダン」とは何か、私にはその意味はよく分らない。（中略）こういう話を、私は、生前の井伏さんと話したことは一度もない。どちらかと言えば、その手の話題は、井伏先生の好まれないところだからである。（「『仕事部屋』から旅立ちへ」前出）

「仕事部屋」や『仕事部屋』収録作品を秘匿し続け、「ナンセンス」時代についても語ろうとしなかった井伏の姿勢について、安岡は「理由がわからない」と、強い困惑を述べた。しかし、前節までの考察をふまえると、その「理由」はもはや明白であろう。

新興芸術派のなかで唯一人、新たな作家像のもとで「文芸復興」期に再出発を成功させた井伏は、その作家像を保持するために、「山椒魚」を「処女作」として前面に押し出すと同時に、「ナンセンス作家」時代のことや、その頃の作品を、後景へと遠ざけねばならなかった。▼216 だからこそ彼は、同じ『仕事部屋』収録作でも、当時「ナンセン

ス小説」ではないと評された「丹下氏邸」と「鯉」だけは、[217]他の収録作品とは対照的に、全集はもちろんのこと、多くの文庫本や単行本に次々と収め、その作風を前面に押し出していったのである。

　こうして、新たな井伏の作家像の影に「ナンセンス作家」時代の姿勢や作品は隠されていった。この井伏の戦略が、現在でも生き続けているからこそ、「どうして、新興芸術派と言われたあの当時に井伏文学が「ナンセンス文学」という評価を受けたのか、その辺が私はうまく把握できない」（小森陽一）、「なぜそんな文学のレッテルが井伏氏に貼られたのかよく解らない」（秋山駿）[218]という疑問が、今日に至るまで発し続けられてきたのである。

　そして何よりも、こうした戦略を浮き彫りにしたとき、近年固定化しつつある井伏文学の読解に、また新たな可能性が開かれていく。

　井伏が「エッセイのようにも読める短篇小説[219]」を次々と発表し、詩についても「私の詩と称するものは、行を詰めて書きなほせば雑文に変らない。短い随筆として見てもらつてもいいのである[220]」などと語っていたことは、よく知られている。また一九三八年の直木三十五賞受賞の際には、次のように述べていた。

　拙作「ジョン・万次郎」は、いはゆる実話ものでありますが、材料は友人平野嶺夫から借りました。但し私の書くものは、実話ものであらうが、小説であらうが、書く態度において区別がありません。（「感想」『文藝春秋』一九三八・三）

　すなわち、井伏が「仕事部屋」で用いた、ルポルタージュ、随筆、小説とを、あえて「区別」させない手法は、その後、多くの詩や短篇、そして「調べた文学」、「実話もの」と称される「ジョン万次郎漂流記」や「黒い雨」などの長篇に、彼独自の系譜として、確実に受け継がれていったのである。

井伏自身は「文芸復興」期以降の時流により、「仕事部屋」(『仕事部屋』)の秘匿を余儀なくされた。しかし、これまで黙殺されてきたこの作品や、「不当」として片付けられてきた一九三〇年前後の「ナンセンス作家」時代は、井伏の多様性を秘めた散文作家としての系譜を浮き彫りにするものとして、研究が硬直化しつつある今こそ、積極的に評価されてしかるべきなのである。

第四章　「私」をめぐる問題
――牧野信一「蚊」にみる「文芸復興」の一源泉

一、狭間の「私小説作家」

第一線で活躍する作家が、ほとんど無名の作家に対して、これほどの賞賛の声をあげることも珍しいだろう。

僕が、この「新星」を発見して驚喜したのは、たしか去年の一月だつた。「三田文学」の二月号である。寒い日で、昼間僕は酒を飲みながら何気なくその雑誌をとりあげると、偶然に開いたところで「鯉」といふのを読み出したのである。僕は読み終ると一処に、

「やあ、これはなんといふ傑れた小説だらう!」と仰天の声をあげたのである。(中略)その日は、とても愉快で、まつたく天文学者が新星を発見した時は斯くやと思はれたほど愉快で、近所の友達を呼びあつめて、バカに酔つ払つて、(中略)変に巨大な円卓子のまはりを盃を挙げながらグル〳〵と回つたり、演説の真似をして、この新星発見の歓喜を吹聴したり、歌をうたつたりした。

この文章は、一九二九（昭和四）年、牧野信一が井伏鱒二を評したものである（「エハガキの激賞文」『時事新報』一九二九・七・一九〜二三）。その一年半後にも、やはり牧野は「その奇想の澄明、その纖細巧致を極めたる諧謔味、その霊麗なる純樸味、その他の滋味、光沢の豊かなるおもむきは、古今の東西を通じて独特なる妙境の持主であることは否めない」、「更に感興を強ひられる」、「何れも不滅の名作である」、「日を経れば経るほど奇体な光りを放ちながら多くの読書子の渇を醫す作品として文壇の空に輝き続ける逸品であらう」等々、手放しで井伏鱒二を絶賛している（「彼に就いての挿話」『新潮』一九三一・一）。

井伏は、この時点ではまだ「新興芸術派」として「ナンセンス小説」を書き始めた頃であり、広く世に知られてはいなかった。前章で考察した「仕事部屋」の連載が始まったのも、前者の評の二年後、後者の評のさらに三ヶ月後であった。

牧野信一がその後、やはり無名作家であった坂口安吾の「風博士」（『青い馬』一九三一・六）等をいちはやく賞賛したことはよく知られている。▼221 また、「吊籠と月光と」（『新潮』一九三〇・三）や「ゼーロン」（『改造』一九三一・一〇）等の作風から、彼は「ナンセンス」に強い愛着があったとも見られている。▼222 しかし、牧野は「エロ・グロ・ナンセンス」の作風を中心とした「新興芸術派」に対しては、厳しい評価を下していた。一九三〇年九月の「新興芸術派に就いての雑感」（『新潮』）では、次のような一節も見られる。

ナンセンス！　シュル・レアリズム！　エロティシズム！　フォウビズム！　エピキュリズム！　ロマンティシズム！　ネオ！　ネオ！　ネオ！……と矢つぎばやに綺麗な花火が挙るが、何方を向いて「玉や！　鍵や！」といふやうな讃辞を放つて好いか、考へる暇などない、芸術とか、文学とか、観照とか！　口にするだけ野暮の骨頂らしい、芸術もへつたくれもあつたものぢやない！

この評価と、井伏へのいち早い段階での絶賛を並べてみると、牧野は「ナンセンス」への好みだけではなく、また「新興芸術派」という偏見ももたず、党派やジャンルを超えたところで、一九三〇年前後の井伏の作品を、純粋に高く評価していたことが分かる。

牧野信一自身は、一九一九（大正八）年に執筆活動を開始し、「文芸復興」という華やかな現象のなか、一九三六（昭和一一）年に命を絶っている。大正期の作家とも、昭和期の作家とも位置づけがたい、いわば狭間にいた作家であった。第一作「爪」（『十三人』一九一九・一二）を島崎藤村に認められ、葛西善蔵や宇野浩二、久保田万太郎といった大正作家から寵愛を受け、昭和文学を担う井伏鱒二や坂口安吾、稲垣足穂らを発掘している。また、「父を売る子」（『新潮』一九二四・五）や「西瓜喰ふ人」（『新潮』一九二七・二）、「酒盗人」（『文藝春秋』一九三二・二）などを中心に、彼は強い自意識を基盤とした「私小説作家」として位置づけられることが多い。[223] それと同時に、彼の「私小説」の多くが、「文芸復興」の気運のなかで登場してきた新進作家に影響を与えていったことも、しばしば指摘されることである。[224]

本書第四部からは、井伏鱒二の弟子にあたる存在であり、「文芸復興」期に新進作家として飛躍を遂げた太宰治の初期作品を詳細に分析していく。そこで本章では、第三部の締めくくりとして、「文芸復興」の只中に、自ら命を絶った作家・牧野信一の「私小説」という側面に焦点を当て、第三部と第四部との橋渡しを行うことにしたい。

まずは、牧野信一の初期作品「蚊」（『十三人』一九二〇・九）を通して、「文芸復興」期の「私小説」の一源泉に注目する。この作品は、登場人物の自己を喪失していく様相が、「自己喪失」、「自己喪失症」という言葉を好んで用いた太宰治をはじめ、「文芸復興」期の新進作家が直面した「私」をめぐる閉塞状況と、通底する要素が多く見出されるからである。

二、「私」の閉塞

「私」という自己像を、自分自身で組み立てることは不可能である。どれだけそう努めたところで、自分の顔を直に見ることができないのと同じであろう。鏡に映し出された自己を通してでしか自分を認識できないように、自己像の形成は、他者による定義づけ、自分自身に向けられたまなざしや言葉に頼らざるを得ない。もちろん、他者に映った像が、常に自己を精確に映している訳ではない。自己が思い描く自己像と、他者に把握される自己像とが、完全に一致することはないだろう。それでも、その他者に映った像を、いったん自己として回収することで、はじめて自己を自己として把握し、他者との接触が可能となる。

小説「蚊」の冒頭は、「去年別れた照子の事を想ひ出し」「折に触れては女の事を思ひ出し」などの表現に見られるように、一見すると、「私」の心が、ひたすら「私」を棄てた「照子」との「思ひ出」に向けられている印象を与える。しかし、「私」自身が「私の心は照子からは離れていつか自分自身の心を悲しんで居るやうに見えました」と分析するように、その関心は、徐々に「私」自身へと向けられていく。「照子」を失ったことそれ自体よりも、「照子」が「残した言葉」――「貴方は涙のない不真面目な人間だ。貴方は永久に孤独だ」という「言葉」に、「私」はこだわり続けるのだ。

「照子」に映し出された自己像に対して、「当つてゐるらしい気がし」たり、逆に「反抗心を起し」たりを繰り返す「私」であるが、その自己像を何らかの形で認め、自己の一部として回収しない限り、あるいは、別の他者に映る自己像によって破棄しない限り、永久に承認と「反抗」とを繰り返さざるを得ない。しかし「私」は、承認と「反抗」の「どの感情が強いものでどれが弱いものであるかといふ事が解らなくなつて――やはり心細い気持で照子の幻を追ふより他はないのです」という、出口の見えない感情に閉じ込められている。

こうした、いわば閉塞状況にいる「私」は、突然、隣りの「紙屋の主人」に話しかけられ、「照子」の追憶から覚め、主人の何気ない子供の話題に喚起される形で、自らの幼少期の記憶に入っていく。その記憶とは、友達と「芝居ごつこ」をした時のことである。

「自分」（幼少の記憶が語られる部分においては、一人称が「私」から「自分」へと変えられている）は、見物人の一人、「春ちやん」に好意を寄せており、その女の子の注目を、なんとか「自分」へ向けさせようと悪戦苦闘している。それ自体はありふれた情景であるが、記憶が進むなかで、やや特異な出来事が語られる。

友達に「春ちやん」への好意がばれてしまい、「恥しさ」のなかで「春ちやんなんか嫌ひになつた」と「呟」き、好意の感情を否定しようとする。しかし、「急に寂しくな」り、「涙が眼眦に滲んで」くる場面のことだ。

――誰か居やしないかな、と周囲を振りむいた。幸ひに（といふ気持がした。）誰も居なかつた。自分はそれでも明るい処ではとても泣けないやうな気がした。どこで泣けるか、と思つた。女といふ怖ろしい者、絶体に秘密にしなければならない者の為に泣かうとする怖ろしい自分は、どうしても明るい処では泣けぬ、と思つた。

その時自分の足許を見たら、玄坊が棄てゝ行つた馬鹿面が落ちて居た。ふと、自分は「泣ける場処」を発見したやうに思つた。で、急いでその面を拾つて被つた。しつかりと被つた。

泣けると思つたら泣けなかつた。自分は面の下でペロリと舌を出した。

「自分」は、「春ちゃん」に好意を寄せながらも、同時に「女といふ」ものを「怖ろしい者」、「絶体に秘密にしなければならない者」と感じており、しかも「女」のために「泣かうとする」自分自身でさえも「怖ろしい」と認識している。これだけ「怖ろしい」と繰り返す「私」は、圧倒的な他者性を「女といふ」ものに感じている。「自分」にとって、「女」のために泣くという行為は、他者を受け入れるということにほかならない。ここで泣くことは、他者との間に生じた心情（「春ちゃん」への好意とそれゆえの「恥しさ」）を認め、行為として発露させることである。

それを徹底的に「怖ろしい」と感じているため、「自分」は「明るい処ではとても泣けない」。他者を自己の一部として受け入れることは、既存の自己の一貫性を崩されてしまうことでもある。その変容（この場合は異性への好意）は、〈成長〉という肯定的な言葉でも語られ得るが、「自分」は、それを受け入れることができない。「女といふ」ものも、他者からの視線も、「女」のために泣く自己も、ひたすら「怖ろしい」と感じ、その変容を自己崩壊の危機のように捉えている。

それでも「自分」は、泣くことを我慢できない。そんななか、「自分」はひとつの方法を思いつく。それは、「泣く」という深刻な行為とは対照的な、おどけた「馬鹿面」を被ることで、表層だけでも正反対の状態を装う、という方法であった。だからこそ、「自分」は「馬鹿面」の下に、「「泣ける場処」を発見したやうに思つた」のだ。

ところが、「馬鹿面」を被っていざ泣こうと思った「自分」は、それでも泣くことができなかった。まるで〈素顔の「私」〉が、他者の目に映る〈仮面を付けた「私」〉に支配されてしまったかのように、「馬鹿面」の下ですら

「ペロリと舌を出し」て、おどけてしまう。こうして、「芝居」する必要のない、〈素顔の「私」〉を表出できるはずの〈仮面〉の下でさえも、「自分」は「馬鹿」を演じてしまうのである。これは、他者に好意を抱く〈素顔〉をも、自ら拒否したことにほかならない。つまり、ここで「自分」は、他者の受け入れを拒否する姿勢を、二重に内在化してしまったのだ。

――この「私」の幼い頃の記憶は、先に見た小説冒頭部「照子」の「貴方は涙のない不真面目な人間だ。貴方は永久に孤独だ」という言葉と折り重なっていく。「馬鹿面」の下ですら、「女」を思って泣くことができず、「ペロリと舌を出」すとことしかできなかった幼少期の「自分」。「照子」の言葉は、幼少期の頃から一貫して、他者を受け入れられなかった「私」の姿を、精確に指摘したものであった。

他者を受け入れることのできない「私」は、「照子」の言葉どおり、「永久に孤独」であり続けるしかない。実際に、幼い頃の記憶から覚めた「私」は、「可成り女にも出会つたのだが一度も恋らしい恋を仕終せた事のない」と吐露している。また、そんな「自分を顧みて大変に淋しく思」う。しかし、それでも「私」は、「一体自分が悪いのかそれとも相手が悪いのか、といふ疑念を持つて見」ると、「割合に晴れやかな気持にな」っていく。こうして「私」は、他者を受け入れることができないため、「恋らしい恋」が経験できないにもかかわらず、「相手」に責任を押しつけることによって心の平安を取り戻し、同時に、閉塞した思考へと舞い戻っていくのだ。

三、表題「蚊」の意味

「照子」の「貴方は涙のない不真面目な人間だ。貴方は永久に孤独だ」という言葉は、幼少期から一貫して他者を受け入れられない「私」の姿を、精確に言い表したものであった。この「照子」の発言をふまえた時、冒頭部の

「私」の思考は、より大きな意味を持ってくる。

「照子」に映った自己像を、認めるか認めないかという苦悩のなか、「私」は、閉塞した思考回路から抜け出せないでいる。すでに触れたように、他者に映る自己像を回収することによって、はじめて自己は把握され得る。しかし、「照子」に映る自己像は、「貴方は涙のない不真面目な人間だ。貴方は永久に孤独だ」というものであった。ここに矛盾が生じてくる。

他者を受け入れられない「私」は、どんな自己像を「照子」から送られても、もちろん、その自己像を受け入れることはできない。かといって、「私」は、「照子」から送られた自己像――「涙のない不真面目な人間」で「永久に孤独」な自己――を完全に廃棄することもできない。「照子」から送られた像が〈他者を受け入れられない〉というものである限り、それを廃棄すれば、「真面目」に他者を受け入れていることになるからだ。

こうして、「私」は「照子」に映る自己像を取り入れることも、廃棄することもできず、その間を無限に行き来せねばならない。このような形で、「私」は他者を受け入れられないだけでなく、「照子」の言葉によって、「永久に」抜け出せない矛盾にも絡みとられ、幾重にも閉塞した思考回路に閉じ込められているのである。

結末部は、そんな「私」の姿を象徴的に示している。「私」は蚊が一匹、自分の腕にとまっていることに気付いて、たたき潰そうとする。しかし、「だんだんに腹のふくれて行くところを見てゐたいやうな気がして、その儘ぢつと、専念に、蚊を見詰め」続ける。自分の血を吸っている蚊を潰そうとはせず、腹をふくらます様を見つめ続けるように、「私」は、「照子」、すなわち他者の抱く自己像に忌々しさを感じて「たゝき潰」したいと思いながらも、その一方で、他者のなかにある自己を見つめることによって、はじめて確実に自己の存在を感じているのだ。――しかし、いうまでもなく、「蚊」は自分自身ではない。

小説の表題として冠された「蚊」の存在に注目するとき、「私」とは何か、という出口のないテーマに、「蚊」という小説全体が貫かれていることが、あらためて浮かびあがってくるのである。

四、大正期末の「私」とその商品化

他者に委ねた自己像が、自分自身と多少異なっていようとも、それを自己として引き受けることで、他者と接触する世界に参入する行為は成立する。その行為を拒否し続け、閉塞状況にいる「私」を描いた「蚊」という小説は、大正末から昭和にかけての「私小説作家」の閉塞状況を象徴する。

芸術作品が次第に商品と化していく時代において、[225]「私」の生活が描かれた「私小説」とは、「私」の存在自体を商品化したものとしての意味を帯びていく。平野謙の「私小説の二律背反」[226]等に見られる「実生活演技説」（私生活演技説・私小説演技説）とは、大正後半から昭和期にかけて、実生活の演技をもとに、「私小説」が描かれるようになったことを指摘したものであった。[227]その指摘に寄り添うならば、実生活自体を戯画化して「私」を描き出すという方向性は、「私小説」に描かれたものだけを「私」とし、実生活における「私」を疎外することにつながる。[228]小説に「私」を奪われ、実生活上において「私」を喪失してしまう作家たち。彼らは、「私小説」を書く行為により、自己を自ら商品化し、流通させていった。伊藤整は「作家の生活」の中で、次のように述べている。

大正の末年頃から、ヨーロッパ大戦の影響を受け、工業生産や貿易によって日本の社会はこれまでになかったほど富み、ジャーナリズムは一層大規模になり、一流新聞は数十万の発行部数を持つようになった。（中略）私小説系作家は、政治的又は私生活的に演技的行動をすることになり、私生活を商業化し、破滅しがちになっ

た。（「作家の生活」『岩波講座文学2　日本の社会と文学』一九五三・一二、岩波書店）

　ここで言われている「私生活を商業化し」という言葉は、「大正の末年頃」からの「私小説系作家」が、実生活上の「私」までをも商品化していったことを指摘したものである。

「大正の末年」以前の、「作家といふ人格と編輯者といふ人格との間の取引」が成立した時代においては、[▼229]たとえば志賀直哉がそうであったように、[▼230]作家の作風や作品内に描かれた「私」の「人格」を裏付ける近い読者が存在した。それがいわゆる「文壇」というものであり、「文壇」は、小説内に〈書かれた「私」〉と〈書く作家〉の「人格」を循環・定着させ、評価するシステムであった。いわば〈顔〉の見える社会である。

　ところが「大正の末年頃」以降の社会では、伊藤整が指摘したように「数十万の発行部数」をもつ「大規模な」「一流新聞」をはじめとした「ジャーナリズム」の拡大によって、いわば〈顔〉の見えにくい社会が現実のものとなった。[▼231]一九三一年、「商品としての文学」（『東京朝日新聞』一九三一・九・一九〜二〇）において、杉山平助は次のように指摘している。

> 曾て詩人たちは、彼等がたれのために詩を製作するのであるかを知つてゐた。（中略）然るに芸術品の商品化時代に入るや、詩人と読者とのこの直接的関係はしや断される。
>
> もはや詩人は、何人が自分の歌を需要するであらうか、知ることが出来ない。たゞぼく然たる社会的要求を見越して、製作すればどこかに需要者があるだらうと考へ――この見込みが如何にはづれがちであることよ！
>
> ――製作品は従来のごとく身のまはりの支持者の中に持ちこまれるかはりに、仲買人たる出版業者の許へ持ち

こんで、その手を通して一般の需要者即ち間接の支持者を求むるに至る。（中略）今日俗に「文壇に出る」といふ言葉は、ある芸術職工の製作品が、仲買人によつてその商品的価値を認められるといふことを意味するに外ならぬ。

作家は「商品化時代」の中で、「読者」と「しや断」され、〈顔〉の見えない「たゞばく然」とした不特定多数を相手に、作品を書かねばならなくなった。このような状況の中では、それまでのように、〈作品内の「私」〉と〈作品を書く作家〉の「人格」が安定的に循環しなくなる。両者がひとつの「私」像を結ばなくなったのである。

そこでは、「ジャーナリズム」の拡大とともに、作品内に表象された「私」が、圧倒的に「私」像を決定してゆく。フィクションとしての「私」が振る舞いそうなことをなぞるかのように、実生活上の「私」が振る舞うという「価値顚倒▼[232]」。そんな「演技」された「私」を記録し、売り出す作家の「私」。伊藤整のいう「政治的又は私生活的に演技的行動」を取ることで「私生活を商業化し、破滅しがち」になったとは、このような「私小説系作家」の置かれた事態を指していた。

こうした状況の中で、書けば書くほど「私」は商品と化していく。実生活上の「私」、つまり書く「私」は、ひとつの閉塞した問いに絡め取られてゆく。「私」とは何か、という根源的で出口のない問いだ。他者に広く認知されている「私」は、小説内に書かれた商品としての「私」である。自分が自分をいちばんよく知っていると思っても、その自己像は他者の知る（「演技」された）自己像とは乖離しているうえ、〈本物の私〉像などは証明できない。こうした閉塞状況は、まさに「蚊」の「私」が置かれた状況と折り重なっていく。

この時期、「私小説系作家」は「私」の表象をめぐる自己の立場という問題に、多かれ少なかれ直面することになった。その傾向は、市場とジャーナリズムとが「一層大規模にな」った「文芸復興」期に、より顕著にあらわれていく。[233] 一九三五（昭和一〇）年の小林秀雄「私小説論」などは、いわゆる「文壇」という〈顔〉の見える〈家族的〉な関係を超えた「社会化した「私」」を提唱したものだともとれなくはないだろう。

「文芸復興」期の文学者たちが直面した「私」の問題は、完結した「私」の物語を映す（写す）だけの透明な「私」、すなわち「描写のうしろに寝てゐ」るだけの「私」から決別しようとした高見順や、[234] 太宰治、石川淳らの変則的な「私小説」にも見出すことができるのである。

五、「文芸復興」の一源泉へ

「私」の閉塞状況を描いた牧野信一の小説は、もちろん「蚊」だけに見られるものではない。彼の小説のほとんどは、登場人物が、嘘・演技・道化を続けている。「爪」をはじめとする初期習作期の「恋愛小説」の系譜では、従妹（従姉）に明確な恋情を抱けない人物が、続く「父を売る子」を代表とする「父親小説」（父母小説）の系譜では、父や家族に明確な感情を抱けない人物が、嘘や演技、道化を繰り返していく。また、「ゼーロン」等のいわゆる「ギリシャ牧野」の世界では、いわば自己欺瞞のような形で、登場人物が自分自身に対して、嘘・演技・道化を行っていく。[235]

これらの小説に見られる嘘や演技、道化とは、他者や他者に映る自己像を受け入れられない人間が必然的に抱えてしまう、その場しのぎの穴埋めである。それらの登場人物の多くは、他者との隔絶によって、「私」が次第に閉塞状況へと追い込まれていき、「永久に孤独」にならざるを得ない。

そうした状況を、一九三六（昭和一一）年の「文芸復興」期における牧野の自死に、直接結びつけるつもりはない。

もちろん、牧野の私生活について探ることも、本書の目的ではない。しかし、市場が拡大し、「原稿売買が、今日では単に「資本」と「原料」との取引になつて来た」、「「原料」は「資本」の完全なる奴隷[236]」などと語られていく時代の潮流のなかで、商品化する「私」とその閉塞状況に直面していった「私小説系作家」の行方を、牧野の小説が示唆していたと見ることは、許される範囲であろう。

実際に、牧野の小説の根底に流れる「私」の閉塞状況という命脈は[237]、「私」をめぐる問題として、彼が命を絶った「文芸復興」期にも、確実に受け継がれていった。たとえば、小林秀雄のいう「自意識の球体」という言葉は、まさに、この「私」の閉塞状況を示す。書けば書くほど「書かれた私」が商品化されていき、「書く私」が失われる。この引き裂かれた「私」による競合状態が、牧野信一の小説や小林秀雄の言葉に見られる、「私」の表象をめぐる閉塞の根底にあった。

しかし、小説を書きながら小説を壊していくことによって、この閉塞を乗り越えようとした作家がいた。その矛盾を孕んだ試みを行ったのが、「文芸復興」期に新進作家として登場した、太宰治や石川淳、高見順等であり、「メタフィクション」等とも称される、変則的な「私小説」であった。特に、「自己喪失」、「自己喪失症」という言葉を好んで使用した太宰治は[238]、「文芸復興」期、その手法をより深く追求し、戦後に流行作家となる礎を築いていったのである。

こうした大正期から昭和期にかけての、牧野信一の小説に象徴される、「私」の閉塞状況をめぐる源泉をひとつの橋渡しとしながら、最終第四部では、新進作家・太宰治の「文芸復興」期における作品を、詳細に分析していきたい。

第四部

「文芸復興」からみる太宰治

――新進作家の登場

第一章　「通俗小説」の太宰治

――黒木舜平「断崖の錯覚」の秘匿について

一、「文芸復興」と太宰治「道化の華」

本書では、第一部で平野謙ら戦後の「文芸復興」観を検証し、捨象された四つの要素――「一九三三（昭和八）年」、「既成作家の復活」、「ジャーナリズム」、「大衆文学」――を炙り出した。続く第二部・第三部において、それら四つの要素に「新興芸術派」という要素も加え、志賀直哉、直木三十五、龍胆寺雄、井伏鱒二、牧野信一らの作家や、『綜合ヂャーナリズム講座』、文学ジャンルの問題、文学賞の問題、「モダニズム文学」等を手がかりとして、具体的に検討することで、「文芸復興」を多角的に捉え直した。第四部では、本書全体のまとめとして、「文芸復興」期に登場した新進作家である太宰治の作品について検討する。

「文芸復興」期に登場した多くの新進作家のうち、太宰治は、戦後から現在に至るまで、特に大きな人気を博し、近代文学のなかでも、最も多くの研究がなされてきた作家のひとりである。その太宰は、まさに「文芸復興」が始まった、一九三三（昭和八）年にデビューし、職業作家としての活動を開始した。▼239 彼の「文芸復興」期の作品のなかで、圧倒的に注目されてきたのが「道化の華」（『日本浪曼派』一九三五・五）である。

この作品は、心中等のモデル問題、「私小説」との関係、「道化」を軸とした内容、「メタフィクション」と呼ばれる形式、「転向」を背景とした作品形成等、あらゆる点から、太宰治の作家活動全般を解く鍵と指摘されている。

「道化の華」(『日本浪曼派』昭10・5)は太宰治の数多い作品の中でも特異な位置にある。処女創作集『晩年』(砂子屋書房、昭11・6)に収録された作品群の分水嶺をなし、後「狂言の神」「虚構の春」と共に『虚構の彷徨』(新潮社、昭12・6)の核をも形成している。さらには、主人公大庭葉蔵は最晩年の代表作「人間失格」でも手記の綴り手として再登場する。(鶴谷憲三「「道化の華」の構造——〈僕〉の位相についての試み」『日本文学研究』一九九五・一)

「道化の華」と同様に〈語り〉の自己肥大による自己言及の方法を用いて物語的状況設定を行う種類の作品として、たとえば「玩具」(昭一〇・七)、「ダス・ゲマイネ」(昭一〇・一〇)、「めくら草紙」(昭一一・一)、「狂言の神」(昭一一・一〇)、「春の盗賊」(昭一五・一)、「俗天使」(同)、「老ハイデルベルヒ」(昭一五・三)、「ろまん燈籠」(昭一五・一二)などが挙げられる。(中略)そしてこれ以外の、たとえば代表作『人間失格』などの作品にも、メタフィクション的要素が色濃く浸透している事実は、これが太宰様式の根幹に関る問題であることを示唆するものである。(中村三春「「道化の華」のメタフィクション構造」『日本文学』一九八七・一一)

さらに、「メタフィクション」という形式を持つとされるこの作品は、太宰治自身の作家活動全般のみならず、「文芸復興」期に登場した、多くの新進作家の作品を解明する鍵だとも指摘されている。

メタフィクションは、「佳人」（昭一〇・五）や「普賢」（昭一一・六〜九）などで自覚的・理論的にこれを実践した石川淳、「ファルス」という説話形式の純粋化によりアンチ・ロマンの道を開いた坂口安吾、「定跡への挑戦」と「可能性の文学」を説いた織田作之助ら、いわゆる無頼派の様式の根底に位置するものでもある。彼らの文芸の様式とその芸術的反抗の実態も、メタフィクションをはじめとするアヴァン・ギャルド的視座から再定位せねばならない。その当然の帰結として、無頼派の文芸を、新感覚派や新興芸術派の行った、昭和初期の芸術言語の革命の中に位置付け直す展望が開けて来るはずだろう。「道化の華」の実験は、意外と長い射程の中にあるように思われる。（中村三春「「道化の華」のメタフィクション構造」前出）

こうした背景があるからこそ、太宰治の「道化の華」は、これまで、「お、び、た、だ、し、い」（鶴谷憲三）と形容されるほど、数多くの考察がなされてきたのだ。

本書でも、既存の「文芸復興」観から捨象された要素が、太宰治の初期作品と強い関連を持つことを、すでに「はじめに」や第三部第一章等において明らかにした。本第四部では、これまでに捉え直した「文芸復興」の特質を背景におき、太宰治の作品に接続させていきたい。

具体的には、まず第一章で、「道化の華」との内容的な類似が指摘される「断崖の錯覚」という問題作に注目する。続く第二章では、「道化の華」を〈読者〉表象という点から検討することによって、「文芸復興」期における太宰治の小説戦略について明らかにしたい。最後の第三章では、「道化の華」の「市場の芸術家」「芸術品」という言葉に注目しながら、再び作品分析を行うことで、「文芸復興」期の作家・作品の置かれた状況と、その新たな読解の可能性に迫りたい。

二、半世紀の秘匿

一九八一（昭和五六）年七月、久保喬によってその存在が明らかにされ、同年一〇月、山内祥史によって発掘された「断崖の錯覚」（『文化公論』一九三四・四）の「出現」は、「太宰治研究史上まさに特筆すべき出来事▼240」であった。同時にこの作品は、ある問題を提起した。

久保喬は、太宰の「名前だけは、「黒木舜平」と原稿どほりの名前にして下さるやう、くれぐれもたのみます。でないと、たいへんなことになりますから」という懇願を守り、四七年もの間、「断崖の錯覚」について、「何人へも語らずに秘密を守」ってきた。しかし、作品の内容は「匿名で出すのは惜しい気」がするほどであったという。▼241それでも太宰は、この作品を「この「しろもの」」、「恥かしくて、かなはない」などと自嘲を込めて語り、「黒木舜平」という名で発表した上で、生涯その存在を隠蔽した。この行為は一体何を意味するのか。そうしなければ、何が「たいへんなことにな」ったというのか――。

この疑問に対して、後述するとおり、いくつかの考察がなされたものの、確たる説は唱えられなかった。「出現」から三〇年以上たった現在では、考察が進展するどころか、この問題自体がほとんど抛擲されている。ここ何年かで示唆に富んだ作品分析は幾つか出現したが、▼242たとえば『太宰治全作品研究事典』（一九九五・一一、勉誠社）で、安藤宏が本作研究の「課題」として挙げた「執筆の意図とそれを秘匿した意図、「道化の華」との描かれ方の比較、同時に執筆していた『晩年』（昭11・6）所収作品との作風の比較」などは、その後ほとんど進展していない。

こうした研究状況の中で、本作品に非常に密接に関係していながら、これまで顧みられなかった視座がある。

「断崖の錯覚」とは、久保喬が回顧しているように、「純文学作品の発表場所はごく少なく」、「新人も書ける二、三の専門的文学雑誌」は「稿料」が無いなかで、太宰が「生活費を稼ぐことを考えて」書いた「大衆小説」であった。▼243にもかかわらず、「断崖の錯覚」を「純文学」や「大衆文学」との関連で捉えた考察は存在していない。

そこで本章では、同時代の「純文学」／「大衆文学」という概念の在り方をふまえながら、それに対する太宰の姿勢を探ることによって、近年置き去りにされている「断崖の錯覚」の秘匿について、新たな視座から考察していく。その上で、安藤宏が本作研究の「課題」とした、「道化の華」をはじめとする「文芸復興」期に発表された初期作品や、第一創作集『晩年』との関係を考察し、作家・太宰治や「文芸復興」という現象における本作品の位置づけを行っていきたい。

三、久保喬宛書簡と「断崖の錯覚」秘匿との関係

伝統的に「私小説」としての読みが多くなされてきた太宰治の初期作品は、頻繁に私生活との関連で捉えられてきた。「断崖の錯覚」も、その例外ではない。

「断崖の錯覚」発見時、東郷克美はその秘匿について、「腰越の事件を投影させた最初の作品」であり、「人に語りえぬ心の秘密をひそかにこの匿名の「たんてい小説」に潜ませたのかもしれない」とした上で、「その秘密ゆえに「黒木舜平」という覆面が必要だったのであり、したがって「晩年」にも収められなかった」という仮説を立てた（「太宰治を研究する人のために」前出）。山内祥史もそこに注目し、「「断崖の錯覚」は、いわば自らが主役となり起訴猶予となった事件に関わる表現を多く含んだ犯罪小説であったために、匿名にしてくれるよう依頼したのであろう」と述べている（「解題」『太宰治全集 第一〇巻』一九九〇・一二、筑摩書房）。花田俊典はこうした説を総合し、「田

辺あつみとの心中事件、自殺幇助罪の嫌疑で取り調べを受けたが起訴猶予で済んだ昭和五年一一月下旬の事件を案じてのことだったろう」、「過剰防衛を必要とするほど「断崖の錯覚」に殺人体験者のリアリティがあることを作者自身が察知していたから」と、秘匿の原因を詳述した（「〈断崖〉の表象——「断崖の錯覚」論」『太宰治研究2』一九九六・一、和泉書院）。

これらの説の根拠になった、太宰治の一九三三（昭和八）年一一月一七日付の久保隆一郎（喬）宛書簡を、あらためて全文引用してみよう。

前略

先晩はしつれい。

例のたんてい小説、今日、別封で貴兄のところへお送りしました。三十七枚といふ「しろもの」であります。おついでのとき、田中直樹氏のところへ持つて行つて下さい。相なるべくは貴兄は、この「しろもの」を読まざらんことを。恥かしくて、かなはない。多分、没書であらうと思ひますが、万一、よろしいと成つたら、名前だけは、「黒木舜平」と原稿どほりの名前にして下さるやう、くれぐれもたのみます。でないと、たいへんなことになりますから。では、ごめんだうでもおねがひします。

この書簡を見ると、特に波線部の文面などから、私生活に原因を求める諸説にも首肯できる。しかし同時に、破線部の「例のたんてい小説」、「三十七枚といふ「しろもの」」、「この「しろもの」」、「恥かしくて、かなはない」、「多分、没書であらうと思ひます」といった文面に注目したとき、私生活だけに原因を帰すことに、違和が生じることも否めない。たとえば花田俊典の「過剰防衛を必要とするほど「断崖の錯覚」に殺人体験者のリアリティがあることを作者自身が察知していた」という考え方は、太宰の自作に対する、過剰な卑下や自嘲の言葉と照応しないのだ。つまり、この書簡を根拠にするならば、私生活だけに秘匿の原因を見出すのではなく、「断崖の錯覚」という作品自体の出来ばえや、太宰の「探偵小説」「大衆文学」に対する姿勢を、考慮に入れねばならないのである。

同じことが「断崖の錯覚」と他の初期作品との関係からも言える。これまでの研究で「断崖の錯覚」は、「道化の華」の作中人物「僕」による三人称小説と、非常に類似していることが明らかにされてきた。▼244 また、心中事件をモチーフとしているという点では、第一創作集『晩年』（一九三六・六、砂子屋書房）の巻頭に収録された「葉」（『鷭』一九三四・四）や、第二創作集『虚構の彷徨、ダス・ゲマイネ』（一九三七・六、新潮社）に収められた「虚構の春」（『文学界』一九三六・七）との類似も指摘されている。このように「断崖の錯覚」は、多くの初期作品との類似点が見出されてきた。

しかし、「断崖の錯覚」に対する太宰の態度は、他の初期作品のそれと、まったく対照的であった。太宰は「道化の華」について、「日本にまだない小説だと友人間に威張つてまは」り（「川端康成へ」『文藝通信』一九三五・一〇）、第一回芥川賞の候補作に無理矢理割り込ませた。『晩年』についても、「年々歳々、いよいよ色濃く、きみの眼に、きみの胸に滲透して行くにちがひない」と語り（「もの思ふ葦」『文藝雑誌』一九三六・一）、芥川賞授賞を川端康成や佐藤春夫に強く懇願した。ところが、それらと類似した「断崖の錯覚」に対しては、「例のたんてい小説」と強く自嘲し、「黒木舜平」という匿名で発表した上で、その存在を生涯秘匿し続けた。

さらに、太宰はその後「通俗小説」や「探偵小説」という言葉を、否定的な表象として繰り返し用いていった。「八十八夜」（『新潮』一九三九・八）では、主人公「笠井一」が「頗る、非良心的な、その場限りの作品」を書く「通俗小説」作家として描かれ、「昨今、通俗にさへ行きづま」るという形で小説が進行していく。また「女の決闘」（『月刊文章』一九四〇・一〜六）では、「怒りも、憧れも、歓びも失」った「芸術家」が、「実にくだらぬ通俗小説ばかりを書くやうになりました」、「ふやけた浅墓な通俗小説ばかりを書くやうになりました」という形で小説は終結していく。後に詳しく見るが、「断崖の錯覚」と密接な関係のある「道化の華」でも、三人称の小説を書く「僕」という作家が、自作を「これは通俗小説でなからうか」と危惧している。さらに、「断崖の錯覚」と同様、殺人と犯罪者の心理を描いた「犯人」（『中央公論』一九四八・一）に対して、太宰は「あれは探偵小説ではないのだ」と、強い調子で述べていた（「如是我聞」『新潮』一九四八・三〜七）。

　このように、「道化の華」、『晩年』による芥川賞への拘泥や、その後の太宰の様々な言動を顧みても、私生活の事情ではなく、「大衆文学」や「通俗小説」[▼245]に対する強い反発意識に、「断崖の錯覚」秘匿の原因が浮かびあがってくるのだ。――しかし、それ自体は特に目新しい見解ではあるまい。太宰の通俗性への反発については、「断崖の錯覚」こそ考慮に入れられてこなかったものの、「反俗精神」や「ダンディズム」という形で、これまで多く指摘されてきたとおりである。ここで注目したいのは、太宰治の「反俗精神」それ自体ではなく、そこから見えてくる「断崖の錯覚」と他の初期作品との関係なのだ。

四、「断崖の錯覚」と「実験的小説」の類似点

　近年まで、「川端康成へ」（前出）の記述から、「道化の華」は一九三二年秋に脱稿されたという定説があった。しかし赤木孝之は、詳細な実証的考察により、「道化の華」の脱稿時期を三四年中だと確定させた。その上で、太宰は「道化の華」を契機に、「列車」「思ひ出」「魚服記」などの「伝統的客観小説」を離れ、「葉」「猿面冠者」「玩

具」などの「実験的小説」を次々と執筆していった事実を明らかにした（「太宰治「道化の華」の成立――成立時期の整理」『仮面の異端者たち』一九九〇・六、朝日書林）。この赤木孝之の鋭い考察に導かれつつ、「断崖の錯覚」を再び顧みたとき、そこにまた新たな事実が浮かびあがる。

「断崖の錯覚」は「魚服記」（三三年一月下旬脱稿）と「道化の華」（三四年中脱稿）との間の三三年一一月に脱稿されていた。▼246 それはすなわち、「断崖の錯覚」を境として、太宰の「伝統的客観小説」から「実験的小説」への移行が行われたことを意味する。つまり、「たんてい小説」として自嘲し、その後も秘匿し続けた「断崖の錯覚」という作品が、当時の太宰にとって、ある種の転機となったことが推察されるのだ。

ここに、安藤宏も「課題」とした、「断崖の錯覚」と他の初期作品との比較を行う必要性が、より一層高まっていく。そこで本節より、対照的な扱いを受けた両者の内容に注目し、その類似点と相違点とを浮き彫りにしていきたい。

太宰治は第一回芥川賞を逃した際、「道化の華」について、次のように述べていた。

> 「道化の華」は、三年前、私、二十四歳の夏に書いたものである。「海」といふ題であつた。友人の今官一、伊馬鵜平に読んでもらつたがそれは、現在のものにくらべて、たいへん素朴な形式で、作中の「僕」といふ男の独白なぞは全くなかつたのである。物語だけをきちんとまとめあげたものであつた。（中略）私のその原始的な端正でさへあつた「海」といふ作品をずたずたに切りきざんで、「僕」といふ男の顔を作中の随所に出没させ、……（後略）（「川端康成へ」前出）

太宰は「海」という「たいへん素朴な形式」を持つ小説、「きちんとまとめあげ」られた「物語」を、そのまま発表しなかった。それは「原始的な端正」とされ、あえて「ずたずたに切りきざ」まれた「道化の華」として再構築されていった。さらに彼は、その経緯をわざわざ自分で表明していた。

この方法に対する強い意識は、他の初期作品にも反映されていた。「猿面冠者」（『鷭』一九三四・七）では、小説が一旦完結しながら、直後に「(風の便りはここで終らぬ。)」という言葉が付され、「あなたは私をおだましなさいました」と、作中人物が作家に文句を言い出し、「書きかけ」のまま小説は放棄される。「玩具」（『作品』一九三五・七）は、『晩年』に収録された際、完結しているはずの小説の末尾に、初出時になかった「(未完)」という言葉が、わざわざ付け加えられていた。「実験的小説」と称される太宰の初期作品では、「形式的完成」が一旦成立していながら、それがあえて「切りきざ」まれ壊されているのだ。「めくら草紙」（『新潮』一九三六・一）には次のような一節がある。

> さうして、その小説にはゆるぎなき首尾が完備してあつて、――私もまた、そのやうな、小説らしい小説を書かうとしてゐた。（中略）もし友人が、その小説を読み、「おれは君のあの小説のために救はれた。」と言つたなら、私もまた、なかなか、ためになる小説を書いたといふことにならないだらうか。
> けれども、もう、いやだ。水が、音もなく這ひ、伸びてゐる様を、いま、この目で、見てしまつたから、もう、山師は、いやだ。お小説。

東郷克美はこの箇所に注目した上で、当時の太宰が「首尾ととのった「小説らしい小説」の否定」を志向していたと指摘し、彼の「実験的小説」について、「形式的完成のみをめざした傑作のための傑作」をあえて忌避し、「意図された「未完」」という要素が付与されている点に、その特性を見出した。▼247

実はこれと非常に類似した性質を、「断崖の錯覚」も持っていた。

先述したように「断崖の錯覚」は、これまでの研究において、「道化の華」の三人称小説の部分と、非常に類似していることが指摘されてきた。具体的には、風景描写と心中事件を題材にしているという点である。

しかし、そうした描写やモデルの類似だけでなく、殺人を犯した「私」が、捕まることもなく、死ぬこともなく、何の罰も受けず、「おのれの殺した少女に対するやるせない追憶にふけりつゝ、あえぎ〳〵その日を送つてゐる」という結末部についても、同様の指摘がなされたのだ。小松史生子は「ここには、物語が終わることに対する拒否の姿勢がうかがえる」（傍点＝原文）とし、「作品と作者との「永遠の照り返し」を〈嘘〉として表現する太宰文学も、完結性をもたない物語――作者と作品の間を永久往還運動する物語に違いない」と指摘した（「太宰治、〈私〉と〈嘘〉と探偵小説」『国語通信』二〇〇一・一二）。つまり、「断崖の錯覚」は、「意図された「未完」」という点でも、「道化の華」や他の「実験的小説」と、非常に類似した性質を持っているというのである。

五、「断崖の錯覚」と「実験的小説」の相違点

「断崖の錯覚」は発見時に、「太宰治固有のモチーフが随所に横溢しており、仮りにこれが「晩年」の中に入っていても、他の所収作品に比してそれほど見劣りするとは思われない」（東郷克美「太宰治を研究する人のために」前出）と評された。それは主に、題材や風景描写の類似に拠るものであったが、そうした要素にとどまらず、「意図された「未完」」という点においても、同様の見解がなされたのである。

しかし、それでも「断崖の錯覚」は匿名で発表され、生涯秘匿された。では両者に、一体どのような相違があったというのか。そこであらためて、「断崖の錯覚」の結末部を、今度は冒頭部とともに注目してみよう。

（冒頭部）その頃の私は、大作家になりたくて、大作家になるためには、たとへどのやうなつらい修業でも、またどのやうな大きい犠牲でも、それを忍びおほせなくてはならぬと決心してゐた。大作家になるには、筆の修業よりも、人間としての修業をまづして置かなくてはかなうまい、と私は考へた。恋愛はもとより、ひとの細君を盗むことや、一夜で百円もの遊びをすることや、牢屋へはいることや、それから株を買つて千円もうけたり、一万円損したりすることや、人を殺すことや、すべてどんな経験でもひととほりはして置かねばいい作家になれぬものと信じてゐた。

（結末部）万事がうまく行つた。（中略）私は、ゆつくり落ちつきながら、尚いちにち泊つてそれから東京へ帰つた。

万事がうまく行つたのである。すべて断崖のおかげであつた。（中略）それから、五年経つてゐる。しかし、私は無事である。しかし、あゝ、法律はあざむき得ても、私の心は無事でないのだ。雪に対する日ましつのるこの切ない思慕の念はどうしたことであらう。私が十日ほど名を借りたかの新進作家は、いまや、ますます文運隆々とさかえて、おしもおされもせぬ大作家になつてゐるのであるが、私は、――大作家になるにふさはしき殺人といふ立派な経験をさへした私は、いまだにひとつの傑作も作り得ず、おのれの殺した少女に対するやるせない追憶にふけりつゝ、あえぎあえぎその日を送つてゐる。

確かに結末部の言表内容だけに注目すれば、本作は「物語が終わることに対する拒否の姿勢」を示した「完結性をもたない」小説であったといえよう。しかし、冒頭部にも注目すると、「大作家になりたくて」、「大作家になるためには」、「大作家になるには」、「いい作家になれぬ」（波線部）などと、同じような言葉が何度も繰り返され、「つらい修行」、「大きい犠牲」、「人間としての修行」、「恋愛はもとより」、「牢屋へはいること」、「人を殺すこと」（破線部）といった、様々な布石が打たれていた。その布石を非常に精確に受ける形で、結末部の「万事がうまく行つた」、「万事がうまく行つたのである」、「大作家になるにふさはしき」、「殺人といふ立派な経験をさへした私」などの言葉が配置されていることは、一目瞭然であろう。その上で、「十日ほど名を借りたかの新進作家」が「おしもおされもせぬ大作家にな」り、「大作家になるにふさはしき殺人といふ立派な経験をさへした私」が「いまだにひとつの傑作も作り得」ないという、一種の「落ち」▼248までもが設けられている。さらに、『犯罪公論』に寄稿した「探偵小説」である以上、「断崖の百丈の距離が、もたらして呉れた錯覚」により、「不在証明《アリバイ》」（ルビ＝原文）もしっかりと成立させられている。

すなわち本作は、「物語が終わることに対する拒否の姿勢」を示した結末部の言表内容自体が、「きちんとまとめあげ」られた「完結性」のなかで、語られている小説であった。換言すれば、「断崖の錯覚」とは、結末部の言表内容こそ「完結性をもたない」ものの、その形式においては「ゆるぎなき首尾」を「完備」した、「形式的完成」をもつ小説にほかならなかった。この点こそが、一旦成立した「形式的完成」をあえて「切りきざ」んで壊し、「首尾ととのった「小説らしい小説」の否定」を果敢に実践した「道化の華」や、他の「実験的小説」との大きな相異であった。

六、「純文学」概念の獲得

「断崖の錯覚」は、他の「実験的小説」と多くの類似点をもちながらも、「形式的完成」という点において、大きな相違が見出された。では、こうした性質を持つ「断崖の錯覚」の存在が、太宰治に一体どのような転機をもたらしたのか。それについては、これまでほとんど注目されてこなかった、「道化の華」における次の一節が、強い意味を持つ。

ポンチ画の大家。そろそろ僕も厭きて来た。これは通俗小説でなからうか。（中略）さうだ。大発見をしたわい。しん底からの甘ちやんだ。甘さのなかでこそ、僕は暫時の憩ひをしてゐる。ああ、もうどうでもよい。ほつて置いて呉れ。道化の華とやらも、どうやらこゝでしぼんだやうだ。しかも、さもしく醜くきたなくしぼんだ。完璧へのあこがれ。傑作へのさそひ。「もう沢山だ。奇蹟の創造主《つくりぬし》。おのれ！」

作者が「完璧」や「傑作」に「あこがれ」てしまうと、「甘さ」「暫時の憩ひ」の中で、その作品は「さもしく醜くきたなくしぼ」んでいき、自らの望まぬ「通俗小説」になっていくという。実際に太宰は、「海」という「きちんとまとめあげ」られた「物語」をそのまま発表せず、この引用部のように「「僕」といふ男の顔を作中の随所に出没させ」、あえて「ずたずたに切りきざ」んだ作品に仕立て、それを「道化の華」として一九三四年に脱稿していた。そうした文脈もふまえると、直前の一九三三年一一月に脱稿され、「道化の華」の「僕」による三人称小説と類似し、さらに「ゆるぎなき首尾」を「完備」した「断崖の錯覚」とは、まさにここで語られている「通俗小説」と合致するのだ。そしてこうした表象を、同時代の文学状況と照らし合わせたとき、作家・太宰治における「断崖の錯覚」の位置が、浮き彫りになっていくのである。

「断崖の錯覚」や「道化の華」が脱稿された一九三三年〜三四年は、「文芸復興」の気運が高まり、「純文学」という言葉がクローズ・アップされた時期であった。

一九三二年七月の『新潮』の特集「純文学は何処へ行くか」を契機に、「純文学」（「純文芸」）という概念が広く流布していったことはよく知られている。▼249 しかし、一九三二〜三三年の段階では、まだ「純文学」という概念に対して、強い疑惑が持たれていた。

たとえば同特集の言説を見ても、岡田三郎は「純文学の「純」とは、絶対的の意味を含むものではなく、端的に云ふなら、大衆文学、通俗文学、その他似たり寄つたりの文学と対立する一つの文学を、呼ぶために用ゐる便宜上のものでしかない」と指摘し、そうしたジャンル区分を強く批判していた。また阿部知二も、「純文学」とは「大衆文学を極端な対蹠物として仮定したところの、比較法による属性の列記」に過ぎず、「何等の意味ももちはしない」と断じ、新居格も「通俗小説でないが故に、大衆小説でないが故に純文芸であると考へるが如き単調にして漠然たる思惟を許さない」と述べていた。▼250

一九三三年に入っても、こうした認識が大きく変わることはなく、幸田露伴や正宗白鳥、木村毅、佐々木味津三、谷崎潤一郎らによって、「大衆文学」や「通俗小説」ではないという意味しか持たない「純文学」概念の曖昧さが、次々と批判されていった。▼251

ところが、三三年後半から、「文芸復興と云ふ饒山な標語」のなかで「大衆文学にたいする純文学の再興といふ」気運が高まっていくと（青野季吉「文芸時評」『改造』一九三三・一二）、鈴木貞美が指摘したように、「「純文学」と

「大衆文学」の境界は曖昧」なまま、「純文学」の隆盛が高らかに謳われていく（『日本の「文学」概念』一九九八・一〇、作品社）。そのなかで、「一層高級な文芸――これをこの国では「純文芸」と呼びならはしてゐる」（谷川徹三「最近に於ける日本文学の傾向」『行動』一九三三・一〇）などと、定義も曖昧なまま、同時代において「純文学」（「純文芸」）という言葉が広く流通していったのだ。

　こうした認識の延長上に、一九三五年に設定された「芥川龍之介賞」でも、「芥川の遺風をどことなくほのめかすやうな、少なくとも純芸術風な作品に与へられるのが当然」（菊池寛「話の屑籠」『文藝春秋』一九三五・二）として、明確な定義もないまま、「純文学」作品であることが前提とされていった。また「直木三十五賞」でも、第六回に井伏鱒二が選ばれた際、「森鷗外の影響を巧みに受け入れてゐる」（小島政二郎）、「井伏君が純文学として書いたもの」（久米正雄）と評されたように（「直木三十五賞経緯」『文藝春秋』一九三八・三）、「大衆文学」の区分も曖昧なままであった。

　ここで注目せねばならないのは、「純文学」対「大衆文学」という対立図式や、「芥川賞」「直木賞」の詮衡基準が、曖昧であったことそれ自体ではなく、そうした状況のなかで、当時の作家が「純文学」「通俗小説」といった概念に、何らかの態度を示さなければならなくなったことなのだ。たとえば「純粋小説論」（『改造』一九三五・四）で、「純文学にして通俗小説、このこと以外に、文芸復興は絶対に有り得ない」と述べた横光利一は、まず「偶然と感傷性」という形で「通俗小説」の定義から始めなければならなかった。また、その定義に対しても、非常に多くの反論が起こったように、「文芸復興」の気運が高まるなかで、各々の作家は、「純文学」やその反措定である「大衆文学」「通俗小説」という曖昧な概念に対して、何らかの姿勢を定めることが要請されていた。

　こうした文学状況の只中に、太宰治は「生活費を稼ぐ」ため、「断崖の錯覚」を『犯罪公論』▼252に執筆したのであった。それは彼にとって、曖昧な「通俗小説」という概念を、結果的に、具現化する機会となったのだ。彼は同作を「例のたんてい小説」と強く自嘲し、「この「しろもの」」とまるで他者のように扱い、「黒木舜平」の匿名で発表し、その存在を秘匿し続けていった。このように徹底的に忌避する態度を通して、「断崖の錯覚」を反措定としながら、太宰は彼なりの「純文学」概念を獲得していったのである。そしてその後、一九三四年から多くの「実験的小説」が発表されていった。

すなわち、「これは通俗小説でなからうか」という強い危惧のもとで、「不在證明《アリバイ》」や「落ち」まで成立させた「断崖の錯覚」の「形式的完成」を忌避しながら、初期作品の特性である「意図された「未完」」が、志向されていったのだ。だからこそ、「断崖の錯覚」脱稿直後から、先に注目した「道化の華」（三四年中脱稿）、「猿面冠者」（三四年五月中旬脱稿）、「めくら草紙」（三五年一〇月二七日頃脱稿）をはじめとする、太宰の「実験的小説」が、突然、次々と生成していったのである。

そう考えると、多くの類似点があるにもかかわらず、「断崖の錯覚」と「実験的小説」とが、対照的な扱いを受けねばならなかったのは、半ば必然であったことが分かる。こうして、彼なりの「純文学」概念を獲得した太宰は、実際に、その後「道化の華」や『晩年』によって、「純芸術風な作品に与へられるのが当然」（菊池寛）とされた「芥川賞」受賞に、強い自信をみせていくのである。

一九三三年一一月に脱稿された「断崖の錯覚」とは、このように、「純文学」や「通俗小説」概念への意識のなかで、太宰治に「実験的小説」執筆への転機をもたらした作品であった。

七、「断崖の錯覚」の可能性

太宰治の「実験的小説」は、これまで非常に多くの研究がなされ、そこから「自意識」や「反リアリズム」、「メタフィクション」など、様々な概念が抽出されてきた。しかし、「実験的小説」執筆への転機になった「断崖の錯覚」の存在は、ほとんど黙殺されてきた。

そこでいま一度、同作秘匿の問題に注目したとき、小説を秘匿するという行為を通して、太宰は「通俗小説」という概念を彼なりに具現化し、またそれを反措定とすることで、その後の「実験的小説」を生成させていったことが、浮き彫りになるのである。

このように、「断崖の錯覚」とは、「文芸復興」という現象のなか、作家・太宰治のあり方を決める上で、大きな影響を与えた作品であった。「恥かしくて、かなはない」、「この「しろもの」」、「多分、没書であらうと思ひます」という太宰の言葉や、生涯隠匿し続けた姿勢をそのまま受ける形で、我々までもが、この作品を軽視すべきではない。太宰治の私生活に還元することなく、「文芸復興」という時代における「実験的小説」誕生のきっかけを我々に示すという点において、三〇年前に「出現」した「断崖の錯覚」は、再び脚光を浴びるべき小説であったのだ。

第二章　生成する〈読者〉表象

――太宰治「道化の華」の小説戦略

一、太宰治と〈読者〉

太宰治ほど、戦後にその作品の受容のされ方が頻繁に注目されてきた作家はいないだろう。たとえば奥野健男は一九六五年、次のように語っている。

六月十九日、三鷹禅林寺の境内は、数百人の若い男女の群によって埋まる。（中略）若い人々からこんな慕われ方をされている文学者は太宰治ひとりであろう。それは単に愛読者、ファンというものではなく、秘められた魂の交流というか、呪縛というか、あるおぞましささえ感じさせられるほどだ。太宰治の文学のどこに、このように若い人々の魂をひきつける魔力があるのか。（奥野健男「太宰文学の魔力」『文学界』一九六五・八）

同論で奥野は「太宰の小説には、「読者よ」「諸君」「君」という読者に向っての直接の呼びかけが、何度も出てくる」、「太宰の小説のほとんどは読者に直接語りかけるかたちをとっている」と指摘し、そこに太宰文学の独特な

「慕われ方」の根源を見出した。またよく知られているように、その手法は後に「潜在的二人称」と名づけられていった。[253]

しかしここで注意せねばならないのは、右の引用部の「三鷹禅林寺」に集う「読者」と、太宰の小説の「読者に直接かたりかけるかたち」という場合の「読者」とは、同じ言葉でありながら、その意味合いがまったく異なることだ。前者は現実世界の〈読者〉であり、後者はあくまで「「読者よ」「諸君」「君」」という形で、太宰の作品内に表象された〈読者〉である。前者は〈実在する読者〉、後者は〈作中の読者〉を指し、その位相はまったく異なる。

しかし従前の研究では、しばしばこの両者が混同され、〈作中の読者〉がそのまま〈実在する読者〉に重ね合わされてきた。[254]〈実在する読者〉を完全に〈表象＝代行〉することなど不可能であり、そうした研究のあり方は、太宰治の作品の〈読者〉を、無意識に限定してきたことを意味するだろう。

こうした混乱は、「読んでいる自分に直接話しかけてくる」、「読者である自分が、隠された二人称として、小説の中に登場させられ……」などと、奥野自身が太宰の小説の特性を指摘した際、位相の異なる〈読者〉を混同しながら語っていったことに、その典型例を見出すことができる。しかし、太宰の小説の「読者に直接語りかけるかたち」とは、あくまでも位相の異なる〈作中の読者〉と〈実在する読者〉とを限りなく近接化する作用をもたらす、その構造自体を指すものとして捉え直されるべきであろう。[255]

本章で注目する「道化の華」にも、「君」「諸君」といった〈読者〉への語りかけが数多く用いられている。一九三五（昭和一〇）年五月の『日本浪曼派』（第一巻第三号）に掲載された「道化の華」は、太宰治の作品の中では、「列車」、「魚服記」、「思ひ出」、「葉」、「猿面冠者」、「彼は昔の彼ならず」、「ロマネスク」、「逆行」に次いで九番目に発表された作品である。しかし、すでに赤木孝之らの研究により明らかなように、「道化の華」は発表時期こそやや遅れたものの、改稿・脱稿時期はかなり早かった。前章でも見たように、はじめは「海」という作品であったものを「ずたずたに切り刻ん」で「道化の華」という作品に仕立てていった[256]時期は、一九三三年秋から三四年頃であった。[257]すなわち「道化の華」は、事実上、太宰がはじめて〈読者〉への語りかけを手がけた作品であったのだ。

ところが、これまで「彼は昔の彼ならず」（『世紀』一九三四・一〇）では、太宰文学における〈読者〉への語りかけの生成が頻繁に注目されてきたにもかかわらず、それよりも先に着手されていた「道化の華」では、「君」「諸君」という表象自体は多く注目されてきたものの、その生成の経緯や背景については、必ずしも充分な検証がなされてこなかった。[258]〈読者〉への語りかけは、太宰のいわゆる中期・後期の作品でも頻繁に用いられ、またそうした特性こそが、戦後の〈実在する読者〉を強く魅了してきたことが多く指摘されてきた。つまり、「道化の華」ではじめて試みられた〈読者〉への語りかけに注目することは、太宰文学全般を見る上でも、決して見逃してはならない要素だといえるのである。

初期作品に焦点を絞っても、執筆順・第一創作集『晩年』の配置順の両者において、「「道化の華」を境目」としながら、太宰の小説には劇的な変化が見られる。[259]実際に「道化の華」以降、「彼は昔の彼ならず」、「ダス・ゲマイネ」、「狂言の神」といった代表作が次々と執筆されている。しかしそれらの作品群は、これまで「実験的」、「前衛的」という非常に抽象的な言葉で示され、なぜ「道化の華」を機に、そうした作風が誕生したのかという意味付けについては論究の余地を残している。

こうした研究の背景をふまえながら、次節より「道化の華」にあらためて注目し、太宰文学における〈読者[260]〉への語りかけが、作品を構成する重要な機制《メカニズム》として立ちあがっていった経緯を明らかにしていきたい。

二、冒頭部の予告

「道化の華」は、大庭葉蔵・小菅・飛騨を中心とする物語の部分（＊以下、「小説」と表記する）と、その「小説」を書く「僕」の一人称語りの部分（＊以下、「註釈」と表記する）とが交互にあらわれる作品であった。その「註釈」部分において、先行研究で問題視されてきた箇所がある。まずはそこに注目してみたい。

僕は後悔してゐる。二人のおとなを登場させたばかりに、すつかり滅茶滅茶である。葉蔵と小菅と飛騨と、それから僕と四人かかつてせつかくよい工合ひにもりあげた、いつぷう変つた雰囲気も、この二人のおとなのために、見るかげもなく萎えしなびた。僕はこの小説を雰囲気のロマンスにしたかつたのである。（中略）不手際をかこちつつ、どうやらここまでは筆をすすめて来た。しかし、土崩瓦解である。

「僕」が自らの書く「小説」について言及した部分であるが、波線部を見ると「葉蔵と小菅と飛騨」という「小説」の登場人物と、その書き手である「僕」とが、「四人かかつて」と一括りにされており、先行研究でもそこに強い疑問が提示されてきた。

たとえば、鳥居邦朗は「「道化の華」の「僕」においては、「僕」と葉蔵との思いがけない癒着がある」と指摘し、曾根博義も「「僕」が自分にあたえられた役割を逸脱して、自分を葉蔵と同一視し、自分の書いている物語の中になだれ込んだり、逆に作者太宰治の領分に踏み込んだりしている」と述べている。その上で両氏はともに、この箇所を「破綻」とし、「道化の華」を「失敗作」と位置づけた。▼261

確かに両氏の指摘どおり、「近代小説」の原則《ルール》に忠実に従うならば、[262]〈物語世界〉の枠を越え、「癒着」や「逸脱」を起こした波線部は、完全な「破綻」、「失敗」だといえるだろう。しかしもう一度「小説」の部分に照らし合わせたとき、この一節は単なる「破綻」として片付けることができなくなる。

「道化の華」の「小説」部分には、非常に明確な二項対立の図式が見られる。登場人物の「青年たち」――大庭葉蔵・小菅・飛驒――は、山崎正純が指摘したように、ただ表面上の「ポオズ」だけにこだわる者として造形されていた。[263]「表層」にとどまり、「真実」や「深層」を持たない「彼等」の拠り所は、現実から離れ、「陶酔」にひたろうとすることだけであった。

> 彼等は、おのれの陶酔に水をさされることを極端に恐れる。それゆゑ、相手の陶酔をも認めてやる。努めてそれへ調子を合せてやる。それは彼等のあひだの黙契である。

この「青年たち」の「黙契」をおびやかす存在として「おとな」が登場する。葉蔵の兄は、院長と相談して警察の尋問に嘘を交えて対処し、園の家族には二百円を支払って「これからはなんの関係もない、といふ証文みたいなもの」を書かせる。さらに葉蔵に対して「芸術家でもなんでも、だいいちばんに生活のことを考へなければいけない」と戒める。病院の院長も同じように、「これからはほんたうに御勉強なさるやうに」と忠告する。その姿を「青年たち」は、「策士」、「やりて」という皮肉まじりの言葉で語っていく。――ここに、ひたすら「陶酔」にひたろうとする「青年たち」と、そんな彼らに対して「生活」という現実を突きつける「おとな」との非常に明確な二項対立の図式が見られる。[264]

いうまでもなく、この二項対立の図式を作り出しているのは、「僕」である。その「僕」は、「小説」が進むにつれて、次のような場面を盛り込む。

　「兄貴は、まだあれでいいのだ。親爺が。」
　言ひかけて口を噤んだ。葉蔵はおとなしくしてゐる。僕の身代りになつて、妥協してゐるのである。

作中人物が、作者の「身代りになつて、妥協」することなど、いわゆる「近代小説▼265」では起こり得ない。「小説」の中に描かれた葉蔵が、位相を越えて、作者＝「僕」の〈現実〉をあらかじめ知り、意識的に「口を噤んだ」この部分も、従前の研究に従って言えば、やはり「破綻」、「失敗」とみなされるべきものであろう。

しかし、この箇所は、小説全体にわたる「僕」と葉蔵との奇妙な関係を示唆しはじめる。すなわち、「道化の華」は、作者が作中人物の内面を描くだけでなく、作中人物が作者の内面を知り、「身代り」となって行動していく小説でもある、ということである。

「青年たち」と「僕」との共犯関係を示唆するこの一節の意味は、それだけにとどまらない。作中人物の位相の〈侵犯〉を認めることによって生じる、書き手の上位性のゆらぎ▼266である。それはつまり、作中人物が意図をもって、書き手である「僕」の〈現実〉に参入し得ることを意味する。このような、「青年たち」と「僕」との越境的な親和性▼267は、作中人物たちの〈現実〉世界（「小説」）に、作者の「僕」が何度も顔を出す（「註釈」）ことにおいて、一層強化されていく。

これまで疑問視されてきた「葉蔵と小菅と飛驒と、それから僕と四人かかつて」という先に引用した箇所は、右のような文脈において捉えられるべきであろう。その際、決して見逃すことができないのは、この作品の冒頭部に置かれた「僕」の「註釈」である。

夢より醒め、僕はこの数行を読みかへし、その醜さといやらしさに、消えもいりたい思ひをする。やれやれ、大仰きはまつたり。だいいち、大庭葉蔵とはなにごとであらう。酒でない、ほかのもつと強烈なものに酔ひしれつつ、僕はこの大庭葉蔵に手を拍つた。

「僕」は、冒頭部において、すでに自らの「小説」に対する姿勢を、「強烈なものに酔ひしれ」た「夢」だと語っていた。この破線部と、先の引用の破線部、「二人のおとなを登場させたばかりに、すつかり滅茶滅茶である」、「よい工合ひにもりあげた、いつぷう変つた雰囲気も」、「僕はこの小説を雰囲気のロマンスにしたかつた」とが照応するのは、一目瞭然であろう。

すなわち、ことさらに強調された「夢」、「酒」、「酔ひしれつつ」という言葉によって、「僕」は作者でありながら、葉蔵や小菅や飛騨と同じ「青年」の一人として、ともに「陶酔」にひたろうとすることは、すでに冒頭部で予告されていたのである。それをふまえると、「葉蔵と小菅と飛騨と、それから僕と四人かかつてせつかくよい工合ひにもりあげた」という「僕」の語りには、単なる「破綻」、「失敗」という言葉だけでは片付けられない、意図された構造が見出される。そしてこの構造は、「道化の華」の〈読者〉に対する独自の方法とも関わってくるのだ。

三、〈読者〉への語りかけの構造

次章でも詳しく取り上げる「道化の華」の次の一節は、小森陽一の指摘などにより[268]、比較的よく知られている箇所である。

僕はこの敗北の告白をも、この小説のプランのなかにかぞへてゐた筈である。できれば僕は、もすこしあとでそれを言ひたかつた。いや、この言葉をさへ、僕ははじめから用意してゐたやうな気がする。ああ、もう僕を信ずるな。僕の言ふことをひとことも信ずるな。

この破線部は、いわゆる〈自己言及の不完全性〉を孕んでいる。「僕を信ずるな」と語られたとき、〈信じない〉という立場をとると、「信ずるな」という「僕」の発話自体をすでに信じていることになる。また逆に〈信じる〉という立場をとったならば、それ以降、「僕」の発話を信じる立場に置かれる。結局、破線部の「信ずるな」という矛盾に満ちた言葉は、はじめから〈信じろ〉というメッセージとしてしか機能しない——。しかしここで注目すべきなのは、〈自己言及の不完全性〉がこの一節にとどまらず、「道化の華」全体の構造を表出していることだ。

前節で見たように、「小説」の書き手である「僕」は、「青年たち」と同じく「陶酔に水をさされることを極端に恐れ」、「生活」という現実を突きつける「おとな」と対立する立場にあった。しかし「僕」は単に「陶酔」にひたろうとするだけではなく、次のようにも語っている。

さて、僕の小説も、やうやくぼけて来たやうである。どだいこの小説は面白くない。姿勢だけのものである。こんな小説なら、いちまい書くも百枚書くもおなじだ。

僕はこの小説を雰囲気のロマンスにしたかつたのである。（中略）書いてゐるうちに、その、雰囲気のロマンスなぞといふことが気はづかしくなつて来て、僕がわざとぶちこはしたまでのことなのである。

この小説は失敗である。なんの飛躍もない、なんの解脱もない。僕はスタイルをあまり気にしすぎたやうである。そのためにこの小説は下品にさへなつてゐる。

このように、「僕」は「酔ひしれ」て「小説」を書きながらも、その「陶酔」や自らの「小説」を繰り返し否定していく。「この小説は面白くない」、「こんな小説なら、いちまい書くも百枚書くもおなじだ」、「この小説は失敗である」などと語るならば、はじめからそんな「小説」や「陶酔」を書かなければよいのではないか――。▼269 しかしそれでも「僕」は常に「小説」を否定しながら「小説」を書き続け、「陶酔」を否定しながら「陶酔」にひたろうとする「青年たち」の姿を書き続ける。この反復行為の中で、「道化の華」という作品全体が〈自己言及の不完全性〉を孕んでいくのである。

「酔ひしれ」ながら「小説」を書き続ける「僕」が、その「陶酔」や自らの「小説」を繰り返し否定する。そのとき〈読者〉▼270はひとつの立場にしか立ち得ない。まず、「僕」の否定の言葉を信じなかったならば、「小説」や「陶酔」を肯定することになる。逆に、「小説」や「陶酔」を否定したときには、「僕」の言葉を信じる立場に立つことになる。しかし「僕」は、あくまで二項対立の中で「青年たち」と同じく「陶酔」にひたろうとする立場を表明していた。すると結局〈読者〉は、どちらの選択をしたにせよ、はじめから「酔ひしれ」る「僕」の姿勢や、「陶酔」にひたろうとする「青年たち」の側に立つしかないのだ。

　このように「道化の華」の語りは、「青年たち」や「僕」の側に〈読者〉を誘導すべく、最初から仕掛けられていた。「陶酔」にひたろうとする「青年たち」の側に、書き手の「僕」が加わり、一方で、その「陶酔」や自らの「小説」の否定を繰り返すことによって、必然的に〈読者〉までもが「青年たち」や「僕」の側に巻き込まれ、「おとな」と対立する側に立たされていく。つまり、「道化の華」という作品が織り成す言葉は、〈読者〉のありよう自体を規定する作用をもっていたのであり、〈読者〉への語りかけとは、そのような作用を誘発する構造にほかならなかった。

　こうした「道化の華」の構造を証するのが、末尾近くの一節である。

　　こゝで結べたら！　古い大家はこのやうなところで、意味ありげに結ぶ。しかし、葉蔵も僕も、おそらくは諸君も、このやうなごまかしの慰めに、もはや厭きてゐる。

　この箇所が、前節に挙げた「葉蔵と小菅と飛驒と、それから僕と四人かかつて」という引用箇所と呼応していることは明らかである。ならば、この波線部も単なる「破綻」ではなく、確信犯的な一節とみなすことができよう。

波線部では、「小説」内の葉蔵と、書き手の「僕」だけにとどまらず、いつの間にか〈読者〉までもが、「僕た▼271ち」の側に加えられている。しかし、ここでまず注目したいのは、破線部の通り、対立する「おとな」が、それまでのように「小説」内の「おとな」ではなく、「古い大家」という、書き手である「僕」の〈現実〉の位相にいる「おとな」であることだ。つまり、この一節では、作者＝「僕」の位相に、「小説」内の「青年たち」が参入する姿勢を見せているのだ。

しかし、これも、もはや「失敗」とは呼べないだろう。すでに前節で明らかにした通り、この小説では、葉蔵が「僕」の内面を知り、「僕」の「身代り」を果たすという形で、作中人物が意図をもって、「僕」の〈現実〉に参入し得る構造を備えていたからである。

さらに注目せねばならないのは、この引用部分では、「古い大家」に対立する「僕」の〈現実〉の側に、「小説」内の葉蔵だけでなく、位相を異にするはずの〈読者〉までもが、当然のように並べられていることである。ここに、先に見た「葉蔵と小菅と飛驒と、それから僕と四人かかつて」「もりあげた」という〈現実〉の作られ方を重ね合わせてみたとき、「道化の華」という小説全般の〈現実〉が、どのように立ちあがっていくのかが見えてくる。

すなわち、「道化の華」における「青年たち」／「僕」／〈読者〉の位相は、いずれもがその絶対性・上位性を主張することがないのである。それらの位相が侵犯し合いながら幾重にも織り合わさることで、「道化の華」という小説の〈現実〉が生成していく。それゆえ、どの位相の〈現実〉が「真実」や「本音」であるか分からぬままに〈読者〉表象が行われ、さらには、書き手の上位性のゆらぎによって、〈作者・太宰治〉にまつわる〈噂〉▼272をも巻き込みながら、小説の〈現実〉は、徐々に〈実在する世界〉――読書行為を行う〈実在する読者〉の世界――の位相に浸透していく。

つまり、この作品は、一見単純な二項対立の中に、〈自己言及の不完全性〉を織り込むことで〈読者〉を巻き込み、さらに「僕」や〈太宰治〉という書き手の上位性をゆるがせながら、「葉蔵も僕も、おそらくは諸君も」という形で位相の異なる〈現実〉を越境させる方法において、〈実在する読者〉と〈作中の読者〉を漸近させていく機制《メカニズム》を内包していたのだ。

こうして太宰は「道化の華」において、〈読者〉のありよう自体を規定しつつ、〈物語世界〉の枠を意図的に壊していくことで、登場人物／「僕」／〈作中の読者〉だけでなく、〈実在する読者〉をも巻き込んで、「僕たち[273]」という、一体化した感覚をもたらす、〈読者〉への語りかけの手法を誕生させていったのである。

四、〈読者〉表象の背景と戦略

前節では「道化の華」を通して、太宰文学における〈読者〉への語りかけの構造の生成を捉え直した。それではなぜ太宰は、わざわざ作品を一見「破綻」させてまで、〈作中の読者〉と〈実在する読者〉とを限りなく接近させていくという、複雑な手法を獲得せねばならなかったのか。それは奥野健男のいうような、太宰治の「分裂症性格」という気質に還元できるものではないだろう。[274]

「道化の華」や同年発表の「ダス・ゲマイネ」（『文藝春秋』一九三五・一〇）には[275]、たとえば次のような一節が見られる。

ほんとの市場の芸術家をお目にかけたら、諸君は、三行読まぬうちにげろを吐くだらう。それは保証する。ところで、君、そんなふうの小説を書いてみないか。どうだ。（「道化の華」）

君は自分の手塩にかけた作品を市場にさらしたあとの突き刺されるやうな悲しみを知らないやうだ。（「ダス・ゲマイネ」）

へんなことを言ふやうですけれども、君はまるはだかの野苺と着飾つた市場の苺とどちらに誇りを感じます。登龍門といふものは、ひとを市場へ一直線に送りこむ外面如菩薩の地獄の門だ。けれども僕は着飾つた苺の悲しみを知つてゐる。（「ダス・ゲマイネ」）

このように太宰は、「君」「諸君」という二人称の語りかけとともに、「市場」という言葉を、否定的な意味合いで繰り返し用いていた。従来の研究では、「市場」という言葉は、きわめて個人的な文壇への怨みとして取り扱われることが多かった。[276] しかし、この時期の「文芸復興」と呼ばれる文学状況は、本書第二部で見たように、まさに「市場」原理の拡大を基盤として生成していた。

つまり「僕」が繰り返す「市場」という言葉や、それと同時に〈読者〉への語りかけの構造が編み出されてゆくその過程には、当時の文学状況との強いかかわり合いが見出されるのだ。ここにあらためて、〈読者〉への語りかけが生成した経緯を見る上で、「道化の華」を当時の文学をめぐる社会情勢の中に据え直してみる必要性が生じてくるだろう。

一九三〇年代における、市場原理と文学状況との関係に注目した坪井秀人は、この時期の「読者」の変容について、次のように説明している。

（一九三〇年代の社会は——引用者注）文学作品をビジネスの対象たる〈商品〉と見なす視点を促し、輪郭の不明瞭だった読者層を〈消費者〉層として意識化させる役割を果たした。文学においても生産／消費のサーキュレーションの関係が問われる時代が到来していたのであり、……（後略）（「一九三〇年代のメディア／文学論と黙読性の問題」『日本文学』一九九四・二）

「読者」が「消費者」に変容していく情勢は、本書第二部で取り上げたように、同時代において、たとえば次のような形で指摘されていた。

読者は、新聞なら一日一日、雑誌なら毎月々々、新らしい刺激を求めてゐる。雑誌小説の生命は、多数の読者にとつては一ヶ月であり、新聞のシイリアルの生命は、普通一日である。（中略）作品全体の結構などは、二の次ぎであつて、一号々々が読者の心を惹くことさへできれば、かうした小説の使命は達せられるのである。（平林初之輔「ヂヤーナリズムと文学」『綜合ヂヤーナリズム講座　第三巻』一九三〇・一二、内外社）

文学作品は「一号々々が読者の心を惹くこと」だけに利用され、「一ヶ月」や「一日」で「読者」に使い捨てられ、「ほご紙同様にな」り、他方で小説の大量生産の需要は高まっていく——このような情勢の中で「文芸復興」という現象が生じ、太宰はその気運に乗じて「道化の華」や「ダス・ゲマイネ」を発表し、新進作家として飛躍していったのであった。▼277

次章でも詳しく取り上げるが、太宰は「道化の華」と同年に連載していた「もの思ふ葦」の中で、次のように語っていた。

いつそ、いまは記者諸兄と炉をかこみ、ジヤアナルといふことの悲しさについて語らん乎。（中略）これこそ読み捨てられ、見捨てられ、それつきりのもののやうな気がして、はかなきものを見るもの哉と思ふのである。けれども、「これが世の中だ」と囁やかれたなら、私、なるほどとうなづくかもしれぬ気配をさへ感じてゐる。（「もの思ふ葦」『東京日日新聞』一九三五・一二・一五）

もう一作拝見、もう一作拝見、てふかしがましい市場の呼び声に私は答へる。（中略）買ひ手がなかつたらどうしようかしら。（「もの思ふ葦」『日本浪曼派』一九三五・八）

「読み捨てられ、見捨てられ、それつきりのもの」に「ジヤアナルといふことの悲しさ」を感じるものの、「市場」が拡大し、「生産／消費のサーキュレーション」が定着した「文芸復興」期には、もはや「これが世の中」となり、文学作品も「読み捨てられ、見捨てられ、それつきりのもの」になることが避けられない。しかし作家は「市場」に対して、常に「買ひ手」を求めねばならず、そこに正面から抗うことさえできない――。こうした文学をめぐる時代情勢を強く意識していたからこそ、太宰は同年に「道化の華」や「ダス・ゲマイネ」を発表した際、「市場」という言葉を、繰り返し否定的な意味合いで用いたのではなかったか。

ここにあらためて、「市場」への否定とともに編み出されていった〈読者〉への語りかけの構造の重要な意味が浮き彫りになっていく。R. バルトが指摘したように、「消費文化」の中での「読書行為」とは、登場人物への感情移入などにより、虚構《フィクション》を「「テクスト」ごっこ」として「擬似体験」するものであり、[278]読了後には「ごっこ」も「擬似」も終了し、作品の「消費」は完了するはずである。しかし前節で見たように、「道化の華」は、登場人物への感情移入という「「テクスト」ごっこ」や「擬似体験」にとどまるものではなかった。あえて〈物語世界〉の枠を壊すことによって、〈実在する読者〉の〈現実〉が、虚構《フィクション》のなかの〈「青年たち」／「僕」／〈作中の読者〉〉の〈現実〉と越境・交差し、いわば同一地平のもとに出会う場を用意した、特異な小説であった。こうした構造は、読了後も〈作中の読者〉に限りなく近接化された〈実在する読者〉の〈現実〉に、〈物語世界〉の〈現実〉がつきまとい、その結果、「読者である自分が、隠された二人称として、小説の中に登場させられ」たかのような気持ち、「太宰は自分の苦悩を、内的真実を理解してくれる唯一の人だという気持」ちをもたらしていく。[279]

すなわち「道化の華」とは、読了とともに作品を「消費」してしまうような「読書行為」の前提を、あえて壊そうとした作品であったのだ。「市場」に対する否定的な言葉が繰り返されるとともに、〈読者〉への語りかけが生成したその背後には、文学作品が「消費」され「読み捨てられ、見捨てられ、それつきりのもの」とされることへの、太宰の強い抵抗が潜んでいたのである。

「道化の華」や「ダス・ゲマイネ」の翌年、第一創作集『晩年』を上梓した際の発言を見れば、そうした太宰の志向はより明確になっていくだろう。

> けれども、私は、信じて居る。この短篇集、「晩年」は、年々歳々、いよいよ色濃く、きみの眼に、きみの胸に滲透して行くにちがひないといふことを。私はこの本一冊を創るためにのみ生れた。（中略）さもあらば

あれ、「晩年」一冊、君のその両手の垢で黒く光つて来るまで、繰り返し繰り返し愛読されることを思ふと、ああ、私は幸福だ。（「もの思ふ葦」『文藝雑誌』一九三六・一）

この小説集には、「道化の華」をはじめとする〈作中の読者〉と〈実在する読者〉との近接化を試みた「実験的小説」が数多く収録されている。[280] 文学作品が「読み捨てられ、見捨てられ、それつきりのもの」として、次々と大量消費されていく時代情勢を自分で指摘しておきながら、その情勢に抗うように、太宰は自らの第一創作集が「年々歳々、いよいよ色濃く、きみの眼に、きみの胸に滲透して行くにちがひない」、「「晩年」一冊、君のその両手の垢で黒く光つて来るまで、繰り返し繰り返し愛読される」と、強い自信をもって断言していた。それは、「作品」の「消費」に抗う〈読者〉への語りかけの効果を、太宰自身が確信していたからにほかならないだろう。

このように、一九三五年という「文芸復興」の気運が頂点に達していたなか、「市場」という言葉が繰り返されるとともに、〈作中の読者〉と〈実在する読者〉との接近が試みられたその経緯は、奥野が指摘したような、太宰治の「分裂症性格」という気質に還元できるものではなかった。そこには、時代情勢に抗おうとする太宰の意識も強く関与していたのである。そして、太宰文学のこうした側面は、戦後の受容にまで大きな影響を及ぼしていくことになる。

五、戦後への系譜

すでに本書で取り上げてきたように、「昭和十年前後」を「現代文学の根本的な再編成のエポック」[281] と捉えた平野謙の考察をはじめ、「文芸復興」期に定着した消費社会や市場原理は、戦後の文学にも大きな影響を与えていった。

戦後に加速した消費社会において、より多くのものが「役に立たなくなれば捨てられる」ような「消耗品」として位置づけられ、またそうした状況に「戦後社会」の「不可視の読者の生の軋み」も見出されてきた。[282] そのような背景をふまえたとき、多くのものが「読み捨てられ、見捨てられ、それつきりのもの」とされるような情勢が萌芽した「文芸復興」期、すでにその情勢に〈読者〉を巻き込みながら反抗を企てていた太宰の作品が、戦後にこそ大流行していったのは、ある意味必然的であったといえないだろうか。

太宰は「道化の華」を「境目」として「伝統的表現方法の打破」を行い、「新しい実験的な文学の方法」を次々と試みていった。[283]「猿面冠者」（『鷭』一九三四・七）では登場人物が作者に文句を言い出し、「狂言の神」（『東陽』一九三六・一〇）では登場人物がいつの間にか作者に変容するなど、そこでは〈物語世界〉の枠が次々と侵されている。それらの作品は、これまで「実験的」、「前衛的」という非常に抽象的な言葉に還元されてきた。しかし「「道化の華」を境目」としながら、「文芸復興」期にそうした作品が次々と生成していったことをもう一度ふまえるならば、「実験的」、「前衛的」と称された小説群とは、太宰文学における〈読者〉への語りかけが生成していった痕跡として、あらためて重要な意味を帯びてくる。

〈実在する読者〉と〈作中の読者〉とはまったく位相が異なるものであり、両者が完全に重ね合わされることは不可能である。単純な〈読者〉表象ではなく、「読者である自分が、隠された二人称として、小説の中に登場させられ」る、「読んでいる自分に直接話しかけてくる」という現象は、〈物語世界〉の枠がある限り、原理的に成立し得ない。だからこそ太宰は、〈読者〉への語りかけの構造を立ちあげていくために、「道化の華」以降の小説で、「癒着」、「逸脱」、「失敗」、「竜頭蛇尾」、「荒唐無稽」、「支離滅裂」などと指摘されてきた[284]〈物語世界〉の枠をあえて壊す試みを、次々となさねばならなかったのだ。

太宰治は、いわゆる中期・後期と分類される作品で、二人称による説話体（「駈込み訴へ」「お伽草紙」など）や書簡体・手記形式（「トカトントン」「斜陽」「人間失格」など）を用いて、〈読者〉への語りかけを、より巧妙な形へと醸成させていった。[▼285] しかし、そうした手法に辿り着く以前に、太宰が「年々歳々、いよいよ色濃く、きみの眼に、きみの胸に滲透して行くにちがひない」という言葉とともに、「実験的」、「前衛的」と称される初期作品で、〈物語世界〉の枠を壊しながら、〈作中の読者〉と〈実在する読者〉との両者を漸近させる手法を試みていたことは、太宰文学の系譜において、決して見逃すことはできないのである。

太宰治は「道化の華」を、他の作品と比べて遥かに長い期間を費やして改変し、佐藤春夫に懇願して第一回芥川賞に無理矢理割り込ませ、川端康成の批判に対して極度に憤慨し、さらに戦後には「大庭葉蔵」という同姓同名の登場人物を「人間失格」に用いていった。こうした姿勢は、太宰治個人の気質や性格にすべてを還元すべきものではない。「道化の華」に対する太宰の強い自信と執着の要因は、この作品そのものや、この作品の生成を促した時代情勢にも見出されるべきであろう。

本章で検証したように、〈読者〉への語りかけの生成を正面に見据えることで、あらためて「道化の華」という小説が、『晩年』や初期作品のみならず、太宰文学全般における重要な「境目」となっていたことが、あるいは「文芸復興」という現象における象徴的な作品であったことが、ここに浮き彫りになっていくのである。

第三章　市場の芸術家の「復讐」
――「道化の華」と消費社会

一、大衆消費化と文学作品

一九二〇年代後半から三〇年代にかけて、劇的に進んだ出版文化の大衆消費化は、本書第二部等で見たように、文学をも例外でなく包摂していった。市場原理の拡大や大量生産―大量消費による複製技術の進展のなか、文学作品も急速に〈商品―消費物〉へと変容した。同時に、芥川龍之介の死が、各種新聞メディアによって、スキャンダラスな情報として消費されたように、〈商品―消費物〉と化した文学作品を生産する作家ですら、商品として消費されていく。

すでに本書で見たように、文学をめぐるそのような状況を、大宅壮一は次のように指摘していた。

　ヂヤーナリズムが成長するに従つて新聞雑誌の編輯が機械化して来た。「資本」といふ不可抗的な、盲目的な、非人格的な力によつて動いてゐる一つの機械に過ぎなくなつて来た。従来作家といふ人格と編輯者といふ人格との間の取引であつた原稿売買が、今日では単に「資本」と「原料」との取引になつて来た。

この取引に於て絶対的主権を握つてゐるものは、いふまでもなく「資本」である。「原料」は「資本」の完全なる奴隷である。（「文壇に対する資本の攻勢」『読売新聞』一九二八・九・一五〜一九）▼286

「合理化」の波のなかで、「原稿」、つまり文学作品も、「資本」という「不可抗的な、盲目的な、非人格的な力」によって「原料」と化し、さらに「「資本」の完全なる奴隷」になってしまうという。平林初之輔は、そうした状況を、さらに詳しく述べている。

今日では、ジャーナリズムの勝利は決定的になり、ジャーナリズムのコントロールは完全になつてしまつた。ジャーナリズムが正面から文学と対抗するときには文学は反抗する。だが、ジャーナリズムがその支配下にすつかり文学を包みつくしてしまつた今日では、もはやそれに反抗するわけにはゆかない。文学者として生活することと自体が、すでに、ジャーナリズムへの降伏を意味するからだ。（「ジャーナリズムの勝利」『新潮』一九三一・一）

ジャーナリズムに「支配」され、「コントロール」されはじめた文学作品は、もはやそれに「対抗」することもできず、「包みつく」されたまま、そのなかを流通するしかなくなった。「文学者として生活すること自体」、「文学作品」を生み出すこと自体、「消費」物を生産することとほぼ同義になっていったという指摘である。彼は、次のようにも語っている。

資本主義社会では凡てのものが商品としてあらはれる。そこで凡てのもの丶価値が商品価値としてはかられる。商品価値がそのまゝ社会的価値をあらはすことになる。従つて、凡ての文学作品の社会的価値も、よく売れるもの程大きいといふことになる。（「大衆文学の概念」『祖国』一九三〇・二）

自働車王フォードは、社会の大多数の要求する標準型をつくることによつて、それの製作の作業過程を合理化し、冗費を排除することによりて、製品を安価ならしめることに成功した。文学の大衆化は、文学の領域に於けるフォード主義の実践である。社会の大多数の人にわかる作品をつくることによつて、何でもよいから、大多数の読者を獲得しようとするのが、大衆化の原理である。かゝる意味の大衆化は、従つて、現代に於いては、文学の商業主義への絶対的服従といふ形に於いてしか実現されない。（同）

フォードがその戦略として、T型を大量生産し、見映えや性能、耐用年数、価格など「最も広い需要者」の最大公約数的な欲求を満たし、大量消費されていったように、文学作品も、雑誌・新聞等を通じて大量生産され、読者もそれを大量消費する。つまり、フォーディズムにおける大量生産―大量消費主義のように、文学作品も、「芸術性」というようなそれ自体の「価値」よりも、「大多数の人にわかる作品」によって「大多数の読者を獲得する」という、「量」こそが重視されていった。「商品価値がそのまゝ社会的価値をあらはす」時代のなかで、質の差異は量の差異へと還元され、文学作品も「芸術価値」といったものを徐々に弱体化させ、「商品価値としてはかられる」ような〈商品―消費物〉として流通していく――▼287。

こうした言説が流通していった昭和初年代の文学状況について、伊藤整は後年、次のように述懐している。

昭和前期は、芸術の本質についての判断が、もつとも動揺し、かつ混乱した時代であつた。（中略）日本のジャーナリズムが企業形式において大がかりなものになつた。そのために、作家は文学作品の商品価値のありさうな立場や形態をあせつて追求し、本質的なことを考へる余裕を一層失つた。それがこの時代に芸術についての考への混乱をはげしくした。（中略）ジャーナリズムが芸術を商品化せざるを得ないと意識しはじめ、芸術価値がいかにあつても商品にならない作家を見棄てることによつて競争にうち勝たうと焦り出したのが昭和初年であつたのだ。そして作家たちは、その渦の中でホンロウされたのだ。（中略）資本主義社会で商品性を持つてゐるものが、真の社会文学であり、また真の芸術文学である、といふ迷蒙から、今でも我々は自由になつてはゐないのである。そして売れないもの、買はれないものが、失敗作家の作品であつたり、才のない証據であつたりするといふ決定づけから、文学史はまだまだ自由にはなれないのだ。怖ろしいことである。（「昭和文学の死滅したものと生きてゐるもの」『文学』一九五三・六）

太宰治の「道化の華」（『日本浪曼派』一九三五・五）が発表された一九三五（昭和一〇）年は、「文芸復興」の只中にあり、本書第二部第一章で見たように、市場原理の拡大のもと、大宅や平林、伊藤整の指摘したような傾向が、特に顕著にあらわれた時期であった。前月に発表された「純粋小説論」（『改造』一九三五・四）の冒頭において、横光利一は「もし文芸復興といふべきことがあるものなら、純文学にして通俗小説、このこと以外に、文芸復興は絶対に有り得ない」と指摘し、「純粋小説」を実現させる手段として「通俗小説の二大要素である偶然と感傷性」を「純文学」に取り入れることを提唱した。それは、「凡てのものが商品としてあらはれる」大衆消費社会のなかに

「純文学」を順応させようとする試みであったと言い換えることもできよう。[288]「純文学作品」と「商品」との融合がなされない限り、「文芸復興は絶対に有り得ない」と、横光も考えていた。

同年、青野季吉は「ジャーナリズムと新人」（『帝国大学新聞』一九三五・二・二一）において、「ジャーナリズムは新人の作品を求めてゐる」ものの、そこで重視されているのは「文学的価値と文学的意義」ではなく、「即刻的の商品性」だと指摘している。こうした傾向は、大宅の言う「作家といふ人格と編輯者といふ人格との間の取引」を経験してきた既成作家よりも、「文学の商業主義への絶対的服従」が本格化した時代に活動をはじめた新人作家たちに、より強く意識されていたであろうことは想像に難くない。

そのような状況のなかで、新進作家の太宰治は「道化の華」を発表した。[289]本章のねらいは、前章の考察をより深化させながら、本書の論考を総合する形で、こうした時代背景が「道化の華」という作品に、どのような影を落としていったのかを明らかにすることである。それを通して、従前の研究において「おびただしい[290]」と形容されるほど多く論じられてきた太宰治「道化の華」について、また新たな読解の可能性を探っていきたい。

二、「市場の芸術家」の意味

「道化の華」と時代情勢との交点を探る際、見逃せないのが「市場の芸術家」、そして「芸術品」という言葉である。この二つは小説中に二度、対で用いられている。

つまり、この二人は芸術家であるよりは、芸術品である。いや、それだからこそ、僕もかうしてやすやすと叙述できたのであらう。ほんとの市場の芸術家をお目にかけたら、諸君は、三行読まぬうちにげろを吐くだらう。それは保証する。

つぎの描写へうつらう。僕は市場の芸術家である。芸術品ではない。僕のあのいやらしい告白も、僕のこの小説になにかのニユアンスをもたらして呉れたら、それはもつけのさいはひだ。

この「市場の芸術家」とは、一体どのような意味を持つのか。作品中に突然出てくる言葉であるため、小説内だけで明確に定義することは難しい。そこで注目したいのは、前章でも注目した、「道化の華」のわずか三ヶ月後、同じ『日本浪曼派』に発表されたエッセイ「もの思ふ葦」（一九三五・八）である。ここでも太宰は「市場」という言葉を用いていた。

もう一作拝見、もう一作拝見、てふかしがましい市場の呼び声に私は答へる。「同じことだ。――舞台を与へよ。――私はお気にいるだらう。――こひしくばたづね来てみよ。（中略）見れば判るにきまつてゐる。すでに私には選ばれる資格があるのだ。」買ひ手がなかつたらどうしようかしら。私には慾がついて、よろづにけち臭くなつて、ただで小説を発表するのが惜しくなつて来たのだけれども、もし買ひに来るひとがなかつたなら、そのうちに、私の名前がだんだんみんなに忘れられていつて、たしかに死んだ筈だがと薄暗いおでんやなどで噂をされる。それでは私の生業もなにもあつたものでない。

右の一節の「市場」という言葉は、比較的把握しやすい。それは、「もう一作拝見、もう一作拝見」という「かしがましい「呼び声」を上げる「買ひ手」に対して「答へる」場、作品を「売る」場を指している。どんな作品を書いてみても、「凡てのもの、価値が商品価値としてはかられ」るという背景があるならば、常に多くの「買ひ手」を獲得し続けなければ、当然「生業もなにもあつたものではない」。

このエッセイに照らし合わせると、「道化の華」における「市場の芸術家」とは、「買ひに来るひと」を求めて、文学作品を「市場」に売り出そうとする存在として浮かびあがってくる。さらに、大庭葉蔵は「すべての芸術は社会の経済機構から放たれた屁である。生活力の一形式にすぎない、どんな傑作でも靴下とおなじ商品だ」と言ってみせる。つまり「道化の華」において、「僕」の「生業」を支えるために「市場」に売り出された文学作品は、結局、「靴下とおなじ」ような〈商品―消費物〉とならざるを得ないことが表白されているのである。

「もの思ふ葦」には、次のような一節も見られる。

いつそ、いまは記者諸兄と炉をかこみ、ジヤアナルといふことの悲しさについて語らん乎。

私は毎朝、新聞紙上で諸兄の署名なき文章ならびに写真を見て、かなしい気がする。（ときたま不愉快なこともあり。）これこそ読み捨てられ、見捨てられ、それつきりのもののやうな気がして、はかなきものを見るもの哉と思ふのである。けれども、「これが世の中だ」と囁やかれたなら、私、なるほどとうなづくかもしれぬ気配をさへ感じてゐる。（『東京日日新聞』一九三五・一二・一五）

ここでは、「ジヤアナルといふことの悲しさ」、「かなしい気がする」という形で、出版されたもの、あるいは出版することに対する悲哀が、繰り返し語られている。その悲哀の対象は、もちろん、「新聞紙上」の記事や情報だけにとどまるものではない。文学作品も「ジャアナル」のひとつとして「市場」に送り出されるものである限り、いずれは「読み捨てられ、見捨てられ、それつきりのもの」となってしまうことに変わりはない。芸術家が文学作品を「商品」として「市場」に出すことは、自分の作品が遅かれ早かれ「はかな」く消費され、忘れ去られてしまうという「悲しさ」を同時に引き受けることを意味する。だからこそ、「私」は、「「これが世の中だ」と囁やかれたなら」、「うなづ」かざるを得ないことを予感するのである。

こうした背景をふまえながら、再び「道化の華」に戻ろう。「市場の芸術家」は、自らの文学作品を「市場」に送り出すことで、それを〈商品—消費物〉へと変容させる存在であった。しかし、それだけにとどまらない。その行為を通して、今度は「市場の芸術家」自身が〈商品—消費物〉と化していく。たとえば、「道化の華」の次の一節には、作品を書く「僕」の生活も、同じ〈商品—消費物〉であることが示唆されている。

> みづからを現実主義者と称してゐる人は言ふかも知れぬ。この四日間はポンチに満ちてゐたと。それならば答へよう。おのれの原稿が、編輯者の机のうへでおほかた土瓶敷の役目をしてくれたらしく、黒い大きな焼跡をつけられて送り返されたこともポンチ。おのれの妻のくらい過去をせめ、一喜一憂したこともポンチ。質屋の暖簾をくぐるのに、それでも襟元を掻き合せ、おのれのおちぶれを見せまいと風采ただしたこともポンチ。僕たち自身、ポンチの生活を送つてゐる。そのやうな現実にひしがれた男のむりに示す我慢の態度。君はそれを理解できぬならば、僕は君とは永遠に他人である。どうせポンチならよいポンチ。ほんたうの生活。あゝ、それは遠いことだ。

「僕」の描く「ポンチに満ち」た「四日間」は、「現実主義者」からすれば、「ほんたうの生活」を描き得ていないものだろう。しかしそれだけではない。その「ポンチ」「小説」を描く「市場の芸術家」である「僕」自身、「ほんたうの生活」ならぬ「ポンチの生活を送つてゐる」というのだ。

仮に〈作者・太宰治〉に引き付けて言うならば、〈太宰〉を思わせる「僕」による、新聞各紙でセンセーショナルに報道された〈心中未遂〉という私生活の事件を題材として、「小説」を書くことに対する、[291]自嘲気味の独白ということになるだろう。〈心中未遂〉という作家の「現実」さえもカリカチュアの対象とし、作り出される「ポンチ」「小説」。その「買ひ手」を求めて、「市場の芸術家」は、自ら「ポンチ」「小説」を「市場」へと売り出す。

「ポンチ」については、後ほどあらためて触れるが、これは、ちょうど伊藤整らが述べた、「ジャーナリズムの拡大」に伴って「私小説系作家」が「私生活的に演技的行動をすることにな」り、「私生活を商業化し、破滅しがちになった[292]」という、「実生活演技」を暗示させる（＊本書第三部第四章「「私」をめぐる問題」参照）。

いずれにせよ、「僕」の書く「ポンチ」「小説」が、「市場」に出回る〈商品―消費物〉であるならば、「僕」はそれを売って「生活を送つてゐ」る「ポンチの生活」者となる。すなわち、「市場の芸術家」とは、自らの「ポンチの生活」をもとに「ポンチ」「小説」を成し、それを「市場」に売り出して収入を得、再び「ポンチの生活」を送り、またもや、「生活」を「ポンチ」として「商品」化する――それを、延々と繰り返していく存在である。その意味で、「僕」の書く「小説」はもちろんのこと、「僕」の「生活」も、どこまでも〈商品―消費物〉と化していくことが、「市場の芸術家」という言葉を通して、表出されていくのである。

三、「芸術品」の意味

先に確認したように、「市場の芸術家」は、常に「芸術品」という言葉と対で用いられていた。あらためて見ておこう。「この二人は芸術家であるよりは、芸術品である。いや、それだからこそ、僕もかうしてやすやすと叙述できたのであらう。ほんとの市場の芸術家をお目にかけたら、諸君は、三行読まぬうちにげろを吐くだらう」、「僕は市場の芸術家である。芸術品ではない」――。

「道化の華」において、「芸術」という言葉は数え切れないほど用いられているのに対して、「芸術品」という言葉は、この二箇所だけでしか見られない。それでは、この「芸術品」とは一体何を意味するのか。あえて「芸術」という言葉を使わずに「芸術品」と語る意味は何なのか。

書き手の「僕」は、「この二人」（葉蔵と飛驒――引用者注）は「芸術品」であるからこそ「やすやすと叙述できた」と言う。ならば、葉蔵と飛驒、それに小菅を加えた三人の「青年たち」が、どのように「叙述」されているかを検討する必要があるだろう。

青年たちはいつでも本気に議論をしない。お互ひに相手の神経へふれまいと最大限度の注意をしつつ、おのれの神経をも大切にかばつてゐる。むだな侮りを受けたくないのである。しかも、ひとたび傷つけば、相手を殺すかおのれが死ぬるか、きつとそこまで思ひつめる。だから、あらそひをいやがるのだ。彼等は、よい加減なごまかしの言葉を数多く知つてゐる。否といふ一言をさへ、十色くらゐにはなんなく使ひわけて見せるだらう。議論をはじめる先から、もう妥協の瞳を交してゐるのだ。そしておしまひに笑つて握手しながら、腹のなかでお互ひがともにともにから呟く。低脳め！

自分をかばうために「本気に議論」せず、「あらそひをいやが」り、「よい加減なごまかしの言葉」で何事も「茶化してしまはう」とする。「議論をはじめる先から」「妥協」することを「黙契」し、「笑つて握手しながら」「腹のなかで」まったく別のことを呟く。――「僕」の描く「青年たち」は、安藤宏が指摘するように、「現実との直接対決を〈道化〉によって、刻々と遅延し続けてゆくことばかり」行っている。▼293

だが、ここで強調しておきたいのは、そのような「青年たち」の「道化」の「姿勢」が、実に全篇にわたって貫かれていることだ。「はらわたの煮えくりかへる思ひをしてゐるのだが、さびしく思ひ直して、それをよい加減に茶化さうと試みる。彼等はいつもさうなのだ」と語られるように、「青年たち」は、小説内で終始一貫して、「あたらずさはらず」のおどけた関係を演じ続ける。

そのような「青年たち」の関係は、必然的に「演技」じみていく。その典型ともいえる場面を抜粋してみよう。

「大失敗。知つてゐたのか。」

小菅は口を大きくあけて、葉蔵へ目くばせした。三人は、思ひきり声をたてゝ笑ひ崩れた。彼等は、しばしばこのやうな道化を演ずる。トランプしないか、と小菅が言ひ出すと、もはや葉蔵も飛騨もそのかくされたもくろみをのみこむのだ。幕切れまでのあらすぢをちやんと心得てゐるのである。彼等は天然の美しい舞台装置を見つけると、なぜか芝居をしたがるのだ。それは、紀念の意味かも知れない。この場合、舞台の背景は、朝の海である。

「幕切れまでのあらすぢをちやんと心得」て、「舞台」の上で「芝居」をするように、「彼等」は、互いに「かくされたもくろみをのみこ」み「道化を演ずる」。このように、「僕」の描く「青年たち」は、常に「黙契」に従って「道化」を行う。「彼等はいつもさうなのだ」とも語られているように、まるで「芝居」の役者が与えられた役どころを演ずるかのように、彼らは実に首尾一貫したキャラクターとして造型されているのである。

書き手の「僕」が、「青年たち」をあえて「芸術品」と呼び、「だからこそ、僕もかうしてやすやすと叙述できた」と述べた理由は、すでに明らかであろう。「舞台装置」を前にして「幕切れまでのあらすぢ」をのみこみ、「道化を演ずる」、「芝居」のなかの一登場人物。誤解を恐れずにいえば、そのような、単純化された「道化《ピエロ》」師のキャラクターとして造型したからこそ、「僕」は「青年たち」を「芸術品」と言い、「やすやすと叙述できた」と言うのである。

四、投げ出される「小説」

「道化の華」の「小説」は、心中に失敗した大庭葉蔵が、小菅と飛驒と過ごす「四日間」を、「僕」が描いたものであった。葉蔵はその「四日間」で、真野に淡い恋心を抱くが、「小説」内で何か事件らしい事件が起こることはなく（「看護婦長」に怒られたことが「事件」とされるくらいである）、どこまでも「道化《ピエロ》」師を演じ続ける。「彼等」は、「なにひとつ真実を言は」ず、「姿勢」「ポオズ」ばかりを気にし、葉蔵は、自身の心中未遂の理由さえ、「なにもかも原因のやうな気がして」、結局、自ら原因を特定することもできない。ひたすら、「青年たち」は「雰囲気」や「その場の調子」にまかせて生きていく。それは、兄に代表される「だいいちばんに生活のことを考へ」て、地に足をつけて「ほんたうの生活」を送る「おとな」たちとは対照的である。

そんな「おとな」に「彼等」は反感を抱くが、「仕事」も「勉強」も「真面目」にできず、「率直」に物事を言うこともできず、ひたすらおどけながら「表層」[294]を漂っていく。「青年たち」は、佐藤昭夫も指摘するように、「実体性」を喪失した、[295]「雰囲気」そのもののような、「本音」も「真実」も語らない／語れない存在として描かれていた。

逆に言えば、「彼等」は、「道化《ピエロ》」師として「ポオズ」を交換しあうことによってでしか、自己の価値を互いに見出し得ない存在として造型されている。それはまるで、それ自体の「芸術価値」などではなく、「売れる」ことでしか「社会的価値」を認められない商品＝「芸術品」のようである。

その意味で、「青年たち」の一人、大庭葉蔵が行った心中とは、非常に特異な行為であった。

ひとときの「調子」にあわせて「道化」を演じ続ける葉蔵も、「ほんたうの生活」を送れず、「雰囲気」のように「実体性」を喪失した存在、かりそめの生を過ごす存在である。その彼が心中をするといふのは、いわば、死をもって「表層」から逃れ、自らの「実体性」を確認・回復しようとする、逆説的な行為である。最後の場面で、真野と二人で山に登っていく箇所も、再びの心中を予感させる。[296]物語の結末部を見てみよう。


　やうやう頂上にたどりつく。頂上は簡単に地ならしされ、十坪ほどの赭土がむきだされてゐた。まんなかに丸太のひくいあづまやがあり、庭石のやうなものまで、あちこちに据ゑられてゐた。すべて霜をかぶつてゐる。

「駄目。富士が見えないわ。」

真野は鼻さきをまつかにして叫んだ。

「この辺に、くつきり見えますのよ。」

東の曇つた空を指さした。朝日はまだ出てゐないのである。不思議な色をしたきれぎれの雲が、沸きたつては澱み、澱んではまたゆるゆると流れてゐた。
「いや、いいよ。」
そよ風が頬を切る。
葉蔵は、はるかに海を見おろした。すぐ足もとから三十丈もの断崖になつてゐて、江の島が真下に小さく見えた。ふかい朝霧の奥底に、海水がゆらゆらうごいてゐた。
そして、否、それだけのことである。

注目すべきは、末尾の一文である。「そして」という形で、作品冒頭への循環▼297を示唆しながら、「否」という打ち消しの言葉とともに結ばれる最後の言葉は、「それだけのこと」であった。再びの心中を予感させる最後の場面も、この突然の言葉によって唐突に「小説」は投げ出され、葉蔵の逆説的な「実体性」の回復・確認も打ち切られ▼298、残されるのは、ただ「海水」の「うごいてゐ」るさまだけであった。

こうした結末部のあり方をふまえながら、再び「市場の芸術家」、「芸術品」という言葉に立ち返ってみよう。

先述したように、「市場の芸術家」とは、自らの「ポンチの生活」をもとに「ポンチ」「小説」を成し、それを「市場」に売り出して収入を得ることを延々と繰り返しているという意味で、どこまでも〈商品―消費物〉と重なり合うものであった。

また、前節において、その「ポンチ」「小説」に描かれた「青年たち」が、首尾一貫した「道化《ピエロ》」師を演じる役どころとして造型されていたため、「僕」は彼らを「芸術品」と呼んではばからなかったことを確認した。

これらを統合すれば、「僕」の「小説」とは次のようなものとして、あらためて浮かびあがってくるだろう。「ほんたうの生活」を送れず、「芝居」の役どころを演じるように、終始カリカチュアライズされた、「道化」を演じ続ける「青年たち」。その「道化《ピエロ》」師としてのキャラクターだけが確かなものとして、他との間で交換され流通していく、「実体性」を喪失した「芸術品」。それら単純化された「芸術品」たちが「芝居」し続ける「四日間」を描いた「通俗小説」▼299。それゆえ、〈商品―消費物〉として眺められ、「読み捨てられ」てしまうような存在――である。

ポンチ画の大家。そろそろ僕も厭きて来た。これは通俗小説でなからうか。（中略）さうだ。大発見をしたわい。しん底からの甘ちやんだ。甘さのなかでこそ、僕は暫時の憩ひをしてゐる。

すなわち、「僕」は、自ら「芸術品」と呼んだ「道化《ピエロ》」師たちの「ポンチ画」が、まさに「通俗小説」であることを、ここで認めているのである。〈商品―消費物〉となることでしか「社会的価値」を認められない「悲しさ」を知る「市場の芸術家」＝「僕」は、自らの「小説」が〈商品―消費物〉であることを、「市場の芸術家」、「芸術品」という言葉を通じて、繰り返し指摘していく。しかし同時に、そうなり切ってしまうことを強く恐れているからこそ、「これは通俗小説でなからうか」と、自らの「小説」に割り込む形で、「通俗小説」の「形式的完成」を壊す必要があったのだ。

以上を総合すれば、「道化の華」の結末部は、再度、次のような形で立ちあらわれてくる。

大庭葉蔵をはじめとした、それ自体の「実体性」を持たず、ひとつのキャラクターとして承認・消費されることによってでしか商品価値を持ち得ない「通俗」的な「芸術品」。その行く末を、心中という形で、あるいは、「朝日」に照らされた「富士」を二人で眺めるという形で〈完結〉してしまうことを拒むかのように、突然、打ち切られる終幕。同時代に再び据え直すならば、「凡てのもの、価値が商品価値としてはから」れ、「凡てが通俗化され」ていくなか、いわば、「芸術」そのものの「実体」的な価値を取り戻すことの逆説的な可能性も、その不可能性も明示することなく、「それだけのことである」という言葉をもって「芸術品」も「小説」も放り出されていく。[300] あとに残るのは、「澱んではまたゆるゆると流れ」る「雲」と、「ゆらゆらうごいてゐ」る「海水」という「渦」だけであった。

しかし、「道化の華」は、それだけでは終わらない。

五、残された「復讐」

「道化の華」は、「市場の芸術家」である「僕」が、「通俗」的な「芸術品」を描きつつ、その「小説」に何の解決を与えることもなく、作中人物をとりまく「渦」の流れを露呈した形で、突然、放り出されてしまう。しかし、この作品は、それだけでは終わらない。小説内に仕組まれている幾つもの矛盾によって、その流れを歪める戦略も付与されていた。

「僕」は、作中で「ああ、もう僕を信ずるな。僕の言ふことをひとことも信ずるな」と語っている。ここには矛盾が埋め込まれており、その言表内容は、永遠に真偽不確定である。[301] ゆえに、この一節の言表内容は、何も意味しない。それこそが、「道化の華」全体を巻き込んだ仕組みとして作動していく。

前章でも確認したように、作品全体を見渡した時にも、この一節と同じような矛盾が随所に見られる。大庭葉蔵を中心とする「小説」の位相と、それを書く「僕」の「註釈」の位相とが繰り返し出てくるこの作品だが、「僕」は、自らが書いている前者の位相を、常に自分で否定している。「さて、僕の小説も、やうやくぼけて来たやうである」、「僕は後悔してゐる。二人のおとなを登場させたばかりに、すつかり滅茶滅茶である」、「不手際をかこちつつ、どうやらここまでは筆をすすめて来た。しかし、土崩瓦解である」、「どだいこの小説は面白くない。姿勢だけのものである。こんな小説なら、いちまい書くも百枚書くもおなじだ」、「この小説は失敗である。なんの飛躍もない、なんの解脱もない。僕はスタイルをあまり気にしすぎたやうである。そのためにこの小説は下品にさへなつてゐる」——このように、「道化の華」のなかでは、自分の書いている「小説」を否定する「僕」の姿ばかりが繰り返されている。

書き手自らが書いていることを否定し、書かれた内容は次々と打ち消されていく。しかし、それでも「僕」は書き続け、そしてそれを否定し続ける。この「僕」の態度には、明らかな矛盾が見られる。「僕を信ずるな」という文の孕む矛盾、そして自分で書いていることを自分で否定しつつ、それでも書き続けるという矛盾である。「僕を信ずるな」と書くのならば、また、自らの書いたことを否定し続けるのならば、はじめから何も書かなければよいのではないか。しかし、「僕」は矛盾を抱えつつ、それでも書き続ける。この作品は、「僕」の「小説」の内容と、明らかな亀裂を抱えた「註釈」部分が存在すること、そして、その両者が矛盾していること自体にこそ、もう一度注目されるべきであろう。なぜなら、この仕組みが、あるひとつの効果を生み出していくからだ。

前節で見たように、「道化の華」は、「芸術品」を放り出し、「実体性」の回復について何の解決も与えないまま、あらゆるものが〈商品—消費物〉となる「市場」の流れを露呈させて終わっていた。それは、これまで見てきたとおり、この作品の意味内容に拠るものである。

ところが、その「僕」自身、「ああ、もう僕を信ずるな。僕の言ふことをひとことも信ずるな」と語り、「小説」の内容を否定し続けながら「小説」を書き続ける。すると、「市場」への敗北宣言も、書けば書くほどその内容は打ち消され、「道化の華」という作品全体が、消費することのできない残滓を内包していく。

僕はなぜ小説を書くのだらう。新進作家としての栄光がほしいのか。もしくは金がほしいのか。芝居気を抜きにして答へろ。どつちもほしいと。ほしくてならぬと。ああ、僕はまだしらじらしい嘘を吐いてゐる。このやうな嘘には、ひとはうつかりひつかかる。嘘のうちでも卑劣な嘘だ。僕はなぜ小説を書くのだらう。困つたことを言ひだしたものだ。仕方がない。思はせぶりみたいでいやではあるが、仮に一言こたへて置かう。「復讐。」

「道化の華」という小説は、その意味内容だけを追うと、「芸術品」や、それを送り出す「市場の芸術家」のあり方を通して、自らが〈商品—消費物〉として流通していくことを、繰り返し繰り返し、自己言及的に承認した作品であった。確かに、「文学の商業主義への絶対的服従」という背景があるならば、「「資本」といふ不可抗的な、盲目的な、非人格的な力」のなかで「読み捨てられ、見捨てられ、それつきりのもの」になることは、絶対的に避けられない。しかし、その承認は書けば書くほど無力化され、さらに、「道化の華」という作品が〈商品—消費物〉として流通していけばいくほど、小説内に埋め込まれた亀裂も、同時に広く流通していくことになるのだ。それこそが、「僕」の「復讐」であった。

葉蔵が「海」へ身を投げて心中を行ったように（あるいは再びの心中を「暗示」するように）、「道化の華」という作品も、やがて「市場」という流れのなかへ飛び込むことによって、たった百枚弱から成る一「ジャアナル」として呑み込まれてゆくだろう。しかし、そのことによって、情報《ジャーナル》に内包された矛盾も、流通回路のなかに広く拡散されていく。――消費物になるという、文学作品としてのある種の死をもって、すべてを消費物へと化す「市場」の流れに、消費しえぬ矛盾を埋め込んでいく。それこそが、「市場の芸術家」の「復讐」ではなかったか。

我々がこの「道化の華」を読み、「ああ、もう僕を信ずるな。僕の言ふことをひとことも信ずるな」という一節が書かれているのを前にした時、突き詰めて考えるならば、選択肢は二つしかない。その時点で小説を読むことをやめるか、それとも、その矛盾を抱えつつ読み続けるか、である。後者を選択した場合、いまだ「商品価値がそのまゝ社会的価値をあらはす」社会にいる我々は、「市場の芸術家」の「復讐」を、知らず知らずのうちに引き受けることになる。――知らず知らずの間に、我々のなかに、消費し得ない矛盾が、埋め込まれていくことになるのだ。

こうして「復讐」は、託されていくのである。

おわりに——新たな系譜に向けて

本書の「おわりに」として、本書全体を相対化する意味も込め、あえて「文芸復興」以降について、少し触れておきたい。具体的には、「文芸復興」以後の太宰治の動向を端緒にしながら、「素材派・芸術派論争」、「文学非力説論争」を追っていく。その流れに接続しつつ、最後にゆるやかな形で、本書全体の位置づけを行いたい。

一、一九三九年の一シーンから——「素材派・芸術派論争」

一九三七（昭和一二）年、〈大日本帝国〉が日中戦争へと向かっていくさなか、「文芸復興」は立ち消えていった。本書第四部で取り上げた太宰治も、「文芸復興」が終わるとともに、それまで職業作家として立て続けに作品を発表していたにもかかわらず、一旦筆を置く。一般的に言う太宰治「前期」の終了である。その後、彼はしばしの沈黙を経て、一九三九（昭和一四）年頃、「中期」と呼ばれる時代に、ようやく連続した執筆を再開する。そこでは、「前期」の「実験的小説」は影を潜め、彼は「平明」、「安易」、「社会に妥協して行つた経過[▼302]」とも評される作品を多く発表していった。

太宰治が、本格的に活動を再開した一九三九年という時期には、三七年「日中戦争勃発」、三七〜三八年「第一次・第二次人民戦線事件」、三八年「国家総動員法制定」などを経て、「文芸復興」とまったく異なる文学状況が広がっていた。一九三九年の文学的トピックとして見逃すことができないのは、やはり「素材派・芸術派論争」になるだろう。同年一月の上林暁「外的世界と内的風景」（『文藝』）を端緒として始まったこの論争は、『文藝』という媒体を中心に、「国策文学」や、戦後の「政治と文学」など、長く続く問題系となっていく。

北原武夫「文学者の精神（文芸時評）」（『文藝』）が発表されたのは、一九三九年八月であった。北原は同論において、『文藝』前月号（一九三九・七）に掲載された座談会「戦争の体験と文学」に目を向け、芹沢光治良の「戦争について考へないといふことは文学者としてはいけない」という発言に強く注目する。その発言を「白々しい」と断言し、「戦争の体験を経て来てなほ且つ人間のデリカシイについて語り得る文学者（とそうでない文学者――引用者注）との相異は、一体何処から来るのか」と強い調子で反論する。その北原の「目的」は、「今日の文壇に於いて殆んど代表的だと思はれる二種類（「素材派／芸術派」――引用者注）の文学者の精神を、一層明瞭に対比させることにあつた」。

さらに北原は、清水幾太郎の「純粋か広さかであるよりも、純粋と広さとにある[303]」という、「素材派／芸術派」の融合を目指す発言を紹介した上で、「「広さと結合」することがどうして必要なのか」と真っ向から反論し、「明快な解決を与へようといふのが間違ひのもと」であり、「おのおのその立場を固執する」ことを主張する。興味深いのは、「素材派／芸術派」を「一層明瞭に対比」し、両者を「結合」する姿勢も紹介した上で、北原自身は「対立」を重視する、という論の流れである。というのも、この北原の論自体が、「素材派・芸術派論争」全体の傾向を表出しているからだ。

一九三九年の段階では、「芸術派と素材派という名前は、わかつたやうでわからない言葉」（窪川鶴次郎[304]）などと指摘されており、両者の定義自体、実は非常に曖昧であった。そのなかで、さらに両者の「結合」や「対立」が議論されていったのだ。そうした経緯もふまえると、両者の対比・結合への志向・対立への希望という要素すべてが配置された北原の論に、当時の「素材派・芸術派論争」の、漠然とした定義のまま枠組みばかりが広がっていったあり方が、凝縮されているともいえるだろう。

谷沢永一はこの論争の各論者の主張を「抽象的」、「理念的」と指摘した上で、「論争によってなんらかの問題が解明される性質ではな」かったと総括している。[305] 近年では、松本和也が、この論争に関わる多くの言説を紹介した上で、「割り切れない複雑さ」と「昭和十四年における文学シーンの何とは定かに語り得ない歴史の様相」を見出している。[306]

こうした「複雑」な背景があったからこそ、昭和文学史を構築することに腐心した平野謙も、『昭和文学史』（一九六三・三、筑摩書房）をものするにあたって、同時代に「今日の文壇に於いて殆んど代表的だと思はれる二種類の文学者の精神」（北原武夫）とまで指摘された両者について、「いわゆる素材派の国策文学」という形で、留保を付けて表現した。その根底には、「あくまで争点を固執する文学論争というには、あまりに曖昧な性格をそれ自身もつていた」という平野の認識があったからだといえるだろう。[307]「素材派／芸術派」の「複雑」な状況は、戦後の文学史形成においても解消されることはなかったのだ。

それでは、このように非常に「複雑」化した「素材派・芸術派論争」との関連で、太宰治はどのように位置づけられてきたのだろうか。

二、「素材派・芸術派論争」と太宰治

前述の平野謙『昭和文学史』においては、「素材派に対立する意味での芸術派」、「戦時中のもっともかたくなな芸術派的抵抗」の例として、太宰治の名が繰り返し挙げられている。また、太宰研究の側でも、戦争との関係は、奥野健男が指摘した「否定を潜めた無視の態度」[308]という定義を代表格として、「芸術派」の立場から「消極的抵抗」を続けたという見方が強い。

しかし、見逃せないのは、安藤宏が指摘した「今日から見てもっとも奇異に映るのは、執筆が特に困難であったはずの戦時中、太宰の作風がもっとも安定し、佳作を次々に発表し続けていた」という事実である。さらに安藤は、同論において「鷗」(『知性』一九四〇・一)等を例に挙げ、「「抵抗」か「協力」かという二者択一的な評価軸」を「克服」することの必要性を提起している。[309]この指摘をふまえると、太宰と戦争との関係を、「芸術派」や「消極的抵抗」といった言葉に、すべて還元してしまうこともできないだろう。

以上のように見ていくと、「素材派/芸術派」という定義自体が、非常に「複雑」で「曖昧」であるがゆえに、時代情勢における太宰治の位置づけも、同様に、漠然としたものになっていることが分かる。それを助長しているのが、いわゆる「前期/中期/後期」という区分である。一九三九年頃の太宰治は、「中期」と区分される時期に入ったとされる。「前期/中期/後期」という私生活を基軸とした括りは、[310]太宰の位置づけが完遂したかのように見せてしまう結果をもたらし、それによって「戦時体制下」という時代情勢との関係が、やや後景に遠ざけられてきたのだ。

一九三九年頃の太宰は、私生活を除いたとしても、確かに作風が大きく変化している。だからこそ、この時期に、

大きなターニングポイントを迎えていた太宰の作品群を再考するためにも、「消極的抵抗」や「中期」[311]といった括りに還元してしまわずに、同時代の「素材派／芸術派」という漠然とした概念を、また別の角度から捉え直し、そこにもう一度位置づけ直していく必要があるだろう。

三、太宰治にもたらされた転機

一九三九年の論争を通して、「素材派／芸術派」は、対立構造自体は非常に曖昧なまま、「素材派と芸術派との対立が、相当の関心をよんでゐる」、「今日の文壇に於いて殆んど代表的だと思はれる二種類の文学者の精神」などと指摘され[312]、文学者はそれに対する何らかの意志決定を迫られていった。こうした流れは、「文芸復興」期における「純文学／通俗小説」の対立構造と[313]、ある意味で類似している。「文芸復興」期と一九三九年とは、（A）曖昧な対立構造、（B）文学者への意思決定の要請、という点では共通しながらも、対立軸の枠組みが「純文学／通俗小説」から「素材派／芸術派」へと変化していったのだ。

それでは、太宰はこうした枠組みの変化に対して、どのように認識し、どのような影響を受けたのか。「素材派／芸術派」の対立を直接的に反映している太宰の作品として、まず、「女の決闘」（『月刊文章』一九四〇・一～六）が挙げられる。以下、その結末近くを引用してみたい。

> といふのが、私（DAZAI）の小説の全貌なのでありますが、もとより之は、HERBERT EULENBERG 氏の原作の、許しがたい冒瀆であります。（中略）けれども、相手が、一八七六年生れ、一昔まへの、しかも外国の大作家であるからこそ、私も甘えて、こんな試みを為したので、日本の現代の作家には、いくら何でも、決

してゆるされる事ではありません。それに、この原作は、第二回に於いて、くはしく申して置きましたやうに、原作者の肉体疲労のせゐか、たいへん投げやりの点が多く、単に素材をはふり出したといふ感じで、私の考へてゐる「小説」といふものとは、甚だ遠いのであります。もつとも、このごろ日本でも、素材そのままの作品が、「小説」として大いに流行してゐる様子でありますが、私は時たま、そんな作品を読み、いつも、ああ惜しい、と思ふのであります。口はばつたい言ひ方でありますが、私に、こんな素材を与へたら、いい小説が書けるのに、と思ふのであります。素材は、小説でありません。素材は、空想を支へてくれるだけであります。私は、今まで六回、たいへん下手で赤面しながらも努めて来たのは、私のその愚かな思念の実証を、読者にお目にかけたかつたが為であります。私は、間違つてゐるでせうか。

このように、「女の決闘」結末部では、「原作の、許しがたい冒瀆」だと、「私（DAZAI）」が、自らの小説を卑下する言葉が加えられている。ただし、この卑下は、字義通りに自己批判を示すのではなく、「もつとも、このごろ日本でも、素材そのままの作品が、「小説」として大いに流行してゐる様子でありますが、私は時たま、そんな作品を読み、いつも、ああ惜しい、と思ふのであります」という形で、矛先が徐々に「素材派」に向けられていく。さらに、「今まで六回、たいへん下手で赤面しながらも努めて来たのは、私のその愚かな思念の実証を、読者にお目にかけたかつたが為であります」という形で、「女の決闘」という小説を書いた動機をも、「素材は、小説でありません」という見解の「実証」のためだと断言し、「私は、間違つてゐるでせうか」と、読者にこの問題を投げかけながら、その後、小説は結ばれていく。

さらに、「鷗」（『知性』一九四〇・一）では、また違った形で、「素材派／芸術派」に対する意識が表出されている。

なぜ私は、こんなに、戦線の人に対して卑屈になるのだらう。私だつて、いのちをこめて、いい芸術を残さうと努めてゐる筈では無かつたか。そのたつた一つの、ささやかな誇りをさへ、私は捨てようとしてゐる。戦線からも、小説の原稿が送られて来る。雑誌社へ紹介せよ、といふのである。その原稿は、用箋に、米つぶくらゐの小さい字で、くしやくしやに書かれて在るもので、ずいぶん長いものもあれば、用箋二枚くらゐの短篇もある。私は、それを真剣に読む。よくないのである。その紙に書かれて在る戦地風景は、私が陋屋の机に頬杖ついて空想する風景を一歩も出てゐない。新しい感動の発見が、その原稿の、どこにも無い。「感激を覚えた。」とは、書いて在るが、その感激は、ありきたりの悪い文学に教へこまれ、こんなところで、こんな工合に感激すれば、いかにも小説らしくなる、「まとまる」と、いい加減に心得て、浅薄に感激してゐる性質のものばかりなのである。（中略）けれども、芸術。それを言ふのも亦、実に、てれくさくて、かなはぬのだが、私は痴《こけ》の一念で、そいつを究明しようと思ふ。男子一生の業として、足りる、と私は思つてゐる。辻音楽師には、辻音楽師の王国が在るのだ。私は、兵隊さんの書いたいくつかの小説を読んで、いけないと思つた。その原稿に対しての、私の期待が大きすぎるのかも知れないが、私が戦線に、私たち丙種のものには、それこそ倒立ちしたつて思ひつかない全然新らしい感動と思索が在るのでは無いかと思つてゐるのだ。（中略）私は、兵隊さんの小説を読む。くやしいことには、よくないのだ。

この小説について、安藤宏は「へりくだる対象が前線の兵士」であり、「〈自分をつまみ出せるやうな強い兄〉に国家体制そのものが重ね合わされ」ていると論及している。▼314 非常に興味深い指摘であり、引用部の冒頭、「なぜ私は、こんなに、戦線の人に対して卑屈になるのだらう」という言葉などを見ると、実際に「私」自身、そうした意識をはっきりと吐露している。しかし同時に、「兵隊さんの小説」に対して、「よくない」、「いけない」、「よくないのだ」という言葉を畳み掛けていき、「新しい感動の発見が、その原稿の、どこにも無い」、「浅薄に感激してゐる性質のものばかり」などと語られている箇所もやはり見逃せない。

たとえば、「素材派・芸術派論争」に影響を与えた座談会「戦争の体験と文学」（前出）における、芹沢光治良を中心とした「戦争について考へないといふことは文学者としていけない」、「書ける所は戦争に行つたから書けてゐると思ふね」（芹沢）、「兵隊でないといふことは、もう致命的なことですね」（今日出海）、「戦争のことを一言も書かない、恋愛物ばかり書いてゐる人間も変るでせう」（日比野士朗）といった発言や、戦争を描くことそれ自体に特権性を見出していく対話空間と比べながら「鷗」の引用部を読み返すと、太宰の「素材派／芸術派」への意識の強さが浮かびあがってくる。

ただし、ここで重要なのは、「素材派／芸術派」のどちらに、太宰が本当に与していたか、ということではない。それを考察したとしても、「一貫した戦争に対する否定を潜めた無視の態度」、「日本において思想らしい思想を骨肉化し、守り得た唯一の作家」といった奥野健男の指摘の補完に帰着していくだけだろう。

注目せねばならないのは、「女の決闘」や「鷗」において、非常に曖昧な「素材派／芸術派」という対立に、太宰治が、強い問題意識を持っていたことそのものなのだ。この問題意識の表明は、太宰治自身が、「文芸復興」期における「純文学／通俗小説」という曖昧な対立軸から、「素材派／芸術派」という新たな二項対立の軸に、一九三九年頃、移行していったことを示すものである。

四、太宰治の変化

ここで、一九三五（昭和一〇）年と一九四二（昭和一七）年の二つの文章を引いてみたい。

・もし文芸復興といふべきことがあるものなら、純文学にして通俗小説、このこと以外に、文芸復興は絶対に有り得ない、と今も私は思つてゐる。

・今日、東京の太宰治から手紙が来た。東京の拙宅のものは、彼の見受けたところ無事息災であると報告してあつた。そして彼自身は純文学の孤城を守るつもりであると報じてゐた。云ふは易く行ふは難いのである。だが私はたいへん心づよく思ひ、その書信を封筒にをさめながら、孤城を守るといふ文字も決して古くさくないと思つた。いまここにゐる私たちの流行語でいへば、決してナフタリンくさくないのである。

前者はもちろん、横光利一「純粋小説論」（『改造』一九三五・四）の冒頭部であり、後者は井伏鱒二「昭南日記」（『文学界』一九四二・九）における「七月一日」の一節である。各々の文章において「純文学」という同一の言葉が用いられているものの、その意味合いはまったく異なる。「文芸復興」期に書かれた前者は、「通俗小説」や「大衆文学」の反措定としての意味合いとして用いられているのに対して、▼315後者は、時代背景や同時代の文学状況に照らし合わせると、むしろ「素材派」や「国策文学」に対立するニュアンスが強い。こうした枠組みの変化をもたらしたのが、一九三九年の「素材派・芸術派論争」であった。そして、先に見た、同時期発表の「女の決闘」や「鷗」

から、実際に、太宰治の認識の変化も見出すことができるのだ。

「前期」、すなわち「文芸復興」期の太宰治は、「通俗小説」を強く忌避し、「純文学」を志向する姿勢から、「実験的小説」を次々と発表していった。しかし、そこで行われた〈物語の枠の破壊〉[316]は、その後の「実験的小説」を、過度に前衛化させていく結果をもたらす。「猿面冠者」、「玩具」、「ダス・ゲマイネ」、「狂言の神」等の小説群は、一定の評価が得られるとともに、「癒着」、「逸脱」、「失敗」、「竜頭蛇尾」、「荒唐無稽」、「支離滅裂」とも評されている。[317]さらに、一九三六〜三七年の「創生記」、「二十世紀旗手」、「HUMAN LOST」に至っては、文章の意味判読さえ困難な形式にまで突き進み、「文芸復興」が立ち消えていく三七年、彼はついに、一旦筆を置くことになる。

しかし、一九三九年に復活した「中期」の太宰治の作品では、「文芸復興」期の「実験的小説」のような〈物語の枠の破壊〉は見られなくなり、「平明」「簡素」な小説を執筆し、「社会に妥協して行つた経過」とも評される作品を多く発表していった。

その背景のひとつには、「純文学／通俗小説」から「素材派／芸術派」へと対立軸の枠組みが変化した問題が横たわっている。一九三七年頃に「文芸復興」は終わり、三九年頃から、文学状況は変化していく。曖昧な概念という点では同じでありながら、「純文学／通俗小説」から「素材派／芸術派」という対立に移行していくにつれ、「女の決闘」や「鷗」等で見られたように、太宰自身、そこに強い意識を向けていった。

それは太宰に、結果的に、「純文学／通俗小説」という概念からのある種の〈解放〉をもたらしていく。たとえば、一九三九年に発表された「八十八夜」（『新潮』一九三九・八）では、「（夏も近づく、――）」という明るいエピグラフを付し、[318]「たいへん素朴な」、「物語だけをきちんとまとめあげた」、自身にとっての「通俗小説」[319]を実践している。同時に、小説内にもわざわざ「通俗小説」という言葉を組み込み、さらに、秘匿した「断崖の錯覚」と同じ

「ゆき」という名前の人物を配し、「笠井さんは、いい作品を書くかも知れぬ。」という言葉で、物語は終結していく――。

こうして見ていくと、文学状況が急激に変化していくなかで、太宰治自身が「初期実験作」を心理的に清算し、同時に、それ以外の要素を引き継ぎながら、新たな舞台《ステージ》へ入っていった姿勢を、「素材派／芸術派」の対立に見出すことが可能になっていくのだ。さらに、こうした読みによって、「太宰と戦争との関係について」、「「抵抗」か「協力」か」という二者択一的な評価軸」を「克服」する手がかりも見出される。

しかし、もしそうならば、太宰治は、「素材派／芸術派」という戦時体制を反映した文学状況の恩恵をうける形で「復活」を果たすことができたという構図によって、「文芸復興」以降の活動を、単線的に捉えることができるのだろうか。「復活」という形で、太宰治と戦時体制とを結びつけることが〈正解〉になっていくのか。

五、「協力／抵抗」と〈矛盾・亀裂〉

これまで、戦時体制下の太宰治については、「一貫した戦争に対する否定を潜めた無視の態度」、「日本において思想らしい思想を骨肉化し、守り得た唯一の作家」（奥野健男）、「戦時中のもっともかたくなな芸術派的抵抗」（平野謙）といった評価が下されてきた。しかし、「女の決闘」、「鷗」、「八十八夜」という作品や、太宰のいわゆる「中期」における「復活」の経緯を鑑みると、一概にそうは断定できないことが、あらためて浮かびあがってきた。

それでは、様々な側面を持つ戦時下の太宰の活動は、戦争との関連において、どのように捉え直されるべきなのか。権錫永《クォン・ソクヨン》は、戦時下の太宰に注目しながら、「従来、戦争期の言説に対する批評の際には、時局・戦争への賛美、迎合、協力といった用語と、もう一方で、時局・戦争への批判、（芸術的）抵抗といった用語が用いられてきた」

と総括している。その上で、「「抵抗」、及び「消極的」「芸術的」を冠された「抵抗」というのは、何を根拠としているのだろうか」という疑問を呈し、「これまでの研究における、戦争期体制への「抵抗」か「協力」かという枠組みが、自己充足的だ」という前提のもと、以下のように提言している。

　言説は必ずしも統一体とは限らず、例えば、そこに矛盾した要素が入り混じっている場合に、主観的に割り切ってしまい、他面の要素を見逃してしまう危険がある。つまり、言説というものが必ずしも統一体とは限らないという認識の下で、矛盾する要素・亀裂―あるいは不連続性―を、素直に矛盾として亀裂として読むこと、さらにはその矛盾・亀裂をも分析の中に積極的に取り込もうとする姿勢が必要だろう。もっと端的に言うならば、矛盾・亀裂こそが読みの絶対的な端緒となるような事態まで、我々は経験することになる。（中略）言わずもがなのことかも知れないが、矛盾・亀裂の発生は、先に見てきたような〈言説の規格化〉と密接に関係している。（中略）規格化の視線は、不適合なもの＝逸脱＝批評を取り締まるのである。そこで、〈逸脱の言説〉は、中島健蔵の言う「書きたくないこと」との「心中」を余儀なくされる。（中略）こうして、戦争期の規格化の視線にさらされながら、逸脱＝批評の欲望が言説として結実したときに、〈矛盾・亀裂＝逸脱の言説〉となる。言ってみれば、矛盾・亀裂は、〈逸脱の言説〉の戦略であり、痕跡でもあるのだ。（「アジア太平洋戦争期における意味をめぐる闘争（1）——序説」『北海道大学文学研究科紀要』二〇〇〇・一二）

権錫永《クォン・ソクヨン》の指摘に寄り添うならば、太宰の「鷗」にせよ「女の決闘」にせよ（あるいは彼の「中期」の「復活」にせよ）、それを「統一体」として「協力／抵抗」どちらの読みが正しか、という問題に収斂させるのではなく、むしろ、そこにある「矛盾・亀裂―あるいは不連続性」にこそ注目すべきではなかったか。そこにこそ、〈言説の規格化〉の中で生み出された「逸脱の言説」が浮かびあがり、それが「読みの絶対的な端緒」となっていくのではあるまいか。もちろん、権《クオン》自身、「〈逸脱の言説〉の価値判断はたいへん難し」く、「いわゆる「誤読」はいくらでも起こりうる」としているように、それは容易なことではないが、そこに戦時下の太宰治の新たな読みの可能性が広がっていくはずである。[320]

しかし、ここでは、戦時体制下の太宰治について詳細に論じることを目的とはしていない。そこで次節では、少し視点を変え、「素材派・芸術派論争」以降に注目してみたい。

六、「文学非力説」における高見順の姿勢

「素材派・芸術派論争」は、多くの「複雑」さを内包し、常に「無意味」となる可能性と表裏一体のまま、「曖昧」さばかりが表面化していった。そうした対立軸をよそに、戦局は次々と変化し、翌々年の一九四一（昭和一六）年からは、ついに「文学非力説論争」の論議が交わされていく。

この論争は、「蘭印」に旅立った高見順が、文壇の現状に違和を感じるなか、長谷健「作家生活への反省」（『文藝春秋』一九四一・六）に対して異議を唱える形で、「文学非力説」（『新潮』一九四一・七）を発表したことから始まった。[321]その後、尾崎士郎らが高見順に反論を加え（「決意について」『都新聞』一九四一・八・六〜八）、高見は「再び文学非力説に就いて」（『知性』一九四一・一〇）[322]で、一見弱腰な姿勢を見せ、その後、いわば、なし崩し的に応酬は終わっていく。

平野謙が「素材派・芸術派論争」と同じく、「文学論争というには、あまりに曖昧な性格をそれ自身もつていた」[323]

という評価を下しているように、この論争自体は、やはり、それほど実りの多いものではなかった。しかし、ここで特に注目したいのが、太宰治と同じく、「第一回芥川龍之介賞」候補となり落選した高見順の姿勢、なかでも「文学非力説」、「再び文学非力説に就いて」の主張である。以下、紙幅の関係もあり、この論争自体の詳細な分析は別稿で論じるとして、ここでは、論争の流れをもう少し詳しく追ってみたい。

まず、論争の発端となった「作家生活への反省」(前出)において、長谷健は、「健康な職場」で「よき生活」を送ることによって、「よき国民文学」「新しい国民文学」が生まれると主張する。その上で、「文学者はもつとも影響力をもつた、社会的な教師であるといふことが出来」、文学作品は「国民的な生活の指標となり、しかも文化的に高められた豊饒な精神的な糧となる」とし、「めん〳〵たる私小説に溺れたり、未だ作家的な修練も未熟なくせに、老巧を気どつて、歴史小説に走つたりするのは、私にとつては不可解でならない」(傍点＝原文)、「それ等文学者の怯懦を指摘しないではゐられないのだ」として、国家権力と「時勢」に寄り添いつつ、自らの主張を展開した。

それに対して高見順は、翌月に「文学非力説」(前出)を発表し▼324、長谷に対して、「無智の一例」、「氏の、文学といふものに対する認識の浅さ、甘さ、低俗さにはちよつと啞然とした」と、強い違和を示す。その反論の内容は、「景気のいい文学強力論が流行してゐるやう」だが「文学はそんなに景気のいいものだらうか」、「「私小説」や庶民小説でない何か景気のいい文学を示すことが、文化的指導だなどと小説家が自惚れることは、これは大変困る」というものであった。さらに、高見は以下のように述べる。

> 文化といふのは、かやうに直接的な実際的な強い力を持ちうるけれど、文化がさうだからといつて、文化の一分野である文学も亦直接的な実際的な強い力を持つてゐると早合点したり自惚れたりすることはできない。

全然持つてないとは言へない。ある場合、強い実際的な力を発揮することもあらう。さうした文学を要望するといふことは分るが、他の場所でも書いたやうに、さういふ文学強力論は、国への奉公を旗印にしながら、文学の強力といふことに眼がくれて、かへつて奇怪な文学至上主義に陥つてゐるところがあるのだ。

もちろん、ここで語られている「奇怪な文学至上主義」とは、いわゆる「芸術至上主義」の意味合いとまったく異なる。「文学の強力といふことに眼がく」れ、時勢に迎合し、「国民を蹶起させるやうな文学」が生成できるとする考え方を指すものであり、高見は「文学」が「強い力」へと接近し、そこに融合・従属していく時流に、違和を表明したのであった。[325]

ここで興味深いのは、それ以降の高見の主張の展開である。当然、高見自身、当時の国家権力や「時勢」への配慮を強いられているため、「言説の規格化」（権《クオン》）のなか、さらなる主張は展開しにくい。[326] そこで、彼は以下のような方法をとっていく。

「文学などといふものはやはり非力なものだ」、「非力なものだと、つくづく思はせられた」、「その小ささ非力さをもよく弁へておかねばならぬ」、「非力な文学ならでは為し得ない仕事を、これは下らんと蹴飛ばすことを、果してそれはどんなものだらうかと言ひたいのである」――このような形で、彼は「文学」の「非力さ」を、過度に前面に押し出していったのだ。

この方法は、「文学非力説」という論のタイトルからして、当時も多くの誤解を呼び、高見自身、数ヶ月後に「私の文章を読まないで、文学非力説といふただその題名あたりから勝手に想像して何かと言つてゐる」（「再び文学非力説に就いて」前出）と述べている。

しかし、もちろん、文脈に照らし合わせると、「文学非力」とは、「文学」それ自体の否定ではないことがすぐに分かる。彼は、「文学」の「力」ではなく、「力」の「文学」を否定することによって、「国民を蹶起させるやうな文学」から距離を取ろうとしたのであった。そうした高見の方法は、以下の主張から、容易に看取されるだろう。

　文学を現実とか生活とかと卑俗に結びつけることによつて、何か文学の非力を蔽はうとでも、してゐるやうに感じられるのである。現実の力といつたものと比べて、文学は非力なものだといふことを、卑下でなく、誠実に弁へることによつて、文学の異質的な力を知り、その力によつて文学をいかさうとすべきだと思ふ。

　私は「文学に於ける偉大なるものの小ささ」といふことを言ひたいのである。文学者は自己の従事してゐる文学に於ける偉大なるものの小ささを知らねばならぬ。

このように、高見順は、「文学」は「非力さ」にこそ「異質的な力」があり、「その力によって文学をいかさうとすべき」だと主張した。〈文学は非力だからこそ力がある〉という、ある種の「矛盾・亀裂」をはらんだ、徹底的に逆説的な言い方である。[327] この主張を、「あたりまえの極めて常識的な感想」として、自明視・等閑視して切り捨てるのは至極容易であろうが、[328] 後述するように、ここにこそ、「文学」というものの〈可能性〉の一端を示す手がかりが、隠されているのではないだろうか。

七、「再び文学非力説に就いて」における高見順の姿勢

高見順の「文学非力説」に対しては、発表直後から、多くの反論が寄せられていった。その「旗頭」となったのが、尾崎士郎「決意について」（『都新聞』一九四一・八・六〜八）である。彼は「ひとしく文学者が文学によつて国家に奉仕する道は一国民たることを自覚することよりほかにあるべき筈はない」と、まず、自らの立ち位置を分かりやすく押し出す。高見も、後年に尾崎の主張を「錦の御旗をかかげたその立場は、私からすると正面切つて抵抗しえないものだつた」と述べているように[329]、尾崎は「国家」を後ろ盾としながら、「文学者」「一国民」を代表する立場を表明しつつ、高見順の「文学非力説」を批判していった。

その舌鋒も鋭いもので、表面的に「文学非力説」を叩くのではなく、「文学」の「非力説」は「遠慮ぶかい認識」ではないと断定する。その上で、この主張は「まつたく別な感情が肩をそびやかしてゐる」と指摘し、「時代に対する抗議を示してゐる」という論旨を捉え、高見の主張を「看過するわけにはゆくまい」と、徹底的に糾弾した[330]。これはある意味、「文章を読まないで、文学非力説といふただその題名あたりから勝手に想像して何かと言つてゐる」ような文学者に比して、その主張を精確に汲み取った反論であった。高見順が後年に「私からすると正面切つて抵抗しえないものだつた」と述べたことも無理はなかっただろう。しかし、高見はそれでも「黙つていることもできず」、「反駁し[331]」ていく。

そこで発表されたのが、「再び文学非力説に就いて」（『知性』一九四一・一〇）であった。しかし、「反駁」とは言っても、「時代に対する抗議を示してゐる」、「自由主義のもつ敵性に気脈を通ずるものである」とまで指摘されたならば、真っ向からの「反駁」は難しい[332]。そこで、高見は以下のような文章を連ねる。冒頭部分を見てみよう。

私の「文学非力説」はいろいろな誤解を生んだやうである。私の文章を読んでくれた人にも、そして読まない人にも。私の文章を読まないで、文学非力説といふただその題名あたりから勝手に想像して何かと言つてゐる向きは、これは論外だが、読んでも悲しいことに私の真意を汲んでくれないで誤解してゐるのにも、――私は結局、自分が悪いのだと思つた。私の言ひ方が悪かつたのだ。それにちがひないと反省してゐる。

言ひ方、だけではない。今にして思へば、あれは全くヒステリカルな言ひ方だつたが、ヒステリカルな言ひ方とは、とりもなほさず、私の考へそのものがヒステリカルだつたからである。

旅は人をやゝともすると、ヒステリーにするといふが、私の如きものは特にその虞れがあるのだらう。だが私のヒステリーは、さうした旅のヒステリーだけでなく、私は白人の植民地へ行つたのである、その白人の植民地といふことが私を実に激しく打つた、その打たれたまゝのやゝヒステリカルな心の状態で、ものを言つたといふ点にあるのだ。そこで私の言葉は乱れてゐた。私の心が乱れてゐたから仕方がない。言ふといふ形でなく、投げる形だつた。そのため誤解を生んだのにちがひない。誤解して困ると私は咎めることができない。誤解されるやうな取り乱した言ひ方をしたこつちが悪いのだと恐縮してゐる。

この冒頭部分だけを見ると、高見は完全に「文学非力説」を撤回し、論争からも直ちに撤退しようとしているように見える。しかも、こうした論調は、その後も一貫して続いている。原稿用紙二〇枚弱ほどの小文にもかかわらず、実に「誤解」という言葉を六回、「言ひ方が悪かつた」「書き方が悪かつた」「自分が悪い」といった言葉を五回、「ヒステリカル」「ヒステリー」という言葉を一一回も繰り返し、執拗なまでに「恐縮」した態度をとっているのである。

だが、ここにこそ、高見順の戦略▼333が隠されてはいなかっただろうか。ごく短い文章で、ここまで過剰に、「誤解」、「自分が悪い」、「言ひ方が悪かつた」、「書き方が悪かつた」、「ヒステリカル」などと繰り返されたならば、これらの言葉は、自らの謝罪や自己反省の意味内容自体を、揶揄しているようにさえ見えてくる。

さらに、こうした言葉を畳み掛けながら、その合間に、高見は以下のような主張を潜ませていく。

> この考へから出発して書いた「文学非力説」のその根本的な出発点を見てくれない人があるのは、残念だつた。私の書き方が悪かつたのだらう。
>
> 私は、文学が国を守る力の上でまるで大砲や何かのと同じほどの力でもあるみたいなことを言ふ景気のいい文学論と、さういふ考への文学者の増上慢に対して抗議したのであるが、「時代」に対して抗議したのではなかつた。だが、時代に対して抗議したかのやうに見え、人にさういふ印象を与へたのは、私の書き方が悪かつたものとして詫びねばならない。
>
> 文学がひどく力があるもののやうに言ふ文学論を見て、そしてさうした文学的雰囲気を感じて、これは却つて一種の文学至上主義だと、怒りに似たものさへ感じたのは、私として全く自然のことだつた。（中略）自分の従事する文学が、国を守る力といふ点で実際的な力と同じやうに力強いものの如く思ひ込むのはどんなものか。（中略）作家はこの際、余り役にもたたない小説を書くのなどはやめて、他の実際的な場面へと赴く可き

だとさう成るのだ。

こうして見ていくと、「私の書き方が悪かつた」、「詫びねばならない」といった言葉の狭間に挿入された高見の主張は、「文学非力説」とほとんど変わっていない。いや、むしろ、「文学」を「強力」なものだと認識して、「力」へと向かうならば、「小説を書くのなどはやめ」るべきだという、より強い主張さえ挿入している。その上で、「即ちその非力といふところで、私は仕事をしようと思つたのである」と述べていたのだ。

さらにその一ヶ月後にも、高見は「力強い文学を書けば、それは国防的な実際力を持ちうるといふやうな気持にまでは行けない点は、依然として文学非力説である[334]」と繰り返していく。

以上、やや長く、あえて非常に直線的に「文学非力説論争」ならびに高見順の主張を追ってきたが、もちろんそこには理由がある。それは、高見順や尾崎士郎らの「協力／抵抗」を見るためではない[335]。目を向けたいのは、この論争を通して見せた、高見順の姿勢そのものである。

高見順の主張は、「文学非力説」というタイトルからはじまって、「文学」の「非力さ」を繰り返し唱えたものであった。しかし、それは当然、字義通り「非力さ」を主張したものではなく、むしろ、そこにこそ「文学の異質的な力」がある、という逆説的な主張であった。さらに、尾崎士郎の糾弾に対しても、過剰に「誤解」、「自分が悪い」、「言ひ方が悪かつた」、「書き方が悪かつた」、「ヒステリカル」などと、謝罪、自己反省とも思われる言葉を用いながら、「文学非力説」よりもさらに強い主張を滲ませていくという、戦略的に「矛盾」した態度をとっていった。――思い返せば、「文芸復興」期に高見順が発表した「故旧忘れ得べき」、「描写のうしろに寝てゐられない」も、多くの「矛盾・亀裂」を孕んだ作品であった[336]。

何よりも注目したいのは、こうした「矛盾」を孕み、「逸脱」していこうとする高見順の姿勢と、彼が主張した「文学非力説」そのものである。「矛盾」の文章・態度のなかで、〈文学は非力だからこそ力がある〉と語ること。こうした「あたりまえの極めて常識的な」▼337姿勢にこそ、近年しばしば俎上に載せられる「文学」の可能性について、その鑰の一端を示すものが秘められているのではないだろうか。本書もまた、そうした意図をふまえながら、構成したつもりである。

八、本書を振り返って

「文芸復興」を対象にし、分析を進めてきた本書であるが、あえて「おわりに」では、それ以降の時代について触れてきた。後述するように、そうしたことには、もちろん理由がある。

だが、一旦ここで、本書全体を振り返ってみたい。

本書は、いわゆる「平野史観」「平野文学史」を中心に、既存の文学史において提示された「文芸復興」観から捨象されてきた要素を軸に、あらためて「文芸復興」という現象を捉え返す試みであった。注目した捨象された要素とは、「一九三三（昭和八）年」、「既成作家の復活」、「ジャーナリズム」、「大衆文学」、「新興芸術派」の五点であった。

それらの要素を詳細に検討することによって、従来言われてきたような「プロレタリア文学の衰退→転向文学の進展→「文芸復興」の提唱」といった「安易に考えてしま」う流れ▼338から、一定の距離を取ることを試みた。それにより、平野謙の「三派鼎立」の「公式」から、「文芸復興」という現象を、一旦切り離すことが可能になった。

ここで、あらためて、平野謙の「文芸復興」観を振り返っておこう。「昭和初年代の文学界の最大の特徴」を

「二派抗争の歴史ではな」く「三つ巴の三派鼎立の歴史にほかならなかった」と規定し、「既成リアリズム」、「モダニズム文学」、「マルクス主義文学」を、それぞれ「封建的な生活感情」、「資本主義的な生活様式」、「社会主義的な生活志向」が併存するという近代日本社会になぞらえ、それが「恒常化」したところに「昭和文学独得の運命」を見出したのが、平野の有名な「三派鼎立」の「公式」である。さらにこの「公式」は、「ほぼ昭和九年から昭和十二年にいたる」「文芸復興」期に、「ようやく新旧二派抗争の歴史に切りかえられることによって、昭和の新文学が自立しようとした」という形で展開していく▼339。

この「公式」をふまえながら、そこから遺漏した五つの要素をあらためて提示して、本書で検討した内容を簡単に整理すると、以下のようになるだろう。

「文芸復興」とは、「ナルプ解散」以前の【一九三三（昭和八）年】にすでに勃興していたのであり、その年には【既成作家の復活】が起こっていた。それこそが、「文芸復興」という現象の発端となった。つまり「文芸復興」は、生成の発端からして、平野の言う「三派鼎立」から「二派抗争」という図式に収斂できないものであった。また、「文芸復興」生成の要因は、【ジャーナリズム】が、その経済事情から企図した側面が大きいこと、さらに、様々な観点から、【大衆文学】が影響を及ぼしていたことを明らかにした。そう考えると、「文芸復興」とは、「既成リアリズム」、「モダニズム文学」、「マルクス主義文学」という「三派」だけでは、決して捉え切ることができない現象であったことが分かる。それを傍証するのが、既存の「モダニズム文学」から排除されてきた【新興芸術派】の存在であった。

こうして見ていくと、以下のような同時代の「文芸復興」への認識が、いかに「純文学」中心の〈外部〉を捨象した、楽観的な認識であったかが分かる。

ジヤアナリズムは気にしたつてはじまらない。それが文学の上に猛威を逞しくしてゐるやうに考へるのは、浅墓である。今日確固たる存在を示してゐる作家は、誰一人として、ジヤアナリズムに追随も迎合もしてゐない。ジヤアナリズムの方で、彼等に追随し、迎合してゐるのである。（川端康成「なぜ既成作家に反抗せぬ」『読売新聞』一九三三・四・三〇）

俗化したジヤーナリズムの方向は、大出版資本の意志であつて、文学の発展とは無関係なものである。（林房雄「六号雑記」『文学界』一九三三・一〇）

文学の本質からそれたプロレタリア文学、大衆文学に繫つて、悪いジヤアナリズムが蔓こつちやつたね。そいつに対する反動だと思ふ。（徳田秋声「座談会・文芸界の諸問題を批判する」『新潮』一九三四・七）

『再び嘘を吐く必要のない文学が認められて来た』――これは何といふ喜ばしい事だらう。そして又何といふ住心地の好い事だらう。（広津和郎「嘘をつかないでいい文学」『新潮』一九三四・一）

このように、同時代からすでに【ジャーナリズム】と【大衆文学】という視点を欠落させ、「純文学」を中心とした「文芸復興」が高らかに謳われていたのであった。その認識を引き継ぐ形で、「平野史観」を中心とする既存の「文芸復興」観は築かれてきたのだ。▼340

しかし、再度、「文芸復興」を検証すると、捨象された五つの要素が、この現象と非常に強い連関を持っていたことが判明した。特に、【ジャーナリズム】の事情は「文芸復興」の勃興と非常に強くかかわっていた。【ジャーナリズム】という定義をもう少し深化させるならば、一九三〇年頃から、大宅壮一や平林初之輔、杉山平助らによってすでに多く指摘されていたように、「市場」や「資本」によって、すべてのものを商品や消費物へと変容させる機制《メカニズム》であった。そこで本書では、「純文学」の「復興」を一面的に捉え、目に見えにくい「市場」、「資本」という要素を閑却しがちな既存の「文芸復興」観へ、疑念を提示したつもりである。

だが、それはあくまでも、本書の一部分の試みである。

近年の「文学者はつくられる」▼341という視座は、非常に示唆的なものとして、幾度も取り上げられ、今現在もなお、重要な考察の方法として根づいている。実際に、本書もそうした視座に示唆を受けながら、「市場」、「資本」、「ジャーナリズム」によって「文芸復興」が「つくられ」たという流れに重点を置いて、検証を行ってきた。しかし、作家にせよ、文学現象にせよ、「つくられる」だけでは、「文学」それ自体は何であるのかが、そこには浮かびあがって来にくい。

そのため、本書では、「文芸復興」の「つくられ」ることの悲観的な側面を炙り出し、「文学」の無力さを浮き彫りにすると同時に、だからこそ、そこに「文学」の〈可能性〉が浮かびあがっては来ないかと、個々の分析を通して、試みたつもりである。それが、本書の大きな目的であった。

九、「文芸復興」の「非力」さと〈可能性〉

高見順が「文学非力説」で述べたように、「文学などといふものはやはり非力なものだ」、「非力なものだと、つくづく思はせられた」、「その小ささ非力さをもよく弁へておかねばならぬ」、「非力な文学ならでは為し得ない仕事を、これは下らんと蹴飛ばすことを、果してそれはどんなものだらうかと言ひたい」といふ指摘は、文脈は変われど、「文芸復興」といふ現象にも当てはまる。

ジャーナリズム、市場、資本に翻弄され、企図された現象のなかで、多くの作家が手放しで喜び、戦後にも活躍する多くの新進作家が「つくられ」ていった。もちろん、当時もその構図を自覚していた文学者も多くいたが、ジャーナリズム、市場、資本に対抗することについては、本書ですでに見てきたように、「文学」はほぼ「非力」であったと言わざるを得ない。だが、そこにこそ、高見順の以下の言葉が響いていく。

文学を現実とか生活とかと卑俗に結びつけることによつて、何か文学の非力を蔽はうとでも、してゐるやうに感じられるのである。現実の力といつたものと比べて、文学は非力なものだといふことを、卑下でなく、誠実に弁へることによつて、文学の異質的な力を知り、その力によつて文学をいかさうとすべきだと思ふ。

「文学非力説」、あるいは「再び文学非力説に就いて」における高見順の態度は、先に見たように、徹底的に「矛盾・亀裂」を孕んだ逆説的なものであった。しかし、こうした高見の態度にこそ、「文学の異質的な力」の本質が、透けて見えるのではあるまいか。

そうした展望にのっとって、本書の構成を行った。特に、第四部の太宰治がそうであった。「市場」、「資本」に包摂された「文学」の無力さを露呈させた上で、そこに「矛盾」を仕組んで、〈読者〉に「復讐」を託していく「道化の華」という作品。あるいは井伏鱒二、龍胆寺雄、直木三十五、牧野信一についても、そこに、翻弄されただけではない〈可能性〉を見出そうとしたつもりである。

もちろん、平野謙の文学史観についても、同様である。「平野史観」には、多くの捨象が見られたが、それでも、文学史形成において重要な「公式」であったこと自体を否定することはできない。「文芸復興」は、平野の言うように「現代文学の根本的なエポック」のひとつであったと考える。本書では、「平野公式」のもたらした否定的側面にあえてスポットを当てて、論を進めてきた。しかし、それは「人民戦線」や「統一戦線」をはじめとする、〈可能性〉自体を否定するものではない。むしろ、平野が見捨てたもののなかにある「文学」の「非力さ」を浮かびあがらせながら、その〈可能性〉を見出そうとしたものである。繰り返しになるが、「文学は非力なもの」であり――だからこそ、「異質的な力」があることを浮かびあがらせるのが、本書を構成する際に、もっとも強く意識した点であった。

ただし、本書が「文芸復興」期、あるいはそれにかかわる文学現象〈すべて〉を対象にし、分析を加えたつもりは毛頭ない。本書では、〈土台〉となる市場や資本、ジャーナリズムを中心に見てきたが、ほかにも、軍需インフレ景気をもたらした「満州事変」の問題をはじめ、「転向」の問題、「大衆」と「国民」の問題、「ファシズム台頭」や「非常時」の問題、「一五年戦争（アジア太平洋戦争）」の問題等、〈歴史〉や〈戦争〉を中心に、いくらでも考察すべきことがある。あるいは、「文芸復興」という現象がどのように立ち消えていったかということも、重要な問題である。そのため、今後、「文芸復興」の研究がより深化し、切り開かれていく端緒となることを願い、何よりも、それを自身の課題としていきたい。

主要参考文献一覧

＊参考文献は、本書で引用、あるいは執筆にあたって参考にした単行本を掲げることを原則とした。最初に、全集・著作集などの文献を、続いて本書の各章の内容にかかわる参考関連文献を、それぞれ刊行年月順に配列した。

全集・著作集など

直木三十五『直木三十五全集』全二一巻（一九三三・四〜一九三五・一二、改造社）
牧野信一『牧野信一全集』全三巻（一九六二・三〜九、人文書院）
高見順『高見順文学全集』全六巻（一九六四・一〇〜一九六五・五、講談社）
高見順『高見順全集』全二〇巻・別巻（一九七〇・二〜一九七七・九、勁草書房）
伊藤整『伊藤整全集』全二四巻（一九七二・六〜一九七四・六、新潮社）
平野謙『平野謙全集』全一三巻（一九七四・一一〜一九七五・一二、新潮社）
龍胆寺雄『龍胆寺雄全集』全一二巻（一九八四・一〜一九八六・六、昭和書院）
井伏鱒二『井伏鱒二自選全集』全一二巻・補巻（一九八五・一〇〜一九八六・一〇、新潮社）
太宰治『太宰治全集』全一二巻・別巻（一九八九・六〜一九九二・四、筑摩書房）

本多秋五『本多秋五全集』全一六巻・別巻一、二（一九九四・八～二〇〇四・八、菁柿堂）
井伏鱒二『井伏鱒二全集』全二八巻・別巻一、二・全対談上、下（一九九六・一一～二〇〇一・四、筑摩書房）
太宰治『太宰治全集』全一三巻（一九九八・五～一九九九・五、筑摩書房）
牧野信一『牧野信一全集』全六巻（二〇〇二・三～二〇〇三・五、筑摩書房）

参考関連文献

菊池寛編『文藝創作講座』全一〇巻（一九二八・一二～一九二九・九、文藝春秋社）
東京書籍商組合編『出版年鑑　昭和四年版』（一九二九・七、東京書籍商組合事務所）
東京堂年鑑編輯部編『出版年鑑　昭和五年版』（一九三〇・五、東京堂）
橘篤郎編『綜合ヂャーナリズム講座』全一二巻・別冊二巻（一九三〇・一〇～一九三一・一二、内外社）
山本三生編纂『現代日本文学全集　第六一篇』（一九三一・四、改造社）
東京堂年鑑編輯部編『出版年鑑　昭和六年版』（一九三一・五、東京堂）
大熊信行『文学のための経済学』（一九三三・一一、春秋社）
山本三生編纂代表『日本文学講座　第一四巻』（一九三三・一一、改造社）
有澤廣巳ほか責任監輯『一九三五年版　中央公論年報』（一九三五・一、中央公論社）
改造社編『一九三五年版　改造年鑑』（一九三五・一、改造社）
大熊信行『文藝の日本的形態』（一九三七・一〇、三省堂）
窪川鶴次郎『現代文学論』（一九三九・一〇、中央公論社）
吉田精一編『展望・現代日本文学』（一九四一・三、修文館）
伊藤整『小説の方法』（一九四八・一二、河出書房）

荒正人ほか共著『概説現代日本文学史』（一九四九・一二、塙書房）
中村光夫『風俗小説論』（一九五〇・六、河出書房）
荒正人著者代表『昭和文学十二講』（一九五〇・一二、改造社）
伊藤整編『日本の文学』（一九五一・一、毎日新聞社）
塙書房編集部編『文学読本・理論篇』（一九五一・一〇、塙書房）
平野謙『現代日本文学入門』（一九五三・七、要書房）
新潮社編『佐藤義亮伝』（一九五三・八、新潮社）
猪野謙二ほか編『岩波講座文学2　日本の社会と文学』（一九五三・一二、岩波書店）
中野重治・椎名麟三編『現代文学（一）文学の理論と歴史』（一九五四・九、新評論社）
佐々木基一『昭和文学論』（一九五四・一〇、和光社）
中央公論社『中央公論社七十年史』（一九五五・一一、中央公論社）
奥野健男『太宰治論』（一九五六・二、近代生活社）
伊藤整『伊藤整全集　第一三巻』（一九五六・三、河出書房）
平野謙『昭和文学入門』（一九五六・三、河出書房）
荒正人編『昭和文学史』上巻・下巻（一九五六・四、一二、角川文庫）
小田切秀雄編『講座日本近代文学史』全五巻（一九五六・一〇〜一九五七・六、大月書店）
平野謙編『現代日本文学論争史（下）』（一九五七・一〇、未来社）
伊藤整『小説の方法』（一九五七・一一、新潮文庫）
平野謙『芸術と実生活』（一九五八・一、大日本雄弁会講談社）
高見順『昭和文学盛衰史』第一巻・第二巻（一九五八・三、一一、文藝春秋新社）

吉田精一著者代表『昭和文学史』（一九五九・三、至文堂）
中村光夫・臼井吉見・平野謙『現代日本文学全集　別巻1　現代日本文学史』（一九五九・四、筑摩書房）
久野収・鶴見俊輔・藤田省三『戦後日本の思想』（一九五九・五、中央公論社）
橋川文三『日本浪曼派批判序説』（一九六〇・二、未来社）
長谷川泉編『近代文学論争事典』（一九六二・一二、至文堂）
平野謙『昭和文学史』（一九六三・一二、筑摩書房）
橋本求『日本出版販売史』（一九六四・一、講談社）
尾崎秀樹『大衆文学論』（一九六五・六、勁草書房）
木佐木勝『木佐木日記』（一九六五・一二、図書新聞社）
成瀬正勝編『昭和文学十四講』（一九六六・一、右文書院）
山田忠雄『三代の辞書』（一九六七・四、三省堂）
井伏鱒二『現代日本文学館29　井伏鱒二』（一九六七・一一、文藝春秋）
相馬正一『若き日の太宰治』（一九六八・三、筑摩書房）
伊藤整編『近代日本の文豪3』（一九六八・四、読売新聞社）
中村光夫『日本の現代小説』（一九六八・四、岩波新書）
日本書籍出版協会編『日本出版百年史年表』（一九六八・一〇、日本書籍出版協会）
同志社大学人文科学研究所編『戦時下抵抗の研究II』（一九六九・三、みすず書房）
全国大学国語国文学会監修『講座日本文学11』（一九六九・九、三省堂）
鈴木敏夫『出版——好不況下　興亡の一世紀』（一九七〇・七、出版ニュース社）
紅野敏郎・三好行雄・竹盛天雄・平岡敏夫編『昭和の文学』（一九七二・四、有斐閣）

平野謙『文学・昭和十年前後』（一九七二・四、文藝春秋）
高橋春雄・保昌正夫編『近代文学評論大系7』（一九七二・九、角川書店）
都築久義『尾崎士郎』（一九七四・一一、三交社）
平野謙『昭和文学私論』（一九七七・三、毎日新聞社）
バルト、ロラン（Barthes, Roland）『テクストの快楽』（沢崎浩平訳、一九七七・四、みすず書房）
日本近代文学館編『日本近代文学大事典』全六巻（一九七七・一一〜一九七八・三、講談社）
無頼文学研究会編著『太宰治Ⅰ』（一九七七・一二、教育出版センター）
三好行雄・竹盛天雄編『近代文学6　昭和文学の実質』（一九七七・一二、有斐閣）
バルト、ロラン（Barthes, Roland）『物語の構造分析』（花輪光訳、一九七九・一一、みすず書房）
龍胆寺雄『人生遊戯派』（一九七九・一二、昭和書院）
磯貝英夫『現代文学史論』（一九八〇・三、明治書院）
長篠康一郎『太宰治七里ヶ浜心中』（一九八一・四、広論社）
小田光雄『消費される書物』（一九八二・五、創林社）
相馬正一『評伝太宰治』第一部〜第三部（一九八二・五〜一九八五・七、筑摩書房）
『一冊の講座』編集部編『一冊の講座　太宰治』（一九八三・三、有精堂出版）
海野弘『モダン都市東京――日本の一九二〇年代』（一九八三・一〇、中央公論社）
奥野健男『太宰治論』（一九八四・六、新潮文庫）
中山和子『平野謙論　文学における宿命と革命』（一九八四・一一、筑摩書房）
絓秀実『複製の廃墟』（一九八六・五、福武書店）
野口冨士男『感触的昭和文壇史』（一九八六・七、文藝春秋）

三好行雄編『近代文学史必携』（一九八七・一、學燈社）
論究の会編『平野謙研究』（一九八七・一一、明治書院）
有精堂編集部編『講座昭和文学史　第二巻』（一九八八・八、有精堂出版）
國文學編集部編『近代文壇事件史』（一九八九・九、學燈社）
市古貞次責任編集『増訂版　日本文学全史6』（一九九〇・三、學燈社）
柳沢孝子『牧野信一　イデアの猟人』（一九九〇・五、小沢書店）
無頼文学研究会編『仮面の異端者たち――無頼派の文学と作家たち』（一九九〇・六、朝日書林出版部）
柄谷行人編『近代日本の批評』昭和篇上・下（一九九〇・一二、一九九一・三、福武書店）
紅野謙介『書物の近代――メディアの文学史』（一九九二・一〇、筑摩書房）
久保喬『太宰治の青春像』（一九九三・六、朝日書林）
東郷克美『異界の方へ――鏡花の水脈』（一九九四・二、有精堂出版）
安藤宏『自意識の昭和文学――現象としての「私」』（一九九四・三、至文堂）
中村三春『フィクションの機構』（一九九四・五、ひつじ書房）
中島国彦『近代文学にみる感受性』（一九九四・一〇、筑摩書房）
鈴木貞美『日本の「文学」を考える』（一九九四・一一、角川選書）
相馬正一『井伏鱒二の軌跡』（一九九五・六、津軽書房）
神谷忠孝・安藤宏編『太宰治全作品研究事典』（一九九五・一一、勉誠社）
井伏鱒二『仕事部屋』（一九九六・一〇、講談社文芸文庫）
廣瀬晋也『嘉村礒多論』（一九九六・一〇、双文社出版）
龍胆寺雄『放浪時代　アパアトの女たちと僕と』（一九九六・一二、講談社文芸文庫）

時代別日本文学史事典編集委員会編『時代別日本文学史事典　現代編』（一九九七・五、東京堂出版）
永嶺重敏『雑誌と読者の近代』（一九九七・六、日本エディタースクール出版部）
山内祥史『太宰治著述総覧』（一九九七・九、東京堂出版）
井伏鱒二『夜ふけと梅の花・山椒魚』（一九九七・一一、講談社文芸文庫）
山﨑正純『転形期の太宰治』（一九九八・一、洋々社）
東郷克美編『井伏鱒二の風貌姿勢』（一九九八・二、至文堂）
安藤宏編『日本文学研究論文集成41　太宰治』（一九九八・五、若草書房）
細谷博『太宰治』（一九九八・五、岩波新書）
鈴木貞美『日本の「文学」概念』（一九九八・一〇、作品社）
青木保ほか編『近代日本文化論7　大衆文化とマスメディア』（一九九九・一一、岩波書店）
山本芳明『文学者はつくられる』（二〇〇〇・一二、ひつじ書房）
涌田佑編『井伏鱒二事典』（二〇〇〇・一二、明治書院）
松本武夫編『井伏鱒二『山椒魚』作品論集』（二〇〇一・一、クレス出版）
東郷克美『太宰治という物語』（二〇〇一・三、筑摩書房）
佐藤卓己『『キング』の時代――国民大衆雑誌の公共性』（二〇〇二・九、岩波書店）
安藤宏『太宰治　弱さを演じるということ』（二〇〇二・一〇、ちくま新書）
杉野要吉『ある批評家の肖像――平野謙の〈戦中・戦後〉』（二〇〇三・二、勉誠出版）
紅野謙介『投機としての文学――活字・懸賞・メディア』（二〇〇三・三、新曜社）
東郷克美編『井伏鱒二全集索引』（二〇〇三・三、双文社出版）
井上ひさし・小森陽一編著『座談会　昭和文学史』全六巻（二〇〇三・九～二〇〇四・二、集英社）

石原千秋『テクストはまちがわない――小説と読者の仕事』（二〇〇四・三、筑摩書房）
和田博文監修『コレクション・モダン都市文化』全一〇〇巻（二〇〇四・一二～二〇一四・六、ゆまに書房）
植村鞆音『直木三十五伝』（二〇〇五・六、文藝春秋）
佐藤泉『戦後批評のメタヒストリー　近代を記憶する場』（二〇〇五・八、岩波書店）
大原祐治『文学的記憶・一九四〇年前後――昭和期文学と戦争の記憶』（二〇〇六・一一、翰林書房）
山本亮介『横光利一と小説の論理』（二〇〇八・二、笠間書院）
日比嘉高『増補版〈自己表象〉の文学史――自分を書く小説の登場』（二〇〇八・一一、翰林書房）
松本和也『昭和十年前後の太宰治　〈青年〉・メディア・テクスト』（二〇〇九・三、ひつじ書房）
東郷克美『太宰治の手紙』（二〇〇九・七、大修館書店）
十重田裕一『「名作」はつくられる――川端康成とその作品』（二〇〇九・七、日本放送出版協会）
石原千秋『読者はどこにいるのか――書物の中の私たち』（二〇〇九・一〇、河出書房新社）
大國眞希『虹と水平線――太宰文学における透視図法と色彩』（二〇〇九・一二、おうふう）
五味渕典嗣『言葉を食べる――谷崎潤一郎、一九二〇～一九三一』（二〇〇九・一二、世織書房）
松本和也『太宰治の自伝的小説を読みひらく　「思ひ出」から『人間失格』まで』（二〇一〇・三、立教大学出版会）
和泉司『日本統治期台湾と帝国の〈文壇〉――〈文学懸賞〉がつくる〈日本語文学〉』（二〇一二・二、ひつじ書房）
滝口明祥『井伏鱒二と「ちぐはぐ」な近代　漂流するアクチュアリティ』（二〇一二・一一、新曜社）
東郷克美『井伏鱒二という姿勢』（二〇一二・一一、ゆまに書房）
山内祥史『太宰治の年譜』（二〇一二・一二、大修館書店）
小林洋介『〈狂気〉と〈無意識〉のモダニズム』（二〇一三・二、笠間書院）
山本芳明『カネと文学　日本近代文学の経済史』（二〇一三・三、新潮社）

斎藤理生『太宰治の小説の〈笑い〉』（二〇一三・五、双文社出版）
戦争と文学編集室編『コレクション　戦争と文学　別巻』（二〇一三・九、集英社）
十重田裕一『岩波茂雄――低く暮らし、高く想ふ』（二〇一三・九、ミネルヴァ書房）
庄司達也・中沢弥・山岸郁子編『改造社のメディア戦略』（二〇一三・一二、双文社出版）
永井善久『〈志賀直哉〉の軌跡　メディアにおける作家表象』（二〇一四・七、森話社）

《図版出典》

図1・図2＝「家庭十六ミリ描写　或る日のいさかひ　赤ん坊」（『読売新聞』一九三三・二・七、朝刊第九面）
図3・図4＝「文壇モデル小説【6】」（『読売新聞』一九三三・四・五、朝刊第四面）
図5＝「仕事部屋」連載第一回（『都新聞』一九三一・四・一七、朝刊第一面）
図6＝「新小説予告」（『都新聞』一九三一・四・一四、朝刊第一面）

初出一覧（ただし、いずれも改訂を施している）

はじめに

書き下ろし。

第一部

第一章　「戦後批評と「文芸復興」生成期――一九五〇年代における平野謙の文学史観を中心に」
（『文藝と批評』第一〇巻第八号、二〇〇八・一一、文藝と批評の会）

第二章　「「純文学論争」への道程――平野謙の「文芸復興」観と一九六〇年前後の批評を中心に」
（『文藝と批評』第一〇巻第九号、二〇〇九・五、文藝と批評の会）

第三章　「比喩の文学現象――一九七〇年代以降の〈文芸復興〉観について」
（『國文學論輯』第三二号、二〇一一・三、国士舘大学国文学会）

第二部

第一章　「企図される「文芸復興」——志賀直哉『萬暦赤絵』に見る「変態現象」」
（『国文学研究』第一四六集、二〇〇五・六、早稲田大学国文学会）
第二章　「量産を強いる時代——円本ブーム後の作家達」
（『文藝と批評』第九巻第四号、二〇〇一・一一、文藝と批評の会）
第三章　「読者意識の源泉——直木三十五に遡る「文芸復興」期の文学状況」
（『文藝と批評』第一〇巻第五号、二〇〇七・五、文藝と批評の会）
第四章　「黙殺される「私小説」——直木三十五『私　眞木二十八の話』の試み」
（『日本近代文学』第七四集、二〇〇六・五、日本近代文学会、特集＝文学にとって〈通俗性〉とは何か）

第三部

第一章　「「文芸復興」と〈モダニズム文学〉の命脈——龍膽寺雄『M・子への遺書』にみる文学史観の問題」
（『日本近代文学』第八一集、二〇〇九・一一、日本近代文学会）
第二章　「一九三五年前後の文学賞と作家の行方——龍胆寺雄と太宰治をめぐって」
（『国士舘人文学』第三号、二〇一三・三、国士舘大学文学部人文学会）
第三章　「「ナンセンス」をめぐる〈戦略〉——井伏鱒二「仕事部屋」の秘匿と「山椒魚」の位置」
（『昭和文学研究』第五五集、二〇〇七・九、昭和文学会）
第四章　「「私」をめぐる問題——牧野信一『蚊』に見る昭和文学の源流」
（『繍』第一二集、二〇〇〇・三、「繍」の会）

第四部

第一章　「太宰治と「通俗小説」――黒木舜平「断崖の錯覚」の秘匿について」
（『早稲田大学大学院文学研究科紀要』第五三輯第三分冊、二〇〇八・二、早稲田大学大学院文学研究科）

第二章　「生成する〈読者〉表象――太宰治「道化の華」の位置」
（『日本文学』第五七巻第一二号、二〇〇八・一二、日本文学協会）

第三章　「市場の芸術家の復讐――太宰治『道化の華』論」
（『文藝と批評』第九巻第二号、二〇〇〇・一一、文藝と批評の会）

おわりに

書き下ろし。

＊ただし、部分的に「「素材派・芸術派論争」の推移と「無意味」化の問題」（『太宰治スタディーズ』第四号、二〇一二・六、太宰治スタディーズの会）、「太宰治「八十八夜」と〈初期実験作〉――一九三九年のパラダイムチェンジ」（同）と記述が重複する箇所がある。

注

▼1　特に、「昭和文学」を中心とした文学史書に、「昭和一〇年前後」やその時期を示す「文芸復興」、「「文芸復興」期」という言葉が、独立した項として用いられる傾向が強い。荒正人編『昭和文学史（上）』（一九五六・四、角川文庫）、吉田精一著者代表『昭和文学史』（一九五九・三、至文堂）、平野謙『昭和文学史』（一九六三・一二、筑摩書房）、成瀬正勝編『昭和文学十四講』（一九六六・一、右文書院）、中村光夫『日本の現代小説』（一九六八・四、岩波新書）、紅野敏郎・三好行雄・竹盛天雄・平岡敏夫編『昭和の文学』（一九七二・四、有斐閣）、久保田正文『昭和文学史論』（一九八五・一〇、講談社）、三好行雄編『近代文学史必携』（一九八七・一、學燈社）、有精堂編集部編『講座昭和文学史 第二巻』（一九八八・八、有精堂出版）をはじめ枚挙に遑はないが、これらほんの一例を見るだけでも、当該時期がいかに注目されてきたかが分かる。

▼2　それぞれ、「文芸復興期の文学」（『昭和文学十四講』一九六六・一、右文書院）、「「行動」解説」（『復刻版　行動』一九七四・九、臨川書店）。

▼3　本多秋五「「文芸復興」と転向文学」（『昭和文学史（上）』一九五六・四、角川文庫）。

▼4　初出はそれぞれ、「禽獣」（『改造』一九三三・七）、「雪国」（『文藝春秋』一九三五・一～断続的に連載）、「美しい村」（『改造』一九三三・一〇）、「風立ちぬ」（『改造』一九三六・一二）、「集金旅行」（『文藝春秋』等、一九三五・五～一九三六・九）、『ジョン万次郎漂流記』（一九三七・一二、河出書房）。

▼5　『文学界』、『行動』は一九三三年一〇月、『文藝』は一一月に創刊。「芥川龍之介賞」「直木三十五賞」は一九三五年一月、正式に創設が宣言された。

▼6　「座談会・社会主義的リアリズムの問題その他――中日事変前の一時的昂揚期」（『近代文学』一九五四・六）、『昭和文学盛衰史（二）』（一九五八・一一、文藝春秋新社）参照。『日本浪曼派』は一九三五年三月、『人民文庫』は一九三六年三月に創刊。

▼7　初出はそれぞれ、「純粋小説論」（『改造』一九三五・四）、「私小説論」（『経済往来』一九三五・五～九）。

▼8　一九三三年一〇月二日『都新聞』の「大波小波」欄で、『文学界』は「呉越同舟の同人組織」だという指摘が、いちはやくなされている。

▼9　他の文学状況について、その一例を挙げるならば、学芸自由同盟の結成、直木三十五のファシズム宣言、文芸懇話会の成立、二・二六事件の影響など、戦中へとつながっていく動向が活発化するとともに、「芥川賞／直木賞」設定によって明確化された「純文学／大衆文学」の分化や、綜合雑誌が文学作品を「記事」として登用した『経済往来』の「三十三人集」刊行、日本ペン倶楽部の結成、シェストフ論争・純粋小説論争・思想と実生活論争をはじめ、戦後文学に影響を及ぼす現象も数多く起こっていった。

▼10　柄谷行人「近代日本の批評・昭和前期Ⅱ」(『季刊思潮』一九八九・一〇)。

▼11　それぞれ、本多秋五「昭和文学史（2）――「文芸復興」と転向文学」(『現代文学（一）文学の理論と歴史』一九五四・九、新評論社)、平野謙「解説」(『現代日本文学論争史（下）』一九五七・一〇、未来社)、橋川文三「「文芸復興」と転向の時代」(『昭和文学史』一九五九・三、至文堂)、磯貝英夫「文芸復興期の文学」(前掲注2)。

▼12　それぞれ、本多秋五「「文芸復興」と転向文学」(前掲注3)、平野謙『現代日本文学全集　別巻1　現代日本文学史』(一九五九・四、筑摩書房)、橋川文三「「文芸復興」と転向の時代」(前掲注11)、磯貝英夫「文芸復興期の文学」(前掲注2)。

▼13　単語のレベルでいうならば、たとえば一九三三(昭和八)年二月、同人誌『文藝首都』における「首都言」(無署名)の欄で「純文芸復興」という言葉がいちはやく用いられている。ただし、一月の創刊号「巻頭言」(無署名)を見ると、同誌創刊の目的として、「純文芸の消滅」の声が上がるなか「純文芸の眠々たる生気を再び文壇に吹き送ることをもつて使命とする」とあり、その一環として「純文芸振興」「純文芸の振興」といった言葉が繰り返し用いられているのに対し、「純文芸復興」は、たった一度しか用いられていない。すなわち、二月号の「純文芸復興」という言葉の使用を、直接「文芸復興」という現象に結びつけ、その創始や名付け親と見るのは困難であろう。実際に『文藝首都』において、「純文芸復興」「文芸復興」という言葉は、その後、しばらくのあいだ用いられていない。同誌で「文芸復興」という語が頻繁に用いられるようになるのは、三三年一一月号「首都言」(無署名)・「文芸時評」(風間真一)の欄以降であり、すでに「文芸復興」という語が流通した後のことである。あるいは『行動』の広告文や『文藝通信』の「編輯後記」欄等にも「文学復興」「文芸復興」という言葉は見られるが、右の『文藝首都』の事例や先の濱野修の評が示すとおり、〈「文芸復興」という語が、本

当にはじめて使用されたのはどこか〉という事項については、語彙・文脈レベルの別の問題も孕み、また、本論の主旨ともかけ離れていくため、あえてここでは深く掘り下げないでおきたい。

▼14 それぞれ、中條百合子「本年度におけるブルジョア文学の動向」（『文学評論』一九三四・一二）、同「今日の文学の鳥瞰図」（『唯物論研究』一九三七・四）、窪川鶴次郎「文芸復興と文学の新展開」（『現代文学論』一九三九・一〇、中央公論社）。

▼15 磯貝英夫「争点・昭和文学史の構想」（『現代文学史論』一九八〇・三、明治書院）。

▼16 たとえば、曾根博義も「文芸復興」の特質のひとつを、「商業ジャーナリズムの看板という性格」に見出している（「〈文芸復興〉という夢」『講座昭和文学史 第二巻』一九八八・八、有精堂出版）。

▼17 本書第二部第二章「「円本ブーム」後のジャーナリズム戦略——『綜合ヂヤーナリズム講座』を手がかりに」参照。

▼18 『昭和文学史』（一九六三・一二、筑摩書房）。初出は『現代日本文学全集 別巻1 現代日本文学史』（一九五九・四、筑摩書房）。

▼19 『現代日本文学入門』（一九五三・七、要書房）。

▼20 『昭和文学史』（前掲注18）。

▼21 和田博文「モダニズム文学研究」（『日本近代文学を学ぶ人のために』一九九七・七、世界思想社）、「モダニズムと都市——研究の現状と今後の展望」（『日本近代文学』二〇〇四・五）、小林洋介『〈狂気〉と〈無意識〉のモダニズム』（二〇一三・二、笠間書院）等参照。

▼22 それぞれ、橋川文三「「文芸復興」と転向の時代」（前掲注11）、窪川鶴次郎「「文芸復興」とその底流」（『講座日本近代文学史 第四巻』一九五七・二、大月書店）。

▼23 「川端康成へ」（『文藝通信』一九三五・一〇）。

▼24 副田賢二「〈作家権〉の構造——昭和十年代の『文芸春秋』と新人賞をめぐって」（『近代文学合同研究会論集第1号』二〇〇四・一〇）。

▼25 なお、第一回芥川賞の最終候補となったのは、「道化の華」ではなく「逆行」（『文藝』一九三五・二）であったことは、広く知られている通りである。

▼26 刊行はそれぞれ、『現代日本文学入門』（一九五三・七、要書房）、『昭和文学入門』（一九五六・三、河出書房）、『昭和文学

史』(一九六三・一二、筑摩書房)。

▼27 亀井秀雄「平野謙」(『日本近代文学大事典 第三巻』一九七七・一一、講談社)。

▼28 それぞれ、「解説」(『現代日本文学論争史(下)』一九五七・一〇、未来社)、『現代日本文学入門』(前掲注19)。なお、前者の論は、生前全集収録の際に「昭和十年前後の文藝思潮」というタイトルに改題されている(『平野謙全集 第五巻』一九七五・八、新潮社)。そこからも、平野謙の文学史観・「文芸復興」観の基調を成す、重要な論であったことが推察される。

▼29 それぞれ、「枯木のある風景」(一月・『改造』)、「町の踊り場」(三月・『経済往来』)、「春琴抄」(六月・『中央公論』)、「蘆刈」(九月・『中央公論』)。

▼30 詳しくは、本書第二部第三章「読者意識と「大衆文学」――純文学飢餓論争にみる「文芸復興」の底流」参照。

▼31 一九五〇・一二、講談社。

▼32 ただし、「島崎藤村・永井荷風・谷崎潤一郎・志賀直哉ら大家の復活による「文芸復興」が全文壇にとなえられはじめた」(『現代日本文学入門』)などと、平野はまれに、「既成作家の復活」を「文芸復興」に含めるような叙述もなしている。それが、後の「文芸復興」観を、より複雑にしていったことにも留意が必要であろう。

▼33 初出は『人間』(一九五〇・一二)。なお、本章第二節で確認したように、この論は同月、ほぼ同じ内容で「昭和九年以後」のタイトルのもと、『昭和文学十二講』にも収録されており、広く流通していった。

▼34 もちろんそこには、戦後の平野の立場、特に「政治と文学」にかかわる問題が強く作用していた。それについては、たとえば近年では、立尾真士「平野謙の「戦後」――「昭和十年前後」と「昭和十年代」をめぐって」(『亜細亜大学学術文化紀要』二〇一三・一)などに詳しい。

▼35 周知の通り、小林秀雄の「私小説論」では、「社会化した「私」」と表記されている。

▼36 一九五一・一、毎日新聞社。

▼37 注32で指摘した「既成作家の復活」と同様に、平野はまれに「昭和八年」を「文芸復興」の起点に据えるような叙述もなしている。この点も、後の「文芸復興」観を、より複雑にしていったことに留意が必要であろう。

▼38 それぞれ、村松剛「座談会・『近代文学』の功罪」(『三田文学』一九五四・四)、鶴見俊輔『戦後日本の思想』(一九五九・五、中央公論社)。

▼39 三浦雅士「戦後批評ノート」（『季刊思潮』一九九〇・一）。

▼40 詳しくは、本書第二部第一章「企図された「文芸復興」——志賀直哉「萬暦赤絵」にみる既成作家の復活」参照。

▼41 本多秋五は一九五六年の段階で、すでに「「文芸復興」の肝腎な内容」は「漠然としていて、はなはだ捕捉しにくい」と述べていた（「「文芸復興」と転向文学」前掲注3）。

▼42 「近代から現代へ」（『現代文学史論』前掲注15）。

▼43 矢野昌邦「平野謙・純文学論争とその後」（『平野謙研究』一九八七・一一、明治書院）。磯貝英夫も「この論争は、文学史論争としてはおそらく最大のもの」で、「きわめて興味ぶかい論争」であるが、「その成果については疑問視するむきも多い」と指摘している（「争点・昭和文学史の構想」前掲注15）。

▼44 福田恆存「文壇的な、餘りに文壇的な」（『新潮』一九六二・四）。

▼45 各論者の動向と論点の推移については、従前の研究で多く注目されてきた。たとえば近年では、細谷博が「〈純文学〉の変質」において、その詳しい解説を行っている（『時代別日本文学史事典 現代編』一九九七・五、東京堂出版）。また、木村政樹は「アクチュアリティ」の問題を中心に、論争における平野謙の「戦略性」等の検証を行っている（「「アクチュアリティ」の時代——純文学論争における平野謙」『日本近代文学』二〇一四・五）。

▼46 平野謙自身は、「純文学論争」を振り返って、「あの論争のかくれたる張本人は、当時の「群像」編集長大久保房男にほかならなかった」（「純文学論争以後」『群像』一九七一・一〇）と述懐したが、論争の内実から、その後「「張本人」はやはり平野謙だとみるべきと思われる」（「平野謙・純文学論争とその後」前掲注43）、「この論争の主役は平野謙である」（「争点・昭和文学史の構想」前掲注15）と指摘された。

▼47 それぞれ、磯田光一「純文学論争」（『日本近代文学大事典 第四巻』一九七七・一一、講談社）、磯貝英夫「争点・昭和文学史の構想」（前掲注15）、矢野昌邦「平野謙・純文学論争とその後」（前掲注43）参照。

▼48 それぞれ、佐々木基一「「文芸復興」期批評の問題」（『昭和文学論』一九五四・一〇、和光社）、本多秋五「「文芸復興」と転向文学」（前掲注3）。

▼49 「文芸復興と文学の新展開」（前掲注14）。なお、同論は戦後、ほぼそのままの形で『講座日本近代文学史 第四巻』（一九五七・二、大月書店）にも収録されている。

▼50 「日本浪曼派批判序説——耽美的パトリオティズムの系譜」(『同時代』一九五七・三〜一九五九・六)。単行本『日本浪曼派批判序説』は、一九六〇年二月、未来社より刊行。

▼51 「昭和初年代の文学」(『概説現代日本文学史』一九四九・一二、塙書房)。

▼52 もちろん、両者の一九三〇年代の文学状況に対する認識自体が、完全に折り重なっていった訳ではない。特に、「文芸復興」以降や、戦争に対する視座の違いは明確であった。たとえば、橋川が「日本浪曼派批判序説」(前掲注50)において、『近代文学』同人の「一部」として荒正人と平野謙を名指ししながら、「日本ロマン派に無関心でありえない筈にもかかわらず、意外なほどその無理解は甚しい」と強く批判していることなどからも、その認識の相違を見て取ることができるだろう。

▼53 中村光夫も『風俗小説論』(一九五〇・六、河出書房)において、「純粋小説論」を「小説通俗化の運動」と指摘し、「今日の小説の支配的形式とも云ふべき風俗小説がこの小説通俗化の運動から生れたものであり、いはゆる「文芸復興」の結論であつた」と指摘している。

▼54 「純文学概念の意味」(『近代文学評論大系7』一九七二・九、角川書店)。

▼55 「もうひとつの三派鼎立」(『近代日本の文豪3』一九六八・四、読売新聞社)。なお、谷崎潤一郎と「通俗性」「大衆性」との関係については、たとえば近年では、日高佳紀「〈実用〉と〈通俗〉の間——谷崎『文章読本』を読み直す」(『日本文学』二〇〇二・一〇)、「谷崎潤一郎『お艶殺し』の図像学——〈通俗〉からの回路」(『奈良教育大学国文』二〇〇六・三)などに詳しい。

▼56 『昭和文学史』(前掲注18)。

▼57 「再説・純文学変質」(『群像』一九六二・三)。

▼58 「純文学論争」(前掲注47)。近年でも「中間小説」とジャーナリズムとの関係性は強く注目されている。たとえば、高橋孝次「「中間小説」の真実なもの——「地方紙を買う女」と「野盗伝奇」」(『第十三回松本清張研究奨励事業研究報告書』二〇一三・一)や、同誌掲載の資料「「中間小説誌」の分布図」などは示唆的である。

▼59 本書第二部第一章「企図された「文芸復興」——志賀直哉「萬暦赤絵」にみる既成作家の復活」参照。

▼60 高見順は『昭和文学盛衰史(二)』(前掲注6)において、『行動』の提唱した行動主義文学論なるものが当時は、傍流的な存在の『行動』が主流へとおどり出ようとする、いわばジャーナリスチックなあがきのひとつであるかのように見られた」

としている。具体的には、『行動』十月号は創刊一周年記念号で、それに舟橋聖一は再出発の作品として『ダイヴィング』を書いた。これが俄然、世評を呼んだ」、「昭和十年二月に紀伊国屋出版部から出された田辺茂一編『能動精神パンフレット』で「能動精神と行動主義に関して書かれた主張的論文と支持的評論を集めた」などと、その様々な「ジャーナリスチック」な動向を指摘している。

▼61 「座談会・純文学と大衆文学」（『群像』一九六一・一二）等参照。

▼62 「純文学概念の意味」（前掲注54）。

▼63 磯貝英夫「争点・昭和文学史の構想」（前掲注15）。

▼64 「もうひとつの三派鼎立」（前掲注55）。

▼65 柄谷行人は、平野謙の「人民戦線」像について、「具体的な政治過程にではなく、「文学」に見いだし」たものとして、「文学主義」という批判を行っている（「近代日本の批評・昭和前期Ⅱ」前掲注10）。これまでの考察をふまえると、平野は、その「人民戦線」像を「「純文学」に見いだし」ていったという点で、より狭義な「純文学主義」と言うこともできるだろう。

▼66 「昭和初年代の文学」（前掲注51）。

▼67 亀井秀雄は『日本近代文学大事典 第三巻』（前掲注27）の「平野謙」の項において、その文学史観を「三派鼎立、二派抗争の平野公式」と指摘している。

▼68 刊行はそれぞれ、『現代日本文学入門』（一九五三・七、要書房）、『昭和文学入門』（一九五六・三、河出書房）、『現代日本文学全集 別巻1 現代日本文学史』（一九五九・四、筑摩書房）、『昭和文学史』（一九六三・一二、筑摩書房）。

▼69 前章で見たように、橋川文三も平野謙の「文芸復興」観を「正統派的解釈」であると明言しており（「「文芸復興」と転向の時代」前掲注11）、その発言からも、〈「昭和文学史」＝「平野文学史」〉となっていった経緯がうかがえる。

▼70 『文学・昭和十年前後』は、一九六〇年三月から一九六三年三月に『文学界』で連載。『昭和文学私論』は、一九六九年二月から一九七五年一二月に『毎日新聞（夕刊）』で連載。

▼71 全一三巻、一九七四年一一月〜一九七五年一二月刊行。

▼72 それぞれ、村松剛「座談会・『近代文学』の功罪」（前掲注38）、鶴見俊輔『戦後日本の思想』（前掲注38）。

▼73 ただし、絓秀実は「いったい、平野謙から学ぶべき何ものをも持たないわれわれとは、誰のことなのであろうか」（傍点＝原文）と、平野謙を〈読む〉主体の方にも問題を照らし返し、この二年後にも平野謙論を執筆している（「平野謙のポリティーク」『海燕』一九八四・四）。なお、両論は『複製の廃墟』（一九八六・五、福武書店）に収録されている。また、後述するように（注80参照）、大原祐治は「昭和一〇年前後」という枠組みに違和を表明しながらも、「平野のような存在そのものを無視することは出来ない」、「その（平野謙の――引用者注）「文学史」叙述には「文学研究」上の資料として重要なものも少なからず含まれる」として、「絓のように「われわれは、平野謙という批評家から何も学ぶことがない」とまで断言することは出来ない」と論及している（『文学的記憶・一九四〇年前後――昭和期文学と戦争の記憶』二〇〇六・一一、翰林書房）。

▼74 初出は、『すばる』（一九九七・一〜二〇〇三・七）。

▼75 磯貝英夫「近代から現代へ」（『現代文学史論』前掲注15）。

▼76 磯貝英夫は「周知のように、彼は、昭和文学史構築の最大の功績者で、その観方は、平野史観と呼ばれて、今日のかっこうの攻撃目標ともされているわけだが、それだけ、その仕事は大きいと言っていいわけである」と指摘しているが、これも裏返すと、「否定」と「補強」との狭間に陥った複雑な研究の傾向を指摘しているとも考えられるだろう（「争点・昭和文学史の構想」前掲注15）。

▼77 それぞれ、磯貝英夫「文芸復興期の文学」（前掲注2）、野口冨士男「「行動」解説」（前掲注2）。

▼78 中島の「スフィンクス的性格」という指摘は、「時代閉塞の現状」（原稿＝一九一〇・三、収録＝『啄木遺稿』一九一三・五、東雲堂書店）における石川啄木の「自然主義」に対する言い回しに由来するものだと考えられる。「「文学史」をめぐる断想」（『日本近代文学』二〇一二・五）参照。

▼79 「〈作家権〉の構造――昭和十年代の『文芸春秋』と新人賞をめぐって」（前掲注24）。ただし、同論は表題が示す通り、「昭和十年代」の「新人賞」や、それをめぐる〈作家権〉の「構造」「システム」を主眼とした示唆的な論考であり、その言説空間の多様性を述べた部分であることもここで注記しておきたい。

▼80 平野謙の「昭和一〇年前後」という枠組みに対しては、現在でも多くの異論が示されている。たとえば、大原祐治は『文学的記憶・一九四〇年前後――昭和期文学と戦争の記憶』（前掲注73）において、杉野要吉『ある批評家の肖像――平野謙の

〈戦中・戦後〉』（二〇〇三・二、勉誠出版）や中山和子『平野謙論　文学における宿命と革命』（一九八四・一一、筑摩書房）等に注目しながら、事実確認的《コンスタティヴ》／行為遂行的《パフォーマティヴ》という観点から、「昭和一〇年前後」という「枠組み」とその「有効性」への違和感を表明している。それ以前にも、たとえば絓秀実は平野の史観について「元号史観と世代論による文学史記述」が「資本主義という問題を隠蔽する装置と化している」と指摘している（「ポスト「近代文学史」をどう書くか？——「元号」と「世代」をこえて」『小説tripper』二〇〇一・九＝秋号）。とはいえ、「元号史観」という枠組みから離れてする際にも、当然、同時代において「昭和一〇年前後」などと捉えられていなかった「文芸復興」という現象自体は事実として残るわけであり、それをどのように捉えるかという問題は、閑却されるべきものではもちろんなく、むしろ、再浮上してくる問題になるであろう。

▼81 本多秋五「「文芸復興」と転向文学」（前掲注3）。

▼82 それぞれ、本多秋五「「文芸復興」と転向文学」（前掲注3）、佐々木基一「「文芸復興」期批評の問題」（前掲注48）。

▼83 それぞれ、磯貝英夫「文芸復興期の文学」（前掲注2）、野口冨士男「「行動」解説」（前掲注2）。

▼84 「文芸復興」をタイトルに織り込んだ論考として、近年では、たとえば山本芳明「文芸復興前後の〈私小説〉言説——嘉村礒多を軸として」（『文学』二〇〇三・三）、大木志門「徳田秋聲の「政治」性——文芸復興期の精神と「新官僚主義」をめぐって」（『立教大学日本文学』二〇〇三・一二）などが挙げられるものの、「文芸復興」という現象自体の発端、成立を問うた趣旨の論考ではない。「文芸復興」という現象それ自体に比較的注目した論としては、中根隆行「一九三三年における「文芸復興」のスローガンについて」（『文学研究論集』一九九八・三）、大澤聡「固有名消費とメディア論的政治——文芸復興期の座談会」（『昭和文学研究』二〇〇九・三）などが挙げられる。前者は「文芸復興」と「非常時」という言葉との関係に注目している点で、後者は「座談会」という場に「商品価値」と「固有名消費」見出そうとしている点で示唆に富む。ほかに「文芸復興」が主題や副題に用いられている論は数多くあるものの、あくまで「「文芸復興」期」という時期（＝一九三五年前後）を指すものとして使用されている。なお、「文芸復興」と「「文芸復興」期」の問題については、曾根博義「〈文芸復興〉という夢」（前掲注16）でも詳しく取り上げられている。

▼85 本書「はじめに」参照。

▼86 数少ない論考として、永井善久『〈志賀直哉〉の軌跡　メディアにおける作家表象』（二〇一四・七、森話社）が挙げられる。

本章の主眼とは異なるが、読者受容という観点から「〝現象〟としての〈志賀直哉〉」に注目したその考察は示唆的である。なお、同書においても、「文芸復興期」の志賀直哉は「従来あまり論じられてこなかった」と指摘されている。

▼87 それぞれ、「中央公論と経済往来」(『文学界』一九三三・一〇)、「論壇文壇総決算」(『文藝春秋』一九三三・一二)、「座談会・新年号の創作評と文壇の動向に就て」(『新潮』一九三四・二)。また、一九三三年一〇月『文藝首都』の「首都言」欄(無署名)では、「志賀直哉の久しぶりの作品「萬暦赤絵」は、文壇の非難の的となつた」、「後年の「和解」、「暗夜行路」の作家も老いたり! の感を深からしめた。然り、老いたりである」、「「萬暦赤絵」は方に彼の作家的退嬰の好見本である」という形で、厳しい批判が包括的に述べられている。

▼88 「出版界は如何に推移するか」(『東京日日新聞』一九二九・二・五~七)。新潮社社長・佐藤義亮、改造社社長・山本実彦、平凡社社長・下中弥三郎らへのインタビューであり、どれが誰の発言かは伏せてある。よってこの発言も、具体的に誰のものであるのかは確定できない。

▼89 それぞれ、杉山平助「論壇文壇総決算」(前掲注87)、豊島与志雄「座談会・既成作家とその作品についての再検討」(『新潮』一九三四・一)、板垣直子「文芸時評」(『改造』一九三四・三)。

▼90 それぞれ、中村武羅夫「純文学の動きを打診する」(『新潮』一九三三・七)、深田久弥「本年度文壇の回顧」(『文藝』一九三三・一二)、川端康成「文芸時評」(『読売新聞』一九三四・二・六)。

▼91 それぞれ、板垣直子「既成作家過重について」(『新潮』一九三三・一〇)、中村武羅夫「果して文学復興か——新春の文芸界を見て」(『行動』一九三四・二)。

▼92 実際に『中央公論』を見ると、一九二七年三月より嶋中雄作によって新たな出版部が創設されてから、主論文尊重から比較的短い論文を掲載する方向に進み、「説苑欄」を解体し、中間読み物の舞台として強化するなど、どんどんと「多種多様」さを鮮明にしていったことがはっきりとする。その結果、雑誌全体のページ数も徐々に増加し、一九三五年頃には五〇〇ページを越えるまでに至る。『中央公論社七十年史』(一九五五・一一、中央公論社)にも、この編集法の変遷について、「急速に商品的多様さを増した」結果、「全誌面にわたつて独得の百貨店的綜合雑誌形態が積極的に成熟し」、「よりジャアナリズム市場に角逐を余儀なくされた商品の性格を濃くして行つた」という指摘が見られる。

▼93 『経済往来』はその名の通り、元は経済の専門誌であった。しかし徐々にその形態を変えていき、一九三三年に入って創作

欄にも力を入れ出す。さらにその七月、「三十三人集」を増刊号として出すという形で、「多種多様」な綜合雑誌へと着実に移行していった。つまり、まさに「市場価値を高めるための呼びもの」として文学作品を利用し、広い読者層の獲得に成功したのだ。なお、「三十三人集」には既成作家がこぞって集められたが、彼らが「呼びもの」となっていった過程は次節で詳しく見る。ちなみに「三十三人集」には志賀直哉も「手帖から」という小品を寄せている。実は、志賀も小説を寄稿する予定であったのだが、「手帖から」の後記に「前月号に小説の予告がしてあつたが、小説は中央公論、改造等の先約が未だ出来ず、出せなかつた」とあるように、他誌からの依頼を優先させたため、「三十三人集」掲載は叶わなかった。つまり、『経済往来』も志賀の復活作争奪戦に参加し、敗れていたのである。

▼94 山本芳明は、「「文芸復興」とは〈市場〉の拡大を意味していた」という指摘を行い、その理由を「「文学界」（昭8・10創刊）、「文芸」（昭8・11創刊）などの新雑誌が創刊されたからである」と述べている（「円本ブームを解読する——「早魃期」の新進作家たち」『文学者はつくられる』二〇〇〇・一二、ひつじ書房）。非常に重要な指摘であるが、「〈市場〉の拡大」には、『文学界』や『文藝』などの文芸雑誌の「創刊」だけでなく、すでに本章で検証してきたように、あるいは後述するように、綜合雑誌の進展、雑誌の誌面改革、ブーム後の円本の作用など、そのほかにも実に多くの要素が関連していたことも見逃してはならないだろう。

▼95 これは何より雑誌の総数を見れば明らかである。「内務省警保局納本受付数による出版統計」における「出版法による雑誌」の項目によると、一九二七年から二八年にかけては、不況のあおりで、33,715から32,691とわずかに減少したものの、綜合雑誌が「多種多様」な編集へと変遷し始めた一九三〇年からは、三〇年＝39,339、三一年＝41,456、三二年＝53,957と、微増していった。そして軍需景気が巻き起こった一九三三年には、91,489と一気にその総数が増加した（参照＝『日本出版百年史年表』一九六八・一〇、日本書籍出版協会）。

▼96 この時期、既成作家が「久々」に作品を書くということは、過度に強調され、そこに市場価値が付与されていった。たとえば一九三三年『中央公論』の「編輯後記」は以下のように続く。「久しぶりに得たる正宗氏の文芸評論」（二月）、「宇野浩二氏の久々の大作「枯野の夢」こそは、近来の白眉篇、文壇の一大収穫たるであらう」（三月）、「久方ぶりにて上司小剣氏の快心作を得た」（五月）、「創作欄には、大谷崎久方振りの堂々百五十枚の長篇を始め……」（六月）。

▼97 たとえば『新潮』一九三三年七月号では、既成作家復活に対して「「純文芸の更生」に就いて」というタイトルで特集が組

まれ、深田久弥「純文学の更正」をはじめ様々な評論が掲載されている。ほかに主だった所では、川端康成が「せつかく最近のジャアナリズムが「純文学の更生」などと笛を吹いても…」（「文芸時評」『読売新聞』一九三三・七・一～八）と指摘し、『経済往来』では「三十三人集」翌月の「文芸時評」で、井汲清治が「純文学の更生」という言葉を詳細に解説している。

▼98 「文芸復興」の気運に乗って創刊された『行動』は一年で綜合雑誌への転身を余儀なくされ、『文学界』は資金難のため五号で休刊する。「文芸復興」の只中でも、文芸雑誌の経営は相変わらず苦しかった。ここからも「文芸復興」とは、作品・作家・文壇が劇的な発展を遂げた訳ではなく、あくまで「呼びもの」としてその市場価値が高められ、利用された現象であったことが分かる。

▼99 本書「はじめに」参照。

▼100 『出版年鑑　昭和四年版』（一九二九・七、東京書籍商組合事務所）、『出版年鑑　昭和五年版』（一九三〇・五、東京堂）、『出版年鑑　昭和六年版』（一九三一・五、東京堂）における「予約物総攬」「予約募集」の項目参照。ちょうど予約出版が転機を迎えはじめた頃に刊行された『出版年鑑　昭和五年版』の「予約募集」欄でも、「最近二三年来全盛を極めてゐた予約本出版は、昭和五年度に入つて、やゝ下火になつて来た」と指摘されている。

▼101 以後、この『綜合ヂャーナリズム講座』収録の論を多く引用するため、各巻の刊行年月をここに記しておきたい。

第一巻	一九三〇年	一〇月
第二巻	同年	一一月
第三巻	同年	一二月
第四巻	一九三一年	一月
第五巻	同年	二月
第六巻	同年	三月
第七巻	同年	四月
第八巻	同年	五月
第九巻	同年	六月

第一〇巻　同年　七月
第一一巻　同年　一〇月
第一二巻　同年　一一月
別冊　　　同年　一二月

▼102　一九三一年一二月、「綜合ヂャーナリズム講座完成記念論集」と銘打った別冊が一巻刊行された。具体的な内容は、『現代ヂャーナリズムの理論と動向』、『世界新聞鳥瞰論』という書名のもと、『綜合ヂャーナリズム講座』掲載の代表的な評論が再収録されたものであった。なお、本文引用の「序」は、両書ともに掲載されている。

▼103　たとえば、鈴木敏夫は『キング』が雑誌の大量生産、大量販売の元祖とすれば、同じく講談社を開祖とする委託方式にならった円本は、書籍のその方の開拓者とも言えましょう」と述べている（『出版――好不況下　興亡の一世紀』一九七〇・七、出版ニュース社）。

▼104　もちろん、このような「円本システム」すべてが成功したわけではなかった。たとえば山本芳明は、一九二〇年三月以来相次いだ「恐慌」によって出版界が「大波」を受け、「それを打破したのが、円本ということになる」ものの、「これまでの手詰まりの状態をすべて打破した」のかというと、「答えは否」であるとしている（「円本ブームを解読する――「早魃期」の新進作家たち」前掲注94）。その理由として、大量に売るためには広告費がかさんでしまう事情や、「購買力」が円本に「吸収されてしまった事」（小林鶯里「出版界の危期」『読売新聞』一九二七・一一・二四）などを、様々な言説から詳細に裏付けている。従って、本章で扱う『講座』等で概ね述べられている出版の「好循環」（や「悪循環」）は、あくまでも、円本流行中と流行後を相対的に捉えた言説であることに注意が必要であろう。

▼105　そもそも、改造社の『現代日本文学全集』からして、大きなリスクを孕んだ「賭け」であった。『木佐木日記』（一九六五・一二、図書新聞社）における一九二六年一一月二九日の記述によると、「とにかく売れなければ改造社は新しい年を迎へないうちに崩壊するだらう」と記されている。また、佐藤春夫の証言によると、後に『世界文学全集』等で、改造社に追随する形で円本を刊行した新潮社社長の佐藤義亮も、『現代日本文学全集』刊行直前に、「あのやうな投機的な出版を見ると、小心な自分などは人ごとながら危つかしい気がする」と漏らしていたという（佐藤春夫「知遇に感謝して」『佐藤義亮伝』一九五三・八、新潮社）。

▼106 ただし、「そのことによって初めて、円本は経済的に余裕のない階層の人々でも買えるようになった」と永嶺重敏が指摘するように、「ブーム」後の円本には、書物の普及装置としての側面があった（「円本ブームと読者」『大衆文化とマスメディア』一九九九・一一、岩波書店）。詳細は前章第四節参照。

▼107 この時期には、雑誌媒体も他の書籍と同じく不況にみまわれていた。戸籍数自体は、一九二八年＝32,691、一九二九年＝37,402、一九三〇年＝39,339、一九三一年＝41,456、一九三二年＝53,957と徐々に伸びていたものの（参照＝『日本出版百年史年表』前掲注95）、肝心の実売数は、一九二八年＝44,800,000、一九二九年＝48,600,000、一九三〇年＝52,200,000、一九三一年＝52,350,000、一九三二年＝52,450,000という形で、戸籍数に比して大きな伸びを見せていない（参照＝橋本求『日本出版販売史』一九六四・一、講談社）。鈴木敏夫も、この時期の雑誌界の不況について、「雑誌時代と呼ばれるほどの昭和前期ではめずらしい現象です」と指摘している（『出版——好不況下　興亡の一世紀』前掲注103）。ところが、「文芸復興」に突入していく一九三三年の数値を確認すると、戸籍数＝91,489、実売数＝58,010,000という形で、両者ともに激増していることが分かる。特に実売数は、一九三四年＝62,160,000、一九三五年＝65,473,000と、その後も大きな進展を見せていく。この統計からも、後述する雑誌媒体の新たな編集方針が功を奏していったこと、また、それが「文芸復興」の発端になっていったことが垣間見られる。

▼108 なお、七月の特集「純文学は何処へ行くか」では、中村武羅夫や岡田三郎のような指摘がある一方で、多くの論は「純文学」とは何かという定義について述べていた。詳しくは、本書第四部第一章「「通俗小説」の太宰治——黒木舜平「断崖の錯覚」の秘匿について」参照。

▼109 それぞれ、中村武羅夫「純文学と読者層」（『新潮』一九三二・七）、岡田三郎「純文学は滅亡するか？」（同）、菊池寛「文芸復興座談会」（『文藝春秋』一九三三・一二）。

▼110 加藤武雄「ヂヤーナリズムと『創作』」（『講座第一〇巻』）。

▼111 この頃から、「ジヤアナリズムが、完全に創作力のヘゲモニィを把握した」、「一九三〇年の作品の平面化には、この横暴な商業主義ジヤアナリズムが責任の幾部分をになはねばならぬ」（千葉亀雄「文壇時評」『東京日日新聞』一九三〇・一一・二九）といったジャーナリズム批判が一挙に増加していき、「最近「ヂヤーナリズム」が、作家や批評家たちの流行トピックになつて来たといふことは、これまた一つの注目すべきトピックであると思ふ」とまで指摘されている（大宅壮一「文

芸時評――芸術派文学の実用性」『東京朝日新聞』一九三一・二・二）。

▼112 これらの広津の主張については、次章で詳しく取り上げたい。

▼113 同論は「日本作家の小説と生活――一つの文芸時評」というタイトルで、『文藝の日本的形態』（一九三七・一〇、三省堂）に収められた。初出は誤植箇所等が多いため、引用は単行本に拠った。

▼114 平林初之輔「大衆文学の概念」（『祖国』一九三〇・二）。

▼115 注107参照。

▼116 それぞれ、林房雄「六号雑記」（『文学界』一九三三・一〇）、徳田秋声「座談会・文芸界の諸問題を批判する」（『新潮』一九三四・七）。

▼117 たとえば中村光夫は、「純粋小説論」を「いはゆる「文芸復興」の結論であつた」と指摘している（『風俗小説論』前掲注53）。

▼118 「吾が大衆文芸陣（一）」（『大衆文藝』一九二七・三）。

▼119 それぞれ、杉山平助「直木三十五論」（『文藝』一九三四・六）、青野季吉「直木三十五論」（『改造』一九三三・六）、「直木三十五を憶ふ」（『経済往来』一九三四・四）。特に早稲田大学時代から親交の深かった青野は、「本能的な反感及び反発」（「直木三十五論」『日本文学講座 第一四巻』一九三三・一一、改造社）、「彼の本能的な反発性」（「直木の人と芸術」『読売新聞』一九三四・二・二七）などと、直木を語る際に「反発」という言葉を頻繁に用いた。

▼120 それぞれ、尾崎秀樹「直木三十五論」（『大衆文学論』一九六五・六、勁草書房）、榎本隆司「直木三十五」（『国文学 解釈と鑑賞』一九七九・三）。

▼121 それぞれ、「文芸時評序論」（『改造』一九二九・一）、「今年の文壇」（『読売新聞』一九二九・一二・五）。なお、広津和郎のジャーナリズム批判や、直木との論争については、曾根博義も「文芸復興」との関係において注目しており（「〈文芸復興〉という夢」前掲注16）、前者については山本芳明が「円本ブーム」との関連で注目している（「円本ブームを解読する――「早魃期」の新進作家たち」前掲注94）。

▼122 それぞれ、「新年の感想（三）」（『時事新報』一九三三・一・一二）、「俗悪文学退治」（前出）。

▼123 それぞれ「大衆文学二三の俗論を駁す」（前出）、「大衆、作家、雑誌」（前出）。なお「大衆文学」と読者の関係にいちはや

く注目したのは、尾崎秀樹「読者の発見と伝統」（『文学』一九六四・四）であることはよく知られている。尾崎は同論で、「読者」を「くろうと」と「単なる消費者」に二元化し、「大衆小説」における「文学的感動」の行く末を考察した。ただし、本章では読者の分析を行うのではなく、作家・直木三十五の読者意識に注目する。

▼124 全集どころか、絶筆の雑文さえもが、「直木三十五氏の大遺稿」、「故人大苦心の大名篇を掲げるに当つて、故人を敬慕し、痛惜する満天下の士に伝へて是非御熟読をおす丶めする次第であります」、「大衆文学の巨匠墜つ！　氏が遺した渾然珠の如き名篇を味読されよ！」という形で、彼の死を利用した広告が次々と掲載されていった。

▼125 三上於菟吉が「直木三十五略解」（『改造』一九三四・四）において、このコメントを紹介している。

▼126 直木は、一九三二年頃から「大衆文学を辻斬る」（『時事新報』一九三二・一〇・一六、一九〜二二）、「続大衆文学を辻斬る」（『時事新報』一九三三・五・二四〜二七）などで、苛烈な「大衆文学」批判も開始していた。その姿勢を見ても、彼は単に「大衆文学」という「ジャンル」を擁護することに、こだわっていたのではないことが分かる。

▼127 直木三十五の「量産」やジャーナリズムへの意識については、拙論「直木三十五『南国太平記』試論――石井鶴三挿絵と書簡から浮かび上がるもの」（『「時代小説作家と挿絵画家・石井鶴三」展・資料集』二〇一二・一〇、信州大学附属図書館）も参照されたい。

▼128 それぞれ、「吾が大衆文芸陣（一）」（前掲注118）、「憐愍を催す」（『文藝』一九三三・一〇）。

▼129 それぞれ、「直木三十五論」（前掲注119）、「直木三十五を憶ふ」（前掲注119）。

▼130 たとえば、「生活のありのま丶の記述」（神近市子「二月号の作品評」『東京日日新聞』一九三四・一・二八）、「なるほどこんな生活かといふことが解る。（中略）直木氏が肺にカリエスに神経痛に悶え、水洟をたらし、壁を頼りに立ち上る様とを見れば、私は凝然としてこの性格が強ひる凄惨な悲劇に眼を閉ぢた」（今日出海「文芸時評」『行動』一九三四・三）などの評が続く。また読者評でも、「直木が生きた、アリズム《ママ》を果敢に実践した功績は極て明らかである」（五十嵐重嗣「文芸POST」『文藝』一九三四・三）と述べられている。

▼131 このほか時評でも「直木三十五氏の純文芸といふ「私」がある」（武田麟太郎「文芸時評――風刺小説論」『東京朝日新聞』一九三四・一・三〇）、「純芸術的小説」、「純然たる私小説」（安成二郎「私小説について――それは不易の文学である」『東京日日新聞』一九三四・二・一三）と紹介され、読者評でも「直木三十五の『純文学』であるらしい」（五十嵐重嗣「文芸

POST」前掲注130）とされている。なお、直木は「文壇小説」という言葉を、「純文芸小説」、「純文学」、「芸術小説」と何度も言い換えているため、本章ではそれらを置換可能なものとして扱う。

▼132 宇野は後年、「嘉村礒多といふ人――思ひ出すままに」（『文学界』一九五五・九）において、「知られざる傑作」を振り返り、このように告白した。

▼133 「ここで作者即主人公なる日本的私小説の方法は、極点に達し、一つの円を描いて集結した」（伊藤整『小説の方法』一九五七・一一、新潮文庫、初出＝一九四八・一二、河出書房）として、「破滅型」「現世放棄者」「滅びの文学」（平野謙「私小説の二律背反」『文学読本・理論篇』一九五一・一〇、塙書房、初出表題＝「現代日本小説」）と分類されていく。

▼134 この「クラブ」とはもちろん「文藝春秋社倶楽部」のことである。帝大医院入院前々日の一九三四年二月七日、直木は文藝春秋社倶楽部で笹本と会っており、この会話はその際になされたものだと推察される。なお、直木が死去したのは二月二四日である。

▼135 ほかにも、たとえば「愛人」という立場の「光藻」は、「眞木」の身体を心配しながらも金を無心し、手足を動かせない彼が、水湊を「拭いてくれ」と頼んでも、「嫌つ」と無下に断る。しかしこうした冷淡な「光藻」も、その喋り方を、「何云つて――やあ、があ、るゥ。持原の畜生」、「だん〳〵嫌な奴がくる」、「口惜しけりや表へ出ろ」、「しつかりやれよ、持原」、「あいつの鼻みてゐてだん〳〵憂鬱になつてくる」などと、江戸っ子を真似た口調にすることで、「眞木二十八」は自らの惨状に、深刻さを持たせないようにしている。なお「私　眞木二十八の話」は、「眞木」自身の言動はもちろん、その他の登場人物の会話も、すべて「眞木二十八」自身が書いているという設定で構成される。

▼136 ここには嘉村が信仰していた浄土真宗の影響があるという指摘も多くなされている。たとえば廣瀬晋也は「真宗の絶対他力の信仰と罪業観から来る自己の否定をとおしての絶対的、超越的なものとの一体化をもとめる嘉村の私小説の姿勢」に注目している（『嘉村礒多論』一九九六・一〇、双文社出版）。なお、嘉村の「深刻な芸術」について、阿部知二は「感傷も誇張も抽象もなしに、ありのままに書いている」（「『途上』所感」『作品』一九三四・一）という点を、雅川滉は「苛酷な現実に対する惜しみなき切迫の見事さ」（「嘉村礒多氏について」『作品』一九三四・一）を、高く評価した。

▼137 直木の「たのしむ」という手法は、一種の自己戯画化として見ることもできよう。しかし、自己戯画化の手法を実践したとされる近松秋江や牧野信一らと比較して、直木の手法が実際に「あたらしい」ものであったかを検証することは、本章の

目的ではない。あくまで、直木がどういう形で嘉村を乗り越えようとしたのか、そして次節で見るように、なぜそうした手法を用いなければならなかったのかを問題にする。なお、牧野信一の「私小説」については、本書第三部第四章「「私」をめぐる問題――牧野信一「蚊」にみる「文芸復興」の一源泉」で詳しく取り上げたい。

▼138 病をおして量産を続けた直木の死に対しては、前章で触れた弟の植村清二による「兄は或意味から云へば一種の自殺をした」(「兄の終焉」『文藝』一九三四・四)という指摘だけにとどまらず、ほかにも、「彼の死は、病死ではありながら、どうしても不自然なことにしか思へない」(青野季吉「直木の人と芸術」前掲注119)、「悪魔のやうにかきまくる驚異的な多産」、「晩年の、無意識的な自殺行程」(杉山平助「直木三十五論」前掲注119)、「病死といふよりは、寧ろ自殺的行為であつたと云はなければなるまい」(中河与一「直木三十五」『行動』一九三四・四)などのコメントが相次いだ。

▼139 榎本隆司は「眞木二十八」という名の由来に「明確な答えは出にくい」指摘している(「直木三十五の「私」」前出)。だが、「愛人」とされる眞館はな子が、「眞館」と「直木」の名を合わせ、さらに二人が紀州に逗留する際、宿帳に書いた「二十八」歳という眞館の虚偽の年齢から、「眞木二十八」という名が出来上がったことを明かしていた(「直木先生のこと」『文藝』一九三四・四)。

▼140 松本和也「石川達三「蒼氓」の射程――〝題材〟の一九三〇年代一面」(『立教大学日本文学』二〇〇二・一二)参照。同論において松本は、「文芸復興期」における「同時代の動向が共有するポイント」を「文学(者)における社会性」に見出した上で、石川達三の「蒼氓」を「昭和の文学シーンを、社会性を持つ題材へと方向づけたテクスト」と位置づけている。また、その「社会性」が「私小説」へと結びついていった事実について、横光利一「純粋小説論」、小林秀雄「私小説論」等を軸に論証している(「昭和十年前後の私小説言説をめぐって――文学(者)における社会性を視座として」『日本近代文学』二〇〇三・五)。

▼141 たとえば「大衆文芸作法」(前出)で、直木が「大衆文芸」の定義と分類を試みたことはよく知られているが、ここでも「通俗小説」という言葉に関しては、「甚だ曖昧」としている。

▼142 それぞれ、『文学・昭和十年前後』(一九七二・四、文藝春秋)、「昭和文学史(2)――「文芸復興」と転向文学」(前掲注11)。詳しくは本書第一部参照。

▼143 それぞれ、本多秋五「昭和文学史(2)――「文芸復興」と転向文学」(前掲注11)、「「文芸復興」と転向文学」(前掲注3)、

▼144 佐々木基一「「文芸復興」期批評の問題」（前掲注48）。

▼145 いわゆる「エロ・グロ・ナンセンス」と称された、龍胆寺雄、吉行エイスケ、中村正常、久野豊彦、浅原六朗、雅川滉、楢崎勤、井伏鱒二らを指す。「座談会・新興芸術派批判会」（『新潮』一九三〇・六）、「座談会・新興芸術派の人々とその作品に就いて」（『文学時代』一九三〇・七）、「龍胆寺雄・聞き書」（『芸術至上主義文芸』一九八一・一一）等参照。

▼146 それぞれ、磯貝英夫「新感覚派から芸術派へ」（『昭和の文学』一九七二・四、有斐閣）、平野謙『昭和文学史』（前掲注18）。なお、海野弘『モダン都市東京――日本の一九二〇年代』（一九八三・一〇、中央公論社）や和田博文監修『コレクション・モダン都市文化』シリーズ全一〇〇巻（二〇〇四・一二～二〇一四・六、ゆまに書房）のように、一九二〇～三〇年代の都市風俗を考察する際、「新興芸術派」の作品はしばしば参照されてきた。そうした考察も示唆に富むものであるが、本章では、彼らの文学史上の位置づけに主眼を置いて作品を考察していく。

▼147 たとえば、山室静は「モダニズムを唱えたのは龍胆寺が恐らく最初だつた」と解説し（「モダニズムの流れ」『昭和文学史（上）』前掲注3）、長谷川泉も「モダニズム文学」とは本来「主として新興芸術派をさ」す用語であったと指摘している（「新感覚派とモダニズム」『講座日本文学11』一九六九・九、三省堂）。同時代においても、石濱知行「六月の創作の中から」（『新潮』一九二九・七）、平林初之輔「文芸時評」（『東京朝日新聞』一九二九・八・二）、中村武羅夫「新潮評論」（『新潮』一九二九・一二）、「座談会・モダーニズム文学及び生活の批判」（『新潮』一九三〇・二）、新居格「文芸時評」（『東京朝日新聞』一九三〇・二・五）等、同様の指摘が多くなされている。

▼148 『時代別日本文学史事典 現代編』（前掲注45）の佐藤公一による「新感覚派とモダニズム」の項より。

▼149 それぞれ、谷田昌平「近代芸術派（モダニズム文学）の系譜」（『昭和文学史』前掲注11）、原尾秀二「芸術派の文学」（『昭和文学十四講』前掲注2）参照。

▼150 磯貝英夫「争点・昭和文学史の構想」（前掲注15）参照。

「『改造』創刊十周年記念懸賞創作」として募集されたこの賞であるが、龍胆寺の活躍を受けて、「『改造』懸賞創作」という形で、毎年行われるようになった。そのため、龍胆寺雄は「『改造』創刊十周年記念懸賞創作」というよりも、「第一回『改造』懸賞創作」の受賞者という形で、現在でも位置づけられることが多い。本章でも、その形で表記する。なお、この賞については、次章で詳しく取り上げたい。

▼151 初出はそれぞれ、「アパアトの女たちと僕と」（『改造』一九二八・一一）、「魔子」（『改造』一九三一・九）、『街のナンセンス』（一九三〇・四、新潮社）、『十九の夏』（一九三〇・一一、改造社）、「海——の Illusion——」（『文藝春秋』一九三三・七）。作品数は「龍胆寺雄 年譜」（『龍胆寺雄全集 第一二巻』一九八六・六、昭和書院）参照。随筆や対談等を含む。なお同書には、この六年間に二七三本の作品が発表されたとの記述があるが、抜け落ちた作品も多く、稿者による調査の限り二七九本の作品が発表されている。

▼152 保昌正夫は「M・子への遺書」発表後、龍胆寺雄は文壇から「「抹殺」され」、その活動を「止めざるを得なくなった」と指摘しているが（「「新興芸術派」の雰囲気——竜胆寺雄を中心に」『國文學 解釈と教材の研究』一九六四・一〇）、それに対して古保裕介は「文壇活動はやめたが、文筆活動、文学活動はつづけ」ていたと述べている（「龍胆寺雄」『中央大学大学院研究年報』一九七九・三）。これについては、実際の作品の発表状況を見ると、古保の指摘が整合性が高い。その経緯については、龍胆寺雄自身、『M・子への遺書』前後」（『人生遊戯派』一九七九・一二、昭和書院）等で述懐している。

▼153 それぞれ、無署名「日本文芸」（『一九三五年版 改造年鑑』一九三五・一、改造社）、田辺茂一「月評と文芸思潮」（『行動』一九三四・八）、特集「文壇に党派ありや」（『文藝通信』一九三四・八）。そのほか、豊島与志雄（「創作時評——創作技法の重圧」『読売新聞』一九三四・七・三）や上司小剣（「文芸時評」『文藝春秋』一九三四・九）、林芙美子（「京にも田舎あり（下）」『読売新聞』一九三四・八・二〇）ら多くの作家・批評家が、「M・子への遺書」に積極的に言及している。

▼154 たとえば『近代文壇事件史』（一九八九・九、學燈社）など、近代文学における文壇ゴシップに注目した研究書でも、この作品の存在は一切触れられていない。

▼155 『昭和文学私論』（一九七七・三、毎日新聞社）等参照。

▼156 「龍胆寺雄」（前掲注152）。また、竹内清己も「抹殺」という言葉を用いて、龍胆寺雄や「新興芸術派」の存在は「既成文学史」から排除されていったと指摘している（「龍胆寺雄——大衆文化としての文学」『芸術至上主義文芸』一九八一・一一）。

▼157 それぞれ、平野謙『昭和文学史』（前掲注18）、磯貝英夫「新感覚派から芸術派へ」（前掲注145）。ここに、実作もほとんど顧みられないまま、「厖大な数の作品群は、今日では、文学史の裡に逼塞してしまい、作家としての龍胆寺の名前もまた、人々の遠い記憶の中にしかない」（古保裕介「龍胆寺雄ノート」『中央大学国文』一九七三・三）という研究状況が生じていった。なお、近年、龍胆寺の作品自体を分析した数少ない論考として、石原千秋「宙吊りの部屋——江戸川乱歩『屋根

裏の散歩者』・龍胆寺雄『アパアトの女たちと僕と』（『テクストはまちがわない――小説と読者の仕事』二〇〇四・三、筑摩書房）が挙げられる。「アパートに住むこと」、「作中人物の会話」、「僕の「空虚」」等に焦点を当てながら、「アパアトの女たちと僕と」に「龍胆寺文学」の生成を見出すその論考は示唆に富む。

▼158 それぞれ、谷田昌平「近代芸術派（モダニズム文学）の系譜」（前掲注148）、小原元「新興芸術派の諸傾向」（『講座日本近代文学史 第四巻』前掲注22）。

▼159 それぞれ、武者小路実篤「「放浪時代」と「泥濘」をよんで」（『改造』一九二八・五）、広津和郎「「放浪時代」と「泥濘」」（同）、前田河広一郎「二人の新作家」（同）、佐藤春夫「龍胆寺君のこと」（『新潮』一九二九・一二）。

▼160 「龍胆寺雄・聞き書」（『芸術至上主義文芸』一九八一・一一）。

▼161 注144参照。

▼162 たとえば、このエッセイと同じ月に刊行された『文藝首都』でも「龍胆寺雄氏と美しい魔子夫人との結婚ロマンスは、可なり文壇其他にも有名な話であるが……」（宮川健一郎「龍胆寺雄の東西南北」『文藝首都』一九三三・二）と記されているように、「魔子」と実在する「妻」のイメージを「混同」させる手法は、実際に広く流通していった。なお、小説の「モデル問題」は、様々な形で明治期から多く取りざたされてきた。近代文学における「自己表象」の問題については、近年では、日比嘉高『増補版〈自己表象〉の文学史――自分を書く小説の登場』（二〇〇八・一一、翰林書房）などに詳しい。

▼163 羽鳥徹哉「モダニズム文学の展開」（『増訂版 日本文学全史6』一九九〇・三、學燈社）。また、龍胆寺雄・井伏鱒二・浅原六朗らによって『読売新聞』（一九三二・一・三〜一三）に連載されたエッセイにも「1932年モンタージュ」というタイトルが付けられているように、「モダニズム作家」は結束して、〈モンタージュ〉という手法を意識しながら、「現実」と「創作」の要素を意図的に混交していく「方法」へと向かっていた。

▼164 初出はそれぞれ、「享楽百貨店」（『モダンTOKIO円舞曲』一九三〇・五、春陽堂）、「風 ――に関するEpisode ――」（『改造』一九三二・一）、「仕事部屋」（『都新聞』一九三一・四・一七〜六・一〇）。なお、この中でも特に「仕事部屋」で用いられた手法については、第三章「「ナンセンス」をめぐる戦略――井伏鱒二「仕事部屋」の秘匿と「山椒魚」の作家の誕生」で詳しく取り上げたい。

▼165 『読売新聞』（一九三三・三・二九〜四・一四）。「葉山嘉樹」、「高田保」、「吉行エイスケ」、「佐佐木茂索」、「岡田三郎」ら、

非常に多くの作家が実名で登場する。

▼166 中沢けい「家と家庭の狭間の享楽」（『放浪時代 アパアトの女たちと僕と』一九九六・一二、講談社文芸文庫）、磯貝英夫「新感覚派から芸術派へ」（前掲注145）等参照。

▼167 『新潮』（一九三〇・四）。なお、「モダニズム文学」における「芸術派宣言」の位置づけについては、羽鳥徹哉「モダニズム文学の展開」（前掲注163）に詳しい。

▼168 「川端康成へ」を含めた第一回芥川賞をめぐる太宰治と川端康成とのやりとりについては、十重田裕一が、北條民雄とのかかわりから川端の評価の経緯を明らかにするという、示唆に富む考察を行っている（「一九三五年の川端康成と太宰治——第一回芥川賞をめぐる応酬に潜むもの」『太宰治研究17』二〇〇九・六、和泉書院）。

▼169 太宰は、その後も「狂言の神」、「HUMAN LOST」、「富嶽百景」等に代表されるように、多くの作家を小説内に実名で登場させていった。たとえば「ダス・ゲマイネ」では「太宰治」という作家までもが小説内に登場している。ほかにも「善蔵を思ふ」、「眉山」等、小説の表題に作家の名前を用いたり、森鷗外の翻訳を切り貼りした小説を発表したり（「女の決闘」）、自作を他の小説で繰り返し言及するなど（「東京八景」、「新釈諸国噺」等）、太宰は「モダニズム文学」と通底する手法を、戦後まで一貫して用いていった。

▼170 たとえば、『昭和文学史』（前掲注18）で平野謙は「マルクス主義文学の革命的エネルギイ」が「太宰治のような柔弱な個性を、一時期左翼運動に従事せしめた」ことに注目し、この時期の太宰の作品について「革命運動への裏切りという固定観念から生ずる一種の「不安の精神」」から生成したという理由で高く評価している。また、太宰が習作時代に試みたプロレタリア小説については、今日まで非常に多くの論が提示されている。

▼171 「荻窪風土記——豊多摩郡井荻村」（『荻窪風土記』一九八二・一一、新潮社、初出＝『新潮』一九八一・二〜八二・六）。そのほか、「あの頃の太宰君」（『太宰治全集 第一巻 月報1』一九五五・一〇、筑摩書房）でも、太宰が「モダニズム文学」から強い影響を受けていたことを述懐している。

▼172 それぞれ、磯貝英夫「新感覚派から芸術派へ」（前掲注145）、谷田昌平「近代芸術派（モダニズム文学）の系譜」（前掲注148）。

▼173 村松定孝「龍胆寺雄の結婚式——ピエロのなげきについて」（『国文学 解釈と鑑賞』一九六五・九）。

▼174 それぞれ、「新興芸術派と新心理主義文学」（『昭和文学十二講』一九五〇・一二、改造社）、「昭和文学の死滅したものと生

きてゐるもの」(『文学』一九五三・六)。

▼175 龍胆寺雄ら「モダニズム作家」と太宰治との対照的な末路については、「芥川龍之介賞/直木三十五賞」設定などに代表される、安価な新進作家を大々的に売り出そうとするジャーナリズムの戦略も関係していた。そうした要素も「文芸復興」の解明にかかわる重要な事項であり、次章で詳しく検討したい。

▼176 注79参照。

▼177 注80参照。

▼178 それぞれ、橋川文三「「文芸復興」と転向の時代」(前掲注11)、窪川鶴次郎「「文芸復興」とその底流」(前掲注22)。

▼179 平野謙『昭和文学史』(前掲注18)。

▼180 初出はそれぞれ「虚構の春」(『文学界』一九三六・七)、「狂言の神」(『東陽』一九三六・一〇)、「創生記」(『新潮』一九三六・一〇)。

▼181 注150参照。なお、『改造』懸賞創作」については、和泉司が『日本統治期台湾と帝国の〈文壇〉――〈文学懸賞〉がつくる〈日本語文学〉』(二〇一二・二、ひつじ書房)において、詳細にその流れを追っている。

▼182 本書第二部第二章「「円本ブーム」後のジャーナリズム戦略――『綜合ヂヤーナリズム講座』を手がかりに」参照。

▼183 龍胆寺と同じく「新興芸術派」に属していた井伏鱒二は、文壇でそれほど知名度を得ていなかったために、「文芸復興」期に、「新進作家」として再登場することが可能となった。詳しくは、次章「「ナンセンス」をめぐる戦略――井伏鱒二「仕事部屋」の秘匿と「山椒魚」の作家の誕生」を参照されたい。

▼184 例外的に、その後も比較的息の長い活躍を見せた作家として、芹沢光治良の名が挙げられる。その理由について、和泉司は「芹沢を物心両面から支え得る人間関係、コネクションを持っていたこと、さらにそれを平穏に維持できる穏やかな気質を備えていたこと」が「重大な意味を持って」いたと指摘している(「生き残った〈懸賞作家〉・芹沢光治良――『改造』懸賞創作と〈懸賞作家〉への考察」『日本文学』二〇一三・一一)。

▼185 他方で「直木三十五賞」は、「大衆文学」というジャンルの特性によって、「新進作家」という制約が崩れていったことはよく知られている。太宰治が「第一回芥川賞」候補になった三年後に、その師である井伏鱒二が「直木賞」を受賞するという現象などが、両賞の対象者の相違を象徴的に示している。

▼186 「芥川賞の反響——石川達三「蒼氓」の周辺」（『近代文学合同研究会論集第1号』前掲注24）。

▼187 それぞれ、柄谷行人「近代日本の批評・昭和前期Ⅱ」（前掲注10）、東郷克美「文芸復興期の模索」（『時代別日本文学史事典現代編』前掲注45）。

▼188 本書第二部第一章「企図された「文芸復興」——志賀直哉「萬暦赤絵」にみる既成作家の復活」参照。

▼189 この時期に、「芥川龍之介賞」「直木三十五賞」設定の会議が何度も執り行われていた事実は、佐佐木茂索や永井龍男らが述懐している（「対談・芥川賞の生れるまで」『文学界』一九五九・三）。なお、川口則弘は「直木三十五賞」「芥川龍之介賞」に関連するデータを丹念に調査し、ホームページ上で公開しており（「直木賞のすべて」URL：http://homepage1.nifty.com/naokiaward/、「芥川賞のすべて・のようなもの」URL：http://homepage1.nifty.com/naokiaward/akutagawa/）、それをもとに刊行された『芥川賞物語』（二〇一三・一、バジリコ）、『直木賞物語』（二〇一四・一、バジリコ）も興味深い書冊として挙げられる。

▼190 副田賢二「〈作家権〉の構造——昭和十年代の『文芸春秋』と新人賞をめぐって」（前掲注24）。特に、同論における、「「近代日本文学」の記憶を「起源」として抱え込みながらも、更なる普遍的な「文学」として自己を螺旋的に拡張させていくような想像力」を「生み出し」、「そこでの〈作家権〉の付与は、同時に自らの〈文学権〉を保証するための自己規定行為であった」という「芥川賞」に対する指摘は示唆に富む。

▼191 本章第三節で引用した『読売新聞』の記事でも指摘されているように、大谷藤子は三四年、「第七回『改造』懸賞創作」で入選（第二等）を果たしていたため、「第一回芥川賞」の「受賞候補推薦カード」が届けられ、「新進作家」たる資格が剥奪された。それがいかに歪な事態であったかは、「第一回芥川賞」が発表された三ヶ月後の『中央公論』（一九三五・一二）を見ると明白である。同号では「新人傑作集」という特集が組まれ、大谷藤子の小説「血縁」が掲載されており、しかもそこには「第一回芥川賞」候補となった高見順や外村繁の小説が同時に掲載されている（それぞれ「私生児」、「血と血」）。さらに、大谷が入選した「第七回『改造』懸賞創作」で選外佳作（第一一等）にとどまったのが石川達三「蒼氓」であった。

▼192 一九三五年一〇月三日、妻・秀子から川端康成宛の書簡に「文藝通信にダザイナニガシの返事でも、又他何んでもよろしくお気がむきましたら、四五枚と言つてをられました」と、『文藝通信』の編集者から原稿依頼のあったことが記されている。それに対して、川端は翌日に「太宰氏の文章読んでみますから、こちらへ文藝通信お送りください」と、編集者宛に早速

手紙を送っている。この経緯については、十重田裕一「一九三五年の川端康成と太宰治――第一回芥川賞をめぐる応酬に潜むもの」（前掲注168）に詳しい。

▼193 掲載された小説は「ダス・ゲマイネ」（『文藝春秋』一九三五・一〇）であった。

▼194 ただし、この一連の騒動によって、その後、太宰治と文藝春秋社との間に距離が生じていったことも、また事実であった。たとえば、安藤宏は「昭和十年代はほとんど『文藝春秋』に書いていない」と指摘し（「徹底討論・日本語の蜜壺、太宰治。」『ユリイカ』一九九八・六）、松本和也はそこに「「芥川賞事件」以来の〝太宰治＝性格破綻者〟に対する文藝春秋社の態度」を見出している（「『文藝春秋』」『國文學 解釈と教材の研究』二〇〇二・一二）。ところが、一九四一年になると、二月に「服装に就いて」が『文藝春秋』に掲載され、七月には文藝春秋社から単行本『新ハムレット』が刊行されるなど、また事態が一変することになる。こうした「文芸復興」以降における、太宰治と文藝春秋社との関係については、拙稿「「文藝春秋社」」（『太宰治スタディーズ』二〇一四・六）も参照されたい。

▼195 それぞれ、「仕事部屋――せめぎ合う羞恥心と情熱」（『別冊文藝春秋』一九八九・七）、「「仕事部屋」から旅立ちへ」（『仕事部屋』一九九六・一〇、講談社文芸文庫）、「解説」（『現代日本文学館29 井伏鱒二』一九六七・一一、文藝春秋）。

▼196 「解説」（『現代日本文学館29 井伏鱒二』前掲注195）。なお、同書にのみ「仕事部屋」は収録されたが、それも編集を担当した安岡が、井伏に頼み込んでようやく掲載されたものであった。同書の「解説」において、収録までの経緯が詳しく述べられている。

▼197 たとえば、東郷克美は「今もって井伏さんは、正当には評価されていない。つまり井伏を評価する評価軸を今なおわれわれも含めて今の批評は持ちえないで居ると思う。井伏さんというと何か「飄々」「淡々」であるとか、「庶民性」とか「ユーモアとペーソス」であるとかと言うけれども」として、井伏研究が硬直した状態にあることを指摘している（「鼎談 井伏鱒二の位相」『井伏鱒二の風貌姿勢』一九九八・二、至文堂）。

▼198 それぞれ、加藤武雄「昭和四年の文壇」（『文学時代』一九二九・一二）、佐藤春夫・川端康成「座談会・新興芸術派批判会」（『新潮』一九三〇・六）。

▼199 それぞれ、「鼎談 井伏鱒二の位相」（前掲注197）、「井伏氏の志と孤独」（『夜ふけと梅の花・山椒魚』一九九七・一一、講談社文芸文庫）。

注186〜199

▼200 「《ナンセンス文学》の様相――中村正常を中心に」（『文藝言語研究・文藝篇』一九九八・一〇）。

▼201 それぞれ、相馬正一『井伏鱒二の軌跡』（一九九五・六、津軽書房）、東郷克美「井伏鱒二「さざなみ軍記」論」（『軍記物とその周辺』一九六九・三、早稲田大学出版部）、「戦争下の井伏鱒二――流離と抵抗」（『国文学ノート』一九七三・三）。

▼202 井伏と中村の「ユマ吉ペソコ」シリーズも、大部分は「ユマ吉」と「ペソコ」の「掛け合い」によって構成されていた。井伏も後に「私が地の文章で場面の説明をすると、中村が会話体で男女の動きを書く。懸合ひみたいな形式のもの」であったと述懐している（「雞肋集」『早稲田文学』一九三六・一二）。すなわち、「合作なんせんす物語」と銘打たれたこのシリーズは、「内容」と「合作」という二重の要素において、「掛け合い」（懸合ひ）の「形式」をふまえていたのであった。なお「コント」については、柳沢孝子「コントというジャンル」（『文学』二〇〇三・三）に詳しい。

▼203 一九三〇年四月に、新興芸術派倶楽部の第一回総会が開催され、同月から新潮社より、全二四冊にわたる『新興藝術派叢書』が刊行された。

▼204 それぞれ、「芸術派とは何ぞや」（『新潮』一九三〇・四）、「文学界」（『東京朝日新聞』一九二九・一二・二一）、「マルクス主義文学以上のもの」（『新潮』一九三〇・五）、「ナンセンスに対する考察」（『新潮』一九三〇・一一）、「文芸時評」（『東京朝日新聞』一九三〇・四・七〜一一）。

▼205 海野弘『モダン都市東京――日本の一九二〇年代』（前掲注145）における「モダニズム文学」に対する指摘。

▼206 もちろん、「ナンセンス文学」と「モダニズム文学論」の両者が、まったく同一の「ジャンル」として融合した訳ではない。たとえば龍胆寺雄は「ナンセンス文学」と「モダニズム文学論」（『近代生活』一九三〇・二）で、「他愛もないおしやべり、或ひは雰囲気、莫迦げた駄じやれ、冗談、等々」という要素に「ナンセンス文学」独自の特色を見出そうとしている。しかし、龍胆寺は同論で「つかまへどころがない」とも語っており、加藤武雄の「唯何となくをかしげな」傾向を持つ「モダアニズムの一部分」（「文壇現状論」『文学時代』一九三〇・六）という指摘が、一九三〇年頃の「ナンセンス文学」の位置を端的に示していた。なお、井伏の「ナンセンス」に、彼独自の批評性を見出そうとした示唆的な論として、滝口明祥「「ナンセンス」の批評性――一九三〇年前後の諸作品」（『井伏鱒二と「ちぐはぐ」な近代　漂流するアクチュアリティ』二〇一二・一一、新曜社）が挙げられる。

▼207 こうした要素の配列については、高橋真理も「麻雀・新聞広告・写真・広告状・電話・遊具など」が「ちりばめられ」てい

ると指摘し（「井伏鱒二作品事典「仕事部屋」」『井伏鱒二の風貌姿勢』前掲注197）、『井伏鱒二事典』においても「服装、マージャン、カフェ等」が「意識して取り込まれている」と説明されている（二〇〇〇・一二、明治書院、涌田佑編）。

▼208 本書第三部第一章「「文芸復興」期における「新興芸術派」の系譜――龍胆寺雄から太宰治へ」参照。

▼209 井伏が連載した随筆（「季節の探訪」）の内容も「仕事部屋」と対応しており、また「仕事部屋」の「私」の挿絵も井伏鱒二に酷似した姿で描かれているなど、ほかにも作品外の多くの要素により、現実と虚構との境界が曖昧にされていた。

▼210 「仕事部屋」の手法は、異なる媒体や、異なる記事・データ、挿絵などを複合的に用いて組み立てているという点で、「モダニズム文学」の中で培われた〈モンタージュ〉の手法と通底していた（注163参照）。ここに、多くの「私小説」や、井伏の初期作「鯉」との相違点が見られる。

▼211 たとえば河上徹太郎は「仕事部屋」の感想を述べる際、「井伏君のナンセンス」といふ小題で「通説によれば井伏はナンセンス作家ださうである。それやさうに違ひない。しかも名前なんかどうでもいゝといふのぢやない。如何にも彼はナンセンス作家である」と語っている（「「仕事部屋」誌上出版記念会」『作品』一九三一・九）。

▼212 小説「仕事部屋」に限らず、単行本『仕事部屋』に収録された他の作品でも、「モダニズム」の要素が多く盛り込まれていたことは、一目瞭然である。枚挙に遑はないが、一例を挙げるならば、「先生の広告隊」は先述したとおりであり、「戸田家畜病院」（『新潮』一九三一・六）では「フオツクステリア」、「アイリツシユセツタア」、「ポインタア」など様々な洋犬の名前が並べられ、「隣りの簡単服」（原題＝「隣りのワンピース」『文学時代』一九三一・五）では「トウキョウレヴュ団」の「スターの弥生ミハル」が中心人物として設定され、「淑女のハンドバッグ」（『婦人公論』一九三〇・七）や「風雨強かるべし」（『近代生活』一九三〇・八）でも「自働電話」や「カフエの女給」などの要素が、過剰なまでに配列されている。

▼213 「山椒魚」が、発表当初に黙殺された状況については、松本武夫が詳しく説明している。すなわち、「評価はむしろ同年三月に発表の「朽助のゐる谷間」や、その前年二月発表の「鯉」にあ」り、三一年に「漸くにして井伏文学への評価が」上り始めても、「「山椒魚」は論の外に」置かれ、「井伏鱒二を初めて正当に評価した」小林秀雄でさえもが「「山椒魚」を取り上げることはなかった」のである（「解説」『井伏鱒二『山椒魚』作品論集』二〇〇一・一、クレス出版）。

▼214 なお、このほかにも井伏は、「処女作を発表した当時のことを語れといふ課題であるが（中略）「山椒魚」を初めて同人雑誌「陣痛時代」に発表した」（「沿線雑記」『文藝首都』一九三六・三）、「処女作・出世作のこと――（中略）活字になつて今

ものこつてゐるものでは「山椒魚」が最初のものであらう」(「創作苦心談」『月刊文章』一九三六・一一)などと、この時期に「処女作」が「山椒魚」であったことを何度も繰り返した。

▼215 「山椒魚」が、その原型である「幽閉」発表の時点から常に「古くさい」という言葉で片付けられていたことは、戦後、井伏自身も述懐している(「半生記」『日本経済新聞』一九七〇・一一・一～一二・二)。

▼216 たとえば井伏は、後年に珍しく新興芸術派について述懐した際にも、「龍胆寺雄と久野が意気投合して新興芸術派の文学を樹立しようと話し合っているのを聞いた」、「私も出席したが新興芸術派文学とはどんなものか知らなかつた」などと、自身が新興芸術派とほとんど関係がなかったかの如く語っていった(「夜ふけと梅の花」『週刊読書人』一九六三・七・八)。こうした井伏の述懐については、涌田佑も「この言の通りにはにわかに割り切れないものが残る」として、強い違和を表明している(『井伏鱒二事典』前掲注207)。

▼217 たとえば小林秀雄も、一九三一年に井伏の「ナンセンス小説」の例として「ジョセフと女子大学生」などを挙げつつ、「ナンセンス小説」ではない作品として「鯉」と「丹下氏邸」を紹介していた(「井伏鱒二の作品に就いて」『都新聞』一九三一・二・二四～二六)。

▼218 注199参照。

▼219 芳川泰久「自由を聴き分ける耳」(『井伏鱒二の風貌姿勢』前掲注197)。

▼220 井伏鱒二「あとがき」(『詩と随筆』一九四八・五、河出書房)。

▼221 「風博士」」(『文藝春秋』一九三一・七)、「坂口安吾君の『黒谷村』を読む」(『新潟新聞(夕刊)』一九三五・六・二八～二九)等参照。

▼222 千石英世「牧野信一・人と作品」(『昭和文学全集 集七巻』一九八九・五、小学館)等参照。

▼223 磯貝英夫「変形私小説論――牧野信一をめぐって」(『現代文学史論』前掲注15)、柳沢孝子『牧野信一 イデアの猟人』(一九九〇・五、小沢書店)、安藤宏『自意識の昭和文学――現象としての「私」』(一九九四・三、至文堂)参照。

▼224 たとえば磯貝英夫は、牧野信一の小説を「下降的私小説」と捉え、太宰治・高見順・織田作之助・石川淳と「分かちがたくつながっている」と指摘している(「変形私小説論――牧野信一をめぐって」前掲注223)。また、安藤宏は『自意識の昭和文学――現象としての「私」』(前掲注223)において、牧野信一の作品に「現象としての私」の生成を見た上で、それを太

宰治「道化の華」、石川淳「普賢」など、「文芸復興」期の新進作家の小説へと接続させている。柳沢孝子も、「牧野信一の文学から夢の系譜をたどろうとする時」、「坂口安吾、石川淳へとつなげていく道のりがある」と指摘している（『牧野信一イデアの猟人』前掲注223）。

▼225 本書第二部第一章・第二章参照。

▼226 前掲注133。

▼227 平野謙、伊藤整、あるいは中村光夫らによって、戦後に定式化された「実生活演技説」（私生活演技説・私小説演技説）について、たとえば平野は以下のように解説している。

「一篇の作品を構築するにたる汪溢した実生活がいとなまれ、作者はその生活を題材としてそれに芸術的秩序を与えるというようなノルマルな芸術と実生活との相関関係は逆転して、いわば描くにたる実生活を紛失しながらなお描きつづけなければならぬために、その日常生活において危機的な作中人物と化さねばならぬという一種の価値顚倒がそこにおこなわれる。」（「私小説の二律背反」前掲注133）。

▼228 伊藤整は、太宰治を例に挙げながら、「実生活演技」について、「彼は私小説で工夫を考へた。だから生活を工夫した。何のために。作品のために。何といふ怖ろしいことだらう。若し人が書くためにでなく、報告するために実人生を演戯したならば、それは自分か他人の死を招く」と述べている（「死者と生者」『早稲田文学』一九四八・八）。また、「実生活演技」とジャーナリズムとの関係について、「強力になつたジャーナリズムが作家を使用し、その競争意識が激しくなるに従つて、作家の生き方は自働的に高速度のものとなり、多量生産で書きまくるか、生活自体を演技の場としてその破滅に面しながら自伝を書くか、または認識の刃渡りをして狂う危険を冒すか、そこからハジキ出されてしまうか、この内の何れかの必然に追い込まれる」と指摘している（「一九四九年文壇回顧」『毎日新聞（夕刊）』一九五〇・一二・二一～二三）。

▼229 大宅壮一「文壇に対する資本の攻勢」（『読売新聞』一九二八・九・一五～一九）。

▼230 大野亮司「神話の生成――志賀直哉・大正五年前後」（『日本近代文学』一九九五・五）等参照。

▼231 このような「文壇」の変化は、同時代においても非常に多く指摘されていた。一例を挙げるならば、広津和郎は一九二九年、次のように述べている。

「在来の雑誌或は出版社と文士との関係は、一種の友人関係とでも云つたやうなもので、大部分解決がついてゐた。それは他の社会から較べて、文壇が最も遅くまで、自由主義的な心持で生きてゐられたからだ。けれども、此二年ほど、突如として出版界を襲って来た大資本主義は、文士達のこの泰平の夢を破りかけて来た。」(「文芸時評序論」『改造』一九二九・一)。

▼232 注227参照。

▼233 本書第四部参照。

▼234 高見順「描写のうしろに寝てゐられない」(『新潮』一九三六・五)。

▼235 牧野信一の小説のこうした特色については、磯貝英夫が「夢想の戯画的破壊」という形で注目している(「変形私小説論──牧野信一をめぐって」前掲注223)。

▼236 大宅壮一「文壇に対する資本の攻勢」(前掲注229)。

▼237 たとえば、牧野作品の「筆法」について、柳沢孝子は「自分の自意識の運動をもてあましている結果のようにさえ見える」とし、「やがて自意識が空転するばかりの、陰湿な泥沼に彼は落ちこんでいく」と指摘している(『牧野信一 イデアの猟人』前掲注223)。さらに、「私小説というもの全般が、結局は作者のつけた仮面にすぎなかったのだとさえ、いえるかもしれない」とし、「戯画によって組み立てられた牧野の作品世界とは、素顔を仮面らしく描こうとした結果だった」と分析しながら、「牧野信一にとって、戯画手法がどれほど追いつめられたすえの、背水の陣だったたか、そのために彼がどれほどの痛みを背負わなければならなかったのか、それを一番よく知っていたのは、牧野自身であるはずだ」という指摘を行っている(同前)。

▼238 よく知られているように、太宰治は「文芸復興」期の作品において、「自己喪失」、「自己喪失症」という言葉を好んで用いた。たとえば「虚構の春」(『文学界』一九三六・七)では、「青年の没個性、自己喪失は、いまの世紀の特徴と見受けられます」、「あなたのうしろには、ものが言へない自己喪失の亡者が、十万、うようよして居ります」と語られており、また「狂言の神」(『東陽』一九三六・一〇)には、「自己喪失症とやらの私には、他人の口を借りなければ、われに就いて、一言一句も語れなかつた」という一節がある。この「自己喪失」、「自己喪失症」という言葉は、太宰にとって生涯のテーマになっていき、戦後の「雀」(『思潮』一九四六・一〇)等でも繰り返し用いられている。

▼239 「文芸復興」期にあたる一九三三～三七(昭和八～一二)年というのは、太宰治にとっても重要な時期であったことは、こ

れまで繰り返し指摘されてきた。たとえば、『国文学 解釈と鑑賞』一九八五年一一月号では「太宰治――昭和八年～十二年」という特集が組まれ、「鼎談 昭和八年～十二年の太宰治をどう読むか」、「昭和八年～十二年における諸相」、「新資料 太宰治（昭和八～十二）」など、数多くの論考・資料が掲載されている。だが、同号巻頭の鳥居邦朗「太宰治（昭和八年～十二年）」冒頭部分で、「昭和八年から十二年までというのは、太宰治のいわゆる前期である」と示されているように、この時期は、太宰治の私生活を中心とした「前期」という括りで見ることが考察の前提に据えられてきたため、「文芸復興」との関連付けは、必ずしも充分な検討がなされてこなかった。なお、「前期／中期／後期」という「三期説」と太宰治の私生活との関係については、後述の注310を参照されたい。

▼240 東郷克美「太宰治を研究する人のために」（『國文學 解釈と教材の研究』一九八二・五）。なお曾根博義も、山内祥史とほぼ同時期に「断崖の錯覚」の存在を確認した（「太宰治の匿名小説」『評言と構想』一九八二・一）。

▼241 「太宰治の青春碑」（『群像』一九八一・七↓『太宰治の青春像 人と文学』一九八三・五、六興出版↓『太宰治の青春像』一九九三・六、朝日書林）。以下、久保喬の引用は『太宰治の青春像』（朝日書林）に拠る。なお、第二節における太宰の発言の引用は、次節で詳しく見る一九三三年一一月一七日付の久保喬宛書簡に拠る。

▼242 藤原耕作「貨幣としての「私」――太宰治「断崖の錯覚」を中心に」（『日本文学』一九九九・一二）、松本和也「騙られる名前／〈作家〉の誕生――黒木舜平（太宰治）「断崖の錯覚」」（『国文学 解釈と鑑賞』二〇〇四・九）、大國眞希「生贄を求めて、ぽっかり口を開ける〈作家〉――黒木舜平（太宰治）「断崖の錯覚」ほか」（『現代文学史研究』二〇一一・六）などが挙げられる。

▼243 太宰が寄稿したのは、『文化公論』の前身誌『犯罪公論』であり、主に探偵小説と犯罪に関するゴシップから成っていた。

▼244 山内祥史（「「断崖の錯覚」について」『国文学 解釈と観賞』一九八一・一〇）や、曾根博義（前掲注240）、東郷克美（前掲注240）、久保喬（前掲注241）らによって、発掘時から、その類似が多く指摘されてきた。

▼245 発生当初は異なるジャンルとして捉えられていた「大衆文芸（時代小説）」・「探偵小説」・「通俗小説」は、一九三〇年頃からその区分が曖昧になっていった。太宰も一九三二年六月九日付の工藤永蔵宛書簡で、当時「本格探偵小説家」とされていた濱尾四郎を「大衆小説」の「作家」と称し、濱尾に憧れる中村貞次郎を「新進大衆作家を夢みて居た」と形容しているように、当時の一般的な認識同様、それらを明確に区分する意識は薄かった。

▼246 本書における太宰治の各作品の脱稿時期については、山内祥史「年譜」（『太宰治全集 別巻』一九九二・四、筑摩書房）、「年譜」（『太宰治全集13』一九九九・五、筑摩書房）、『太宰治の年譜』（二〇一二・一二、大修館書店）も参照した。

▼247 「太宰治という物語――「作中人物的作家」の方法」（『太宰治という物語』二〇〇一・三、筑摩書房）。また、「小説の小説――「晩年」の実験2」（同）も参照した。

▼248 後年、志賀直哉が「犯人」（前出）を「実につまらないと思つたね。始めからわかつているんだから、しまいを読まなくつたつて落ちはわかつてゐるし……。」（「文芸鼎談」『社会』一九四八・四）と批判した際、太宰は「落ちもくそもない」、「「落ち」を、ひた隠しに隠して、にゆつと出る、それを、並々ならぬ才能と見做す先輩はあはれむべき哉」と極度に憤慨した（「如是我聞」前出）。

▼249 平野謙が「座談会・純文学と大衆文学」（前掲注61）において、いちはやくその指摘を行っている。

▼250 それぞれ「純文学は滅亡するか？」、「文学に於ける純粋性」、「時代の動きと純文芸」。

▼251 それぞれ、幸田露伴「幸田露伴氏に物を訊く座談会」（『文藝春秋』一九三三・一二）、正宗白鳥「文芸時評」（『新潮』一九三三・三）、木村毅「純文学と大衆文学の境界線」（『文藝』一九三三・一二）、佐々木味津三「大衆文学はどうなるだらうか」（『新潮』一九三三・四）、谷崎潤一郎「直木君の歴史小説について」（『文藝春秋』一九三三・一一～三四・一）。

▼252 注243参照。

▼253 同論は「潜在的二人称の文学」という標題とともに、『太宰治論』（一九八四・六、新潮文庫）に収録された。

▼254 こうした〈読者〉の捉え方は、たとえば「彼は昔の彼ならず」を分析する際に、「〈君にこの生活を教へよう〉という書き出しに明らかなように、終始、読者である「君」への直接的な語りかけで進められている」、「読者である「君」もじかに巻き込まれてゆき」といった形でその後も継承され、そのまま「道化の華」の考察にも接続されていった（相原和邦「晩年――作品の構造」『國文學 解釈と教材の研究』一九七四・二）。それに対して、たとえば高塚雅は、太宰の作品内に表象された「登場人物」としての「君」という二人称に注目し、〈実在する読者〉と〈作中の読者〉との混同について検証している（「「彼は昔の彼ならず」試論――〈潜在的二人称〉に関する考察」『中京大学文学部紀要』二〇〇六・七）。

▼255 近年では、松本和也が「語りかけるテクスト――太宰治「カチカチ山」」（『國文學 解釈と教材の研究』二〇〇八・三）や『昭和十年前後の太宰治 〈青年〉・メディア・テクスト』（二〇〇九・三、ひつじ書房）などで、そうした観点に注目した

考察を行っている。

▼256 太宰治「川端康成へ」（前掲注23）より。

▼257 赤木孝之「太宰治「道化の華」の成立――成立時期の整理」（前出）、山内祥史「年譜」（『太宰治全集 別巻』前掲注246）、「年譜」（『太宰治全集13』前掲注246）、『太宰治の年譜』（前掲注246）参照。

▼258 たとえば、精緻な実証研究で知られる相馬正一でさえも、「この作品（「彼は昔の彼ならず」――引用者注）には、発表当時アクロバットな作品として褒貶相半ばした「道化の華」や「ダス・ゲマイネ」（共に昭和10年）へ傾斜する前段階の手法が用いられており…」と指摘している（「「彼は昔の彼ならず」」『国文学 解釈と鑑賞』一九八三・六）。なお、本章の問題構成に際して、鈴木雄史「『道化の華』の仕組みについて」（『語文論叢』一九八八・一〇）、木村小夜「太宰治「道化の華」の構造」（『人間文化研究科年報』一九九〇・三）、跡上史郎「「道化の華」の方法」（『文芸研究』一九九四・九）、安藤宏「自殺の季節――太宰治『道化の華』論」（『自意識の昭和文学――現象としての「私」』前掲注223）、松本和也「黙契と真実――「道化の華」」（『昭和十年前後の太宰治 〈青年〉・メディア・テクスト』前掲注255）等の先行研究を参照し、示唆を受けた。

▼259 「鼎談 昭和八年～十二年の太宰治をどう読むか」（『国文学 解釈と鑑賞』一九八五・一一）における東郷克美、渡部芳紀の指摘。

▼260 本章では、〈作中の読者〉と〈実在する読者〉の両者が、太宰治の作品において限りなく近付けられていく過程を捕捉してくため、以下、〈読者〉という言葉は、その両者を射程に入れる形で用いる。明確な区分が必要な場合は、適宜、〈作中の読者〉、〈実在する読者〉という言葉で示す。なお、「読者」という言葉は引用として用いる。

▼261 それぞれ、「虚構の彷徨」（『國文學 解釈と教材の研究』一九七四・二）、「「虚構の彷徨」論――「道化の華」の方法を中心に」（『一冊の講座 太宰治』一九八三・三、有精堂出版）。こうした見解は、戦後にいちはやく「道化の華」の分析を行った臼井吉見による「混乱」という評価にまで遡ることができる（「太宰治論」『現代日本文学全集78』一九六一・一一、筑摩書房）。

▼262 鳥居邦朗は、「近代小説の基本であるところの客観化の手法とは、描写の対象と主体とを截然と区別するところから出発するもの」だと指摘している（「虚構の彷徨」前掲注261）。

▼263 「表層論――「道化の華」」(『転形期の太宰治』一九九八・一、洋々社)。

▼264 この対立については、渡部芳紀が「『晩年』試論」(『太宰治Ⅰ』一九七七・一二、教育出版センター)で、いちはやく注目している。

▼265 注262参照。

▼266 山﨑正純は、「「道化の華」の語り手〈僕〉が、純粋なメタレヴェルに立つことは、少くとも文学を読む視線の下では、容易なことではな」いとした上で、「メタレヴェルに立ったことによってではなく、むしろ立とうとして立てないことが誘起する語りの変容」に注目している(「表層論――「道化の華」」前掲注263)。

▼267 「青年たち」の位相と「僕」の位相の越境については、佐藤昭夫「道化の華――〈僕〉の位置をめぐって」(『國文學 解釈と教材の研究』一九六七・一二)、笠原伸夫「なぜ、大庭葉蔵か」(『信州白樺』一九八二・一〇)、中村三春「メタフィクションの真実――「道化の華」の自己言及構造」(『フィクションの機構』一九九四・五、ひつじ書房)、鶴谷憲三「「道化の華」の構造――〈僕〉の位相についての試み」(『日本文学研究』一九九五・一)、小森陽一「人称性のゆらぎ――太宰治と語り」(『文学』一九九八・四)等の先行研究も参照し示唆を受けた。特に、鶴谷憲三による「語り手の〈僕〉はどの層にも自由自在に侵入しうる存在であって、一定の枠組みでは推し量れない」、「〈僕〉の位相は決して同一のレベルではとらえられない」、「どの層にも侵入し、傍若無人にふるまう」という指摘は示唆に富む。ただし、先に見たように、作中人物が「僕」の「身代り」になるという点もふまえると、「道化の華」は、書き手の「僕」だけが「どの層にも自由自在に侵入しうる存在」として造形されているのではなく、次節で詳述するように、「僕」/「青年たち」/〈作中の読者〉という位相を異にする三者が、いずれも「可逆性・浸透性」(鶴谷)を持っていると捉える方が、より妥当のように思われる。その「可逆性・浸透性」の中へ、〈作者・太宰治〉や〈現実の読者〉を巻き込んでいくところに、〈読者〉への語りかけが生成していったのである。

▼268 「誰が語るのか、そして誰にむかって」(『ユリイカ』一九九八・六)。

▼269 たとえば、高橋たか子は作家としての立場から、こうした箇所を「叙述する作者までが、こうみすぼらしく弱く哀しいようでは、この二重構造の意味がない」、「女々しくていけない」などと強く批判している(「「道化の華」論」『國文學 解釈と教材の研究』一九七六・五)。だが、「みすぼらしく弱く哀しい」、「女々しい」といった恣意的な概念や印象で囲い込まずに、

「僕」の反復行為自体が確信犯的なものであり、新たな効果を生み出していることに注目すべきであろう。

▼270 注260参照。

▼271 この引用部の直後、「お正月も牢屋も検事も、僕たちにはどうでもよいことなのだ」、「僕たちはいつたい、検事のことなどをはじめから気にかけてゐたのだらうか」、「僕たちはたゞ、山の頂上に行きついてみたいのだ」などと、葉蔵／「僕」／〈読者〉という位相を異にする三者を、「僕たち」という形で畳み掛けるように表象していることも、見逃すことはできない。なお、この「僕たち」という表象にいちはやく注目した論として、笠原伸夫「なぜ、大庭葉蔵か」（前掲注267）が挙げられる。

▼272 一九三〇年一一月二八日、太宰治は鎌倉の腰越町で心中事件を起こす。いわゆる、「鎌倉心中事件」（腰越事件）である。太宰は作家としてデビューする前の身であったが、新聞各紙にてこの事件は報道された。それが「道化の華」の題材となっていったことは、これまで広く指摘されてきた通りである。さらに、「道化の華」発表直前の一九三五年三月には失踪事件を起こし、これも新聞各紙において報道される。こうした太宰のスキャンダラスな私生活は、当時も大きな〈噂〉となっていった。その〈噂〉が、「芥川龍之介賞経緯」（『文藝春秋』一九三五・九）における、川端康成の「私見によれば、作者目下の生活に厭な雲ありて、才能の素直に発せざる憾みあつた」という評につながっていくことになる。このように、「道化の華」は、同時代から今日に至るまで、〈作者・太宰治〉にまつわる〈噂〉を巻き込みながら読解されてきたことは、頻繁に指摘されるところである。なお、伝記的な事実と「道化の華」との関係については、相馬正一『若き日の太宰治』（一九六八・三、筑摩書房）、『評伝太宰治 第一部』（一九八二・五、筑摩書房）、長篠康一郎『太宰治七里ヶ浜心中』（一九八一・四、広論社）などに詳しい。

▼273 注271参照。

▼274 奥野健男は「なぜ太宰はつねに相手を、それもひとりの読者を、相手を意識し、それに語りかける文章を書いたのであろうか」という問題について、「太宰治の性格は、小説の内容から見れば明らかに分裂症性格であ」り、「そういう性格であるからこそ、たえず読者への伝達を意識せずにはいられなかったのだ」と指摘している（「太宰文学の魔力」前出）。

▼275 「ダス・ゲマイネ」は、「逆行」と「道化の華」で太宰が芥川賞候補になったことから、『文藝春秋』に掲載されたものである。また、「道化の華」冒頭に配された「ここを過ぎて悲しみの市《まち》」というダンテ「神曲」の一節が、「ダス・ゲマイネ」

作品であった。

で「ここを過ぎて、一つ二銭の栄螺かな」という形で登場するなど、「ダス・ゲマイネ」と「道化の華」は深い関係のある

▼276　東郷克美「『ダス・ゲマイネ』」（『国文学 解釈と鑑賞』一九八三・六）等参照。

▼277　本書第二部参照。なお、すでに本書で見てきたとおり、たとえば「猿面冠者」（『鷭』一九三四・七）の作中で言及しているように、太宰治は「文芸復興」の時流を強く意識していた。

▼278　『物語の構造分析』（一九七九・一一、みすず書房、花輪光訳）、『テクストの快楽』（一九七七・四、みすず書房、沢崎浩平訳）参照。

▼279　「太宰文学の魔力」（前出）。注253参照。

▼280　『晩年』収録作品では、「葉」、「道化の華」、「猿面冠者」、「逆行」、「彼は昔の彼ならず」、「ロマネスク」、「玩具」、「陰火」、「めくら草紙」などが「実験的小説」と称される。なお、これらの「実験的小説」については次節でもう一度注目する。

▼281　平野謙『文学・昭和十年前後』（前掲注142）。

▼282　それぞれ、山田忠雄『三代の辞書』（一九六七・四、三省堂）、小田光雄『消費される書物』（一九八二・五、創林社）。なお、本書の考察対象・時期とは異なるが、文学作品と市場・大衆・消費との関係に注目した論究として、「「大衆」化するということ――〈読者〉と〈市場〉をめぐる一考察」（『語文』二〇〇七・一二）をはじめとする、山岸郁子の考察からも示唆を受けた。

▼283　赤木孝之「太宰治「道化の華」の成立――成立時期の整理」（前出）。

▼284　東郷克美が、こうした評価についてまとめている。詳しくは「太宰治という物語――「作中人物的作家」の方法」（前掲注247）を参照した。

▼285　〈読者〉への語りかけの構造が、その後の太宰治の作品で醸成されていった過程とその具体的な手法については、拙論「朧化される独白――太宰治「燈籠」論」（『文学・語学』二〇一三・七）も参照されたい。

▼286　大宅はこの時期、同様の指摘を繰り返している。

「これまで作家、殊に芸術派作家に、永遠の安住の地を約束してゐるやうに思はれたヂヤーナリズムが、最近恐るべき暴君としての姿を現し始めたことは事実である。それが即ちヂヤーナリズムの「合理化」である。従つて芸術派作家並に批評

家のヂャーナリズム論は、はじめてこの暴君の前に奴れいいとしての自己を意識させられたもの、悲鳴にほかならない。」（「文芸時評――芸術派文学の実用性」『東京朝日新聞』一九三一・二・二、傍点＝原文）。

▼287 その背景には、「ヂャーナリズムによつて生産される製品は、最も広い需要者を目あてに作られ」るため、「凡てが通俗化されていくという、市場原理の拡大があったことも、平林は指摘している（「ヂャーナリズムと文学」『綜合ヂャーナリズム講座　第三巻』一九三〇・一二、内外社）。

▼288 たとえば山本芳明は、『純粋小説全集』（一九三六・二～一九三七・三、有光社）の存在にも目配せをしながら、「同時代における「純粋小説論」の有力な解釈は読者獲得のためのマニフェストとして読むことだった」という形で、「純粋小説論」の性格を分析している（『カネと文学　日本近代文学の経済史』二〇一三・三、新潮社）。

▼289 「道化の華」初出掲載の『日本浪曼派』は同人誌であるが、職業作家を目指す限り、「市場」への流通は避けられない。実際にその後、「道化の華」は、『晩年』（一九三六・六、砂子屋書房）、『虚構の彷徨、ダス・ゲマイネ』（一九三七・六、新潮社）、『晩年（第一小説集叢書）』（一九四一・七、砂子屋書房）、『道化の華』（一九四七・二、実業之日本社）、『晩年（新潮文庫）』（一九四七・一二、新潮社）、『花燭』（一九四八・一、思索社）など、太宰の生前だけでも、実に様々な単行本に再収録されていった。

▼290 鶴谷憲三「「道化の華」の構造――〈僕〉の位相についての試み」（前掲注267）。

▼291 注272参照。

▼292 「作家の生活」（前出）。なお、太宰治の作品受容と「実生活演技説」（私生活演技説・私小説演技説）の展開との関係については、拙論「逕接する〈読み〉――太宰治「わが半生を語る」と嘉村礒多について」（『太宰治研究22』二〇一四・六、和泉書院）も参照されたい。

▼293 「自殺の季節――太宰治『道化の華』論」（前掲注258）。

▼294 山﨑正純「表層論――「道化の華」」（前掲注263）参照。

▼295 佐藤昭夫は、葉蔵というキャラクターの造型について、「いかなる実体も持たない」点にその特性を見出した。また、「僕」については「実体らしきものは何一つもたらさ」ない、「実体化を極度に恐れる」存在と論及している（「道化の華――〈僕〉の位置をめぐって」前掲注267）。

▼296 安藤宏は、「最後に二人の男女は山の頂上に到着し、断崖の下に江ノ島が小さく突き出、朝霧に霞む風景をまのあたりにすることになる。この場面は〝事件〟の繰り返し——飛び込み心中——を予感させると同時に、作品冒頭で〈葉蔵〉が病院のベットから海を眺める部分とも呼応しあい、作品の無限の円環構造を暗示するものとも言えるだろう」（「自殺の季節——太宰治『道化の華』論」前掲注258）と指摘している。

▼297 注296参照。

▼298 結末部について、山﨑正純は「語りの再読を自らに固く禁ずるかのように〈僕〉は突然姿を消し、揚力を受けて浮遊する言葉だけが後に残される。そしてこの語りの主体の立ち替わりを以て、この作品全体が閉じられることになる」と指摘している（「表層論——「道化の華」」前掲注263）。

▼299 すでに、本書第四部第一章「「通俗小説」の太宰治——黒木舜平「断崖の錯覚」の秘匿について」において、太宰治の「通俗小説」観を明らかにしたように、彼は「形式的完成のみをめざした傑作のための傑作」、「ゆるぎなき首尾が完備してある「小説らしい小説」」という、「断崖の錯覚」（『文化公論』一九三四・四）に見られるような「通俗」性をあえて否定することによって、「道化の華」をはじめとする「実験的」な初期作品を次々と生み出していった。それならば、「芸術品」として、「幕切れまでのあらすぢをちやんと心得」、首尾一貫しておどけた「道化」に徹する「青年たち」を描いた「僕」の「ポンチ」「小説」とは、まさしく「通俗小説」と同義とみなすことができよう。また、本書第二部第二章・第三章等で見たように、同時代の「通俗小説」観には、その根底に「読み終つて面白かつたとおもへば、それで十分で、直ちに、作も、作者も抛出」される（直木三十五「大衆、作家、雑誌」前出）という〈商品—消費物〉という認識が、特に根強くあった。

▼300 佐藤昭夫は、「そして、否、それだけのことである。」という末尾の一句に、「実体を指向するものの全てを拒」む「僕」の姿勢と、その「完遂」を見出している（「道化の華——〈僕〉の位置をめぐって」前掲注267）。

▼301 ただし、前章で見たように、言表行為（の主体）も含めて考えると、この矛盾した一節は、〈信じろ〉という意味合いを帯びていく。

▼302 奥野健男『太宰治論』（一九五六・二、近代生活社）。

▼303 「文芸時評（３）純粋と広さと」（『読売新聞（夕刊）』一九三九・六・二）。

▼304 「「芸術派」と「素材派」」（『文藝』一九三九・八）。

▼305「素材派・芸術派論争」(『近代文学論争事典』一九六二・一二、至文堂)。

▼306「富澤有為男『東洋』の場所、あるいは素材派・芸術派論争のゆくえ」(『文芸研究』二〇〇八・三)。

▼307「解説」(『現代日本文学論争史(下)』前掲注28)。

▼308『太宰治論』(前掲注302)。近年では、たとえば紅野謙介が、この時期の太宰治について「ほとんど戦争文学らしい小説を書いていない」、「プロパガンダらしい表現が微塵も見えない」と述べている。とはいえ、紅野は同時に「戦争に対する全面的な肯定もなければ、反戦の思想もない」とし、「賛成するにせよ、反対するにせよ、きまじめに戦争に向き合わなければならないという至上命題」を「斜めに見ていた」と論及している。さらに「戦争は小説のなかでせいぜい背景か、遠い雷鳴のようなものとして描かれたが、そこにこそむしろ戦争の濃厚な影を見るべきであろう」という示唆的な視座を提示している(「太平洋戦争前後の時代――戦中から占領期への連続と非連続」『コレクション 戦争と文学 別巻』二〇一三・九、集英社)。

▼309『太宰治　弱さを演じるということ』(二〇〇二・一〇、ちくま新書)。また安藤宏は、太宰治ら「無頼派」の面々が、「芸術派」に区分され、「芸術的抵抗」の系譜に位置づけられてきたことを、「レジスタンス文学への〝神話〟」として相対化を行っており、この指摘も示唆的である(「太宰治・戦中から戦後へ」『日本文学研究論文集成41 太宰治』一九九八・五、若草書房)。

▼310太宰治の作家活動を「前期/中期/後期」に区分する、いわゆる「太宰治三期説」は、亀井勝一郎によって提唱され(「解説」『太宰治集 下巻』一九四九・一一、新潮社)、奥野健男の「太宰治論」連載によって定着していった(『近代文学』一九五五・三~七)。また、亀井が「太宰治の作家としての生涯を、仮に三つの時期に分けて考えてみると……」と述べ、奥野が「この三つの時期に於ける太宰の作品や生活は……」と述べたように、「三期説」は、太宰の「作品」と「生活」とを重ね合わせる形で展開されていった。具体的には、主に「前期」(一九三三~三七年頃)は、芥川賞落選、薬物中毒、小山初代との別離、自殺未遂等が続いた錯乱の時代であり、「中期」(一九三八~四五年頃)は、井伏鱒二の媒酌のもと石原美知子と結婚し、甲府で新たな生活を開始するなど再生・復活の時代、「後期」(一九四五~四八年頃)は、玉川上水での心中へと向かっていく再びの下降の時代であったと区分される。この「三期説」の展開については、松本和也『昭和十年前後の太宰治 〈青年〉・メディア・テクスト』(前掲注255)に詳しい。

▼311 特に「中期」の代表的な作品「富嶽百景」（『文体』一九三九・二〜三）に〈作者・太宰治〉の実生活上の「復活」「再生」を見出す考察が多くなされてきた。それに対して相対化を行った論として、たとえば近年では、若松伸哉「再生の季節——太宰治「富嶽百景」と表現主体の再生」（『日本近代文学』二〇一一・五）などが挙げられる。

▼312 それぞれ、無署名「新潮評論 芸術至上主義への杞憂」（『新潮』一九三九・八）、北原武夫「文学者の精神（文芸時評）」（前出）。

▼313 本書第四部第一章「「通俗小説」の太宰治——黒木舜平「断崖の錯覚」の秘匿について」参照。

▼314 『太宰治 弱さを演じるということ』（前掲注309）。

▼315 本書第四部第一章「「通俗小説」の太宰治——黒木舜平「断崖の錯覚」の秘匿について」参照。もちろん、横光だけでなく太宰治自身も「文芸復興」期にこうした意味合いで「純文学」という言葉を用いていた。たとえば「虚構の春」（『文学界』一九三六・一〇）では、「マゲモノ作家」に相対する形で「純文学者」という言葉が用いられている。

▼316 本書第四部第二章「生成する〈読者〉表象——太宰治「道化の華」の小説戦略」参照。

▼317 注284参照。

▼318 なお、このエピグラフは、単行本『皮膚と心』（一九四〇・四、竹村書房）に収録される際、「諦めよ。わが心、獣の眠りを眠れかし。（C・B）」に差し替えられている。そうした要素も含め、「八十八夜」に関する詳しい分析については、拙論「太宰治「八十八夜」と〈初期実験作〉——一九三九年のパラダイムチェンジ」（『太宰治スタディーズ』二〇一二・六）も参照されたい。また、斎藤理生「宙づりの「ロマンチシズム」——『八十八夜』論」（『太宰治の小説の〈笑い〉』二〇一三・五、双文社出版）も、語りのあり方やエピグラフの変化等に注目しながら、「太宰治の〈笑い〉の季節の幕開けを告げる小説だった」という形で、やはり太宰に転機をもたらした小説として「八十八夜」を捉えている。

▼319 本書第四部第一章「「通俗小説」の太宰治——黒木舜平「断崖の錯覚」の秘匿について」参照。

▼320 先に見た「女の決闘」や「鷗」をはじめ、戦時下の太宰治の作品は、非常に多くの「矛盾・亀裂」を孕んでいた。そうした要素の考察は、別稿で詳細に論じたい。なお、権錫永《クォン・ソクヨン》も、先に引用した「アジア太平洋戦争期における意味をめぐる闘争（1）——序説」（前出）に引き続き、「アジア太平洋戦争期における意味をめぐる闘争（2）——太宰治「禁酒の心」・「作家の手帖」」（『北海道大学文学研究科紀要』二〇〇一・六）、「アジア太平洋戦争期における意味をめぐる闘争（3）——太

宰治「散華」・「東京だより」」（『北海道大学文学研究科紀要』二〇〇二・二）、「アジア太平洋戦争期における意味をめぐる闘争（4）――太宰治『右大臣実朝』」（『北海道大学文学研究科紀要』二〇〇三・二）等において、そうした見地から詳細な検討を行っている。

▼321 桜田常久「私小説と庶民小説」（『読売新聞』一九四一・五・一八、二〇）にも異議を唱えている。また、高見順の文壇の現状に対する違和は、「蘭印から帰つて（一）～（三）」（『都新聞』一九四一・五・二七～二九）でも示されている。

▼322 初出時の表題は「文学非力説に就いて」。

▼323 「解説」（『現代日本文学論争史（下）』前掲注28）。

▼324 なお、「文学非力説」については、当時の植民地政策や、高見順の他民族体験との関係も見逃すことができない。それについては、亀井秀雄「他民族体験と文学非力説」（『日本近代文学』一九七〇・五）、河田和子「高見順の南方行と〈文学非力説〉」（『比較社会文化研究』一九九八・三）などに詳しい。

▼325 後年、高見順は「文学非力説」について、「「国民を蹶起させる」ような文学を書くことこそ現下の文学者の使命であるといつた、それこそ軍報道部が言いそうなことを、作家自身が言い出しているのに対し」て、「文学を「御用文学」化からひそかに守りたいとした」と振り返っている（『昭和文学盛衰史（二）』前掲注6）。

▼326 奥出健は、情報局内秘匿雑誌『出版警察報』（一九四一・六）を綿密に検証し、「文学非力説」が、実際に高見の「身を危うくするしろものであった」事実を明らかにしている（「高見順《文学非力説》を繞って」『国文学研究資料館紀要』一九八三・三）。

▼327 同時代においても、「非力さを識つての有力を、いはば文学的価値をすこしく逆説的に説かうとしてゐる」（矢崎弾「創作月評」『帝国大学新聞』一九四一・六・二三）、「文学非力の逆説」（中山義秀「戦ひの文学」『読売新聞』一九四一・六・二七～七・二）、「反語的に感じられる文学の意義」（寺岡峰夫「文学の非力」『早稲田文学』一九四一・七）、「高見氏独特の一種のイロニィ」（井上友一郎「文芸時評――現代小説の不安について」『現代文学』一九四一・八）、「あの非力説は結局有力説だからね」（石川達三「座談会・南方旅行」『文藝』一九四一・九）などと、「文学非力説」の逆説的な主張は広く受容されていった。

▼328 高見順の「文学非力説」は、先行研究において、「あたりまえの極めて常識的な感想」（都築久義『尾崎士郎』一九七四・一

一、三交社)、「論旨そのものは、当時、別にものめずらしいという感じを読者に与えるものではなかった」(奥出健「高見順《文学非力説》を繞って」前掲注326)とも指摘されている。また、後の「再び文学非力説に就いて」(前出)や「現状への直言」(『文藝』一九四一・一一)についても、平野謙は「狼狽」、「後退」と捉えており(『昭和文学私論』前掲注155)、単なる「尾崎士郎の批判に対し弁明に終始した評論文」だとも指摘されている(奥出健)。しかし、後年、高見順自身が、尾崎士郎の批判などを振り返りながら、「こういう抗しがたい言説が支配的だつた」と述べているように(『昭和文学盛衰史(二)』前掲注6)、彼が、まさに「言説の規格化」の中にさらされていたことをふまえると、「常識的」という捉え方は、やや一面的に過ぎるだろう。

▼329 『昭和文学盛衰史(二)』(前掲注6)。

▼330 さらに、尾崎士郎は「自由主義のもつ敵性に気脈を通ずるものである」とも述べており、高見は『昭和文学盛衰史(二)』(前掲注6)で、「私は参つた」、「敵性の自由主義者だと烙印をおされたら致命的である」と述懐している。

▼331 『昭和文学盛衰史(二)』(前掲注6)。

▼332 注326参照。

▼333 たとえば、本多秋五の以下の指摘などは、「再び文学非力説に就いて」の要所を捉えたものだといえるだろう。「早瀬を下る小舟の舳に立った船頭が、難所にさしかかったとき、棹の先でトンと岩を突く。舟が危く身をかわして無事に走り下る。その棹のひと突きにも似た短かい言葉の名人に、若い日の中野重治があったが、高見順もまたその種の発言の名人であった」(「解説」『高見順文学全集 第六巻』一九六五・五、講談社)。

▼334 「現状への直言」(前掲注328)。

▼335 この論争における高見順の姿勢について、辻橋三郎はその「抵抗」を高く評価し(「高見順と渋川驍」『戦時下抵抗の研究Ⅱ』一九六九・三、みすず書房)、都築久義は高見の「抵抗」は「けがの功名」に過ぎないとし(『尾崎士郎』前掲注328)、奥出健は「国家権力への抵抗という側面は全くな」く、「文壇政治的意識から発している」と指摘している(「高見順《文学非力説》を繞って」前掲注326)。そのほかにも、文学非力説論争から、高見順や尾崎士郎の「「抵抗」か「協力」かという枠組み」を見出そうとする論考は非常に多い。

▼336 「故旧忘れ得べき」(『日暦』、『人民文庫』一九三五・二〜一九三六・一〇)、「描写のうしろに寝てゐられない」(前掲注234)。

「文学非力説」は、すでに同時代から「描写のうしろに寝てゐられない」と併せ見る形で評価されており（砂原彪「盾の両面について――文芸時評」『文藝主潮』一九四三・七）、戦後も、本多秋五（「解説」『高見順文学全集 第六巻』前掲注333）や平野謙（「解説」『高見順全集 第一三巻』一九七一・六、勁草書房）らによって、同様の指摘がなされている。

▼337 注328参照。

▼338 中島国彦「〈文芸復興〉の実際――矢崎弾の初期評論を視座として」（『國文學 解釈と教材の研究』一九八七・八）における指摘。

▼339 『現代日本文学入門』（前掲注19）等。詳しくは本書第一部参照。

▼340 これらの同時代の言説については、すでに本書で多く注目してきたとおりである。特に、第二部第一章「企図された「文芸復興」――志賀直哉「萬暦赤絵」にみる既成作家の復活」を参照されたい。

▼341 山本芳明『文学者はつくられる』（前掲注94）、『カネと文学 日本近代文学の経済史』（前掲注288）等参照。

近代日本の「文芸復興」という現象を〈一九三五年前後〉ととらえるならば、二〇一五年は、ちょうど八〇年目の節目にあたる。この現象は、近代や今日の社会を考えるうえでの、ひとつの重要な結節点となっている。本書では、今日あまり顧みられることのなくなった「文芸復興」をとらえ直す、端緒や契機となることを願い、主に現象の生成について多角的な分析を試みた。

その全体像を明らかにするために必要と思われる事柄に関しては、比較的自明に思われることについてもなるべく記述し、また、できるだけ明快な文章となるよう努めた――つもりだが、どこまで実現できたかどうか。

なお、本書は二〇一一年度に早稲田大学に課程博士学位論文として提出した「「文芸復興」を軸とした昭和文学形成の研究――ジャーナリズムとの関わりを中心に――」を再構成し、加筆・改訂を施したものである。審査にあたっていただいた、中島国彦先生、高橋敏夫先生、宗像和重先生、十重田裕一先生、鳥羽耕史先生に、あらためて深謝申し上げげたい。

＊　　＊　　＊

――未熟な身にとって、お世話になった多くの先生方、辻吉祥さんをはじめ数々の友人・知人、その全員に、限られた紙幅のなかで、感謝の気持ちを伝えつくすことは到底できません。せめてここでは、学部・修士課程・博士後期課程という大きな節目で、直接、ご指導を担当してくださった先生に、感謝の意のごく一部分だけでも、あらわしたいと思います。まず、東郷克美先生に強く憧れて研究を志し、常にその近くて遠い背中を追い続けてきました。その気持ちは、いまもこれからも、変わりません。また、中島国彦先生には、その幅広い知識に圧倒され、研究とは何かをご教授いただきました。太宰治だけにしか目が行かなかった視野を広げて下さったのも、先生のご指導の賜物で、これからも、無理を申し上げて、ご助言をお願いするつもりです。そして、十重田裕一先生には、未熟な私が行き詰まった時、その度ごとに、非常に親身になってご教授をたまわりました。先生と邂逅できなければ、この道を断念していたかもしれません。また、出版に際しても、様々なご相談に乗っていただきました。

本書の刊行に際して、笠間書院の橋本孝氏には、たいへんお世話になりました。何も分からない身に、長期間、様々なご配慮、そして適切なご助言をいただきました。橋本氏の導きがなければ、本書の刊行自体が、無理だったのではないかと思われます。また、東京に出ること、文学などというアウト・ロー（?）な道に進むことを応援してくれた家族、そして、常に力になってくれた水島千絵に、心から感謝の意をあらわしたいと思います。

また、身にしみて思うのは、「教える」という行為を通して、自分自身が「教わる」ことが、たいへん多かったことです。これまで、かかわることのできた、中高の生徒、学生、大学院生には、心から感謝しています。ありきたりですが、色々と考えれば考えるほど、知れば知るほど、自分の無力さ、無知さを痛感します。その意味で、拙い私の考察は、スタートラインが微かに見えてきたかどうかという段階です。お世話になった様々な方々にあらためて深い感謝の念を抱きつつ、また、これから邂逅するであろう方々に様々な期待を抱きつつ、これからも、引き続き、悪戦苦闘をしていきたいと思います。

二〇一五年一月

平　浩　一

【著者略歴】
平　浩一（ひら・こういち）
1975年、兵庫県生まれ。
早稲田大学教育学部国語国文学科卒業。
早稲田大学大学院文学研究科修士課程・博士後期課程、
日本学術振興会特別研究員（DC2→PD）などを経て、
現在、国士舘大学文学部准教授。
博士（文学）。

「文芸復興」の系譜学——志賀直哉から太宰治へ

2015年3月31日　第1刷発行

著者　平　浩一

装幀　笠間書院装幀室

発行者　池田圭子
発行所　有限会社 笠間書院
東京都千代田区猿楽町2-2-3［〒101-0064］
NDC分類910.263　電話 03-3295-1331　Fax 03-3294-0996

ISBN978-4-305-70770-3　組版：CAPS　印刷・製本／モリモト印刷
落丁・乱丁本はお取りかえいたします。（本文用紙・中性紙使用）
出版目録は上記住所までご請求下さい。

http://kasamashoin.jp

索引

（＊原則として、書名・論題名中の単語・名詞は含めない）

か 行

さ　行

た　行

な　行

は　行

ま 行